SİS VE

Ahmet Ümit 1960'ta Gaziantep'te doğdu. Marmara Üniversitesi Kamu Yönetimi Bölümü'nü bitirdi. 1985-1986 yıllarında, Moskova'da Sosyal Bilimler Akademisi'nde siyaset eğitimi gördü. İlk kitabı 1989'da yayımlanan *Sokağın Zulası* adlı şiir kitabıdır. 1992'de ilk öykü kitabı *Çıplak Ayaklıydı Gece* yayımlandı. Bunu 1994'te *Bir Ses Böler Geceyi*, 1999'da *Agatha'nın Anahtarı*, 2002'de *Şeytan Ayrıntıda Gizlidir* adlı polisiye öykü kitapları izledi. 1995'te hem çocuklara hem de büyüklere yönelik *Masal Masal İçinde* ve 2008'de yayımlanan *Olmayan Ülke* ile farklı bir tarz denedi. 1996'da yazdığı ilk roman *Sis ve Gece*, polisiye edebiyatta bir başyapıt olarak değerlendirildi. Bu romanın ardından 1998'de *Kar Kokusu*, 2000'de *Patasana*, 2002'de *Kukla* yayımlandı. Bu kitapları, *Ninatta'nın Bileziği*, *İnsan Ruhunun Haritası*, *Aşk Köpekliktir*, *Beyoğlu Rapsodisi*, *Kavim*, *Bab-ı Esrar*, *İstanbul Hatırası*, *Sultanı Öldürmek*, *Beyoğlu'nun En Güzel Abisi*, *Elveda Güzel Vatanım* ve *Kırlangıç Çığlığı* adlı kitapları izledi. Ahmet Ümit'in İsmail Gülgeç'le *Başkomser Nevzat Çiçekçinin Ölümü* ve *Başkomser Nevzat Tapınak Fahişeleri*, Aptülika (Abdülkadir Elçioğlu) ile *Başkomser Nevzat Davulcu Davut'u Kim Öldürdü?* ve Bartu Bölükbaşı'yla hazırladıkları *Elveda Güzel Vatanım* adlı çizgi romanları yayımlanmıştır. Eserleri 27 farklı dilde yayımlanan yazar uluslararası bir okur kitlesine ulaşmıştır.

Ahmet Ümit sosyal medya hesapları:
www.twitter.com/baskomsernevzat
www.instagram.com/baskomsernevzat
www.facebook.com/yazarahmetumit
www.youtube.com/ahmetumityazar

Ahmet Ümit'in
YKY'deki kitapları:

Aşkımız Eski Bir Roman (2019)
Kırlangıç Çığlığı (2019)
Sokağın Zulası (2019)
Masal Masal İçinde (2019)
Kavim (2019)
İstanbul Hatırası (2019)
Sis ve Gece (2019)
Patasana (2019)
Bab-ı Esrar (2019)
Olmayan Ülke (2019)
Sultanı Öldürmek (2019)
Beyoğlu Rapsodisi (2019)
Agatha'nın Anahtarı (2019)
Beyoğlu'nun En Güzel Abisi (2019)
Şeytan Ayrıntıda Gizlidir (2019)
Ninatta'nın Bileziği (2019)
Kar Kokusu (2019)
Çıplak Ayaklıydı Gece (2019)
Kukla (2019)
Bir Ses Böler Geceyi (2019)
İnsan Ruhunun Haritası (2020)
Elveda Güzel Vatanım (2020)
Aşk Köpekliktir (2020)

AHMET ÜMİT

Sis ve Gece

Roman

YKY
YAPI KREDİ YAYINLARI

Yapı Kredi Yayınları - 5475
Edebiyat - 1567

Sis ve Gece / Ahmet Ümit

Kitap editörü: **Kerem Oğuz Evrandır**
Düzelti: **Devrim Çakır**

Kapak tasarımı: **Davut Yücel**
Grafik uygulama: **İlknur Efe**

Baskı: Asya Basım Yayın Sanayi Tic. Ltd. Şti
15 Temmuz Mah. Gülbahar Cad. No: 62/B Güneşli - Bağcılar / İstanbul
Telefon: (0 212) 693 00 08
Sertifika No: 36150

1. baskı: Cem Yayınevi, 1996
YKY'de 1. baskı: İstanbul, Ekim 2019
3. baskı: İstanbul, Mart 2021
ISBN 978-975-08-4595-6

Yapı Kredi Kültür Sanat Yayıncılık Ticaret ve Sanayi A.Ş.
İstiklal Caddesi No: 161 Beyoğlu 34433 İstanbul
Telefon: (0 212) 252 47 00 Faks: (0 212) 293 07 23
http://www.ykykultur.com.tr
e-posta: **ykykultur@ykykultur.com.tr**
facebook.com/yapikrediyayinlari
twitter.com/YKYHaber
instagram.com/yapikrediyayinlari

Yapı Kredi Kültür Sanat Yayıncılık
PEN International Publishers Circle üyesidir.

Enver Kurt'un anısına...

Birinci Bölüm

Buraya nereden, nasıl geldim, bilmiyorum! Camları kalın bir toz tabakasıyla kaplanmış, pencere pervazları kararıp içten içe çürümüş, yaşlı duvarları koyu yeşil yosunlarla örtülmüş ve kanatlı demir kapısı sanki sonsuza kadar kapanmış gibi duran bu konağın önünde amaçsızca dolaşırken buldum kendimi... Bakımsız bir mezarlığı andıran bu büyük bahçede, görkemi ürkütücü bir kalıntıya dönüşmüş bu zavallı binanın önünde ne işim var, anlayamıyorum. Zorlamalarıma karşın belleğim geçmişe kapı aralamıyor. Belli belirsiz şekiller kıpırdanmıyor değil ama görüntüler netleşmiyor. Zaman sanki yaşadıklarımı eritip birbirine karıştırmış; ağır ağır içine gömüldüğüm bu tuhaf bulamacı çözemiyorum. Nasıl çözeceğimi de bilmiyorum. Tıpkı bozkırın ortasında güneşin, yağmurun insafına terk edilen bu kasvetli konağın öyküsünü bilmediğim gibi.

Mimariden hiç anlamam ama uzun kuleleri, soğuk duvarları ve küçücük pencereleriyle bu yapının bizim konaklara hiç mi hiç benzemediğini rahatlıkla söyleyebilirim. Almanya'da gördüğüm şatoları andırıyor. Şimdi Mine olsaydı, "Şu kuleler tipik ortaçağ tarzında, pencereler Alman Rönesansı'nın etkisinde" diye başlamıştı.

Mine! Evet, Mine'yi arıyordum. Beş gündür yoktu. Evine gittim. Beş gündür kimse ondan haber alamamıştı. Ama bu işte bir yanlışlık yok mu? Kaybolan Mine'yse, benim bu ıssız kırın ortasında, bu hayalet konağın önünde ne işim var?

Bakışlarımı konağa çeviriyorum. Görenlerde korku ve ürperti uyandıracak bu bina bana hüzün veriyor. Onu daha önce hiç görmemiş olmama karşın aramızda çözümleyemediğim bir bağın varlığını hissediyorum. Bahçedeki çürümüş yapraklara basarak binanın kapısına doğru yürüyorum. Kanatlı demir kapının üstünde, yer yer çatlamış mermer alındaki kabartma dikkatimi çekiyor. Kabartmada ilk seçtiğim bir yıldız oluyor. Yıldızın hemen altında, namluya benzer bir başka şekil var, bunun bir tabanca olduğunu anlamakta gecikmiyorum. Tabanca kabzasının altına bir de yarımay oyulmuş. En yukarıda yıldız, altında bir tabanca ve kabzasının hemen ucunda bir yarımay. Bu amblemi bir yerlerden hatırlıyorum ama çıkaramıyorum.

Kapıya yaklaşıyorum. Üstünde paslı bir asma kilit var. Kilidi çekiştiriyorum, bana mısın demiyor. Eski püskü görüntüsüne karşın oldukça sağlam. Kilidi bırakıp kapıyı itiyorum. Demir kanatları toz içinde, sanki yıllardır el değmemiş. Yerinden kıpırdamıyor bile. Ellerime koyu sarı zerrecikler bulaşıyor. Vazgeçmiyorum. İki elimle vuruyorum kapıya. İçeriden ses seda gelmiyor. Daha güçlü vuruyorum. Ellerimi acıtırcasına, tuhaf, canım yanmıyor, sadece terliyorum. Üstelik yalnızca sağ tarafım terliyor. Kapıyı çalmayı sürdürüyorum, kimse bana yanıt vermiyor ama terim durmadan akıyor. Tenimden akan sıcaklığı hissedebiliyorum. Neden yalnızca sağ omzum ve karnım terliyor? Anlayamıyorum. Anlamadıkça da korkmaya başlıyorum. Geçmişimden, aklımdan, bedenimden, bu eski konaktan korkuyorum.

Korkmamalıyım, diyorum. Nasıl olsa birileri gelip bulur, teşkilat yalnız bırakmaz beni buralarda. Herkes unutsa bile Yıldırım unutmaz. Yıldırım! Yıldırım ölmedi mi?

Terliyorum. Omzumdan, karnımdan ılık damlacıklar boşalıyor. Gömleğimin ağırlaştığını, pantolonumun ıslanmaya başladığını hissediyorum. Terim gitgide koyulaşıyor.

Bir zil sesi çalınıyor kulağıma. Önce kurumuş ağaç dallarında gezinen rüzgârın sesi sanıyorum, ikinci kez çalınca telefon zili olduğunu anlıyorum. Dönüp eski konağa bakıyorum. Kapalı bir kutu gibi sır vermiyor. Zil yeniden çalıyor; bu defa ısrarlı. Telefonu bulmalıyım. Telaşla yeniden kapıya koşuyorum. Mutlaka Yıldırım arıyordur. Sonunda buldu izimi. Kapıyı zorlamaya başlıyorum, itiyorum, omuzluyorum ama o kadar sağlam ki yine kıpırdatamıyorum. Zil yine çalıyor. Dikkatle dinliyorum, ses sanki konağın arkasından geliyor. O yöne koşuyorum. Köşeyi döner dönmez sokaklarda görmeye alışık olduğumuz türden bir telefon kulübesi dikiliyor karşıma. Telefon susmadan açmalıyım. Hızla dalıyorum kulübeye. Zili yarıda kesip almacı kaldırıyorum.

"Alo?"

Karşıda ses yok.

"Alo?" Bedenimi ateş basıyor. Terliyorum. "Alo?"

Soğuk bir ses geliyor karşıdan:

"Yıldırım Binbaşı'yı vurdular. Evinin yakınlarında..."

Bir şeyler sormak istiyorum. Ağzımın içi kuruyor, dudaklarımı saran ince derinin gerildiğini, yer yer çatladığını hissediyorum. Dilimle dudaklarımı yalamaya çalışıyorum. Dilim ölmek üzere olan bir kertenkele gibi kıvranıyor ağzımın içinde. Karşıdaki ses, sorumu beklemeden kapatıyor. Elimde telefonun almacı, öylece kalakalıyorum. Telefonun almacından kırmızı çamur renginde bir sıvı süzülüyor, kordonu aşarak ankesöre kadar ulaşıyor. Bakıyorum, bu benim terim. Kulübede biraz daha kalırsam bu ter beni boğacak.

Kulübeden çıkar çıkmaz bir kalabalık beliriyor karşımda. Bu bir cenaze töreni. Herkes siyahlar giyinmiş. Sanırım resmi bir tören. Vakur bir matem havası içinde ağır adımlarla yaklaşıyorlar. Törene katılanların çoğu erkek; yalnızca tabutun önünde bir kadın var. Kucağında yağlıboya bir tablo taşıyor; ölenin resmi olmalı. Kadın saçlarını siyah başörtüsünün altına gizlemiş. Yaklaşınca tanıyorum:

Gülseren, Yıldırım'ın karısı. Utanıyorum. Nedenini bilmeden, bir çocuk gibi eziliyorum. Gülseren gelip karşımda duruyor. Başımı öne eğiyorum.

"Hani onu yalnız bırakmayacaktınız?" diyor. "O size güvenirdi." Sesinde ne öfke ne hüzün var, mekanik bir tonla konuşuyor.

Ne söyleyeceğimi bilemiyorum, bir-iki adım geriliyorum sadece. O iki adım daha yaklaşıyor. Yaklaşınca geriye doğru birkaç adım daha atıyorum. Attığım her adıma karşılık o da bir adım atıyor. Tedirgin oluyorum. Ne yapmak istiyor bu kadın? Başımı kaldırıyorum. Yargılayan, suçlayan, sen bir korkaksın, diyen bakışlar bekliyorum. Oysa, Gülseren ifadesiz bir yüzle dikiliyor önümde. Beni görmüyor bile, gözleri bedenimi delip, uzaklarda bir noktaya takılıp kalıyor. Normal bir insanın bakışları değil bunlar. Belki yardım ederler umuduyla kalabalığa bakıyorum. Ama onların bakışları da tıpkı Gülseren'inkiler gibi... Korkuyorum. Bir an önce buradan kaçmak, bu tuhaf insanlardan uzaklaşmak istiyorum. Dönüp koşmaya hazırlanırken ayaklarım birbirine dolaşıyor, yüzükoyun yere kapaklanıyorum. Hızla kalabalığa dönüyorum. Gülseren'le kalabalık üstüme geliyor. Doğrulacak vaktim yok. Bir şeyler yapmalıyım, yoksa beni çiğneyecekler. Tabancama uzanıyorum. Hareket edince kalabalık daha da hızlanıyor. Elim kılıfa değiyor ama silahım yerinde yok. Yaklaşıyorlar, Gülseren'in kucağındaki resimle aramızda bir metre ya var ya yok...

Resimdeki adamı tanıyacak gibi oluyorum ama yaklaştıkça boyalar uçmaya, fırça darbeleri yok olmaya başlıyor. Çıldırdığımı düşünüyorum. Başımı kaldırıp son bir umutla Gülseren'e bakıyorum. Gözleri hep aynı noktada, yüzünde bir tek kıpırtı bile yok; peşindeki kalabalıkla ağır ağır yaklaşıyor. "Durun!" diye bağırmak, yaptıklarının yanlış olduğunu söylemek istiyorum ama ağzımı açamıyorum. Şaşkınım, çenem, dudaklarım, dilim sanki artık beni dinlemiyor. Tüm zorlamama karşın bir "ah" sözcüğü bile çıkmıyor ağzımdan. Korkuyorum. Korktukça terlememem daha da artıyor. Omzumdan, karnımdan durmadan ter boşalıyor. Resim hızla yaklaşıyor, neredeyse yüzüme çarpacak, başımı yana çevirerek yere kapanıyorum. Yüzüm toprağa gömülü, korkuyla çiğnenmeyi, belki de linç edilmeyi bekliyorum. Kalbim ileri giden bozuk bir saat gibi hızla atmaya başlıyor. Terimin toprağa damladığını duyuyorum. Ter damlalarının toprağa düştüklerinde çıkardığı ses kalbimin vuruşunu bastırıyor. Kalktığımda yerde çamurlu bir iz kalacak diye düşünüyorum. Ama saniyeler geçiyor, kimse beni çiğnemiyor, bir tek tekme vuruşu bile gelmiyor. Tedirginlik içinde beklemeyi sürdürüyorum. Hiçbir değişiklik yok. Başucumda, ürkütücü bakışlarıyla, ölüm sessizliği içinde dikiliyor olmalılar, diye düşünüyorum. Beklemekten bıkıp ürke korka başımı kaldırıyorum. Tuhaf, kimse yok. Şaşkınlıkla etrafı kolaçan ediyorum. Hayır yok, hiç kimse yok. Gitmişler. "Gerçekten de gitmişler" diye sevinçle mırıldanıyorum. Bu kadar insan bir anda nereye kaybolabilir? Önce ellerimin, sonra dizlerimin üstünde doğrulurken Gülseren'in taşıdığı resmi görüyorum. Tam karşımda, neredeyse yıkılmak üzere olan yaşlı bir çınarın altında, yepyeni bir şövalenin üstünde duruyor. Onu burada bıraktılar demek. Belki de bu bir işaret, bana bir şey söylemek istiyorlar. Dikkatle resme bakıyorum. Galiba toprağa uzanmış bir adam var. Uzaktan iyi seçemiyorum. Resme yürüyorum. Bu defa boyalar uçmuyor. Adamı artık çok net görebiliyorum, iki eliyle karnını tutmuş, yerde kıvranıyor. Parmaklarının arasından kırmızı bir pınar kaynıyor, omzundan sağ koluna yayılan koyu bir leke var. Yaralı olmalı. Yüzü kasılmış, alnında boncuk boncuk ter damlaları; öyle belirgin ki sanki sahici gibi. Parmaklarının arasından taşan kırmızılık, resmi ince bir şerit halinde boydan boya geçiyor. Adama bir yerlerden aşinayım. Neredeyse tanıyacağım...

İkinci Bölüm

Manolya kokuları geliyor. Ilık bir esinti, güneşli balkonumuzdan süzülerek tül perdeleri usulca dalgalandırıyor. Bahçedeki kestane ağacının koyu yeşilini görür gibiyim. Dedemin köşkü mü burası? Tuhaf, biz orasını çoktan satmamış mıydık? Yakınımda birileri konuşuyor, sesler boğuk boğuk, anlamaya çalışıyorum; manolya kokuları uzaklaşıyor, kestane ağaçlarını yitiriyorum, esinti aniden kesiliyor.

"Bak kıpırdadı, ayılıyor."

Ses öyle derinden geliyor ki belli belirsiz işitiyorum. Gözkapaklarımın üstünde sanki tonlarca ağırlık var, güçlükle açıyorum. Gözlerim yanıyor. Başucumda iki karaltı duruyor. Bir an nerede olduğumu çıkaramıyorum. Parlaklık gözlerimi yakıyor. Işık istemiyorum, ses istemiyorum, nerede olduğumu düşünmek istemiyorum. Köşkün gölgeli bahçesi beni çağırıyor.

Annem ile Neriman Yenge kameriyede oturmuşlar, ellerinde bir kadın dergisi, moda giysiler üzerine konuşuyorlar. Babam ile İsmet Amca, her zamanki yerlerinde, kestane ağacının altındaki masada rakı içiyorlar. Ben erkeklerin masasına gidiyorum. Amcamın tabağındaki pastırmadan yiyorum. Tadı çok güzel. Amcam kadınlardan yana bir göz atıp bardağını uzatıyor: "Bir de şunun tadına bak." Rakının tadını önceden bilmiyorum ama yiğitliğe gölge düşürmüyorum. Verdiği kadehten bir yudum alıyorum. Gırtlağımdan mideme doğru bir yangın başlıyor. Yüzümün aldığı hali bilmiyorum ama amcam kahkahalarla güldüğüne göre bayağı komik olmalı. Babam kaşları çatılmış, başını sallayarak izliyor bizi.

"Kendine geliyor! Doktoru çağırın, doktor..."

Ağzımda rakının acı tadı kayboluyor. Ama midemde bir bulantı var.

"Bakın uyanıyor! Hemşire Hanım, doktoru çağırın... Doktor... doktor nerede?"

Sesi artık çok net işitiyorum. Telaşlı bir sevinç içinde, kulaklarımda çınlıyor.

Gözlerimi açıyorum. Başucumdaki karaltılar hızla netleşiyor. Önce karım Melike, sonra amcam İsmet'in yüzünü seçiyorum. Melike üzerime eğilmiş, şefkatle küçülen gözleri yaşlarla dolu.

"Nasılsın canım? İyileşeceksin... iyileşeceksin, merak etme?"

Bana umut vermeye çalışıyor ama asıl onun teskin edilmeye ihtiyacı var.

Amcam İsmet soğukkanlı görünüyor. Kendisine baktığımı görünce gülümsüyor. Gözlerinde henüz kaybolmamış bir endişenin izleri var. Yaklaşıyor, "İyi görünüyorsun" diyor. Sesinde kırgınlık mı var? Umurumda bile değil. Mine'yi sormak istiyorum.

"Onu buldunuz mu?" Sesim o kadar güçsüz ki ürküyorum. Amcam sanki tepkilerimi ölçmek istercesine gözlerini yüzüme dikerek yanıtlıyor sorumu:

"Çatışmayı seçti, ölü olarak ele geçirebildik" diyor. "Ötekini de sen haklamışsın zaten."

Kimi haklamışım? Fahri... Fahri'den söz ediyor olmalı. Evet, onu vurdum. Yere düştüğünü gördüm. Düşmeden o da beni yaralamış olmalı. Hayır, Fahri ateş bile edemedi. Beni vuran öbürüydü. Simitçi kılıklı herif. Onu da mı vurmuşlar? Öldü mü acaba?

Amcam sanki düşüncelerimi okuyor ya da söylediklerini nasıl karşılayacağımı öğrenmek istiyor:

"Kaçmak üzereydi, örgüt evinde kıstırdık. Ateş açtı, keşke sağ olarak yakalayabilseydik."

Melike ilgiyle bizi dinliyor.

"Üzerinden Polonya yapımı otomatik bir tabanca çıktı. Bu sana ateş edilen silah değil."

Silahı bulamamışlar, umurumda bile değil. Önemli olan Mine, ona ne oldu? Fahri öldü, arkadaşını da vurdularsa Mine'yi nasıl bulacağım? Amcama açıkça sorsam? Biliyorum, hiç hoş karşılamayacak bu durumu. Zaten Melike de başımdan hiç ayrılmıyor, amcamı biraz daha yakına çağırmalıyım. Doğrulmak istiyorum. Başaramıyorum. Sağ omzum sarılı, sol elimin üstünde ise damarıma bağlanmış ince bir boru var. Başımı kaldırınca, borunun öteki ucundaki plastik kan torbasını görüyorum. Torbanın içindeki koyu kırmızı sıvı yavaş yavaş damarlarıma akıyor olmalı. Ama kan sanki hiç azalmıyormuş gibi durgun, hatta rengi koyulaşarak öylece duruyor torbanın içinde. Birden kulaklarım çınlamaya başlıyor. Kan tutması mı? Yok canım! Ben kan görmeye alışığım. Ama neden başım dönüyor? Amcamın yüzü kararıyor. "Doktor, biri doktoru çağırsın!" diye yalvaran karımın sesi giderek uzaklaşıyor. Gözlerimi kapıyorum. Yıldırım Abi karşımda durmuş, bıyık altından gülerek bana bir sigara uzatıyor.

"Kimi bekliyorsun?" diye soruyorum, sigarayı alırken.

"Kimi bekleyebilirim burada?" diyerek alaycı bir tavırla çevresine bakınıyor.

Ben de bakıyorum, evimin bulunduğu apartmanın önünde durduğumuzu fark ediyorum.

"Burası benim evim" diye söyleniyorum şaşkınlıkla.

"Ben de seni bekliyordum zaten."

"İyi ama, sen ölmemiş miydin?" diye soruyorum.

Yanıma yaklaşıyor, bir sır verir gibi fısıldayarak konuşuyor:

"Bir görevle geldim."

"Görevle mi?" Aklıma gelen şeye seviniyorum. "Yoksa katillerini mi?"

"Katillerimi bulmak sizin işinizdi" diyor sözümü yarıda keserek. "Ben senin için geldim."

"Benim için mi?"

"Evet, bir sınavdan geçeceksin. Ben de sınav amirin tayin edildim."

Anlayamıyorum, aptallaşmış bir halde tekrar soruyorum: "Yıldırım Abi sen ölmedin mi?"

"Doğru, ben öldüm" diyor, sonra dudaklarında acı bir gülümseyişle ekliyor: "Ama ölümün beni görevimden alıkoyacağını sanıyorsan aldanıyorsun."

Anlamak istercesine bir süre onu seyrediyorum.

"Peki nasıl bir sınav bu?"

"Nasıl bir sınav olduğunu söyleyemem. Sana öğretilenleri kullanırsan başarmaman için hiçbir neden yok. Yıllar önce Panama'da buna benzer bir sınavdan ben de geçmiştim. Eminim sen de başaracaksın."

Gülümsüyor. Ben de ona gülümsüyorum. Hiç de ölmüş birine benzemiyor.

"Birlikte bir yolculuğa çıkacağız. Bu yolculuk boyunca hata yapmaman gerekiyor."

Tıpkı eski günlerde olduğu gibi, bir anda kendimi olaya kaptırıyorum. Sanki Yıldırım Abi ölmemiş, sanki birlikte büyük bir operasyon hazırlıyormuşuz gibi. Yılların verdiği alışkanlıkla, kendimden emin konuşuyorum.

"Tamam, ben hazırım."

"O halde başlayalım" diyor, başıyla birkaç metre ilerdeki otomobilimi göstererek.

"Arabaya gidelim."

Otomobilime yaklaşıyoruz. Anahtarı çıkarıp kapıyı açıyorum. İçeri girdiğimde Yıldırım Abi'nin yanımdaki koltukta oturduğunu görüyorum. Şaşırdığımı fark edince, "Bırak şu şapşallığı" diyor gülümseyerek. "Hadi çalıştır arabayı."

Kontak anahtarını çeviriyorum, hiç zorlanmadan çalışıyor motor.

Yüzüne bakıyorum ama bir şey sormuyorum. Yeni duruma alışmam gerek. Ayağımı debriyajdan çekip gaza basıyorum, otomobil hareket ediyor. Apartmanın bahçesinden çıkıyoruz. Kafam, daha ne olduğunu bile anlamadan içine sokulduğum bu tuhaf sınavın ipuçlarını ararken, "Kızı buldun mu?" diye soruyor Yıldırım Abi.

Dönüyorum, göz göze geliyoruz. Suçluyor mu, hak mı veriyor kestirmek güç. Başımı çevirip yola bakıyorum.

"Ben öldükten sonra mı başladı bu ilişki?" diye yineliyor. Kınama yok sesinde, aşağılama da yok. Dertleşmek isteyen bir dostun içtenliğini hissediyorum. Yine de temkinli davranıyorum. Yıldırım Abi'nin evlilik, çocuk, aşk gibi konuları pek önemsemediğini bilirim. Aksine, mesleğimizden daha önemli olabilecek duygusal bağlılıkların görevimizi engellemesinden korkardı. Bu yüzden kadınlarla bağlılıklar değil, güvenli olmak koşuluyla geçici ilişkiler kurmaktan yanaydı.

"Nereden biliyorsun?" diyorum.

"Unuttun mu, biz her şeyi biliriz, bilmeliyiz. Bildikten sonra çözmek kolay." Ders veren bir öğretmeni taklit eder gibi alaycı bir tonla konuşuyor.

Geriliyorum. Ama kendime hâkim olmalıyım. Ortamı yumuşatmak istiyorum. Onunkine yakın alaycı bir üslupla:

"Konu, 'espiyonaj ve kontrespiyonaj'" diyorum, sonra biraz ciddileşip soruyorum. "Allah aşkına, kimden duydun Mine'yi?"

"Hiç kimseden, kendim araştırdım."

"Tamam, tamam bir kez daha, 'Sen ölmedin mi?' diye sormayacağım ama neden araştırdığını söyle bari!"

"Sen, katillerimi aramaktan vazgeçince iyi bir nedenin olmalı diye düşündüm."

Konuşmanın buraya varacağını tahmin etmeliydim. Bir süre suskun kalıyorum. O sözlerini sürdürüyor:

"Seni suçladığımı sanma, katillerimi bulmak zorunda değilsin. Araştırmamın nedeni sadece merak."

Kendimi toparlıyorum.

"Katillerin bulunduğunu bilmiyor musun? O terörist..."

"Yapma Sedat! Hiç değilse bunu yapma. Az önce, 'Katillerini bulmak için mi geldin?' diye soran sen değil miydin?"

"Ben lafın gelişi..."

"Ayıp oluyor Sedat. Kendi zekâna da benimkine de hakaret ediyorsun."

Konuştukça daha çok battığımı fark ediyorum, vitesi değiştirip otomobile hız veriyorum. Yıldırım da susuyor. Yolun kenarındaki dev ilan panolarında bir blucin firmasının reklamlar var. Üstü çıplak, alımlı kumral bir kız, bedenin alt kısmındaki bütün ayrıntıları ortaya çıkaran bir blucin pantolonun içinde, esrik bir halde bize gülümsüyor. Panonun önünden geçerken Yıldırım Abi soruyor.

"Kız seni rahatlattı, değil mi?"

Hemen karşı çıkıyorum:

"Hayır, düşündüğün gibi değil. Onu sevdim."

"Ben de onu diyorum. Kız ayaklarını yerden kesti, çoktan unuttuğun bir dünyaya götürdü seni..."

"Oysa ben öldüm" demesini bekliyorum, söylemiyor. Sözlerinin ağırlığından kurtulmak için soruyorum:

"Yoksa sınav bununla mı ilgili?"

"Olabilir. Kesin bir şey söyleyemem."

"Aslında amcama anlatacaktım her şeyi" diyerek hatamı kabul eder görünüyorum.

"Bunu önermem" diyor. "Seni anlamazlar. Dilekçe işinden beri güvenilir biri değilsin."

Böyle bir yanıtı hiç beklemiyorum. Ne yapmak istiyor bu adam?

"Sen ne düşünüyorsun? Bu ilişki yanlış mıydı?"

"Yanlış olduğunu bilseydin yapmayacak mıydın?"

"Belki..."

"Bence yapardın. Âşık olmuşsun. Senin yaşında aşk çok tehlikelidir."

"Yaşla ne ilgisi var bunun?"

"Çok ilgisi var. Ama şimdi bunu konuşmanın zamanı değil."

"Hep bölük pörçük konuşuyorsun. Açık ol, yardım et."

"Bana güvenme. Tek başınasın, ne yapacaksan kendin yapacaksın."

Artık konuşmak istemediğini belirtmek istercesine başını çevirip yola bakıyor. Ama sonra yeniden bana dönüyor:

"Sana yapabileceğim tek yardım, dikkatli olmanı söylemek. Dikkatli ol."

"Dikkatli ol!" Bu iki sözcük çınlıyor kulaklarımda. Yıldırım, bu uyarıyı uluorta yapmaz, operasyon sırasında, çatışmaya gireceğimiz anlarda söylerdi. Bana işaret mi veriyor? Belki yanılıyorum, belki öylesine söyledi. Ama sınavda başarısız olmak yerine, yanılmış olmayı tercih ederim.

"Dikkatli ol." Bu sözü her duyuşumda elim silahıma gider. Bu defa aynı şeyi yapmıyorum, çevremi kontrol etmekle yetiniyorum. Kuşku uyandıracak bir şey yok. Üzerinde bulunduğumuz tali yol az sonra derin bir virajla kıvrılarak anayola bağlanacak. Yol sakin, biraz ileride, yolun kıvrıldığı yerde, kaldırımda bir adam duruyor. Tam seçemiyorum, galiba önünde seyyar bir tezgâh var. Biraz yaklaşınca adamın simitçi olduğunu anlıyorum. Simitçi mi? Ama bu yoldan pek yaya geçmez ki! Otomobildekilere mi satıyor? Dikkatle süzüyorum adamı. Onu daha önce buralarda hiç görmedim. Köyden yeni gelmiş işportacılara benziyor. Emin olmalıyım. Yıldırım'a dönüyorum. Beni izlediğini görüyorum. Sınav görevlisi ya, gözlerimi kırpışımdan soluk alışıma kadar hiçbir davranışımı kaçırmak istemiyor. Yardım isteyen bakışlarıma, bana, "Soru sorma!" dercesine başını sallayarak karşılık veriyor. Hareketleri çok hızlı, "benden yardım isteyerek zaman yitirme" mi demek istiyor acaba? Arabayı yavaşlatıyorum. Silahımı kılıfından çıkarmak zor olmuyor. Namluya kurşun sürüp tabancayı tutan sağ elimi aşağıya, kucağıma indiriyorum. Simitçiyle aramızdaki mesafe kısalıyor. Adamın bize baktığını görüyorum. Biraz heyecanlı mı ne? Aniden bakışlarını yolun karşısına çeviriyor. Sanki o da bir işaret peşinde. Baktığı yöne dönüyorum; Fahri'yle göz göze geliyoruz. Fahri'nin yüzü gergin, sağ elini cebinden çıkarıyor, tabancayı görüyorum. Gaza basıp kaçmaya çalışsam, çok geç, yandan da, arkadan da iyi hedef olurum. Usulca frene basıyorum. Fahri bana doğru nişan almaya çalışıyor. Ondan daha çabuk davranmalıyım. Silahımı doğrultuyorum. Ama daha ben tetiğe basmadan bir patlama duyuluyor. Sonra benim silahım ateş alıyor. Fahri'nin ateş edemeden düştüğünü görüyorum. Aynı anda karnımda bir sıcaklık hissediyorum. Simitçiye doğru hızla dönerken, otomobilin sağ yan camını delip geçen kurşunların sesini duyuyorum. Adam birkaç metre ilerde, iki eliyle tutuğu tabancasıyla bana ateş ediyor. Ellerinin titrediğini görüyorum. Allah'tan deneyimli biri değil, yoksa şimdiye kadar çoktan tahtalı köye yollamıştı beni. Otomobilin köşesine, sanki beni gizleyebilirmiş gibi direksiyonun arkasına doğru sığınarak, ona karşılık vermeye çalışıyorum. Fakat irkilerek, elime söz geçiremediğimi fark ediyorum. Sağ omzum acıyla kasılıyor. Adamın nişancılığı hakkında erken konuştum galiba. Ateşi sürdürmezsem işim bitik. Silahımı sol elime geçiriyorum. Gelişigüzel ateş etmeye başlıyorum. En az adam kadar karavanacıyım. Ama işe yarıyor. Düşmanım çatışmanın gerginliğine dayanamayıp kaçmaya başlıyor. Kaçarken tezgâha çarpıyor, simitlerin uçuştuğunu görüyorum. Adam sendeliyor, düşecek gibi oluyor ama düşmüyor, yeniden doğruluyor. Tabancamı kaldırıyorum, nişan almaya çalışıyorum ama birden adamın boyu uzamaya başlıyor. Birkaç saniye içinde, her bir adımının birkaç metreyi geçecek kadar büyüdüğüne tanık oluyorum. Az önce tezgâhtan düşen bir simit adamın peşine takılıyor. Adama yaklaştıkça simit de büyüyor. Yanına gelince adam simitin üzerine atlayıp onu tek tekerlekli bir bisiklet gibi kullanarak hızla oradan uzaklaşıyor.

"Şaşırdın mı?" diye soruyor Yıldırım. Onu tümüyle unutmuştum.

"Sen de gördün değil mi?" diyorum.

"Bayılmamalısın" diyor.

"Neredeydin?"

"Buradaydım, yanında."

"Vurulmadın, değil mi?"

"Komik olma, hayaletler vurulmaz."

"Haklısın" diyorum gülümseyerek. Gülümsemek bile acı veriyor. Kötü görünüyor olmalıyım.

"Seni hastaneye götürecek birilerini bulmalısın" diyor.

"Sen yardım etmezsin, değil mi?"

"Söyledim, bu senin sınavın."

"Kazandım mı?" diye soruyorum.

"Sınav bitmedi ki" diyor.

"Bitmedi mi?"

"Daha yeni başlıyor" diyor başını sallayarak.

Onun bu gizemli tutumu kafamı karıştırıyor. Düşüncelerim kopuk kopuk, her parça sanki bir başka boyuta takılmış, zihnim onları birleştirecek güçten yoksun. Hiçbir şey anlamıyorum, anlayacak halde de değilim. Bu otomobilden çıkmak, hastaneye gitmek istiyorum. Ama kıpırdayamıyorum. Herkese, her şeye küfretmek geçiyor içimden. Direksiyon karnıma doğru yaklaşıyor, korunmak için geri çekiliyorum. Sırtım koltuğa değiyor. Koltuk ne kadar da sertleşmiş. Direksiyon üzerime gelmeyi sürdürüyor. Yana kaçmaya çalışıyorum, yapamıyorum. Direksiyon ile koltuk arasında sıkışıp kalıyorum; sanki aralarında sözleşmişçesine damarlarımdaki kanı boşaltmak için bir mengene gibi sıkıyorlar bedenimi. Soluk almakta güçlük çekiyorum. Ağzımı karaya vurmuş bir balık gibi sonuna kadar açıyorum ama soluk alamıyorum. Başım dönmeye, kulaklarım çınlamaya başlıyor, üşüdüğümü hissediyorum. Dişlerim birbirine çarpacak kadar çok üşüyorum. Büzülmek istiyorum. Hareket edince omzumda ve karnımda sancılar başlıyor. Yıldırım'ın emreden sesini duyuyorum. "Sakin ol, sakin ol, geçti."

Gözlerimi açıyorum... Ama bu Yıldırım değil; beyaz önlüklü asık suratlı bir adam nabzımı tutmuş, saatine bakıp sayıyor, sonra elini alnıma koyarak soğuk bir tavırla soruyor:

"Sancın var mı?"

"Üşüyorum."

"Normal" diyor. "Çok kan kaybettin."

Amcam ile Melike kaygı dolu gözlerle bizi izliyorlar. Doktor ayağa kalkıyor.

"Kaygılanmanıza gerek yok" diyor. "Durumu iyiye gidiyor."

"Titriyor" diyor Melike sanki kendi üşüyormuş gibi.

Doktor yanındaki kısa boylu hemşireye dönüyor:

"Bir battaniye örtün hastanın üzerine."

Hastabakıcı duvarın önündeki dolaptan bir battaniye çıkarıyor. Melike battaniyeyi alıp incitmekten korkarcasına usulca üzerime örtüyor. Ama üşümem geçmiyor, bir türlü ısınamıyorum.

Üçüncü Bölüm

Üşüyorum. Morgun parlak, mermer duvarlarında dağılan gölgemin hüzün verici bir görüntüsü var. Omuzları çökmüş, kambur bir dilenciye benzetiyorum kendimi.

"İyi misin Amirim?" diyor Mustafa saygılı bir tavırla.

"Biraz kırıklık var, idare ederim" diyorum.

Hastaneden iki gün önce ayrıldım. Aslına bakarsanız sokağa çıkacak kadar iyileşmedim henüz. Ama zaman çok önemli, beni vuran adamı teşhis etmem gerek.

Cesetlerin bulunduğu bölüme geçiyoruz, içim titriyor. Morg görevlisi alaycı bir ifadeyle yüzüme bakıyor. Ölülerden korktuğumu düşünüyor olmalı. Sivil giyimliyim ya, beni tanık sanıyor. Aldırmıyorum, pek de haksız sayılmaz. Ama nedense Mustafa rahatsız oluyor:

"Ne gülüyorsun?" diye çıkışıyor.

"Hiiç" diyerek toparlanıyor adam. Enine onar sıra dizilmiş parlak metal kapaklı kabinlerden soldan ikincisine gidiyor. Kabinin kapağını açıyor. Dışarıya serin bir hava dalgası yayılıyor. Üşüyorum. Adam, üstü beyaz bir çarşafla örtülü sedyeyi dışarı doğru çekiyor. Sedye rayların üzerinde kayarak, Mustafa'yla aramıza giriyor. Morg görevlisi, cesedin ayağına bağlanmış fişe bakıyor.

"Özer Yılkı, aradığınız ceset bu, değil mi?"

"Ta kendisi" diyerek bana bakıyor Mustafa. Sonra yavaşça örtüyü kaldırıyor. Önce kuzguni siyah saçlarını görüyorum ölünün. İnanılmaz şey, sanki canlı gibi, saçları ne kadar parlak. Sonra yüzünü görüyorum. Otuz yaşlarında, dar alınlı, ince kaşlı; gözlerini kapamışlar, elmacık kemiğinin üstünde siyah bir delik var; 9 mm'lik bir merminin marifeti. Ama ben bu adamı tanımıyorum. Bu bana ateş eden simitçi değil ki! Dikkatle bakıyorum, hayır, kesinlikle bu o değil. Simitçi kumraldı, saçları dökülmüştü, evet, basbayağı keldi adam. Bir an aklıma cesedin saçlarının peruk olabileceği geliyor.

"Saçlarını kontrol eder misin?" diyorum.

Mustafa anlamamış, yüzüme bakıyor.

"Saçları diyorum, peruk mu değil mi, bir bakar mısın?"

Yine anlamıyor Mustafa. Morg görevlisi ondan önce davranıyor, konuşma tonumdan amir olduğumu anlamış, az önce yaptığı gafı düzeltmek, belki de Mustafa'dan öç almak istiyor. Öne geçerek cesedin saçını hoyratça avuçluyor.

"Yok" diyor sonra. "Adamın kendi saçı."

Cesedin beyazlaşmış yüzüne dikkatle bakıyorum. Hayır, bu bana ateş eden adam değil. Kesinlikle o değil. Demek ölmemiş diyorum sevinçle kendi kendime.

"O değil mi?"

Başımı kaldırınca Mustafa'nın meraklı gözleriyle karşılaşıyorum. Adamı teşhis etmem onun için ne kadar anlam taşıyor, kestiremiyorum.

"Operasyonda sen de mi vardın?"

"Evet Amirim" diyor, gözleri ışıyarak.

Onu sen mi vurdun, diye sormuyorum; bu o kadar belli ki.

"Bana ateş eden adam bu değil" diyerek bir teröristi değil, üstelik amirini vuran bir teröristi haklamış olmanın gururunu taşıma zevkinden yoksun bırakıyorum onu. İki yıldır birlikteyiz Mustafa'yla. Yıldırım'la aramızdakine benzer bir ilişki kurmaya çalıştım, olmadı. Önce yetenekleri sınırlı diyerek Mustafa'yı suçladım, sonra anladım ki ben de Yıldırım değilim. Şimdi saygılı ama soğuk bir amir-memur ilişkisi var aramızda. Hakkımda olumsuz düşünceleri olduğunu sanmıyorum ama benim Yıldırım'a beslediğim hayranlığı o hiçbir zaman bana duymayacak, zaten bunu hak eden biri de değilim.

"Eve mi gideceksiniz Amirim?" diye soruyor, morgdan çıkıp otomobile bindiğimizde.

"Önce şu kaloriferleri çalıştır, dondum" diyorum.

"Üzgünüm Amirim" diyor, bana doğru dönerek ezik bir tavırla. "Kalorifer yine bozuk."

Mustafa kontak anahtarını çevirirken ben de paltoma sarınıyorum. Doğru olan eve gidip sıcak bir şeyler içerek dinlenmek. Ama Mine'yi bulmalıyım. Geçen her dakika onu benden biraz daha uzaklaştırıyor. Tuhaf bir şekilde hissediyorum bunu. Aradan yirmi gün geçti, hâlâ yaşıyor olabilir mi? Cesedi bulunmadığı sürece bir umut var. Beni vuran simitçi... Onu bulmalıyım. Bütün düğüm onda. Kim bu adam? Fahri'nin örgüt arkadaşlarından biridir; başka kim olabilir? Oysa Fahri hakkında yazılan raporlar, örgütten ayrıldığını belirtiyordu. Demek bizi atlatmış herif. Baksana, beni öldürmeye cesaret ettiğine göre, öyle pek de yabana atılacak biri değilmiş. Mine boşuna hayran olmamış ona. Hayran mı? Âşık desene şuna....

"Eve gidiyoruz, değil mi?"

Mustafa'nın sorusuyla uzaklaşıyorum düşüncelerden.

"Hayır, Kurtuluş'a."

"Kayıp kızın evine mi?"

Mine'yi kayıp kız diye tanımlamasını yadırgıyorum ama başka ne diyebilir ki, o dosyalarımızda yer alan binlerce kayıp insandan biri.

"Evet" diyorum Mustafa'ya. "Evet, kayıp kızın evine."

"Ama Amirim" diyerek karşı çıkıyor yardımcım. "Sizi eve götürmem söylendi."

Söyleyen de amcamız, amirimiz İsmet Bey.

"Sen boşver söylenenlere. Beni Kurtuluş'a bırak, sen de Komser Naci'ye git. Fahri ile aynı davadan tutuklanan arkadaşlarının dosyasını al, benim eve bırak."

"Resmi yazı olmazsa şubede zorluk çıkarıyorlar."

Nesi var bu oğlanın bugün, birileri kulağını mı büktü ne? "Benim adımı ver, Naci birlikte çalıştığımızı biliyor. Mırın kırın ederse yazının sonra geleceğini söyle."

İsteklerim Mustafa'yı rahatsız ediyor. Siciline kötü bir şey yazılır diye korkuyor olmalı, bana karşı gelecek kadar cesareti de yok. Ne yapsın şimdi bu çocuk? Bir de gidip olanları İsmet'e anlatıyor mu? Yok canım, amirini şikâyet edecek yürek yok onda. Üstelik İsmet'in amcam olduğunu da biliyor. Mustafa'yı süzüyorum, düşünceli gözlerle otomobili kullanıyor. Belki de hakkında yanlış düşünüyorum. Belki de gerçekten iyi biridir. Ama iyi de olsa, kötü de olsa sonuç değişmeyecek. Kuralların arasında boğulup kalmış bir istihbaratçı, yaptığı işte neyin önemli, neyin önemsiz olduğuna nasıl karar verebilir? Otomobilimiz Aksaray'da, ışıklarda durunca soruyorum:

"Mine'nin Roma'da bir arkadaşı vardı, adı Selin'di galiba, dönmüş mü?"

Kafası başka yerde, söylediklerimi anlamakta zorluk çekiyor, Allah'tan o anda yanan yeşil ışık yardımına yetişiyor da otomobili hareket ettirirken yanıtlıyor sorumu.

"Selin Orhun, henüz dönmedi. Biliyorsunuz, kızın babası İtalya Büyükelçiliği'nde görevli. Birkaç kez telefon ettik, Selin'le konuştuk. Kız işin ciddiyetini kavrayamadı."

"Neler söyledi?"

"İtalya'ya uçmadan önce görmüş arkadaşını. 'Tatile falan gitmiştir, yakında çıkar gelir' dedi. Kaçırılmış olabileceğini söyledik. 'Olanaksız, Mine'yi neden kaçırsınlar ki?' dedi. Anlaşılan kız hiçbir şey bilmiyor."

"Fahri'yi sordunuz mu?"

"Sorduk, 'İyi çocuktur' dedi. Fahri'den Mine'ye zarar gelmeyeceğini söyledi. Oğlanın öldüğünü bilmiyor, biz de söylemedik."

"Ne zaman dönecekmiş Türkiye'ye?"

"Yakında dönmesi lazım. Sömestr tatili sona eriyor."

"Yüz yüze görüşmeliyiz" diyorum.

"Gelir gelmez irtibata geçeriz Amirim" diyor.

Bir an susuyor Mustafa, sonra bana dönerek, "Bu kaybolan kız, sizin muhbiriniz miydi Amirim?" diye soruyor. Uzun zamandır kafasını kurcalıyor olmalı bu soru. Belki öfkelenmem gerek ama cesareti hoşuma gidiyor.

"Öyle sandılar."

"Değil miydi?"

"Aynı sitede oturuyorduk. Annesi benim hanımın arkadaşıydı. Bir gün okulda işgal eylemi olmuş, bütün öğrencileri toparlamışlar. Annesi yardım etmemi istedi, ben de gidip onu polisten aldım."

"Yani kızın olayla ilgisi yoktu."

"Vardı, solculara sempati duyuyordu. İyi niyetli aslında. Haksızlıkları, aksayan şeyleri görünce tepki göstermiş. Bilirsin, böyle gençler terörist gruplar için iyi malzeme olur. Ona gerçekleri anlattım. Arkadaş olduk. Bu arada okulda ne olup bitiyor, onları da konuşuyorduk tabii..."

"Fahri denen herif de onu muhbiriniz sandı."

"Kızı onların kaçırdığını düşünüyorsun, değil mi?"

"Başka kim olabilir ki?"

Evet başka kim olabilir ki?

"Sizi cezalandırmak istediler herhalde" diyor Mustafa, "ilk gözaltına alındığında Fahri'yi neden bıraktılar ki?"

"Yapacak bir şey yoktu" diyorum. "Sorguda ben de vardım. Fahri, Mine kaybolmadan üç gün önce Antalya'ya gitmiş. Bütün hafta ailesinin yanında kalmış. Tanıkları var, babası albaymış, geçen yıl ölmüş."

"Albaysa albay Amirim, önce oğlunu terbiye etmeliydi. O şerefsizin size ateş ettiği silah bile ordu malı."

"Ciddi misin?" diye dönüp soruyorum.

"Evet" diyor Mustafa. "Babasının beylik Kırıkkale tabancası."

Kafam karışıyor. Örgüt suikastta kendi silahlarını değil, emekli bir albayın Kırıkkale tabancasını kullanıyor! Tuhaf!

"Ya öteki herifin kullandığı silah?"

"Size ateş edilen silahı bulamadık henüz. Ama mermileri inceleyen balistikçiler, askerlerin kullandığı cinsten Colt bir tabanca olduğunu söylüyorlar."

Simitçi gözlerimin önüne geliyor. Elindeki ağır bir silah, belki Colt, tabancayı iki eliyle tutuyor. Silah tepince dengesi bozulmasın diye ayaklarını açarak dengesini sağlamış, öyle ateş ediyor.

"Yani o da mı albayın silahı?" diye soruyorum.

"Olabilir, İsmet Bey araştırıyor."

Demek İsmet Bey araştırıyor. Bizim amca, Mine'yle olan ilişkimi sezdi galiba. Olaya el koymuş. Belki bu oğlanı da almıştır yanına. Yok canım, o kendi başına çalışır. Ne de olsa ailedeniz. Kol kırılır, yen içinde kalır.

"İsmet Bey bunları size niye anlatmamış ki?" Mustafa da şüphelenmeye başladı. Yoksa bu çocuk göründüğünden daha mı zeki?

"İyileşmemi bekliyordur."

Yanıtımı dinlerken gözucuyla beni süzüyor.

"Bu işi biz mi yürüteceğiz Amirim?"

"Senin kulağına bir şeyler mi çalındı?" Ses tonum sert değil ama güçlü.

"Tam olarak bilmiyorum ama işe siyasi polis sahip çıkıyormuş gibi dedikodular duydum."

İş iyice dallanıp budaklanmadan amcayla konuşsam mı acaba? Dur bakalım, acele etmeyeyim, önce neler olup bitiyor bir öğrenelim.

"Şu yetki meselesi ha" diyerek gülümsüyorum. Rahatlığım Mustafa'nın kuşkularını hafifletiyor. Ama yüzünde bir tedirginlik var. Pangaltı'dan Kurtuluş'a girerken anlıyorum nedenini.

"Amirim" diyor âdeta yalvaran bir sesle. "Eve döndüğünüzde sizi benim bıraktığımı söyleyin hiç değilse."

"Tamam, sen merak etme."

Otomobilimiz Kurtuluş Caddesi'nin tıkalı trafiğinde bir süre zar zor ilerledikten sonra sağa dönen sokağa sapıyor. Sokaktan iyice aşağıya, Feriköy Mezarlığı'na kadar iniyoruz. Mezarlığa paralel uzanan tenha sokağa geldiğimizde, "Ben burada ineceğim" diyorum. "Ev az ilerde zaten."

"İsterseniz bekleyeyim sizi" diyor son bir umutla. "Hava berbat, araba bulamayabilirsiniz."

Yalnız kalmaya ihtiyacım var, o yanımdayken iyi düşünemiyorum.

"Sağ ol Mustafa, ben başımın çaresine bakarım."

Tedirginliği artıyor.

"Ne zaman dönersiniz?"

"Birkaç saat sonra evdeyim. Fahri ile örgüt arkadaşlarının raporlarını unutma. Bir terslik olursa beni ara" diyorum otomobilden inerken.

"Olur, ararım" diyor Mustafa. "Ne olur kendinize dikkat edin." Bu dileğinde içten, çünkü bana bir şey olursa kendi başının da yanacağını çok iyi biliyor.

"Merak etme Mustafa, acı patlıcanı kırağı çalmaz" diyorum. "Hoşça kal!"

"Görüşürüz Amirim" diyor ben kapıyı kaparken.

Dördüncü Bölüm

Kar taneleriyle yüklü güçlü bir rüzgâr sürüklemeye çalışıyor beni. Hafifçe beyazlanan yerlerde ayak izlerim kalıyor. Tenha sokak karın altında, olduğundan daha ıssız görünüyor. Ürperiyorum, sıkı sıkı paltoma sarınıyorum. Galiba başım dönüyor. Önümdeki paslı elektrik direğine yaslanmak, kısa bir süreliğine de olsa dinlenmek istiyorum. Üşümem artıyor, vazgeçiyorum, birkaç metre sonra Mine'nin evinin olduğu çıkmaz sokağın başında olacağım. Kendimi yeniden rüzgâra bırakıyorum.

Çıkmaz sokağın önüne geldiğimde, baş dönmemi ve üşümemi unutturan o görüntüyle karşılaşıyorum; Mine'nin oturduğu apartmanın önünde bir kız arkası bana dönük, kapının açılmasını bekliyor. Sırtında Mine'nin mavi kabanı var. Mustafa haklıydı, buraya hiç gelmemeliydim, iyi değilim. Baksana, gündüz gözüyle hayal görmeye başladım. Ama tuhaftır, Mine'nin hayali kaybolmuyor. Ona doğru yürüyorum. Başına siyah bir bere geçirmiş, üstelik Mine'nin böyle bir beresi olduğunu da anımsamıyorum. Bunun ne önemi var, artık iyice kontrolden çıkan belleğim pekâlâ ona böyle bir başlık yakıştırmış olabilir; hep söylemez miydim, "Sana siyah çok yakışıyor" diye. Aramızda on-on beş adım ya var ya yok. Günlerdir tedirginlikler içinde kıvranarak özlemini çektiğim genç kızın, bu çıkmaz sokakta rastladığım hayaline incitmekten korkarcasına yaklaşıyorum. Boynunu içeri doğru çekiyor, ayaklarını hafif hafif yere vuruyor, üşümüş olmalı. Çok üşürdü Mine, onda kaldığım geceler, sevimli bir kedi gibi usulca sokulurdu koynuma. Yaklaşınca fark ediyorum, siyah bir poşet taşıyor, sanki alışverişten dönmüş. Poşeti tutan eldivensiz elini görüyorum, soğuktan kıpkırmızı olmuş. Nasıl da gerçekmiş gibi görünüyor. Omzuna hafifçe dokunsam, her zamanki gibi dönüp yumuşacık gülümser mi bana? İnsan bu kadar ayrıntılı hayal görebilir mi? Neden olmasın? CENTO kursları için İngiltere'ye gittiğimizde, beynin gizli güçlerinden söz etmişti sosyal psikoloji konferansını veren kadın profesör. Sanırım kastettiği böyle bir duyguydu. Hoş bir yanılgı bu. Hayalimle aramızda birkaç metrelik bir mesafe kalmışken metalik bir ses çalınıyor kulağıma. Bu, kapıyı açan mekanizmanın çıkardığı ses. Daha önceleri kim bilir kaç kez zili çalıp sabırsızlıkla bu sesin kapıyı açmasını beklemiştim. Genç kız, açılan demir kapıyı eliyle iterek içeriye süzülüyor. Kapı kapanmadan ben de yetişmeliyim. Hızlanırken ayağım kayıyor, düşmekten zor kurtuluyorum. Kapı kapanmak üzere, son bir çabayla yakalıyorum soğuk demiri. Belli belirsiz bir ürperti hissediyorum ama hayalimi kaybetmemeliyim; ben de içeri süzülüyorum. Genç kız apartman otomatiğini yakmış, merdivenleri tırmanıyor. Tuhaf, hayaletlerin ışığa ihtiyaçları olmaz ki! Yoksa gerçekten de Mine mi? Umutla tekrarlıyorum kendi kendime: Olabilir mi? Belki yine o çılgınlıklarından birini yapmak istemiş, kimsenin bilmediği bir arkadaşının yanına gitmiştir. Böyle bir sorumsuzluğu yapar mı? Keşke yapmış olsa, diye düşünerek ben de merdivenleri çıkmaya başlıyorum. Biraz hızlansam onu yakalayacağım. Nedenini bilemediğim bir ürkeklik engel oluyor bana. Yine de aramızdaki mesafe giderek kısalıyor. Genç kız üçüncü katta, ev sahibi Madam'ın dairesinin önünde duruyor, kapıyı çalıyor. Neden yukarı, kendi evine çıkmadı da bu evin kapısında durdu? Geciktirdiği kirayı ödeyecek ya da her zamanki gibi onlar için de bir şeyler almıştır marketten. Mine'nin yüzünü hâlâ göremiyorum. O da dönüp bana bakmıyor, oysa ayak seslerimi duymaması olanaksız. Ona iyice yaklaşıyorum ama tuhaf, aramızdaki mesafe kısaldıkça sanki az önceki heyecanım kayboluyor. İçimde giderek güçlenen bir ses, bu kız Mine olamaz, diyor. Artık tam arkasındayım, elimle usulca kabanına dokunarak, "Mine" diyorum.

Dönüp bana bakıyor, bir an Mine'nin yüzünü görür gibi oluyorum ama sonra Madam'ın zihinsel engelli kızı Maria'nın boşlukta sallanan bakışlarıyla karşılaşıyorum.

"Demek Mine zannettiğim sendin" diyorum.

Kız büyük bir ciddiyetle yüzüme bakıyor, sonra elini dudaklarına götürerek, "Şişşt, uyuyor" diyor.

"Kim uyuyor?" diye soruyorum.

Dudaklarına götürdüğü eliyle aşağısını gösteriyor, bakıyorum, bir şey göremiyorum. Gülümsüyor, elindeki poşeti açarak içinden bez bir bebek çıkartıyor.

"Bak, Floris" diyerek bana uzatıyor. Ben ne yapacağımı bilemeden bebeği alırken, evin kapısı açılıyor, tekerlekli sandalyede Madam Eleni'nin tedirgin yüzü görünüyor. Kadın beni görünce rahatlıyor.

"Ah Sedat Bey siz misiniz? Ben de kimdir Maria'yla konuşan diyordum."

Her zamanki gibi ak saçlarını arkada topuz yapmış, kırışıklarla kaplı yüzünde derin bir metanet okunuyor, ancak gözlerinde kuşku dolu pırıltılar var. Belli ki son günlerde olanlar kafasını iyice karıştırmış.

"Merhaba, nasılsınız Madam?"

"Teşekkür ederim, çoktandır görünmüyorsunuz."

Uzun süre gelmeyişim dikkatini çekmiş, gazetelerdeki suikast haberinde adım geçmediği için neler olup bittiğini de bilmiyor. İyi ki de bilmiyor.

"İşler vardı" diyorum. "Bir soruşturma için İstanbul dışına çıkmıştım."

"Mine için mi?"

"Öyle sayılır."

Madam'ın merakı giderek artıyor.

"İçeri buyurmaz mısınız?" diyerek kapıyı gösteriyor.

Kısa bir ikircimden sonra öneriyi kabul ediyorum, belki yeni bir şeyler öğrenebilirim. Maria kapının önünde dikilmeyi sürdürüyor. Bebeğini ona uzatıyorum. Sessizce alıyor.

"Gelsene kuzum" diyor Madam Eleni. Sesi şefkat dolu. Maria annesinin uyarısıyla içeri giriyor. Madam istavroz çıkardıktan sonra fısıltıyla söyleniyor.

"Tanrı yardımcım olsun, aklı gidip gidip geliyor."

Maria'ya bakıyorum, kalın kaşlarının altındaki iki iri zeytin tanesi gibi kara gözleri anlamsızca ışıldıyor. Dikkatle bakınca onun Mine'den daha uzun, daha iri yapılı olduğunu fark ediyorum. Neden onu Mine'ye benzettim ki? Hastalığın etkisiyle bu ayrıntıları kaçırdım demek. Peki üstündeki kaban, Mine'ninki değil mi? Dar antreden geçerken soruyorum:

"Kızınızı Mine'ye benzettim" diyorum. "Arkadan gördüm, kabanı..."

Acıyla gülümsüyor kadın.

"İki ay önceydi, Maria tutturdu illa Mine'nin kabanından isterim diye. Mine genç kız, aynı kabandan almamız yakışık almaz, diyerek Maria'yı oyaladım. Ama bir gün onun yanında, 'Ben senin kabanından istiyorum' demez mi! Korktuğum gibi olmadı. Mine gülümsedi, 'Gidip alalım' dedi. Bilirsiniz, tez canlıydı. Gidip aldılar. Çok iyi bir kız idi, çok."

Madam'ı dinlerken, sol tarafta kapısı açık bir oda görüyorum; kenarları kar rengi dantellerle kaplı, geniş bir yatak ile tam karşımdaki duvarda siyah bir zemin üzerine kırmızı ve yeşil renklerle bezenmiş bir ikona gözüme çarpıyor. Salonun girişine yaklaştığımızda antre genişliyor. Burada gürül gürül yanan demir döküm bir soba var. Sobanın üstündeki çaydanlıkta kaynayan ıhlamurun kokusu bütün evi sarmış...

"Bu yıl kış şiddetli oldu" diyor Madam.

"Evet" diyorum. "Yine kar yağıyor."

"Tanrı fakir fukaranın yardımcısı olsun" diyor. "Kömür ateş pahası."

Salona girdiğimde, her zamanki gibi, müzeye gelmiş duygusuna kapılıyorum. Sanki bu kâgir evde zaman durmuş, sanki içindeki insanlar yıllar öncesini yaşamaktalar. Eski eşyaları korumak, değişikliğe gitmemek azınlıklara özgü bir savunma biçimi mi? Yok canım, yalnızca azınlıklara özgü bir tutum değil bu. Yaşlı insanlar genellikle böyle davranır. Bütün eşyaların bir anısı vardır. Atmaya kıyamazlar. Gözlerim duvarlarda, tahtaları çürümüş çerçeveler içinde, artık iyice sararmış resimlere kayıyor. Yaldız kaplamalı, metal çerçeveli bir resimde palabıyıklı bir adam ile Madam'ın gençliği yan yana. Adam, Madam'ın iki yıl önce ölen kocası Mösyö Koço; orta boylu, yakışıklı bir adam. Pencerenin karşısında yüzyılın başından kalma ceviz büfedeki kristal kadehler geçmiş ziyafetlerin buruk parıltısını yansıtmayı inatla sürdürüyorlar hâlâ. Büfenin yanındaki duvarda gümüş çerçeveli kocaman bir ayna, artık pek fazla kimsenin uğramadığı bu evde, tılsımlı görüntüsüne katmak için umutla yeni konukların gelmesini bekliyor. Salonda günümüzü çağrıştıran tek cihaz, sol köşedeki küçük televizyon. Televizyonun arkasındaki duvarda, tavana yakın bir yerde doldurulmuş bir geyik başı var. Bu, rahmetli Koço'nun ne yaman bir avcı olduğunun nişanesi. Aynı sözcüklerle anlatmıştı Madam, doldurulmuş geyik başının hikâyesini. Koço Kumkapı'da meyhanecilik yaparmış ama Mösyö'nün bir merakı da avcılıkmış. Tavşandan kekliğe yüzlerce hayvan vurmuş ama en çok övündüğü, Toroslar'a kadar gidip bu geyiğin başıyla döndüğü avmış.

"Şöyle buyurunuz" diyor Madam Eleni televizyonun karşısındaki koltuğu göstererek.

Otururken Maria'yı görüyorum. Poşeti masaya bırakmış, elinde bebeğiyle salonun kuytu bir köşesine çekiliyor. Bebeğine bir şeyler anlatıyor, fısıltısı bize kadar geliyor.

"Böyle kendi kendine oynar akşama kadar. Aslında sokağa göndermeye korkuyorum. Yardımcı kadın yirmi gündür yok, kızı çocuk doğurmuş, köyde. İki aylık yiyeceği alıp aşağıdaki büyük buzdolabına yerleştirdik. Yine de ekmek filan lazım oluyor işte. Mecburen bakkala yolluyorum onu."

Yaşlı kadının yüzünden çaresizlik okunuyor.

"Evi bulamayacağından mı korkuyorsunuz?"

"Ne bileyim işte. Unutkanlığı var. Bakkala yolluyorum ya, ne alacağını yazmasam dükkânda dikilip dikilip geri dönüyor. Eşyalarını nereye koyduğunu hatırlamıyor."

"Her zaman böyle unutkan mı?"

"Genellikle böyle. Ama bazen de her şeyi hatırlıyor. Neyi nereye koyduysa eliyle bulup çıkarıyor."

"Doktorlar ne diyor?"

"Tanrı'nın yaptığına ne denir? Doğduğundan beri böyle bu çocuk."

Karşılıklı susuyoruz. Madam dalıyor. Belki de kendisi öldükten sonra kızının tek başına nasıl yaşayacağını düşünüyor. Abisi yanına alır belki. Büyük oğlu Selanik'e taşınmış yıllar önce. Koço ile Madam gitmemişler. Babası ölünce çocuk, "Anne yanımıza gel" diye çok ısrar etmiş. Madam, "Koço'nun mezarı burada, onu yalnız bırakamam" demiş. İşin içyüzünü bilmesem ne büyük aşk diyeceğim. Oysa Mösyö Koço elli yaşındayken, kimi kimsesi olmayan genç bir Rum kızına âşık olmuş. Kıza evler açmış, paralar harcamış. Birkaç yıl sürmüş ilişkileri ama kız sonra bizim Koço'yu bırakıp bir Rum delikanlısına kaçmış. Bu olaydan sonra zavallı Koço iyice içine kapanmış. Meyhaneyi kapatmış, bütün malzemeyi aşağıya, bodrum kata taşımış. O ünlü mezelerini de yalnızca yortu günlerinde komşularına, akrabalarına yapmış. Hep aklımı kurcalamıştır; Madam bu işin farkında mıydı acaba? Farkındaysa nasıl dayandı? Melike nasıl dayandıysa o da öyle dayanmıştır. Hayır canım, Melike farklı. Neden farklı olsun, onun da kocası başka birine âşık olmadı mı? O da tıpkı Madam gibi olanları sezip bilmezlikten gelmedi mi? Neden? Yıldırım, "Başka çareleri yok da ondan" derdi. "Elinde bir mesleği, bir geliri yok, ayrılıp ne yapacak?" Doğrusu bunu ben de düşünmedim değil. Melike zengin bir ailenin kızı olsaydı, bu duruma katlanır mıydı? Kocasını bir başka kadınla kim paylaşmak ister? Ama yaşamını sürdürmek için bu durumu kabul etmek de onursuzluk değil mi? Allahım, neler düşünüyorum! Hayır hayır, Melike'nin olanlara bu nedenle göz yumduğunu sanmıyorum, o beni, çocuklarını seviyor, yuvasının dağılmasını istemiyor. Bu yüzden bir hastalığa yakalandığımı varsaydı, bir gün geçeceğini umarak sabırla bekliyor.

Madam'a bakıyorum, gözleri dizlerini örten eski battaniyenin desenine kilitlenmiş, sanki benim varlığımı unutmuş gibi arada bir iç geçirerek susuyor. Bir an onun kocasını ve Rum kızını düşündüğünü sanıyorum. Suskunluk giderek ağırlaşıyor, benim için dayanılmaz bir hal alıyor.

"Burası daha serinmiş" diyorum.

"Üşüdünüz mü?" diye soruyor uzun bir uykudan uyanmış gibi.

"Sağ olun, burası yeterince sıcak."

Üşümediğimden emin olunca, "Hâlâ bir haber yok değil mi Mine'den?" diye soruyor.

"Maalesef yok" diyorum.

"Çok iyi bir kızdı, çok" diye yineliyor.

Gözlerinin dolduğunu hissediyorum, sesi titriyor.

"Onu çok özlüyoruz. Mine benim ikinci kızım gibiydi."

Kadının hali beni de etkiliyor, hastanede geçirdiğim günler sinirlerimi iyice zayıflatmış olmalı. Bu evi tutmak için Mine'yle geldiğimiz ilk günü anımsıyorum. Mine benim oturduğum koltuğa oturmuştu, ben ise yanındakine. Madam büyük bir ilgiyle bizi süzüyordu. Mine, "Üst katınız kiralıkmış, öyle mi?" diye sorunca Madam ona, kısacık bir yanıtla, "Evet" dedikten sonra bana dönmüştü: "Siz küçükhanımın nesi oluyorsunuz?" Böyle bir soruya hazırlıklıydım. "Aile dostlarıyım" dedim kesin bir ifadeyle. Verdiğim yanıt doyurucu gelmemişti Madam'a ama kibarlığını da bozmamıştı. Yeniden Mine'ye dönmüştü:

"Öğrenci misiniz?"

"Evet, Güzel Sanatlar'da okuyorum. Resim bölümü."

"Aileniz nerede?"

Kadının soruları beni rahatsız etmeye başlamıştı ama Mine o inanılmaz sabrıyla kadını yanıtlamayı sürdürmüştü.

"Annem ile babam ayrıldılar. Babam Almanya'da çalışıyor. Annem yeniden evlendi. İstanbul'da oturuyor. Artık onların yanında kalmak istemiyorum."

"Nedeni sorabilir miyim?"

"İki küçük kardeşim daha var. Ev yeterince geniş değil. Benim resim çalışmalarım için kendime ait bir mekâna gereksinimim var."

"Peki" demişti Madam bir ara beni de süzerek. "Anladığım kadarıyla bir geliriniz yok, kirayı nasıl ödeyeceksiniz?"

"Almanya'dan babam yollayacak."

Madam soruların yanıtını almıştı ama ikna olduğunu sanmıyordum. Ona Ari'den söz etmenin tam zamanıydı. Ari zaman zaman İstanbul'daki Rum toplulukla ilgili bilgiler sızdıran bir muhbirdi. Rum topluluğunun içinde onu tanımayan yok gibiydi. Çünkü herkesin yardımına koşardı. Aslında bize verdiği bilgilerde kendi cemaatini gözettiğini de söylemeliyim. Ari'nin adını duyunca kadının yüzü ışıdı:

"Ari'yi tanıyor musunuz?"

"İyi dostum olur. Bizi ona sorabilirsiniz."

Madam rahatlamıştı, koyu renk gözlerinin derinliklerinde gizlenen kuşkular kayboldu. Dünyanın kötü olduğunu, daha iki gün önce Feriköy'de yaşlı bir kadının bileklerini kesip bileziklerini çaldıklarını anlattı. Azınlıklara özgü o güvensizliği seziyordum kadında. Gözlerindeki ürkeklik, gizliden gizliye kendini hissettiren çekingenlik, her davranışında belli ediyordu kendini.

Madam sonunda evini Mine'ye kiraladı. Bundan hiçbir zaman da pişmanlık duymadı. Hatta Mine'yi tanıdıkça doğru bir karar verdiğini düşündü. Bunda Mine'nin Maria'ya olan içten davranışlarının etkili olduğunu söylememe gerek yok.

"Tanrı taksiratını affetsin" diyor Madam düşüncelerimi bölerek. Bir an bunu kimin için söylediğini kestiremiyorum. "Fahri denen o çocuğu da burada tanıdım. Son zamanlar sık gelip giderdi Mine'nin evine. Duydunuz değil mi, bir polise ateş etmiş. Çatışmada öldürmüşler. Neler oluyor Sedat Bey, önce Mine kayboldu, ardından Fahri öldü?"

Susuyor, söylediklerinin üzerimdeki etkisini ölçmek istercesine beni süzüyor. Nemli, kara gözleri sorularla dolu; sanki, bir aralar siz de pek sık gelirdiniz ziyaretine, aile dostuyum filan dediniz ama gerçek ilişkiniz neydi, der gibi bakıyor yüzüme.

"Biliyorum" diyorum kendinden emin bir tavırla. "Mine sık sık anlatırdı onu. İyi bir arkadaş olduğunu söylerdi. O da pek tanıyamamış anlaşılan, oğlan sabıkalı, iki yıl önce afla çıkmış içeriden."

Sözlerim Madam'ın ilgisini dağıtıyor, beni incelemekten vazgeçerek merakla soruyor.

"Fahri mi yapmıştır bu kötülüğü?"

"Öyle olduğunu düşünüyoruz."

"Terörist filan diye yazdı gazeteler ya, hiç öyle işler yapacak birine benzemez idi."

"Ne yazık ki doğru. Fahri bir teröristti."

"Nereden bulmuş Mine bu çocuğu?"

"Fahri onu bulmuştur. Kandırmak istediler. Olmayınca..."

"Kaçırdılar mı? Annesi babası, zavallılar yıkılmışlar."

"Babası mı! Üvey babası mı?"

"O değil, öz babası Metin Bey. Almanya'dan geldi. Dolaşmadık hastane bırakmamış İstanbul'da."

"Faydasız, o araştırmayı biz de yaptık. Hastaneler olaydan haberli, bir gelişme olsa mutlaka bildirirlerdi."

"Bilmiyorum artık, ne oldu bu kızcağıza, ne ölüsü var ortalıkta ne de dirisi?"

"Bulacağız, merak etmeyin" diyorum söylediklerime kendim de inanmadan. "Ben kalkayım artık."

"Durun, bir kadeh likör içmeden dünyada bırakmam sizi."

"Sağ olun, üzerinize afiyet biraz üşütmüşüm. Antibiyotik kullanıyorum. İçki almasam iyi olur."

"Canım, likör de içkiden mi sayılırmış? Mösyö Koço ilaç niyetine içerdi her akşam bir kadeh."

"Başka zaman, Mine'yi sağ salim bulduğumuzda" diyerek ayağa kalkıyorum.

"Ah, ah keşke" diyor. Sonra tekerlekli sandalyesini hareket ettirerek bana kapıya kadar eşlik ediyor.

"Anahtarınız var mı? Dün bir polis gelip bizdekini aldı."

Sesi niye kuşku dolu öyle? Mine sana da anahtar vermişti değil mi, der gibi. Oysa Mine hiçbir zaman anahtar vermemişti bana. Evi onun özgürlük alanıymış; "Bu mekânın yalnızca kendime ait olduğunu hissetmek istiyorum" demişti.

"Var" diyorum Madam'a. "Annesinden almıştım."

"Çıkarken kapıyı kilitlemeyi unutmazsınız, değil mi?"

"Unutmam, merak etmeyin" diyerek kapıyı açıyorum. Tekerlekli sandalyesini hareket ettirerek peşim sıra geliyor.

"Ben yerimden kımıldayamıyorum, Maria'yı görüyorsunuz" diyor çaresizlikle.

"Merak etmeyin, çıkarken kapıyı kilitlerim."

"Sağ olun, umarım bu defa bir şeyler bulursunuz yukarıda."

Aslında bu sözlerle, bir şeyler bulursanız bana da söyleyin, demek istiyor. Anlamazdan geliyorum, teşekkür ederek ayrılıyorum daireden.

Beşinci Bölüm

Ampullerin sarı ışığı, taş merdivenlerin soğukluğunu gidermiyor. Apartman boşluğunda kesin bir sessizlik hâkim. Sanki sokaktaki karın ıssızlığı sinmiş içeri. Ürperiyorum, paltomun yakasını kaldırıp basamakları tırmanıyorum. Basamakların hemen hepsi çatlamış, havada belli belirsiz bir küf kokusu var. Beyaz duvarlarda çiçek fosillerini andıran sarı lekeler belirmiş. Binanın ağır ağır ölmekte olduğunu ilk kez fark ediyorum. Defalarca bu merdivenlerden çıkmış olmama rağmen, daha önce bunu anlayamamış olmak beni şaşırtıyor.

Yıldırım'ın sözleri geliyor aklıma. "O kız, ayaklarını yerden kesti, çoktan unuttuğun bir dünyaya götürdü seni..." Ama birden Yıldırım'la bu konuyu konuşmuş olmamın imkânsız olduğunu anlıyorum. O öldükten sonra tanıştım Mine'yle. Aklım karışıyor. Sonra, Yıldırım'la bir düşte konuştuğumu hatırlıyorum. Bu o kadar net ki gördüklerim bütün ayrıntılarıyla gözümün önünde; Yıldırım'ın, "Sınav bitmedi ki, daha yeni başlıyor" sözleri kulaklarımda çınlıyor.

Mine'nin dairesinin bulunduğu kata ulaştığımda yorulduğumu hissediyorum. Bedenimdeki dikiş yerleri sızlıyor. Duvara yaslanıp bir süre dinleniyorum. Dairenin kapısı çaresiz bir çocuk gibi yüzüme bakıyor. Kapının bu terk edilmiş hali hüzün veriyor bana. İçimden, çok derinlerden gelen o bildik sancıyla irkiliyorum. Defalarca mücadele ettiğim, yendiğimi sandığım ama olaylar durulup da kendi başıma kaldığımda, yüzeye çıkan o sinsi acı ele geçiriyor benliğimi. Aynı burgu, aynı çaresizlik, aynı dizginlenemez özlemle kıvranıyorum. Akla, mantığa sığdıramadığım, çözümleyemediğim, çözümlediğim zaman da işin içinden çıkamadığım bir durum bu. Neden bu kadar çok istiyorum Mine'yi? Yaşanmamış hiçbir şey kalmadı ki aramızda! Neden hâlâ onu düşünüyorum? Eksik olan ne? Karım Melike ondan çok daha iyi bir insan; özverili, şefkatli, sadık ve belki ondan daha güzel, üstelik çocuklarımın anası... Ama bütün bunlar yetmiyor. Beni terk etmesine, hatta aşağılamasına karşın yine de Mine'yi özlüyorum. Kapıyı açışını, gülümserken dudaklarının hafifçe yukarı kıvrılışını, yanağında belli belirsiz çukurlaşan gamzeyi, sol kaşının bittiği yerdeki küçük yara izini, açık kahverengi gözlerini, gözbebeğinin derinliklerinde birden karşıma çıkıveren yeşil benekleri, yer yer altın sarısı tellerin parladığı uzun kumral saçlarını, başını yana yatırıp uysalca beni dinleyişini, bana bakarken yüzünü kaplayan sevinç dalgasını, sesindeki yumuşaklığı, avuçlarımın arasında kaybolan beyaz ellerini, küçük ve diri memelerini, biraz kalın ama düzgün bacaklarını, bacaklarının arasındaki nemli, cesur sıcaklığını; onu, her şeyiyle onu, Mine'yi özlüyorum. Yokluğu renksiz, tatsız, bir boşluk gibi damarlarımda akarak yaşamımda önemli önemsiz ne varsa hepsini anlamsızlaştırıyor. "Nerdesin?" diye söyleniyorum. Sanki sözlerimi yanıtlarmış gibi bir tıkırtı geliyor daireden. Dikkat kesiliyorum. Yanıldım mı? Hayır, ses o kadar belirgindi ki, eminim içeride bir şey kıpırdadı. Kulağımı kapıya yaklaştırıp dinliyorum. Sanki biri ses çıkarmamak için yavaş hareketlerle yürüyor içerde. Elimi tabancama atarken, aklıma Van Gogh geliyor. Yoksa Van Gogh mu?

Van Gogh, Mine'nin kedisi. Tahmin edileceği gibi, olgun yaz başakları gibi sarı tüyleri var; fakat namı sarışınlığından değil, soğuk bir mart gecesi, sevgilisi için girdiği kavgada sol kulağının yarısına yakınını kaybetmiş olmasından. O geceden sonra Mine, kedinin adını Van Gogh koydu. Biz kısaca ona Gogh diyorduk.

Gogh nasıl girecek içeriye, tabii ki apartman boşluğundan. Yaptığım tahmin biraz olsun rahatlatıyor içimi. Ama yine de dikkatli olmalıyım. Silahımı kılıfından çıkarıyorum. İçeriden duyulmaması için kapıdan biraz uzaklaşıp namluya kurşunu sürüyorum. Sonra tabancayı paltomun cebine koyarak anahtarı çıkarıp kilide sokuyorum. Anahtarı çevirirken kulağım içerdeki seste. Sadece, kilidin çıkardığı mekanik tıkırtı duyuluyor. Açılan kapıyı sağ ayağımla usulca itiyorum. Dairenin içine sinmiş o tanıdık boya kokusu karşılıyor beni. Van Gogh ortalarda yok. Oysa kapı açılınca, sanki hoş geldin dercesine yanıma gelir, ayaklarıma sürtünür, yiyecek bir şeyler isterdi. Kapının üzerindeki anahtarı cebime atıp silahımı çıkarıyorum. Usulca içeri süzülerek yine ayağımla kapıyı kapatıyorum. Madam'ınkiyle aynı mimari biçime sahip olan dairenin küçük antresinden salona doğru ilerliyorum. Soldaki yatak odasının kapısı açık, duvara yaslanıp usulca içeri bir göz atıyorum. Dağınık bir yatak, karşılıklı iki duvara asılmış iki yağlıboya nüden başka bir şey göremiyorum. Mine'nin atölye olarak kullandığı salona doğru ilerliyorum. Salonun kapısına yaklaşınca yanmış tütün kokusu alıyorum. Birkaç adım sonra yanılmadığımı anlıyorum, içeride biri sigara içiyor. Kapıya gelince yine duvara yaslanıyorum. Hareket halindeki bir hedefi vurmaya konsantre olarak, silahımı doğrultup hızla içeri dalıyorum ve salondaki geniş duvarın önündeki eski berjer koltukta, yüzünde soğukkanlı bir ifadeyle oturan amcamla karşılaşıyorum.

"Amca! Burada ne işin var?" diye haykırıyorum.

Konuşmak için acele etmiyor, sigarasından derin bir soluk çekiyor, dumanı dişlerinin arasından üflerken, "Seni bekliyordum" diyor.

"Buraya geleceğimi nasıl bildin?"

Gözlerindeki öfkeyi gizlemeye gerek duymadan, kötü kötü yüzüme bakarak, "Bir tahmin" diyor. "Ama yanılmış olmayı isterdim."

Mine'yle ilişkimi anladı galiba, diye düşünüyorum. Anlamaması aptallık olurdu zaten. Her şey o kadar açık ki. Belki de morgdan beri beni izliyordu. Ben aşağıda Madam'ın yanındayken yukarı çıkmış olmalı. Canım sıkılıyor. Ama yine de bildiklerinden o kadar emin olduğunu sanmıyorum. Boş atıp dolu tutmak istiyor. Buraya gelmem çok kötü oldu, iyi bir koz verdim ona.

"Kızla ilgili bir haber var mı diye uğradım."

"Kız neden bu kadar ilgilendiriyor seni?"

"Nasıl ilgilendirmesin, benim vurulmam ile onun kaybolması arasında yakın bir bağ var."

"Bırak bu mavalları" diyor amcam. Gözlerindeki öfkenin çoğaldığını fark ediyorum. "Ne işler çeviriyorsun, onu anlat."

"Hiçbir şey" diyecek oluyorum. Sigarasını koltuğun kenarına koyduğu metal kül tablasına ezercesine bastırıyor ve hiç beklemediğim bir şey yapıyor, aniden ayağa fırlayarak yakama yapışıyor.

"Bana yalan söyleme" diyerek sarsıyor bedenimi.

"Sana yalan söylemiyorum" diyorum, onu itmeye çalışırken. Bakışlarım elimdeki tabancaya kayıyor, aynı anda onun da silaha baktığını fark ediyorum. Sanki elimde bir ateş parçası varmış gibi aceleyle silahı kılıfına koyuyorum. O da yakamı bırakıyor. Ama burnundan solumaya devam ediyor.

"Her şeyi anlatacaksın" diyor. "Neler olup bitiyor, hepsini, hepsini öğrenmek istiyorum."

"Sakin ol Amca" diyorum, belki de bu sözler ondan çok kendime. Ama o da kendini topluyor.

"Tamam, tamam" diyor benden birkaç adım uzaklaşarak. "Ben sakinim, sen anlatmaya başla."

"Burası çok soğuk" diyorum. "Şuralarda elektrikli bir soba olacaktı."

"Elektrikli sobanın varlığından haberdar olacak kadar iyi tanıyorsun değil mi bu evi?"

Sorusunu yanıtlamıyorum. Yasak bir aşk ilişkisini neden bu kadar çok büyütüyor? Teşkilatta buna benzer ilişkiler daha önce de yaşandı. Bir-iki ihtar ya da disiplin cezasıyla geçiştirilmişti olaylar.

"Evet, seni dinliyorum" diyor.

"Hiç değilse şu iskemleye oturmama izin ver" diyerek elimle, pencerenin önünde duran, Mine'nin rengârenk çiçek desenleriyle kapladığı tahta iskemleyi gösteriyorum. Dönüp iskemleye bakıyor, sonra başıyla onaylıyor. İskemleyi alıp karşısına oturuyorum.

"Niye bu kadar kızgınsın?" diye soruyorum olanca içtenliğimi takınarak...

Bir de soruyorsun dercesine, çakmak çakmak olmuş mavi gözlerini yüzüme dikiyor.

"Bunun nedenini sen anlatacaksın" diyor.

"Bilmediğim bir şeyi nasıl anlatabilirim?" diye soruyorum sakin bir ses tonuyla. Böylece üstünlüğü ele geçirdiğimi düşünüyorum. O sinirlenip yanlışlıklar yapacak, ben de bu durumdan yararlanıp konuşmayı istediğim gibi yönlendireceğim. Beklediğim gibi amcam daha da öfkeleniyor, sağ elinin işaretparmağını yüzüme doğru uzatarak, "Oyun oynamaktan vazgeç" diyor. "Gizlediğin, sakladığın ne varsa hepsini duymak istiyorum."

"Neyi gizleyebilirim ki?" diyorum yine en saf halimle. "Olay gözler önünde, kız apartmandan komşumuzdu. Zaman zaman görüşürdük. Örgüt onu muhbir sandı..."

"Bunları ben de biliyorum, sen operasyonu kim düzenliyor, onu anlat."

"Operasyon mu?"

"Öyle tuhaf tuhaf bakma yüzüme. Neden söz ettiğimi çok iyi anladın."

"İnan ki neden söz ettiğini bilmiyorum. Ne operasyonuymuş bu?"

Bir an, bu operasyon lafının beni konuşturmak için ortaya atılmış bir yem olduğunu düşünüyorum. Güya ortada daha vahim bir durum varmış gibi göstererek Mine'yle aramızdaki ilişkiyi anlatmamı sağlayacak. Gerçekten de öyle mi? Amcamın gergin yüzünde bu sorunun yanıtını arıyorum. Numara yapan birine hiç benzemiyor. Kıstırılmış bir hayvanın çaresizliği içinde, sanki ona yardım edebilecek tek kişi benmişim gibi, tüm dikkatini üzerimde toplamış, düştüğü pusudan bir çıkış yolu arıyor.

"Oynamayı bırak" diyor kesin bir ifadeyle. "Bu defa durum çok ciddi."

"Mine'yi örgütün kaçırmış olabileceğine inanmıyor musun?" diyorum.

"Tabii ki inanmıyorum" diyor hiddetle; nasıl bu kadar aptal olabiliyorsun, demesini bekliyorum, söylemiyor. Bana karşı yumuşamaya başladı galiba. "Eğer dediğin gibi olsaydı" diye devam ediyor. "Seni öldürmeye kalkmazlardı. Bu kişisel bir şey değil ki!"

"Belki teşkilata gözdağı vermek istemişlerdir?"

"Böyle olduğunu kabul etsek bile, kızı sorguya çektikten sonra bu kadar uzun süre neden ellerinde tutsunlar? Onu çoktan öldürmüş, ihbarcıyı cezalandırdık diye basına haber vermiş olmaları gerekmez miydi?"

Bir süre susup yüzüme bakıyor. Söyledikleri mantığa uygun, karşı çıkmayınca sözlerini sürdürüyor:

"Ama bunlardan önce aydınlatılması gereken nokta, senin bu kızla olan ilişkin. Bu ilişkinin mahiyeti nedir? Neden bizim bu ilişkiden haberimiz yok? Kim bu Mine?"

"Mine'yle aramızdaki bir tür arkadaşlık ilişkisiydi" diyorum. Sesim inandırıcılıktan çok uzak.

Amcam öfkesini kontrol altında tutmaya çalışarak derin bir soluk alıyor.

"Bak oğlum" diyor. "Senin için önemli olmayabilir ama benim babam, yani senin deden bu ülkenin yetiştirdiği en iyi, en dürüst istihbaratçılardan biriydi. Ömrü boyunca bu vatan için, bu devletin ayakta kalabilmesi için çalıştı. Dersim dağlarında Kürt isyancıların kurşunlarıyla öldürüldüğünde de bu ülkeyi böldürmemek için orada bulunuyordu. Ben meslek yaşamım boyunca ona layık olmaya çalıştım. Aynı şeyi senden de bekledim. Ama beklentilerimi hep boşa çıkardın. Hiç değilse şimdi yalan söyleme, ailene layık bir insan ol..."

Bu lafları o kadar sık duydum ki, beni etkilemiyor. Hatta canımı sıkıyor. Gözlerim bir an amcamın arkasındaki duvarda asılı tabloya takılıyor. Mine bu resmi Picasso'nun ilk dönemlerinde yaptığı *Matador* adlı tablodan kopya etmiş. Tabloda solgun renkler var, resmin en belirgin yeri matadorun gözleri. Adamın çocuksu yüzündeki gözler hüzün, kararlılık karışımı bir anlam katıyor resme. Yeniden amcamı dinlemeye başladığımda, onunla ciddi konuları hep resimlerin önünde konuştuğumuzu fark ediyorum. Teşkilat binasındaki odasında konuşurken arkasında hep büyük kurtarıcının resmi olurdu. Bazen onun evinde konuştuğumuz da olurdu, bu defa da arkasına, genç bir yüzbaşının, yani dedem rahmetlinin üniformalar içindeki büyük boy fotoğrafını alarak konuşurdu. Hatta bana teşkilata girmemi önerdiği –ilk gün o zamanlar henüz hukuk fakültesi ikinci sınıfında okuyordum– yine arkasına büyük kurtarıcının resmini almıştı. Bu belki de bir rastlantıydı. Ama büyük kurtarıcının, dedem rahmetlinin ve Picasso'nun resmindeki matadorun bakışlarında aynı hüzünlü kararlılık vardı. Yok canım, bu bir rastlantıydı herhalde. Çünkü dünyanın en yetenekli ressamı bile olsa, Picasso gibi "politik nesebi gayrisahih" olan bir adamın resminden güç alarak konuşmayı kendine yediremezdi amcam.

"İşin ciddiyetini hâlâ anlamıyorsun" diyerek sürdürüyor konuşmasını. "Eğer bildiklerini anlatmazsan, bu defa seni ben bile kurtaramam."

"Ne söylemek istediğini anlamıyorum" diyorum. "Ben de en az senin kadar dedeme saygılıyım, mesleğimi de çok severim."

"Severdin ama artık sevmiyorsun. Yıldırım kafanı karıştırdı senin."

Yıldırım'ın adını ağzına alınca soğukkanlılığımı yitiriyorum. Deminden beri amcamın anlattıkları, beni izleyişi, abuk sabuk operasyon teorilerinden sonra şimdi de Yıldırım. Artık dayanamıyorum.

"Yıldırım da en az dedem kadar iyi bir istihbaratçıydı" diyorum. "O kafamı karıştırmadı, gerçekleri görmemi sağladı sadece."

"O yüzden mi katıldın operasyona?" diyor.

Yine operasyon, deli mi bu adam? Zıvanadan çıkmak üzereyim.

"Operasyon filan yok!" diye haykırıyorum. "O oğlan Mine'yi kaçırdı, beni de öldürmek istedi. Hepsi bu."

"Sana ateş ettikleri silahlar babasının tabancaları. Daha önce de suikastlar düzenlemiş tecrübeli bir terörist, kayıtları hemen bulunabilecek silahları kullanıyor!"

"Belki Fahri kendi başına hareket etmiştir?"

"Öyle mi dersin?" Sesinde alaycı bir ifade var.

Rolleri değiştirdiğimizi anlıyorum ama artık çok geç, şimdi soğukkanlı olan amcam, benim ise sinirlerim boşanmak üzere.

"Bak Amca, beni suçlamaktan vazgeç" diyorum öfkeyle. "Ne yani, operasyon gereği kendimi mi vurdurttum? Bunu mu söylemek istiyorsun?"

Yanıt vermeden bir süre beni süzüyor. Sanki emin olmak istiyor. Sonra başını sallıyor.

"Hayır... Hayır, o kadarını düşünmüyorum. Ama birilerinin ustaca planladığı bir tezgâha gelmişsin."

"Abartıyorsun, bu olayda sadece iki ihtimal var: İlki, işi örgütün gerçekleştirmiş olması, ikincisi ise Fahri'nin Mine'yi muhbir, hatta polis sanarak bu işi tek başına yapmış olması."

"Birinci ihtimalin neden geçersiz olduğunu anlattım, ikincisine gelince; Fahri hakkında hazırlanan dosyayı okudum. Fahri içeri girince örgütle anlaşamamış. Anlaşmazlığın temelinde terörizm konusu var. Fahri özeleştiri yapmış. Terörün çıkmaz yol olduğunu söylemiş. Örgüt de Fahri ile onun gibi düşünen bir arkadaşını pasifize oldukları gerekçesiyle komünden çıkarmış. Şimdi söyler misin, teröre karşı çıktığı için örgütten atılan biri, nasıl olur da sevdiği kızın muhbir olmasından şüphelenerek onu ve bir güvenlik görevlisini öldürmeye kalkar?"

"Ama işin içine kıskançlığın da karıştığını düşün."

"Kıskançlık mı? Bak bu ilginç! Neden kıskansın Fahri seni? Mine'yle bir aşk ilişkisi mi vardı aranızda?"

"O öyle düşünmüş olabilir."

"Bırak artık şu oyunu Sedat. Lütfen kendine gel. Farkında mısın bilmem, teşkilat çalkalanıyor. Dünyadaki bütün dengeler değişti. Artık ne Sovyetler var, ne komünizm tehlikesi. Ama ülkemizin üzerindeki oyunlar bitmedi. Topraklarımızı bölmek, devletimizi güçsüz kılmak istiyorlar. Bu girişime karşı çıkacak resmi, sivil bütün kurumları etkisizleştirmek amacındalar. Hedeflerindeki ilk kuruluşlardan biri de bizim teşkilat, içimizde adamları var. Sorumsuz politikacılar yatıp kalkıp teşkilatta bir reorganizasyondan söz ediyorlar. Bütün bunlar hiç kuşkulandırmıyor mu seni?"

"Neden kuşkulandırsın? Hem bunların Mine'nin kaçırılmasıyla ne ilgisi var?"

"Çok ilgisi var. Bizi tasfiye için onlara iyi bir gerekçe lazım. Senin olay bu iş için biçilmiş kaftan."

Amcamın çözümlemesi aklımı karıştırıyor. Kurduğu bağlantılar çok mantıklı. Gizli servislerin birbirlerinin içinde etkinlik kurma hevesleri hiç bitmez. Böyle operasyonları duyduk, yaşadık.

Ama Mine'nin kaybolması, bu tür bir operasyon olabilir mi? İlk kez bu ihtimal üzerinde ciddiyetle düşünüyorum. Mine'yi tanımasam, bütün bu olayları yaşamamış olsam ve önüme böyle bir problem çıksa, belki ben de amcamınkine benzer bir sonuca ulaşabilirdim. Ama ben Mine'yi tanıyorum!

"Hayır" diyorum amcama. "Bu imkânsız."

Acı acı gülümsüyor.

"Peki Mine nerede o zaman?"

"Yani Mine'den mi şüpheleniyorsun?"

"Oğlum" diyor. "Aşk senin gözünü kör etmiş. Olaya dışarıdan bakabilseydin gerçeği hemen görürdün. Fahri öldü, sen de ölebilirdin. Ve bütün bunların nedeni olan kız ortalıkta yok. Sizi birbirinize düşürdü, ortalıktan kayboldu. O çocukla sen iki piyondunuz, asıl hedef teşkilattı. İşin önünü almazsak, teşkilatı yıkacaklar. Amaçları istihbarat örgütü zayıflamış bir Türkiye. Bunu başarmak için her yola başvuracaklar. Yakında gazetelerde çarşaf çarşaf boy gösterirsek şaşmam. Tabii başrolde de sen olacaksın."

Söyledikleri doğru olabilir mi? Mine bir ajan ha? Hadi canım sen de... Neler düşünüyorum. Böyle bir şey olamaz. Bu amcamın paranoyası... Yoksa... yoksa amcam bana bir oyun mu oynuyor? Hayır, bunu yapmaz. Yıldırım olayında da olduğu gibi o beni hep korudu. Hem buna hiç gerek yok, istedikleri an istifamı talep edebilirler. Ben de kuzu kuzu veririm.

"Doğrusu, olayı bu yönüyle hiç düşünmemiştim" diyorum amcama. "Ama şuna inanmanı isterim. Böyle bir operasyon varsa bile, ben kesinlikle içinde değilim."

"İçindesin ama farkında değilsin."

"Sanmıyorum ama bana biraz zaman tanırsan bu olayı çözelim" diyerek, içtenlikle amcamın yüzüne bakıyorum. "Bu defa inan bana."

Amcam bakışlarını kaçırıyor, sağ eliyle kırçıllaşmış olmasına karşın gürlüklerini koruyan saçlarını geriye doğru tarıyor. Gömleğinin kolundaki altın kol düğmeleri görünüyor. Yengemin düğün hediyesiymiş, hâlâ takıyor.

"Benim hiçbir gruba dahil olmadığımı biliyorsun" diye ekliyorum.

İçtenliğimi ölçmek istercesine gözleriyle beni tartıyor. Yıldırım olayını henüz unutmadım, demesini bekliyorum, bir şey söylemiyor, sanki sorusuna yanıt bulacakmış gibi sıkıntıyla yüzüme bakmayı sürdürüyor. Bir an bütün bunları beni etkilemek için yaptığını düşünüyorum. Çünkü önerim onun da işine gelir. Böylece olay fazla dallanıp budaklanmaz, işi bana vereceğini anlıyorum. Ama uzatıyor.

"Epeydir işleri savsaklıyorsun. Çalışmaların umut kırıcı" diyor.

"Yabancılaşmıştım" diyorum. "Yıldırım'ın ölümü beni kötü etkiledi."

"O işte teşkilatın parmağı yoktu" diyor. "Boş yere suçladın bizi."

"Bu başka bir konu" diyorum. "Ben Mine'yi bulacağım."

"Bir şartla kabul ederim" diyor. "Tüm gelişmelerden haberdar olacağım. En küçük bir ayrıntıyı bile atlamayacaksın."

"Anlaştık. Ama polisi uzak tut bu işten."

"Tamam. Yanında yalnızca Mustafa olacak."

"O neden?"

"Birinin yardım etmesi gerek. Tek başına beceremezsin. Mustafa disiplinli çocuk, pek meraklı da değil, istediğin gibi yönlendirebilirsin."

Mustafa'yla beni denetlemeyi tasarlıyor. Bu türden küçük hesaplarla kaybedecek vaktim yok. Amcamın Mine hakkında söyledikleri gerçekten mide bulandırıcı. Onun bir ajan, yaşadıklarımızın yalan olduğunu düşünmek...

"Farkında mısın?" diyor amcam. "Kızla ilişkinin ne olduğunu hâlâ söylemedin."

"Nasıl olsa tahmin ediyorsundur" diyorum.

"Senin bu kadar duygusal olduğunu bilmezdim" diyor. "Bir istihbaratçı için kötü bir özellik."

Bir şey söylemeden ayağa kalkıyorum, bakışlarım yine *Matador*'a takılıyor; gözlerindeki hüzün sanki daha da çoğalmış ama kararlılığında hiç eksilme yok.

Altıncı Bölüm

Işıklarla delik deşik edilmiş, büyük bir kütleye benziyor Esenköy'deki bizim site. Çoğunu tanımadığım komşularım akşam yemeğine başlamış olmalılar. Yukarılara, dairemizin bulunduğu yedinci kata bakıyorum. Bizim pencerede biri var. Melike... Her kritik olayda böyle pencerelerde bekler beni. Ona nasıl görünüyorum acaba? Uğradığı düş kırıklığı adımlarına yansıyan sünepe bir adam... Yok canım, Melike'nin gözünde ben hep güçlü bir erkek olmuşumdur. Ama belki de bu güçsüz, bitkin halimi seviyordur. Böylece, bana daha yakın oluyor, yardım etme fırsatı buluyor. Şefkat, özveri hep ağır basmıştır Melike'de... Belki onun da silahı bu, iyiliğiyle, özverisiyle karşısındakini baskı altında tutmak. Onu bırakamamamda bu özelliklerinin etkisi olmadı mı? Belki de kurnazca davranıyor, bütün bu özveri, bu anlayış erkeğini yitirmemek için yaptığı bir gösteri. Yok canım, bu kadın beni seviyor. Hep de sevdi. Ya ben? Ben de sevmiştim. Şimdi? Şimdi de seviyorum. Peki Mine? O başka! Sanki sevgi değil de nefretle isteğin iç içe geçtiği bir duygu. Karmaşık bir şey... Bir tür delilik. İnsan sevdiğinden nefret eder mi? Melike'ye karşı böyle bir duygu hissetmedim. Hatta Mine'nin karımdan ayrılmadığım için beni bıraktığını düşündüğüm anlarda bile Melike'ye kızgınlık duymadım. Oysa Mine'den nefret ettim, hem nefret ettim hem de ölümüne istedim onu. Ölümüne mi?

Sadece ölümüne değil, değer verdiğim ne varsa hepsinden vazgeçme pahasına. Ailemi, mesleğimi, onurumu ayaklar altına alma pahasına. Peki Mine sevdi mi beni? Önceleri sevdi, belki benim gibi âşık olmadı ama sevdi. Belki çocuk yaşta Almanya'da bıraktığı babasını anımsattım ona. Bu Elektra Kompleksi'ni de ilk Mine'den duymuştum. Belki okuldaki gençlerde olmayan bir şeyi buldu bende. Kızlar erkeklerden daha çabuk olgunlaşır. Belki evli olmam çekti onu; genç bir kız olarak yetişkin bir kadının erkeğini elde etmenin zaferi. Tuhaftır, yine aynı nedenle, yani evli olmam yüzünden terk etti beni. Peki Fahri? O oğlanın hiç mi etkisi yok ayrılmamızda? Elbette yok; eğer boşanmayı göze alsaydım Mine beni terk etmezdi. Ayrılırken öyle söylememişti ama. "Evli ya da bekâr olman fark etmez. Her ilişkinin bir ömrü var. Bizimki tamamlandı" demişti. Gururlu kızdır. Bana boşan diyemezdi, bu işi kendiliğinden yapmamı isterdi. Hadi canım abartma, gururluydu, tamam ama aynı zamanda bencildi. Eğer benimle birlikte olmaya karar verseydi boşanmamı da isterdi. Öyle bir anlatırdı ki bunu, karşı bile çıkamazdın. Karşı çıkmaya da hakkım yoktu zaten...

Dairemin bulunduğu kata çıkıncaya kadar bu düşüncelerle yiyorum kendimi. Önüne gelince kapı kendiliğinden açılıyor. Melike'nin tedirgin yüzü görünüyor.

"Merak ettim" diyor. "Çok geciktin."

"Amcamla birlikteydik, konuşmamız uzadı" diyorum içeri girerken, ikizler ortalıkta yok. Uyumaları için henüz çok erken. Soran bakışlarımla karşılaşan Melike, açıklıyor:

"Öğretmenleri ödev vermiş, ders çalışıyorlar."

İlkokula bu yıl başladılar. Aralarında kıran kırana bir yarışma var; okumayı kim önce sökecek? Odalarının kapısı kapalı, tıkırdatıyorum. Buzlu camın arkasından küçük bir kız silueti beliriyor; Ayça mı, Gökçe mi? Yaşından beklenmeyen ciddi bir yüz ifadesiyle Gökçe karşımda dikiliyor.

"Babaya bir merhaba yok mu?"

"Ama çok ödevimiz var baba" diyerek karşılık veriyor.

Sesimi duyan Ayça da geliyor yanıma, kardeşinin tersine ilgiyle sokuluyor bana.

"Nasılsın babacığım?" diye kocaman bir öpücük konduruyor yanağıma. Hep böyledir bunlar, birinin ak dediğine öteki kara der. Annelerini, özellikle de beni paylaşamazlar. Ama bazen de öyle iyi anlaşırlar ki şaşırıp kalırız.

"Yemeğinizi yediniz mi bakalım?" diye soruyorum.

"Çoktaaan" diyor Gökçe.

"Sen neden gelmedin baba?" diye soruyor Ayça.

"Babamın işleri var" diye yağcılık yapmaya kalkıyor Gökçe. Yardımıma Melike yetişiyor:

"Hadi bakalım çocuklar, babanızı fazla yormayın."

Usulca kollarımın arasından sıyrılıyorlar, onları küçük masalarının başında, açık kitaplarının arasında bırakıp çıkıyoruz.

"Salçalı bamya pişirdim, seversin" diyor.

Canım yemek filan istemiyor ama onu kıramıyorum.

"Sağ olasın" diyorum.

Melike mutfağa giderken soruyorum:

"Mustafa geldi mi?"

"Evet, birkaç saat önce geldi. Seni sordu. İyi çocuk, senin için kaygılanıyor."

"Bir şey bırakmadı mı?"

"Bıraktı, kalınca bir zarf."

"Zarf nerede?"

"Önce bir oturup dinlenseydin."

"Okurken de dinlenirim."

Birlikte salona geçiyoruz. Vitrinin en altındaki çekmeceyi açıyor ve sarı bir zarfı çıkartarak bana uzatıyor.

"Mustafa gece evde olacakmış, 'Gerekirse arasın' dedi."

"Tamam" diyorum zarfı alırken.

Zarfı açarak çalışma odama doğru yürüyorum.

Melike arkamdan sesleniyor:

"Yemeği ısıtıyorum!"

"Şu belgelere bir göz atacağım."

"Yemeğini yedikten sonra baksan."

"Yarım saat sonra."

Kararıma katılmasa da daha fazla ısrar etmiyor Melike. Çalışma odamın ışığını yakıp babadan kalma ceviz masanın başına geçiyorum. Zarfta Fahri ve örgüt arkadaşları hakkında tutulmuş raporlar var. Aslında bu raporların bir kısmını Mine kaybolduktan sonra Fahri'yi sorguya aldığımızda okumuştum. Yeniden bir göz atıyorum.

1958 yılında, İzmir'de askeri bir hastanenin doğum kliniğinde dünyaya gelmiş Fahri, ilkokulu İzmir'de okumuş. Sonra babası görev gereği İstanbul'a gelmiş, İstanbul'da St. Joseph Lisesi'ne girmiş. Oldukça başarılı bir öğrenciymiş, notları ortalamanın üstünde. Şiir yazıyormuş Fahri. Lise ikinci sınıfta okulun edebiyat kulübünde çalışmaya başlamış. Solculuğa da böyle bulaşmış. Liseyi bitirdiği yıl terör örgütüne üye olduğu sanılıyor. Fahri, Boğaziçi Üniversitesi İngiliz Dili ve Edebiyatı Bölümü'nü kazanmış. Ama okula bir yıl gidebilmiş. O yıl Fahri'nin bir kez korsan mitingden, üç kez de yasadışı afişlemeden gözaltına alındığını görüyoruz, ikinci yıl okula hiç uğramıyor. Örgütün alt birimlerinde yöneticilik yapmaya başlamış, İstanbul Üniversitesi önündeki bir çatışmada silahıyla yakalanıp tutuklanıyor. Silah temiz çıktığı için iki ay kadar yatıp çıkıyor. Bu iki aylık hapis cezası Fahri'nin örgütteki kariyerinin yükselmesine neden oluyor.

O yıllarda soldaki terörist gruplar arasında eylem rekabeti yaşanmakta. Fahri'nin örgütü de bu rekabette geri kalmamak için bir polis karakoluna baskın düzenleme kararı alıyor. Fahri'nin sorumluluğunda beş kişiye veriliyor iş. Baskında bir polis, iki terörist öldürülüyor, üç polis ile bir terörist de yaralanıyor. Yaralanan teröristin konuşması sonucu Fahri ve arkadaşı Sinan evlerinde ağır yaralı olarak ele geçiriliyor. İki ay kadar hastanede yatıyorlar. Sonra idam cezasıyla yargılanmak üzere hapishaneye gönderiliyorlar.

Sinan ile Fahri'nin arkadaşlığı St. Joseph Lisesi'nde başlamış. Edebiyat kulübünde birlikteler, okulu aynı yıl bitiriyorlar. Sinan, Edebiyat Fakültesi'nin Felsefe Bölümü'ne giriyor ama o da Fahri gibi okula pek devam edememiş. Sonra karakol baskını ve hapishane... Yoksa bana ateş eden simitçi kılıklı herif Sinan mı?

İçlerindeki muhbirimizin yazdığı rapora göre, Fahri'nin örgütü bir kaçma planı hazırlarken askeri darbe gerçekleşiyor ve hapishane yönetiminin değişmesi sonucu plan suya düşüyor. Aynı dönemde polis karakolu basan teröristler idamla cezalandırılırken Fahri ile Sinan'ın ipten kurtulmaları ilginç. Sonunda Fahri ve Sinan müebbet hapse mahkûm oluyorlar. 1991 yılındaki affa kadar da içeride kalıyorlar.

"Sedat, yemeği ocağa koyuyorum" diyen Melike'nin sesiyle dikkatim dağılıyor.

"Peki" diyorum Melike'ye ama merak ettiğim sorunun yanıtını bulamadım henüz. Buraya kadar okuduklarımın çoğunu biliyordum zaten. Yine aynı muhbirin raporuna göre, Fahri örgütle anlaşamıyor, Sinan'la birlikte komünden atılıyor. Sinan'ın fotoğrafı var mı acaba? Dosyaları hızla karıştırıyorum, işte fotoğraflar, hayır bu Fahri, ilk gözaltına alındığında çekilmiş, ne kadar da genç, neyse, bunu bırakalım. Şu kim, hayır, bu da değil. Evet, işte Sinan Dalya. Ama bana ateş eden adama hiç benzemiyor. Belki de yanılıyorum. Belki de fotoğraf eski ve çok kötü çekilmiş olduğu için onu tanıyamıyorum. Gerçi bu fotoğrafta Sinan'ın oldukça gür saçları var, bizim simitçi gibi kel değil. Saçları sonradan dökülmüş olamaz mı? Belki başka bir fotoğrafını bulabilirim. Dosyaları karıştırmaya devam ediyorum. Sonunda renkli bir fotoğrafını buluyorum Sinan'ın. 1987 yılında Çanakkale Tutukevi'ne sevk edildiğinde çekilmiş. Hoş bir çocuk, iri kara gözlerinde alaycı bir ifade var. Bu kesinlikle bizim simitçi değil. Peki Sinan değilse kim bu simitçi? Hapishaneden biri olabilir mi? Ya da dışarı çıktığında tanıştığı biri? Sinan'ı biraz daha etüt etmek gerek. Hapisten çıktıktan sonra ne yaptı acaba? Sinan hakında yazılmış raporu alıp okumaya başlıyorum.

"Yemek buz gibi oldu."

Başımı kaldırınca Melike'nin odamın kapısında sitem dolu bir ifadeyle baktığını görüyorum. Dosyayı kapatıyorum.

"Daha iyileşmedin, kendini yormamalısın" diyor.

"Merak etme" diyorum ayağa kalkarken. "Ben iyiyim."

Aslında ne yemek istiyorum ne de Melike'yle konuşmak, bir an önce önümdeki raporu bitirmeliyim. Ama Melike'nin öyle içten bir hali var ki onu kıramıyorum, zorunlu olarak peşi sıra ilerliyorum. Mutfakta hoş bir koku karşılıyor beni. Hayır, yemek değil, çiçek kokusu bu. Masadaki büyük, beyaz vazoda ılık ılık gülümseyen sarışın frezyaları görünce kokunun nereden geldiğini anlıyorum. Her zamanki gibi yine güzel bir sofra hazırlamış Melike. İki boş tabak var. Masanın başındaki iskemleye ilişirken soruyorum:

"Sen çocuklarla yemedin mi?"

"Vakit erkendi, acıkmamıştım" diyor tabağıma domates çorbasını koyarken. Kaşığın ucuyla çorbadan alıyorum, nefis. Acıktığımın farkına varıyorum. Melike kendi tabağını alırken ona bakıyorum. Göz kenarlarında kırışıklıklar var, tek tük de olsa beliren akları örtmek için saçlarını boyuyor ama hâlâ güzel. Melike Çerkez kızı; güzellik genlerinde var. Onunla ilk kez bizim evde karşılaşmıştık. Amcamın karısı Neriman Yenge'nin akrabası oluyormuş. Güzelliği beni etkilemişti. Aslına bakarsanız evlilik zamanım da gelmiş sayılırdı. Hukuk'u beş yıl önce bitirmiştim. Babamın ölümünün üzerinden iki yıl geçmişti ve annem hastaydı. En büyük korkusu beni evlendirmeden ölmekti. Melike'nin kimi kimsesi yokmuş, öğretmen okulu son sınıfta okuyormuş. Annem, "Bu kız bir elmas, sakın kaçırma oğlum" dedi. Çıkmaya başladık. Yumuşak huylu, utangaç bir insandı. Onu tanıdıkça daha çok sevdim, üç ay sonra nişanlandık, o yıl Melike mezun olur olmaz da evlendik. İyi bir eş oldu. Bizim meslek çilelidir. Bir bakarsın geceyarısı bir telefon gelir, hadi biz sokaklara. Bazen günlerce eve uğramadığımız olur. O bütün bunlara katlandı, hep destek oldu, belki de bu yüzden ayrılamadım ondan, gösterdiği dostluğa, özveriye ihanet edemedim.

"Sen yokken Mine'nin annesi Sevim Hanım geldi" diyor Melike tabağıma salçalı bamyayı koyarken. "Her gün uğruyor zaten. Kadıncağız perişan. 'Keşke öldüğünü bilsem. Bu kadar üzülmezdim' diyor. Seninle görüşmek istiyor."

Melike'nin gözleri soru dolu. Sanki benden bir şeyler gizliyorsun, der gibi bakıyor yüzüme.

Hiçbir şey söylemeden yemeğimi yiyorum.

"Bir haber yok değil mi?" diye üsteliyor Melike.

"Yok" diyorum. "Hiçbir haber yok."

"Kızı sizin elemanınız sanmışlar, öyle mi?"

"Kim söyledi bunu?"

"Sevim Hanım. Seni de bu yüzden vurmak istemişler."

"Öyle sandılar."

"Cani bunlar. Zavallı kızcağız ne kadar da gençti."

Yemeğin tadı kaçıyor, lokmaları yutmakta zorlanıyorum, yardımcı olur diye önümdeki su dolu bardağa uzanıyorum.

"Acı mı olmuş?" diye soruyor Melike.

"Yoo, güzel olmuş, eline sağlık" diyorum.

Ağır ağır içiyorum suyu. İyi geliyor. Melike yeniden boş tabağıma uzanırken, "Daha fazla yiyemeyeceğim" diyorum.

"Yemelisin" diyor. "Başka türlü kendini toparlayamazsın."

Elimi tabağın üstüne tutuyorum.

"Canım istemiyor."

Daha fazla üstelemiyor ama sigara paketini çıkardığımı görünce söylenmeden edemiyor.

"Şu sigaraya da biraz ara versen."

"Çok içmiyorum zaten. Başka bir şey söyledi mi Sevim Hanım?"

"Hay Allah, az kalsın unutuyordum. Mine'nin babası, Metin Bey gelmiş Almanya'dan. O da seninle görüşmek istiyormuş. Kaldığı otelin telefonunu bıraktı."

Canımı sıkıyor bu haber. Demek Mine'nin babasıyla karşılaşacağım. Kızını arayan acılı bir baba. Madam eve girip çıktığımı söyledi mi acaba ona? Ne anlatacağım şimdi ben bu adama? Görüşmeye gitmesem olmaz, bırakmaz yakamı. Kolay mı, kızı kaybolmuş adamın. Mustafa'yı yollasam? Hayır hayır, bu işi kendim halletmeliyim. Kaygıyla kalkıyorum yemekten.

"Kahveni odanda mı içeceksin?" diye soruyor Melike masayı toplarken.

"Şimdi canım çekmiyor, belki daha sonra."

"Peki" diyor Melike uysalca, sonra topladığı tabakları bulaşık makinesine yerleştirmeye başlıyor. Ben de odamın yolunu tutuyorum, bir an önce Sinan'ın dosyalarına bakmak istiyorum. Ama olmuyor, kızların odasının kapısı açılıyor, Ayça ağlayarak dışarı fırlıyor.

"Ne oldu kızım?" diyerek durduruyorum onu.

"Gökçe silgimi aldı" diyor gözyaşları kırmızı yanaklarından süzülürken.

Birlikte odasına gidiyoruz. Gökçe suçlu suçlu yüzüme bakıyor.

"Kardeşinin silgisini almışsın" diyorum.

"Benimkini o kaybetti" diyor.

Ayça'ya dönüyorum. Daha ben sormadan, "Ben kaybetmedim, o sınıfta unutmuş" diyor.

"Yaptığınız çok ayıp" diyorum. "Bir de kardeş olacaksınız. Daha bir silgiyi bile paylaşmayı bilmiyorsunuz."

"Ama baba" diye Ayça karşı çıkacak oluyor.

"Tek bir söz bile duymak istemiyorum" diyerek kestirip atıyorum. "Silgiyi birlikte kullanacaksınız. Gökçe yarın sen de kendine bir silgi al."

İkisi de susup önlerine bakıyorlar. Asayişi sağladığımdan emin olunca gönül rahatlığı içinde yeniden odama, raporun başına dönüyorum.

Sinan hakkında yazılan rapor, biçim olarak Fahri'ninkine benziyor. Aynı paragraf başları, aynı satır aralıkları, eminim yazıldıkları daktilo bile aynıdır.

Sinan varlıklı bir ailenin çocuğu. Bir zamanlar Osmanlı Sarayı'nın yağ ihtiyacını karşılayan Revnak Efendi, büyük dedeleri oluyormuş. Revnak Efendi, ticaret yoluyla Tahtakale'de bir düzineye yakın dükkân, Beyoğlu'nda eski bir konak ve Nişantaşı'nda bir apartman satın almış. Ama oğullar ve torunlar ticarette pek başarılı olamamışlar. Yine de dedelerinin oluşturduğu sermaye hepsine yetmiş. Sinan'ın babası Azmi Bey ise tam bir müsrifmiş. St. Benoit Lisesi'ni bitirince Paris'e gitmiş. Sanatçılarla düşüp kalkmış. Bir süre sonra bohemlikten bıkınca ülkeye dönmüş, Tahtakale'de kendi payına düşen dört dükkândan birini satarak ticaret yaşamına atılmış. Oğullarının artık normal bir yaşam süreceğini sanan anne baba ona güzel de bir kız bularak baş göz etmişler. Sinan, bu evliliğin birinci yılında dünyaya gelmiş. Oğlunun doğumuyla iyice gayrete gelen adamcağız, bütün dikkatini işine vermiş ama biraz şanssızlık, daha çok da ticari yeteneksizlik sonucu iş yaşamında başarılı olamamış. Birkaç yıl daha bekledikten sonra dükkânı kapatmış, kira gelirleriyle Paris'tekine benzer bir yaşam sürmeye başlamış. Hesapları genellikle o ödediğinden, dönemin ünlü ünsüz ressamları, şairleri, romancıları, eleştirmenleri başına üşüşmüşler. Azmi Bey, artık ergenlik çağına gelen oğlu Sinan'ı da bu toplantılara götürmekte bir engel görmemiş. Sinan'ın ilk sol bilgileri bu içkili toplantılarda edindiği yazılıyor raporda. Sanata olan ilgisi de o günlerde başlamış olsa gerek.

Fahri'yi ilk etkileyen kişi de Sinan olmalı. Çünkü Fahri bir asker çocuğu, solculuğa uzak olması gerekir. Ama Sinan her gün bu tartışmaların yapıldığı bir ortamdan geliyordu. Sinan ona insanlığı daha iyi bir geleceğe götürecek düşüncelerden söz etmiş, ateşli bir kişiliği olan Fahri de gençlik heyecanıyla bu düşünceleri benimsemiştir. Sonra da örgüte girmişlerdir. Belki de Sinan başından beri örgütün içindeydi. Yok canım, sanmıyorum, o bohem sanatçı takımının aktif olarak örgütsel bir faaliyette bulunacağını sanmam. Onlar korkak olurlar, buzlu rakılarından, güzel kadınların karşısında etkileyici konuşmalar yapma özgürlüklerinden kolay kolay vazgeçmezler. O dönem politik ortam zaten kızışmıştı. Sol örgütlerin hemen her okulda kolları vardı. Bunların sol düşüncelere sempati besledikleri fark eder etmez ilişki kurmuşlardır. Büyük olasılıkla da edebiyat kulübündeki çalışmaları sırasında olmuştur bu iş...

Sinan ile Fahri aynı yıl mezun oluyorlar. Sinan istediği okulu, Edebiyat Fakültesi Felsefe Bölümü'nü kazanıyor ama pek devam etmiyor. Zamanını örgütün paravan olarak kullandığı bir gençlik derneğinde geçiriyor. Sol bir dergiye propaganda amaçlı yazılar yazıyor. Fransa'da yayımlanan dergilerden Afrika'da bağımsızlık savaşı veren gerilla gruplarının faaliyetlerini anlatan çeviriler yapıyor. Ama kendini kanıtlaması için bunlar yeterli olmuyor, örgüt onu da Fahri'nin sorumluluğundaki karakol baskını işiyle görevlendiriyor. Sonrası 1991 yılındaki affa kadar hapishane. Sinan içerde örgütle anlaşamıyor ve Fahri'yle birlikte komünden ayrılıyor. Ayrılış nedenleri sosyalizmden vazgeçmeleri değil, devrimi gerçekleştirme sürecinde "proletarya hegemonyası" yerine, "kültürel hegemonya" tezini savunmaları. Gramsci adlı bir İtalyan komünistinin teziymiş bu. "Kültürel hegemonya" tezi, silahlı mücadeleyi öneren örgütün anlayışıyla uyuşmuyor. Fahri ile Sinan hemen komünden tasfiye ediliyor. İşin ilginci, bir yıl sonra örgütün kendisi de dağılıyor. Ama silahlı mücadele görüşünü sürdüren on kişilik bir grup kendi komünlerini yaşatıyorlar. Bu gruptaki kişilerin arasında birinin ismi dikkatimi çekiyor: "Özer Yılkı." Ben bu ismi nerede duydum. Özer Yılkı... Özer Yılkı... Kimdi bu? Birden hatırlıyorum. Morga teşhis için gittiğimiz adam. Mustafa'nın bana suikast düzenleyen kişi sanarak vurduğu terörist.

Demek ki bu Özer Yılkı ile Fahri'nin bir bağlantısı varmış. Tutukevindeki muhbirimizin belirttiğine göre, bir keresinde kavga bile etmişler. Öteki tutuklular araya girmese Fahri ile Sinan iyi bir sopa yiyeceklermiş.

İlginç, demek ki Fahri'nin içerde örgütle bağlantısı kalmıyor. Bu durumda Mine'yi muhbirlikle suçlayıp cezalandırmaya kalkmasının bir anlamı yok. Ahlaki bir mesele olarak düşünmüş olamaz mı? Âşık olduğu kızın bir muhbir olduğunu sanıyor. On bir yılını tutukevinde geçiren, yaşamının altüst oluşundan polisi sorumlu tutan biri için bu çok ağır bir darbe. Gözü kararıyor, Mine'yi, beni, hatta belki kendisini yok etmek istiyor.

Diyelim ki böyle oldu, peki yanındaki adam kimdi? Parayla tutulmuş bir kiralık katil mi? Olamaz. Fahri'de kiralık katil tutacak para yoktur. Üstelik kiralık katiller bir güvenlik görevlisini öldürmek gibi pis bir işe bulaşmak istemezler. Peki kim bu adam? Yeniden rapora dönüyorum.

Sinan içerde öyküler yazıyor ve dergilere yolluyor. Ama sol tandanslı bir dergi dışında hiçbir yerde yazıları yayımlanmıyor. Galiba o da babası gibi pek yetenekli değil. Belki de sanatta yetenekli olmadığını anlayınca yeniden örgüte dönmüştür. Gerçi raporda hiçbir politik örgütle bağlantı kurmadığı yazılı. Takipçilerini atlatmış olamaz mı? Belki? Bak bu ilginç; hapisten çıktıktan sonra babasından kalan mirasla "Hurufat" adında bir kitapçı dükkânı açıyor. Sonra aynı adla bir de dergi çıkartıyor: *Hurufat*. Yakında bir de yayınevi açarsa şaşmamak gerek. Büyük dede, Revnak Bey, ticari zekâsını kullanarak büyük çabalarla kazandığı servetinin yeteneksiz torunların sanat uyuzlarını kaşımak için çarçur edildiğini görseydi ne düşünürdü acaba? Adı da ilginçmiş derginin: *Hurufat*. İlk örgütsel çalışmaya da lisede tiyatro faaliyetiyle başlamıştı bu Sinan, şimdi de *Hurufat*'la, bir şeyler çeviriyor olmasın? Sinan, düğümün çözümünde yardımcı olacak tek kişi gibi görünüyor. Ama onu nasıl konuşturacağım? Raporda yazdığına göre, oldukça sağlam biriymiş. İki kez sorguya alınmış, işe yarar tek bir bilgi vermemiş. Yeniden sorguya almak da sonuç getirmeyebilir. *Hurufat* yasal bir dergi mi? Hımm... Evet, işte gerekli evraklar. Her şey tamam ama dur bir dakika, bu bildirim de ne? Bir ihtar yazısı. Her sayıdan on adet Emniyet'e vermeleri gerekiyormuş, üç sayıdır göndermemişler.

"İşte bu çok iyi" diyorum kendi kendime. Artık Sinan'la nasıl ilişki kuracağımı biliyorum. Kalkıp telefona yürüyorum. Melike oturma odasında, televizyondaki kanlı "reality show"lardan birini izlemekle meşgul. Çok meraklı bu programlara. Tuhaf, bu kadar sakin bir kadın, bu programlarda ne buluyor, anlamıyorum.

Telefonun almacını kaldırırken çocukların odasından gülüşme sesleri geliyor, ders çalışmaları tavsadı anlaşılan.

Zilin üçüncü çalışında açıyor telefonu Komser Naci:

"Alo buyrun?"

"Naci merhaba, ben Sedat."

Naci kim olduğumu öğrenince hemen sululaşıyor.

"Ulan ne çabuk çıktın. Daha iki gün önce yatak döşek yatıyordun."

"Biz senin gibi hanım evladı değiliz oğlum. Dün hastanedeydik, bugün işimizin başındayız."

"Maaşına zam yapacaklar galiba."

"Öyle, gelecek defa iki yerine dört kurşun yollayacaklarmış."

"Gümüş mü?"

"Altın kaplama, ucunda da dört kıratlık birer elmas."

"Sizin gibi prenslere de böylesi yakışır. Biz zavallı polislere de tetanoslu çelik parçaları."

"Neyse, sağ ol, Mustafa'ya verdiğin raporları aldım."

"Ne demek efendim, görevimiz. İşi gücü bıraktık, size çalışıyoruz zaten."

"Çalışacaksın tabii, senin işin düşünce biz böyle mi yapıyoruz?"

"Tamam ulan, tamam, takılıyoruz işte."

"Sinan diye biri var dosyada, Sinan Dalya, Fahri'nin arkadaşı. Onunla konuşmam gerek."

"Nasıl yani?"

"Nasılını boş ver, sen Sinan'ı çağır. Ötesine karışma."

"Çağıralım da neyi gerekçe göstereceğiz?"

Takılma sırası bana geliyor:

"Burnunuzun dibinde neler olup bitiyor, haberiniz yok" diyorum azarlar gibi. "Bu Sinan'ın çıkardığı *Hurufat* adında bir dergi var. Her sayısından Emniyet'e göndermesi gerek. Göndermemiş. İhtar çekmişsiniz ama sonra unutmuşsunuz. Yasadışı bir durum var anlayacağın."

"Hakikaten çok önemliymiş be" diyor alaycı bir tavırla. "Yakalayıp kurşuna dizelim herifi."

"Tamam işte, sen adamla böyle konuşacaksın, ben de iyi polis olacağım" diyorum gülerek.

Sesi ciddileşiyor.

"Sence yer mi herif bunu?"

"Yemesini sağlayacağız. Başka çare yok."

Yine sululaşıyor.

"Tamam Amirim" diyor abartılı bir ses tonuyla. "Yarın sabah ilk işim bu Sinan denen herifi bulmak olacak."

"Durumu bildirirsin değil mi?"

"Baş üstüne Amirim" diyor sesi hâlâ alaycı.

Yedinci Bölüm

Tepebaşı'ndaki küçük meydana bakan Büyük Londra Oteli'nde kalıyormuş Mine'nin babası. Otelin santralındaki görevli, telefonu odasına bağlıyor. Metin Bey'in genç bir sesi var; kim olduğumu öğrenince sesindeki değişiklikten heyecanlandığını anlıyorum. Aslına bakarsanız, benim de pek rahat olduğum söylenemez ama sakin bir tonla konuşmaya çalışıyorum. Bu gece Almanya'ya döneceğini, mutlaka görüşmemiz gerektiğini söylüyor, isteğini geri çevirmiyorum.

Konuştuğumuz gibi saat 11'de geliyorum otele, ikinci sınıf bir yer burası. Yaklaşık yüz yıl önce İtalyan kardeşlerin birbirinin aynı olarak yaptırdıkları iki konaktan biri. Çok sonradan otel olmuş.

Üç yıl önce bir Bulgar ajanını takip için gelmiştik. Üst kattaki odalardan birinde kalıyordu adam. Odasına dinleme cihazı yerleştirmiştik. Bulgaristan'dan göçmüş Türk asıllı birini angaje etmişti. Kontak kurdukları yeri saptadık ve iki gün sonra da suçüstü yaptık, ikisi de tutuklandı. Bulgar ajan, bir Türk ajanla değiş tokuş edildi. Öbür herif hâlâ içerde.

Lobide birkaç turist oturuyor. Yanlarındaki masada kır saçlı, oldukça çirkin bir adam var. Sanki bana bakıyor, ilgilenmiyorum. Lobidekilerin hiçbirini Mine'nin babasına benzetemiyorum. Resepsiyondaki görevliye, "Metin Bey'le görüşecektim" diyorum.

"İşte orada" diyor Arap aksanıyla. Görevlinin gösterdiği yöne dönünce, az önce bana bakan yaşlı adamı görüyorum. En az altmışında var. Ona yaklaşırken ayağa kalkıyor. Mine'nin babasının bu kadar yaşlı olması beni şaşırtıyor. Annesi kırk beşinde ya var ya yok.

"Merhaba" diyerek elini uzatıyor adam.

Uzattığı eli sıkarken, "Metin Bey mi?" diye sormaktan kendimi alamıyorum.

"Evet, buyurun oturun" diyor ama şaşkınlığımı fark etmiş. "Daha genç birini bekliyordunuz, değil mi?"

Gösterdiği koltuğa yerleşirken, "Doğrusunu söylemek gerekirse evet" diyorum.

Metin Bey gülümsüyor.

"Anlıyorum" diyor. "Sevim'le evlendiğimizde aramızda on beş yaş fark vardı."

"Hayır, yanlış anladınız" diyorum, belki Mine'ye benzer bir yanını yakalarım umuduyla dikkatle yüzünü inceleyerek. "Telefondaki sesiniz yanılttı beni" diyorum.

"Hep yanıltır" diyor.

Hayır, hiçbir yanı Mine'ye benzemiyor bu çirkin adamın. Anlaşılan Mine bütün güzelliğini annesinden almış.

"Sizinle daha önce görüşemediğimiz için üzgünüm" diyorum. "Hastanedeydim."

Yüzü birden ciddileşiyor.

"Biliyorum" diyor. Sonra gözlerini yüzüme dikerek soruyor: "Ne oldu bu kıza Sedat Bey? Ortalıkta bir sürü rivayet dolaşıyor ama kimse kesin bir şey söyleyemiyor."

Hesap sorar gibi değil, yardım ister gibi bir hali var.

"Mine'nin kaçırılmış olduğunu düşünüyoruz" diyorum.

"Sizin için mi çalışıyordu?"

İlişkimizi böyle yorumluyor demek. Lafı yuvarlıyorum.

"Pek öyle denemez ama arada bir bilgi veriyordu."

"Bakın ben vatanımı, milletimi seven bir insanım. Geçen yıl Almanlar Türkiye'ye ambargo koymaya kalktıklarında, Alman bankasındaki paramı çekip bir Türk bankasına yatırdım. Ama kızımı neden bu işe bulaştırdığınızı anlamıyorum."

"Aslında ona böyle bir görev verdiğimiz söylenemez. Belki Sevim Hanım anlatmıştır. Bir keresinde başı polisle belaya girmişti. Yardım ettim. Aynı apartmanda oturuyorduk, karşılaşmalarımız oluyordu, konuşuyorduk. Teröristler bu konuşmaları diledikleri gibi yorumladılar."

"Siz tecrübeli bir polissiniz, işin buraya varacağını görmeliydiniz."

"Haklısınız ama her zaman olacakları sezemiyoruz işte" diyorum.

"Mine sizin kızınız olsaydı, onu da aynı şekilde tehlikeye atar mıydınız?"

Bir an ne söyleyeceğimi bilemiyorum, sonra topluyorum kendimi.

"Ben de sizin kadar üzülüyorum" diyorum.

"Sanmam, ateş düştüğü yeri yakar" diyor.

"Böyle olmasını hiç istemezdim."

"O halde onu bulun."

"Şu anda sadece Mine'yi bulmak için çalışıyorum. Yakında bir sonuç alacağımızı umuyorum."

"Sonuç mu?" diyerek gözlerimin içine bakıyor. "Onu sağ olarak bulmalısınız" diyor, sesinin titrediğini hissediyorum. "Anladınız mı, teröristleri yakalamak için kızımın canını tehlikeye atamazsınız."

"Böyle bir düşünceyi aklınıza getirmeyin. Onu sağ olarak bulacağım."

Söylediklerimin doğruluğunu tartmak istercesine bakıyor yüzüme, gözlerindeki sert ifadenin yumuşadığını görüyorum.

"Onun için kaygı duyuyorsunuz" diyor. Nasıl bir ilişkiniz vardı? demesini bekliyorum ama korktuğum gibi olmuyor. "Size kaba davrandıysam kusuruma bakmayın."

"Rica ederim, sizi çok iyi anlıyorum."

Bir süre ikimiz de susuyoruz. Ama konuşacağını biliyorum. Acıyla dolu, içindekileri birilerine aktarması gerek.

"Teröristlerden başka ihtimal gelmiyor mu aklınıza?" diye soruyor.

Anlamak istercesine yüzüne bakıyorum. Bu adam benim bilmediğim bir şey mi biliyor?

"Ne demek istiyorsunuz?" diye soruyorum.

"Biliyorsunuz, Mine üvey babasının yanında kalıyordu."

"Evet?"

"Hani adam Mine'ye sarkıntılık etmiş, yüz bulamamış, bu yüzden..."

"Böyle bir durum olsa Sevim Hanım söylemez mi?" diye kesiyorum sözünü.

"Bilmiyorum ki" diyor. "Söylerdi herhalde." Düşündüklerinden kendisi de emin değil. "İnsanın başına her türlü felaket gelebilir" diye ekliyor. "Ama en kötüsü, bu felakete kendisinin neden olması."

"Sizinle ne ilgisi var?" diye soruyorum.

"Çok ilgisi var" diyor. "Mine benim hatamın kurbanı."

"Lütfen daha açık konuşur musunuz?"

"Boşandığımızda annesine vermeyecektim onu. Yanımda alıkoyacaktım. Kız çocuğu dedim, annesi daha iyi bakar. Sevim'in döner dönmez evleneceğini tahmin etmeliydim. Başka çocuklarının olacağını, Mine'yi ihmal edeceğini bilmeliydim."

Sesindeki titreme artıyor. Gözlerinin dolduğunu görüyorum. "Özür dilerim ama" diyorum. "Sevim Hanım'dan neden ayrıldığınızı sorabilir miyim?"

Dalgınlığından sıyrılarak başını kaldırıyor:

"Neden öğrenmek istiyorsunuz?"

Sesinin sertleştiğini hissediyorum. Anlaşılan bu konu onu rahatsız ediyor.

"Peki siz, neden Mine'nin üvey babasından şüpheleniyorsunuz?"

Yine susuyor, sonra dalgın bir ifadeyle yanıtlıyor sorumu. "Mine tıpkı annesinin gençliğine benziyor."

"Ne çıkar bundan?"

"Sevim hızla yaşlanıyor. Oysa Mine genç, adam ona yönelmiş olabilir."

"Haksızlık ediyorsunuz, böyle olduğunu gösteren hiçbir kanıt yok."

"Ama geçmişte olanları bilmiyorsunuz."

"O halde anlatın da öğrenelim."

Madem adamdan şüphelenmiyorsunuz, neden ayrılış hikâyemi öğrenmek istiyorsunuz dercesine bakıyor yüzüme.

"Ama anlatmak istemiyorsanız, sizi zorlayamam."

"Hayır, anlatacağım" diyor. "Kızımın bulunması için ne gerekiyorsa yaparım..."

Derin bir soluk alarak başlıyor anlatmaya:

"Almanya'ya gitmeden önce sebze halinde memurluk yapıyordum. Liseyi bitirdikten sonra teyzemin kocasının yardımıyla bulmuştum bu işi. Gün doğarken gidiyordum hale, akşam olunca çıkıyordum. Yaşlı annemle birlikte yaşıyordum. Babamdan kalan emekli aylığı ve benim aldığım maaşla zar zor geçiniyorduk. Annem ölünce, hal memurluğuyla bir yerlere varamayacağımı anladım. Yaşım da gelmiş geçiyordu. O sırada Almanya'ya işçi aldıklarını duydum. Bu söylediğim otuz-otuz beş yıl öncesi. Beni ülkede kalmaya zorlayacak hiçbir şey yoktu. Gitmek için başvurdum. Rüşvet verdim, araya adam koydum, işlemleri hızlandırarak Almanya'nın yolunu tuttum. Çok hırslıydım. Ne yapıp edecek ülkeye zengin biri olarak dönecektim. Ama Alman bedava para verir mi insana? En çok parayı kömür madeninde çalışan işçiler alıyordu. Türkiye'den gelen işçilerin çoğu ilkokul mezunuydu, ben liseyi bitirmiş olmama rağmen parası iyi diye Gelsenkirchen şehrinde bir kömür madeninde işe başladım. Yerin onlarca metre altında deliler gibi çalıştım. Ama işim bitince eğlenceye de vakit ayırdım. Alman kadınları Türk kadınlarına hiç benzemiyorlardı.

Onlarla çok rahat ilişki kurabiliyordum. Önceleri bu durumu şaşkınlıkla karşıladım, hatta onları bu tutumlarından dolayı aşağıladığım bile oldu, sonra alıştım; sonuç olarak ben gençtim, onlar güzeldi.

Türkiye'ye iki-üç yılda bir geliyordum ancak. Zaten arkadaşlarımın her biri bir yana dağılmıştı, yaşlı teyzemin dışında yakın akrabam da yoktu. Oysa Almanya'da istediğim pek çok şey vardı. Ama zaman akıyordu ve on beş yıldır çalıştığım kömür ocağının ağır koşulları etkisini göstermeye başlamıştı. 35 yaşında olmama rağmen yaşlı biri gibi görünüyordum. Bedenimde tehlike çanları çalmaya başlamış, eklem romatizmasına yakalanmıştım. Korkmaya başladım. Bir gün tek başıma ölecektim, kimse de bunun farkında olmayacaktı. Aynı madende çalıştığım Fatihli bir arkadaşım vardı, adı Ekrem; durgunluğumu fark etmiş, zorladı, anlattım.

'Düşündüğün şeye bak' dedi. 'Evlen gitsin.'

Evlenmek kolay mı, kiminle evleneceğim, nerede bulacağım?

'Herhalde Alman bir kadınla evlenmeyi düşünmüyorsun' dedi arkadaşım. 'Türkiye'de millet kızını Almancıya vermek için yanıp tutuşuyor.'

Söyledikleri aklıma yattı, eli ayağı düzgün, iyi bir Türk kızı bulup evlenebilir, geç de olsa çoluk çocuğa karışabilirdim. O yaz birlikte İstanbul'a geldik. Ekrem daha önceden durumu annesine yazmış, bu hayırlı iş için önayak olmalarını istemiş. Emine Teyze sağ olsun, aramış taramış, evlilik çağında birkaç kız bulmuş. Kızlara bakmaya giderken içimde hep beni beğenmeyecekler kaygısını taşıyordum. Güzel bir insan olmadığımı biliyordum, üstelik erken çökmüştüm, genç bir kız beni niye istesin? Ama tam tersi oldu, gittiğim kızların çoğu benimle evlenmek istemesine karşın nedense ben onlara ısınamadım. Ömrümün kalan kısmını hiç yakınlık duymadığım biriyle nasıl geçirebilirdim? Artık bu işin olmayacağına inanmaya başladım. Ben böyle düşünürken beklenmedik bir şey oldu. Daha önce bir teyzem olduğundan söz etmiştim. Kız arama telaşından teyzemi pek sık ziyaret edememiştim. Bir pazar günü kalkıp ona gittim.

Teyzem Kocamustafapaşa'da kocasından kalan büyükçe bir dairede tek başına oturuyordu. Hiç çocukları olmamıştı. Bu yüzden beni çok severdi. Kapıyı çaldım, bir genç kız açtı. Şaşırdım. Yanlış dairenin kapısını mı çaldım diye düşündüm. Kapı numarasına baktım: Yoo doğruydu. Kız da davranışlarıma anlam verememiş, tuhaf tuhaf yüzüme bakıyordu.

'Buyurun kimi aradınız?' diye sordu.

'Emine Hanım'ı görecektim.'

Gülümsedi, sanki tanıdık biri gibiydi. Güzeldi, içtendi.

'Siz yeğeni olmalısınız' dedi.

'Evet, nereden biliyorsunuz?' dedim.

'Sizden o kadar çok söz etti ki.'

Sesimi duyan teyzem de yetişip kapıda karşıladı beni. İçeri geçtik. Teyzem bir şeyler anlatıp duruyordu ama benim aklım kızdaydı. Konuşmalar sırasında adının Sevim olduğunu öğrenmiştim. Az sonra kalktı. Gider gitmez sordum teyzeme.

'Kim bu kız?'

'Üst kattaki komşumuz Nurten Hanım'ın kızı Sevim.'

'Güzel kızmış.'

'Keşke şansı da yüzü kadar güzel olsaydı.'

'Ne oldu ki?'

'Başına kötü bir iş geldi. Lisede okurken bir oğlana âşık olmuş.'

'Nesi kötü bunun?'

'Çocukla birlikte olmuşlar. Kızcağız hamile kalmış.'

'Sonra?'

'İkisi de liseyi yeni bitirmişlerdi. Oğlan Ankara'da mühendislik fakültesini kazanmış, kızı öylece bırakıp gitti.'

'Bebeğe ne oldu?'

'Aldırdılar ama kızın adı çıktı bir kere. Yazık oldu...'

'Gerçekten yazık olmuş. Çok güzel kız.'

'Sadece güzel mi, iyi huylu, çalışkan. Ama hayatı karardı. Artık kimse evlenmez onunla.'

'O da dikkatli olmalıydı biraz' dedim öfkeyle. Neden

öfkeleniyorum ki? Bana ne elin kızından. Belki fırsatı kaçırdığımdan kızıyorum. Başına bunlar gelmese tam evlenilecek kız. Bakalım o beni kabul eder miydi? Önce istemezdi belki. Ama şimdi seve seve kabul edebilir. Peki ben böyle bir evliliği ister miyim? Tamam, ben de sütten çıkmış kaşık değilim, Alman kızlarla düşüp kalktım ama insanın evleneceği kişi biraz farklı olmalı değil mi? Biz anamızdan babamızdan böyle duyup böyle işitmiştik. Ama kız da çok güzel. Üstelik bizim yaş da gelmiş geçiyor.

İkircimde kaldığımı sezen teyzem, 'Ne düşünüyorsun öyle derin derin?' diye sordu.

'Hiiç' dedim.

'Hiiç deme, Sevim'i beğendin, değil mi?' dedi. 'Bu kızı alırsan, büyük sevaba girersin oğlum. Bir cahillik etmiş.'

'Nasıl olur teyze?' dedim.

'İyi olur oğlum' dedi. 'Çok iyi olur.'

'Bilenler, duyanlar ne der teyze?'

'Kim bilecek oğlum. Alır kızı Almanya'ya gidersin, istersen bir daha da hiç gelme buralara.'

'Bakalım kızı verirler mi bize?'

'Verirler, senden iyisini mi bulacaklar?'

'Biraz düşüneyim teyze' dedim.

İki gün düşündüm. Elbette ben de her Türk erkeği gibi kız oğlan kız bir gelin isterdim. Ama içimin ısındığı birini bulamamıştım işte. Sevim ise tam evlenmeyi düşündüğüm kızdı. Gel gör ki o da bu talihsiz olayla lekelenmişti. Öte yandan, teyzemin söyledikleri de doğruydu. Kim bilecekti kızın geçmişini? Üstelik Sevim'le evlenmekle ona büyük bir iyilik de yapmış olacaktım.

Yine de kararı vermek kolay olmadı, iki geceyi uykusuz geçirdim. Halimi gören Ekrem ısrarla neler olduğunu sorup durdu. Hiçbir şey söylemedim tabii. Üçüncü gün utana sıkıla teyzeme kararımı bildirdim. Çok sevindi. O akşam gidip istedik Sevim'i. Ailesi memnun oldu bu işe. Sevim'e ise kimse fikrini sormadı. O da hayır, ben böyle bir evliliği istemiyorum demedi. Diyebilir miydi? Biraz zor. Tuhaftır, evlendikten sonra Sevim'in başına gelen o olaydan hiç rahatsızlık duymadım. Ne yalan söyleyeyim, kızın güzelliği her şeyden baskın çıkmıştı. Aslında güzellik değil de bir tür çekicilik. Belki başkaları Sevim'i benim kadar güzel bulmayabilirdi. Ama benim gözüme dünyanın en çekici kadını olarak görünüyordu. Güzelliğe bu kadar önem vermem belki ters gelecek size. Ama ömrü boyunca beğenilmemiş, gözlerdeki kaçamak bakışlarda çirkinliğinin yarattığı etkiyi görmüş biri için güzelliğin ne kadar önemli olduğunu bilemezsiniz. En büyük hayalim, doğacak çocuğumun bana benzememesi, güzel bir insan olmasıydı. Doğduğunda bu kaygılarla baktım Mine'ye. Karşımda sürekli ağlayan şekilsiz bir et parçası duruyordu. Bir yandan baba olmanın sevincini yaşarken, bir yandan da kızımın çirkin olması ihtimali beni korkutuyordu. Ama bir hafta sonra kaygılarım dağılmaya başladı. Mine, hızla büyüyor ve gün geçtikçe daha hoş bir bebek oluyordu. Serpildikçe annesine daha çok benzemeye başladı. Şimdi düşünüyorum da keşke benzemeseydi."

"Neden?" diye sözünü kesiyorum Metin Bey'in.

"Belki o zaman Mine'yi annesine vermezdim. Başına da bu felaket gelmezdi."

"Annesine benzediği için mi sizinle kalmasını istemediniz?"

"Saçma gibi görünse de gerçek bu."

"Size karınızı hatırlatıyordu. Onu hâlâ seviyordunuz."

"Bana yaptıklarından sonra mı?"

"Size ne yaptı ki?"

"Anlatacağım. Önceleri evliliğimiz iyi yürüyordu. Sevim'in bana âşık olmadığını biliyordum. Ama saygıda kusur etmiyordu, ben de bununla yetiniyordum. Hatta gün gelip beni sevebileceğini umuyordum. 14 yıl önce kapanmış bir yaranın yeniden açılacağını nereden bilirdim?

Mine'nin 14 yaşına bastığı yıldı. O yıl baharın sonuna doğru bir mide ameliyatı geçirmiştim. Başarılı bir ameliyattı ama etkileri sürüyordu. Mine'nin okulu tatil olmuş, her yıl olduğu gibi yine Sevim'i Türkiye'ye gitmenin heyecanı sarmıştı. Oysa ben kendimi bitkin hissediyordum. 'Bu yıl da Türkiye'ye gitmeyelim' dedim. Ama Sevim kabul etmedi. Annesinin babasının iyice yaşlandığını, onları görmek istediğini söyledi. 'O halde Mine'yle ikiniz gidin' dedim, kabul ettiler. Onları kendi ellerimle yolcu ettim. Türkiye'de 15 gün kalacaklardı, üç hafta kaldılar. Telefonda, annesinin hasta olduğunu, biraz daha kalmak istediğini söyledi. Hiç kuşkulanmadım. Söyledikleri makul şeylermiş gibi geldi bana. Üç hafta sonra döndüler. Onları havaalanında karşıladım. Mine çok özlemişti beni, her halinden belli oluyordu bu. Ama Sevim için aynı şeyi söyleyemeyeceğim. Oldukça soğuk davranıyordu bana. Sanki Türkiye'de geçirdiği üç hafta 14 yılın beraberliğini bir çırpıda silmiş götürmüş, bir yabancıya çevirmişti Sevim'i. Acaba annesinden babasından uzaklaştırdığım için beni mi suçluyordu? Yoksa bu evlilikten sıkılmış mıydı? Daha bunun gibi pek çok düşünce gelip geçiyordu kafamdan. Ama yıllar önce onu terk eden sevgilisiyle karşılaşabileceği, bu eski aşkın yeniden alevlenebileceği hiç aklıma gelmiyordu. Türkiye'den döndükten sonra Sevim sinirli bir insan olmuştu. Olur olmaz yere Mine'ye bağırıyor, bana surat asıyordu. Bir gece Mine'yi evde bırakıp onunla gezmeye çıktık. Ilık bir yaz akşamıydı. Yakınlardaki parka kadar yürüdük. Parktaki çimenler yeni kesilmiş, ortalığı baygın bir koku sarmıştı. Karıma sevgiyle baktığımı hatırlıyorum.

Olanca saflığımla, 'Ne güzel, değil mi?' diye sordum.

'Aman neresi güzel kesilmiş çimen işte' diyerek kestirip attı. O zaman Sevim'in beni hiçbir zaman sevmediğini, bundan sonra da sevmeyeceğini anladım. Zorunlu olduğu için benimle evlenmiş, Mine'yi doğurmuştu, kendi isteğine kalsa asla beni seçmezdi. Türkiye'de bu gerçeği anlamasına yol açan bir olay olmuştu. Ama ne ben yüze gelip sorabiliyordum ne de o cesaret edip anlatabiliyordu. Olanları öğrenmem için bir ay geçmesi gerekti.

Almanya'da Ekremlerle aynı apartmanda oturuyorduk. Bir geceyarısı Ekremlerden gelen bağrış çağrışlarla uyandım. Ekrem karısıyla kavga ediyordu. Ama ne kavga; camlar çerçeveler parçalanıyor, küfürler ayyuka çıkıyordu. Hemen giyinip kapıyı çaldım. Korkudan gözleri fal taşı gibi açılmış küçük Ali açtı kapıyı. Beni görünce, 'Yetiş Metin Amca babam annemi öldürüyor' diye bağırdı. İçeriye daldım. Ekrem, karısı Hülya'yı altına almış, Allah yarattı demeden vuruyordu. Zorla aldım kadını elinden.

'Dur ulan! Deli misin, öldüreceksin kadını!'

'Ölsün kaltak, var mı öyle kocayı godoş yerine koymak' deyip üzerimden atlayarak tekme tokat vurmaya çalışıyordu zavallı kadına.

'Vallahi benim bir suçum yok Metin Abi' diye yalvarıyordu kadıncağız. Sonra Ekrem'e dönerek devam ediyordu: 'Çocuğumun ölüsünü öpeyim ki, o mektup bana değil.'

'Çocuğun senin ölünü öpsün adi karı! Şunun ettiği yemine bak!'

Ekrem'i zorla yatıştırıp bizim eve götürdüm. Bir ara bakışlarım Sevim'e kaydı; yüzü sapsarı olmuştu, elleri titriyordu. Hülya iyi arkadaşıydı, dövülmesinden etkilenmiş olmalıydı.

'Hadi sen Hülya'nın yanına git' diyerek onu Ekrem'in evine yolladım.

O gidince Ekrem feryat etmeye başladı:

'Başıma bu da mı gelecekti Metin? Adımız boynuzluya da mı çıkacaktı?'

'Dur hele nereden biliyorsun?'

'Mektubunu yakaladım.'

'Hülya'ya mı yazılmış?'

'Onun çekmecesinde çıktı.'

'Canım olur mu öyle şey, mektubun kime yazıldığı belli değil mi?'

'Sevgilim, diye başlıyor, daha ne olsun.'

'Allah iyiliğini versin Ekrem. Belki başka birine yazılmıştır. Peki mektubu yazanın adı var mı?'

'Ceyhun Ören adında bir herif. İstanbul'dan yazmış.'

Ceyhun ismi tanıdık geldi ama o anda üstünde durmadım, önemli olan Ekrem'i yatıştırmaktı.

'Başka birine yazılan mektubun bizim evde işi ne?'

'Oğlum, komşudaki kızlardan birinin olamaz mı? Hülya Yenge yumuşak yüzlüdür. Babasından korkan bir kız, sakla, demiştir.'

Ekrem düşünceli gözlerle yüzüme baktı. Söylediklerimin doğru olabileceğine aklı yatmaya başladı.

'Kim olabilir bu kız?'

'Sen sakinleş, sorar öğreniriz' dedim.

O gece Ekrem bizde, Sevim Hülyalarda kaldı. Ertesi akşam yemekte konu açıldı. Sevim'e mektubun kime gelmiş olabileceğini sordum saf saf.

İki sokak aşağıda bir Türk kızından söz etti Sevim. Benim Ekrem'e söylediğim gibi, kız ailesinden korkuyormuş, o yüzden mektup Hülya'ya gelmiş.

'Desene boş yere o kadar sopa yedi kadıncağız' diye yazıklanarak, 'Mektubu yazan herif de ismini yazsaymış ya kızın' dedim.

Başından beri konuşmalarımızı ilgiyle dinleyen Mine, 'Ama baba, adam kızı korumak istiyor' dedi.

'Kendi adını yazmaktan çekinmemiş ama, Ceyhun diye basmış imzayı.'

Ceyhun ismini duyar duymaz Mine kıracağı pottan habersiz atıldı:

'Aaa anne, senin liseden arkadaşının ismi. Hani havaalanına indiğimizde karşılaşmıştık ya...'

Birden gerçeği anladı Mine. Durumun yarattığı ağırlıktan mı, yoksa bu duruma sözlerinin neden olduğunu düşündüğünden mi bilinmez, benim gibi o da konuşmadan öylece kaldı bir süre. İlk toparlanan ben oldum, sanki hiçbir şey anlamamışım gibi yeniden yemeye koyuldum.

'Eline sağlık Sevim, yemek çok güzel olmuş' dedim karımın yüzüne bakmadan.

Hiçbir şey söylemedi Sevim. İkisinin de bakışları üzerimdeydi. Umursamadan yemeyi sürdürdüm. Bendeki tepkisizliği gören Mine rahatladı ama Sevim hep tetikteydi. Her şeyi anladığımı biliyordu. Tepki göstermeyişim daha çok korkutuyor, onu dövebileceğimi hatta öldürebileceğimi düşünüyordu. Aslında ona saldırmak, rasgele tokatlamak aklıma gelmedi değil. Ama bir şey bana engel oldu. İçimden bir ses bunları hak ettiğimi söylüyordu. Neden diye bile soramıyordum. Sen bu güzel kadına layık değildin, diye söyleniyordu içimdeki o ses. Ben yine itiraz edecek gücü bulamıyordum. Yüreğimin üzerine binlerce tonluk bir ağırlık konmuş sanki, rahat bir soluk bile alamıyordum. Yemeği nasıl tamamladım, sigara alma bahanesiyle kendimi nasıl sokağa attım hâlâ bilmiyorum. Sokakta yürürken her adımda biraz daha ağırlaştı düşüncelerim. Ne yapacağımı bilmeden sokaklarda dolaşıp durdum. Sonra evdekilere sigara almak için dışarı çıktığımı söylediğim geldi aklıma. Yakındaki Türk birahanesine girdim. Oradan evi aradım.

'Bir arkadaşla karşılaştım, beni beklemeyin' dedim.

'Gecikme' dedi Sevim, yalnızca 'Gecikme' dedi ama sesinde o güne kadar hiç duymadığım bir yumuşaklık vardı. Utandığını, ezildiğini hissettim. Boğazıma bir şeyler düğümlendi. Kendimi birahanenin dışına zor attım. Koca adam, kaldırıma oturup hüngür hüngür ağlamaya başladım. Bir el dokundu omzuma. Baktım sarhoş bir Alman, tepemde dikiliyor. Sen de nereden çıktın dercesine öfkeyle baktım adama. Ona kızdığımın farkında bile değildi, iyice kaymış açık mavi gözlerini yüzüme dikerek elindeki mendili bana uzatmış bir şeyler söylüyordu. Komikten çok hüzünlü bir hali vardı. Uzattığı mendili aldım. Adam yalpalayarak yanıma çöktü. Başını sallayarak, durmadan aynı şeyi tekrarlıyordu. Ama dili dolaştığı için ne söylediğini anlamakta zorluk çekiyordum. Sonunda çözdüm.. 'Yaşam ağlamaya değmeyecek kadar saçmadır' diyordu. 'Haklısın' diyerek boynuna sarılıp ağlamaya devam ettim.

Eve geceyarısı döndüm. Sevim beni bekliyordu. Mine ortalıkta görünmüyordu; anlaşılan uyumuştu. Ben içeri girince ayağa kalktı Sevim. Bana doğru yaklaştı. Yüzüne bakmak istemiyordum, onu aşağılamak istediğimden değil, içimden öyle geliyordu. Ama o gelip elimi tuttu.

'Özür dilerim' dedi. 'Böyle olmasını istemezdim.'

Bir şey söylemeden ondan uzaklaşmaya çalıştım, bırakmadı, bana sarılıp ağlamaya başladı. Ne yapacağımı şaşırdım. Kendime mi yoksa ona mı üzülmem gerektiğini bilemiyordum. Bir süre hıçkırarak ağladı, sonra ellerimle gözyaşlarını sildim. Aklıma başka söyleyecek bir şey gelmediği için, 'Yaşam ağlamaya değmeyecek kadar saçmadır' dedim. Daha önceki kavgalarımızda da böyle olurdu; her seferinde Sevim gözyaşlarını tutamaz, ben de onun yüzünü ellerimle kurular, sonra da tutkulu bir sevişmeyle barışırdık. Ama bu gece sevişmeyi istemiyordum. Hem artık onun da böyle bir şeyi isteyeceğinden emin değildim. Bu işin eski bir sevgiliyle yaşanan kısa bir kaçamak olmadığını hissediyordum. Öyle olduğunu düşünsem, açık söyleyeyim, belki de bu olaya göz yumar, ailemin mutluluğu için katlanırdım. Ama Sevim'in şu anki pişmanlığının bana duyduğu sevgiden değil, vicdan azabından kaynaklandığını biliyordum. Bir yanda 14 yıl boyunca onu sevmiş, neredeyse bir dediğini iki etmemiş ama sevilmemiş bir koca, öte yanda 14 yıl önce onu çok kötü bir durumda yalnız başına bırakarak kaçan ama hâlâ delice âşık olunan eski sevgili vardı. İkisinin arasında sıkışıp kalmıştı Sevim. Belki sıkışıp kaldığı filan yoktu. O tercihini Ceyhun'u yeniden gördüğü ilk anda, belki de çok daha önceden yapmıştı da benim varlığım böyle bir ikircime düşmesine neden oluyordu. 14 yıldır yaşayan bir aşk... Bu denli güçlü bir aşkı bundan sonra da önleyemeyeceğimi biliyordum. Ancak Sevim'i öldürerek kurtulabilirdim bu aşktan. Ama ben birini öldürecek kadar kötü değildim ya da cesur. Tek çıkar yol onu bırakmaktı. İşi uzatmanın, yaşadığımız her günü işkenceye dönüştürmenin de bir anlamı yoktu. Bu kararın bana ne kadar acı

verdiğini söylememe gerek yok. Ama ben yazgıya inanırım. Demek ki benim de alnıma böyle yazılmıştı.

O gece Sevim'den ayrı yattım ve sabaha kadar bunları düşündüm. Sabah Mine okula gidince Sevim'e boşanmak istediğimi söyledim. Sessizce dinledi beni. İçten içe sevindiğini biliyordum ama bunu belli etmekten kaçındı. Mine'yi de yanına almasını, kız çocuğun annenin yanında daha iyi yetişeceğini söyledim. Yine bir şey söylemedi. Parasal olarak yardım edeceğimi, ayrılırken de yüklü bir miktar verebileceğimi açıkladım. Karşımda ezildiğini, un ufak olduğunu hissediyordum. Ne yalan söyleyeyim, bu durum kırılmış gururumu okşuyordu. Bu arada Mine'yi, ona olan sorumluluklarımı da unutmuştum. Artık Mine'yle de bir arada yaşayamayacağımı düşünüyordum. Annesine o kadar benziyordu ki her gördüğümde Sevim'i anımsayacaktım. Oysa ben karımı bana hatırlatacak her şeyden kurtulmak, yaşamımın ona ait bölümünü kesip atmak istiyordum.

Boşanacağımızı öğrenen Mine hiçbir şey söylemedi. Geçen geceki olaydan sonra belki böyle bir şey olacağını tahmin ediyordu. Odasına çekildi, iki yıl önce yaş gününde aldığım gitarı çalmaya başladı. Asıl kıyamet, Sevim Türkiye'ye döneceklerini söyleyince koptu. Okuldan nasıl ayrılacağım, arkadaşlarım ne olacak, diye bağırarak annesini suçlamaya koyuldu. İçten içe bu duruma memnun olarak onları kavgalarıyla baş başa bıraktım. Eve döndüğümde Mine yanıma geldi.

'Şimdi ne olacak baba?' diye sordu.

'Ayrılacağız kızım' dedim.

'Ben ne olacağım?' dedi.

'Liseyi bitirene kadar annenin yanında kalman senin için daha hayırlı olur. Sonra Almanya'ya gelir, üniversiteye devam edersin' dedim. Söylediklerim mantıklı olsa bile Mine inanacak halde değildi. Ama yapacağı bir şey de yoktu. Anne babası olarak biz iki yetişkin insan, aldığımız kararla onun yazgısını belirlemiştik. Bir ay sonra annesiyle birlikte Türkiye'ye döndü.

Sonrasını biliyorsunuz. Bu defa Ceyhun, Sevim'i terk etmedi. Evlendiler, bir çocukları oldu. Mine o evde fazla gelmeye başladı. Yazdığı mektuplarda açıkça dile getiriyordu sıkıntısını. Hatamı o zaman anladım. İncinen onurum kadar kızımı da düşünmüş olsaydım bu yanlışı yapmayacaktım.

Mine'yi Almanya'ya çağırdım. Ama Mine üniversiteye girmişti ve okulunu bitirmeyi düşünüyordu. 'Belki mezun olduktan sonra master için Almanya'ya gelirim' dedi. Annesinin evinden ayrılması gerektiğinden, daha fazla para yollamamı istedi. Belki evham diyeceksiniz ama ilk o zaman düşündüm Ceyhun'un kızıma sarkıntılık yapabileceğini. Mine'nin o evden ayrılması için hemen para yolladım. Mine evden ayrıldı. Sonra Ataköy'de bir ev satın aldım. Belki ileriki yıllarda Türkiye'ye döner, kızımla birlikte o evde yaşardım. Ama Mine Ataköy'deki eve geçmek istemedi. Okula uzakmış. Kurtuluş'taki evde kalmak istedi. Kabul ettim. Ama kızımla ilgilenmekte geç kalmıştım."

"Kendinize haksızlık ediyorsunuz."

"Sanmıyorum. Sorumluluğumu yerine getirseydim, kızımın başına bunlar gelmezdi."

"Böyle olacağını bilemezdiniz... Neyse, şu Ceyhun meselesine gelelim. Mine mektuplarında Ceyhun'un ona sarkıntılık yaptığını yazdı mı hiç?"

"Açıkça bir şey yazmadı. Ama sık sık adamdan nefret ettiğini belirtiyordu."

"Neden nefret ediyormuş?"

"Adam her şeyine karışıyormuş."

"Bunlar kanıt sayılmaz."

"Birkaç kez de kapı aralığından bakarken görmüş."

"Nasıl kapı aralığından?"

"Mine giyinirken filan. Anlarsınız işte."

"Aynı evde yaşıyorlar, rastlantı da olabilir. Yine de kaygınızı dikkate alacağım."

"Lütfen Sedat Bey, yeni tanıştık ama sizden başka güvenecek kimsem yok."

"Merak etmeyin, elimden gelen her şeyi yapacağım, kendi..." Neredeyse ağzımdan "kızımmış" sözcüğü çıkacakken toparlıyorum. "Kendi davammış gibi sahip çıkacağım bu meseleye" diyorum. "Almanya'ya ne zaman döneceksiniz?"

"Maalesef bu akşam" diyor utanarak. "Biliyorsunuz, Almanlar disipline önem verir. Fabrikaya girip çıkmam, imza atmam gerekiyor. Ama iki gün sonra yine izin hakkı kazanacağım. Hemen dönerim... Dönerken, diyorum İtalya'ya uğrasam. Mine'nin yakın arkadaşı Selin orada, tatilini babasının yanında geçiriyormuş. Onunla konuşsam..."

Adamın önerisi canımı sıkıyor. Selin, Mine'yle ilişkimizi anlatabilir. Olaylar iyice Arap saçına dönecek.

"Yararı olacağını sanmam" diyerek onu ikna etmeye çalışıyorum. "Telefonla konuştuk, bir şey bilmediğini söyledi."

"Yüz yüze konuşmak daha etkili olmaz mı?"

"Boşuna yorulmuş olursunuz. Kızın bilgisi olsaydı anlatırdı."

"Benim durumumda insan ne yapacağını bilmiyor. Hiç olmadık yerlerden deva bekliyorsunuz."

"Umarım kısa zamanda Mine'yi buluruz da bütün bunlara gerek kalmaz. Telefonunuzu bırakın. Bir gelişme olursa sizi ararım."

Adam bir kartın arkasına telefonunu yazıyor. Kartı uzatırken, "Buyrun. Yaptıklarınız için çok teşekkür ederim" diyor.

"Teşekküre gerek yok, bu benim görevim" diyerek elini sıkıyorum. Eli ne kadar yumuşak! Bu adam madende çalıştığını söylemedi mi?

"Emekli olmadınız, değil mi?"

"Hayır, daha bir yılım var."

"Madende çalışmak zor olmalı?"

"Ne yapalım, ekmek parası."

Açık renk gözlerinde belli belirsiz bir ışık yanıp sönüyor, konuşmamızın başından beri ilk kez kızını andıran bir yan buluyorum; Mine'nin uzun kirpiklerini bu adamdan aldığını fark ediyorum.

Sekizinci Bölüm

Sarayın eski ama sağlamlığını hâlâ koruyan kalın taş duvarlarıyla karşıtlık oluşturan metal ile plastikten yapılma giriş kulübesine geldiğimde kapıdaki görevli geçmiş olsun dileklerini sunuyor. Yıllardır aynı işi yapmakta olan bu güleç yüzlü, yaşlı adamla yalnızca birkaç kez konuşmuş olsak da hafif bir gülümseme, belli belirsiz selamlaşmalarla kurduğumuz gizli dostluk sürüp gidiyor. Neden taksiye bindiğimi soruyor. Saldırı sırasında benim Ford'un camlarının parçalandığını, tamir işlerinin yarın tamamlanacağını söylüyorum.

"Büyük tehlike atlattınız, Allah korumuş" diyor üzüntüyle. Ayrılırken yapmacıksız bir saygıyla geçmiş olsun dileklerini yinelemeyi unutmuyor.

Havada hoş bir koku var. Bedenimin dinçleştiğini hissediyorum. Yürüdüğüm yolu saymazsak bahçenin her yanı karlarla kaplı. Oyun mu oynadıkları, yoksa yiyecek mi aradıkları anlaşılamayan serçeler yol kenarındaki ağaçlara telaşla konup kalkarak dallara özene bezene yerleşmiş kar tanelerini oradan oraya savuruyorlar. Asfalt yol beyazlığın içinde kara bir nehir gibi teşkilat binasına doğru akıyor.

Sarayın görünümü bozulmasın diye yalnızca üç kat çıkılmasına izin verilen teşkilat binası, altı köşeli eski Türk çadırlarını andırıyor. Ama aynalı camları binanın görünümüne tuhaf bir anlam katıyor. Bu görünümün sarayın mimari yapısıyla uyum içinde olduğu söylenemez ama bahçe o kadar büyük, duvarlar o kadar kalın ki bu çelişkiyi bizden başka kimsecikler fark etmiyor. Bahçemiz gerçekten de bir harika, III. Selim ünlü kasrını burada yaptırmış. Duvarların dibinde, sanki metreyle ölçülerek dikilmiş gibi düzenli aralıklarla yan yana sıralanan kızıl çamları, gölgeleri birbirine karışan gümrah kestaneleri, ak gövdeli yüzyıllık çınar ağaçlarıyla, bu bahçe betonun çölleştirdiği İstanbul'un göbeğinde âdeta gizli bir cennet.

Nevzat Paşa zamanında taşınmış teşkilat buraya. Polisiye roman okumaya meraklı olan II. Abdülhamid, dil oğlanlarına çevirttiği Fransız, İngiliz polisiye yazarlarının kitaplarını bu bahçede okurmuş. Kendisi de sıkı bir polisiye okuru olan Nevzat Paşa, Abdülhamid'in polisiye romanlarını bu bahçede okuduğunu öğrenince, teşkilatı buraya taşıyalım, diye önermiş.

Birkaç yıl önce, yoğun çalışmalarla geçen gecelerden birinde, Yıldırım'la birlikte çeşmenin arkasındaki kestane ağacının altındaki banka oturmuş sigaralarımızı tüttürerek ılık bahar gecesinin tadını çıkartıyorduk. Ayaklarımızın altında hızla uyanan doğaya bakarak, "Doğruyu söylemek gerekirse askerler biz sivillerden çok daha düşkün oluyorlar bahçeye, çiçeğe" demiştim. "En kurak kente gitsen bile, kışlalar hep yeşildir, mutlaka ağaç dikerler." Yıldırım gülümseyerek yüzüme bakmıştı. "Haklısın ama sırf bu yüzden teşkilat onlara teslim edilmez ki."

Binaya adımımı atar atmaz arkadaşlarımın yoğun ilgisiyle karşılaşıyorum. Beni gören, ötekine haber veriyor, sevenim sevmeyenim, herkes başıma toplanıyor. Geçmiş olsun dileklerinden, dikkatli ol uyarılarına kadar pek çok söz uçuşuyor havada. Herkes içten görünüyor, hatta yıldızımın hiç barışmadığı insanlar bile dostça elimi sıkıyor, hatırımı soruyorlar. Bu duygusal atmosferden etkileniyorum. Biraz daha sürse gözlerim yaşaracak. Teşekkürlerle, genel geçer yanıtlarla arkadaşlarımın merakını giderdikten sonra, bir an önce uzaklaşmak için, güzel olmasına karşın hep abartılı bir makyajla gezen Fazilet adındaki memura Mustafa'yı soruyorum.

"Geleli yarım saat oldu" diyor. "Büronuzda olmalı."

Bu fırsatı kaçırmayarak, "Mustafa'yla önemli bir işimiz vardı" diyorum çevremdekilere. Böylece aralarından sıyrılıp merdivenlere doğru yürüyorum.

Basamakları tırmanırken, "Sedat" diyerek biri beni çağırıyor. Dönüyorum, Orhan. Gülümsüyor ama gözlerinde tedirgin bir ifade var.

"Geçmiş olsun" diyerek sarılıyor.

"Sağ olasın" demeye bile fırsat bulamadan, kulağıma fısıldıyor: "Neler oluyor?"

"Anlamadım" diyorum. Tedirgin bakışlarla sağa sola bakıyor. Ötekilerin uzaklaşmakta olduğunu görünce koluma giriyor, merdivenleri birlikte çıkıyoruz. Bu arada yüksek sesle, "İyi görünüyorsun iyi" demeyi de unutmuyor. Sonra yine fısıltıyla, "Dilekçede imzası olan herkesi yeniden sorguya çekiyorlar."

"Ciddi misin?"

"Evet, benden yazılı rapor istediler. Sorgulama emrini İsmet Bey'in verdiği söyleniyor. Sen bir şey biliyor musun?"

"Hayır" diyorum. "İlk kez senden duyuyorum."

"Hani o dosya kapandı demişlerdi."

"Dur, hemen panikleme. Belki yeni müsteşar olay hakkında bilgi edinmek istiyordur."

"Bu pek bilgilenme işine benzemiyor. Sivil müsteşar geldi ya, Dilekçe Olayı'na karışan herkesi temizlemek istiyorlar. Bunlar başımıza bir çorap örecekler."

"Sakin ol" diyorum.

Orhan şaşkınlıkla yüzüme bakıyor.

"Nasıl böyle rahat olabiliyorsun?"

"Patron sivilleşti ama teşkilatta her şey eski tas eski hamam. Tedirgin olmaları için neden yok. Bu yalnızca bir gözdağı. Ya da birinin paranoyası."

İnanmak ister gibi bakıyor yüzüme.

"Umarım düşündüğün gibidir."

"Elbette öyle ama sen böyle panik halinde kapı kapı dolaşırsan, teşkilatta muhalefet var sanıp gerçekten de bir temizliğe başlayabilirler. Sakin ol ve sana sorulanlara makul yanıtlar ver."

"Sen de dikkatli ol ve iyimserliğini aptallığa vardırma. Yıldırım'ın başına gelenleri unutma."

"Tamam tamam, merak etme. Uyarın için sağ ol."

Büromun bulunduğu kata çıktığımızda sesini yine yükseltiyor, "Tekrar geçmiş olsun. Kendine iyi bak" diyerek uzaklaşıyor.

Orhan'ı severim, Yıldırım sağken birlikte hareket ederdik. Biraz korkaktır ama çok zeki bir arkadaştır. Gerçi korkmakta pek de haksız sayılmaz, baksana, Amca Bey kurduğu senaryoya iyice kaptırmış kendini. Mine'nin kaçırılmasının teşkilata yönelik bir operasyon olduğuna kesin gözüyle bakıyor. Hiçbir veri yokken, yılların istihbaratçısı olan bir adam nasıl böyle bir sonuca varabilir? Kafamda bu düşüncelerle büroya girdiğimde, oturduğu masada önündeki kâğıda dalıp giden Mustafa'yı görüyorum. Üzerinde bej rengi, şık bir süveter var. Kolundaki altın künye, okuduğu kâğıda sürtünüyor.

"Kolay gelsin" diyorum.

"Siz miydiniz Amirim?" diyerek ayağa kalkıyor. "Fahri'nin örgütünde yer alan kişilerin fotoğraflarına bakıyordum. Bu dosyayı dün alamamıştım."

Paltomu vestiyere asıp Mustafa'nın uzattığı evrakları alırken, "İyi iş başarmışsın" diyorum. "Örgütteki herkesin resmi var mı burada?"

"Polis kayıtlarına geçmiş olanların tümü" diyor. "Kayıt dışı olanları bilemeyeceğiz. Ama raporlarda örgütün tümüyle dağıtıldığı söyleniyor. Dolayısıyla kayıtlara geçmemiş olanların sayısı yok denecek kadar az olmalı."

"Umarım öyledir" diyerek masama geçiyorum.

Ben otururken Mustafa ayağa kalkıyor.

"Kendime çay söyleyeceğim, siz de ister misiniz?"

"Evet, iyi olur."

Mustafa odadan çıkarken, fotoğraflara bakmaya başlıyorum. Yaklaşık 200 kişinin resmi var bu dosyada. Yaş ortalamaları 35'i geçmez. Büyük bölümü öğrenci ama okulunu bitiren hiç yok. 27'si ölmüş, ölümlerden yalnızca biri doğal nedenlerle; kan kanserine yakalanmış. Öteki ölümlerin 21'i polisle çatışmada, dördü ise içerdeki ölüm orucunda gerçekleşmiş. Ölenlerin sayfalarını geçiyorum. Sağ kalanlar en az beşer yıl olmak üzere cezaevinde kalmışlar. İlk sayfayı tarıyorum, bizim simitçiyi bulamıyorum. Hızla öteki sayfaya geçiyorum. Her sayfada on iki fotoğraf var. Fotoğrafların altında isim, soyisim, ana baba adları yer alıyor. Sayfaları çevirdikçe on iki kişi gidiyor, yerine yenileri geliyor. On iki çocuk denecek kadar genç insan çatık kaşların altından, korku, nefret karışımı gözlerle bakıyorlar. Ne kadar da masum görünüyorlar. Sanki geceleyin dışarı çıkmalarına izin vermeyen babalarına kızmış gibi bir halleri var. Kimseyi onların terörist olduğuna inandıramazsınız. Aralarında ellerine hiç silah almamış olanları da var ama çoğunluk ya polis katili ya banka soyguncusu. İnancın ne kadar yıkıcı bir silah olabileceğini bir kez daha görüyorum. Bu genç beyinler, bu tutkulu kişilikler doğru bir yöne kanalize edilebilseydi ülkeye ne kadar yararlı olurlardı, diye yazıklanmaktan kendimi alamıyorum. Kapının açılmasıyla dikkatim dağılıyor, Mustafa elinde iki bardak çayla içeri giriyor.

"Rıza yerinde yoktu, kendim getirdim" diyor alçakgönüllü bir gülümsemeyle.

"Sağ olasın" diyerek alıyorum uzattığı çay bardağını.

Bir yudum içip bırakıyorum. Bir sigara yakarak yeniden fotoğraflara dönüyorum. Son sayfada Fahri ile Sinan'ın fotoğrafları yan yana duruyorlar. Fahri'nin gözlerinde karanlık bir ifade var, umutsuzluk, öfke karışımı bir şey. Sinan ise çok rahat, gözlerinde tuhaf bir ışık var, neredeyse gülümseyecek. Ama bizim simitçi bu sayfada da yok. Son sayfayı kapatırken, kapı vuruluyor, ikimiz birden kapıya bakıyoruz. Şaşkın bakışlarımız arasında amcam giriyor içeri. Biz saygı gereği ayağa kalkmaya çalışırken, "Oturun oturun" diyor eliyle işaret ederek. Birkaç adım atıp odanın ortasında, ikimizi birden görebileceği bir yerde duruyor.

"Hoş geldin" diyor bana bakarak. "Nasıl gidiyor?"

"İyi" diyorum kısaca.

"İyi olsun iyi. Dün müsteşarla konuştuk, geçmiş olsun dileklerini iletmemi söyledi."

"Teşekkür ederim."

"Ama buraya gelmemin nedeni yalnızca geçmiş olsun dileği iletmek değil. Hani birkaç hafta önce, Üsküdar'da bir hücre evi basılmıştı. Üç terörist ölü olarak ele geçirilmişti."

"Naci'nin yönettiği operasyon. Mustafa ile ben gözlemci olarak katılmıştık."

"Evet, o. Olayın yargısız infaz olduğuna ilişkin basında yazılar çıkmış. Parlamentoda konuşulmuş. İçişleri Bakanlığı baskın hakkında soruşturma başlatıyor. Bizden de rapor istiyorlar."

"Çatışma anında biz dışarıdaydık" diyorum.

"Biliyorum, zaten sizlere yönelik bir suçlama da yok. Naci'yi soruşturuyorlar. Onu tanıyorsun, değil mi?"

"Hukuk'ta bir alt sınıftaydı."

"Mektepli ha! Tuhaf, ben onu alaylı sanmıştım" diyor amcam. Bana laf mı vuruyor, yoksa gerçekten de düşüncelerini mi açıklıyor, belli değil.

"Naci'nin soruşturmadan haberi yok galiba. Daha dün akşam telefonla konuştum, keyfi yerindeydi."

"Bugün yarın haberi olur. Gene de sen bir şey söyleme. Bizden öğrenmiş olmasın."

"Başı belaya girer mi?"

"Sanmam" diyor, "Öldürülenlerin hepsi terörist, çoğu polis katili. Sizin rapor da önemli tabii."

"Gördüğümüz kadarıyla yasadışı bir durum yoktu, öyle değil mi Mustafa?"

Mustafa, biraz tedirgin.

"Sizin de belirttiğiniz gibi Amirim, biz dışarıdaydık. Kaçan teröristlerin arkasından siz ateş ettiniz. Biri yaralandı. Öteki de iki gün sonra bir çatışmada ölü ele geçirildi. Yaralanan terörist yakalanmadı. Bizim bildiğimiz bu."

"O zaman mesele yok" diyor amcam kapıya doğru yürürken. "Raporunuzu bekliyorum."

"İki gün içinde size ulaştırırız."

"Bu arada polisteki yetkililerle konuştum. Şu kayıp kız işinde size karışmayacaklar."

"Bu iyi haber işte, sağ olun" diyorum.

"Hoşça kalın" diyerek çıkıyor amcam odadan.

Kafam karışıyor. Amcam iş konuşmak için odama hiç gelmezdi. Hep onun odasında konuşurduk. Buraya kadar gelmesi bana bir uyarı olmalı. Adımlarına dikkat et, vazgeçilmez değilsin, senin yerini alabilecek Mustafa gibi yüzlerce insan var, mesajını veriyor. Biraz da Mustafa'ya burada gerçek patronun kim olduğunu hissettirmek amacında. İlerde Mustafa'yı bana karşı kullanmak zorunda kalırsa sorun çıksın istemiyor.

"Amcanız olduğu için söylemiyorum, gerçekten de iyi bir adam İsmet Bey" diyen Mustafa'nın sözleriyle dağılıyor düşüncelerim.

"İyidir, iyidir" diyorum. "Tanıdıkça daha çok seveceksin."

Mustafa sesimdeki alaycı tınıdan kuşkulandı, anlamak için dikkatle yüzüme bakarken telefon çalıyor. Naci mi? Merakla ahizeyi kaldırıyorum.

"Alo buyrun?"

"Alo efendim, Sedat Bey orada mı?"

Aksanından tanıyorum; bu Madam Eleni.

"Buyurun Madam, ben Sedat?"

"Sedat Bey! İyi ki buldum sizi. Mühim bir iş olmuştur."

"Hayrola? Yoksa Mine'den bir haber mi var?"

"Mühim bir şey. Telefonda anlatılmaz..."

"Peki, hemen geliyorum."

Telefonu kapatırken Mustafa'nın, ne olmuş, diyen bakışlarıyla karşılaşıyorum.

"Ne olduğunu söylemedi. Beni çağırıyor."

"Ben de geleyim mi?"

"Senin burada kalman daha iyi. Naci'den telefon gelecek."

Madam'ın telefon numarasını yazıp ona uzatıyorum.

"Ben burada olacağım, önemli bir gelişme olursa ararsın... Haa, arabayı alacağım, anahtarları versene."

Mustafa benimle gelmediğine bozuluyor. Ona güvenmediğimi düşünüyor, pek de haksız sayılmaz. Oysa az önce amcam, ben ve o ne güzel bir üçlü oluşturmuştuk. Belki de aramızdaki buzların artık eridiğini, kendisini de aileden biri saydığımı düşünmeye başlamıştı.

Cebinden arabanın anahtarını çıkarıp uzatırken, "Frene dikkat edin Amirim" diyor. "Arada sırada tutukluk yapıyor."

"Uyarın için sağ ol" diyorum.

Belli etmemeye çalışıyor ama küskün. Bu oğlanı amcama itmek doğru değil, bir ara gönlünü almalı.

Dokuzuncu Bölüm

Madam'ın kapısını çalmadan önce, merdiven boşluğundan Mine'nin dairesine bakıyorum. Boşluk ahşap tırabzanların arasından çatıya kadar uzanıyor. Bir an boşluğa bir gölgenin düştüğünü sanıyorum. Çevreyi dinliyorum. Çıt yok, yine de birkaç basamak çıkıyorum. Merdivenin tam kıvrım yerinden Van Gogh'un sarışın başı görünüyor. İncecik bir sesle miyavlıyor Gogh. Açık yeşil gözlerini yüzüme dikerek bir süre beni izledikten sonra gelip ayaklarıma sürünüyor. Okşamak için eğiliyorum, kaçıyor. Tedirgin bir hali var. Birkaç adım sonra dönüp sorarcasına miyavlıyor: "Ev neden kapalı, Mine nerede?" Çaresizlik içinde ona bakmaktan başka bir şey gelmiyor elimden. Yeniden yaklaşmaya çalışıyorum. İstemiyor, merdivenleri hızla tırmanarak geldiği gibi yok oluyor. Arkasından gitsem... Neye yarayacak ki?

Dönüp Madam'ın kapısındaki zile basıyorum. Melodili zil sesinin ikinci çalışından sonra açılıyor kapı. Madam'ın tedirgin yüzünü görmeyi umarken, saçları dökülmüş, kirli sakallı gençten bir adamın gergin bakışlarıyla karşılaşıyorum. Bu herif de kim, diye geçiriyorum içimden. Gözlerini kısarak beni ölçüp biçtikten sonra bakışları yumuşuyor adamın.

"Sedat Bey mi?" diye soruyor.

"Evet" diyorum. "Madam Eleni yok mu?"

"Kusura bakma Sedat Abi" diyor, sanki beni daha önceden tanıyormuş gibi samimi bir tavırla. "Sivil giyimlisin ya kim olduğunu çıkaramadım. Kapıda kalma abi, buyur."

Adamın saygısında bir sahtelik sezinliyorum. Ama yadırgamıyorum. Polisle iyi geçinmeye özen gösterir bu tipler.

"Madam nerede?" diye soruyorum içeri girerken, adamı önemsemediğimi belirten bir tavırla.

"İçerde. Çok korktu kadıncağız" diyerek kapatıyor kapıyı.

"Niye, ne oldu ki?"

"Kızını kaçıracaklardı."

Duraksayarak adama dönüyorum.

"Maria'yı mı?"

"Maria'yı ya. Olay gözümün önünde oldu."

"Kızda bir şey yok ya?"

"Yok şükür. Bırakır mıyız abi, mahallemizin kızını Çingenelere."

"Çingeneler mi? Tanıyor musun onları?"

Sorum üzerine biraz çekinir gibi oluyor. İki elini yana açıp boynunu hafifçe sağa yatırarak, "Nereden tanıyayım abi?"

"O halde kızı kaçırmak isteyenlerin Çingeneler olduğunu nereden biliyorsun?"

"Görünen köy kılavuz ister mi Sedat Abi? Aşağısı Dolapdere. Her gün duyuyoruz bunların vukuatlarını. Hap satışı onlarda, hırsızlık onlarda, küçük çocukları kaçırıp dilendirmek onlarda. Onlardan başka kim..."

Adamın sözleri Madam'ın salondan gelen sesiyle kesiliyor.

"Şeref Bey oğlum, gelen kimdir?"

Şeref benimle konuşmayı bırakıp sesleniyor.

"Sedat Abi geldi, Madam."

Olayı bir de Madam'dan dinlesem iyi olacak. Salona doğru yöneliyorum. Şeref de peşim sıra geliyor. Salonun kapısında karşılıyor Madam beni.

"Ah Sedat Beyciğim, başımıza geleni bir bilseniz."

"Geçmiş olsun Madam. Artık üzülmeyin, güvendesiniz."

Önemli bir gelişme olduğu her halinden belli. Yine de nezaketi elden bırakmıyor.

"Ah sağ olunuz, sağ olunuz, hemencecik geliverdiniz. Kusuruma bakmayınız, sizi kendim karşılayamadım... Hâlâ şok içindeyim."

"Şeref biraz anlattı."

"Ah Şeref Bey oğlum olmasaydı... Maria da Mine gibi kaybolacaktı."

Bir an duraksıyorum. Bu kadın neler söylüyor? Şeref'e bakıyorum. Sakin görünüyor, gözlerinde önemli bir iş başarmanın verdiği gurur okunuyor.

"Yavrum şimdi katillerin, canilerin elinde olacaktı..."

Madam'ın kesik kesik cümlelerinden olayı çözmek olanaksız. Yardımıma Şeref yetişiyor. Böyle durumlarda ne yapılacağını bilen birinin rahatlığı içinde Madam'a dönüyor:

"Önce bir sakinleşin Madam. Sedat Abi de bir soluklansın, sonra anlatırsınız" diyor.

"Ah kusura bakmayınız" diyor Madam utangaç bir sesle. "Korkumdan ne yaptığımı biliyor muyum ben. Lütfen şöyle buyrunuz. Paltonuzu çıkarın, hasta olursunuz."

Paltomu çıkarıyorum, yanımdaki koltuğa bırakıyorum. Sonra tekerlekli sandalyesinin karşısındaki koltuğa yerleşiyorum. Şeref de sanki kırk yıllık ahbapmışız gibi teklifsizce gelip yanıma oturuyor.

"Her şeyi baştan anlatayım" diyor Madam. Endişe gözlerinin içine kadar işlemiş, yaşlılığın çarpıttığı zayıf elleri, solgun iki yaprak gibi titriyor.

"Bizim evin işlerine bakan kadın, Hasibe Hanım ortalıkta yok. Yirmi gün kadar da gelmeyecekmiş. Kızı doğum yapmış. Çaresiz, yine Maria'yı saldım alışverişe. Geçen gün de merdivenleri sildirmiştim yavrucağa. Gerçi o seviyor bu işleri. Aşağısını göremedim ama bizim dairenin önünü pırıl pırıl yapmış. Neyse, Maria'yı yolladım bakkala ama sıkı sıkı da tembihledim, çabuk git çabuk gel, diye. Maria gitti gelmedi. Bir telaştır aldı beni. Tekerlekli sandalyemi pencereye yaklaştırıp sokağın girişini gözlemeye başladım. Neden sonra bizim Maria yanında Şeref olduğu halde göründü. Yüreğime sular serpildi. Serpildi de Şeref'le birlikte gelmesinden kötü bir olay olduğunu sezinledim. Belki parayı kaybetmişti Maria, belki de ne alacağını unutmuştu yine. Oysa aklımın ucundan bile geçirmediğim korkunç bir olay olmuş. Mariamı kaçırmaya kalkmışlar. Benim zavallı kızımı..."

Kadın daha fazla sürdüremiyor konuşmasını, içini çekerek ağlamaya başlıyor. Şeref benden önce davranıyor.

"Üzülmeyin Madam" diyor. "Geçti artık. O yamuk herifler bir daha giremezler mahallemize."

Madam tekerlekli sandalyesinde, oturduğu minderin altından bir mendil çıkarıp gözlerini kuruluyor.

"Özür dilerim" diyor bana dönerek. "Maria'nın başına gelecekleri düşündükçe aklım yerinden oynuyor."

"Merak etmeyin" diyorum. "Artık Maria'ya bir kötülük yapamazlar. Sahi o nerede?"

Madam küçük bir çocuk gibi burnunu çekerek eliyle içerideki odayı gösteriyor.

"İçeridedir. Konuştuklarımızı duymazsa iyi olur."

"Bundan sonrasını isterseniz ben anlatayım" diyor Şeref. "Ne de olsa olayı gören benim."

Ama Madam bırakmıyor ki anlatsın.

"Ah siz olmasaydınız, kim bilir neler olurdu" diye bu defa da Şeref'e methiyeler düzmeye başlıyor.

"Benim yerimde kim olsa aynı şeyi yapardı Madam. İnsanlık görevi... Hem onca yıllık komşuyuz..."

"Yok yok, ben sizin bu insanlığınızı ödeyemem..."

Madam'ın pohpohlamaları karşısında Şeref de iyice gevşeyip koltuğa yayılırken, suratına da aptalca bir gülümseme gelip yerleşiyor. Ben de meraktan gebermek üzere bir halde, bu karşılıklı iltifatların sona ermesini bekliyordum. Bir ara bezgin bakışlarımla karşılaşan Şeref toparlanmak gereği duyuyor.

"Sedat Abi'yi merak içinde bıraktığımız yeter. Şu olayı anlatalım artık. Ben rahmetli pederden miras kalan bakkal dükkânını işletirim. Dükkânımı görmüşsünüzdür. Sokağın başında..."

"Sokağın başında mı?"

"Hatırlayamamakta haklısınız. Çünkü hem bakkallık hem de komisyonculuk yapıyorum. Bizim dükkânın vitrininde satılık ve kiralık ev afişlerini gördüğünüz için bakkal değil, komisyoncu olarak hatırlıyorsunuz."

Gülümsüyorum. Evet, komisyoncu dükkânını hatırlıyorum.

"Bakkal dükkânı babamın zamanında iyi iş yapıyordu. Ama marketler çoğalınca millet alışverişi oralardan yapmaya başladı. Biz de ne yapalım, bakkallığın yanı sıra komisyonculuğa da başladık. Neyse, ben bu semtte doğdum, bu semtte büyüdüm. Tanımadığım insan yoktur. Hatta birkaç kez sizi de gördüm. Affınıza sığınarak malumatınızı da Madam'dan aldım..."

Laf mı vuruyor bu adam, diye düşünürken, gözyaşlarını kurulamış olan Madam yeniden söze karışıyor.

"Evet, sizden ve yeğeniniz Mine'den söz etmiştim ona."

Yeğen mi, o da nereden çıktı? Madam bizi amca yeğen mi sanıyordu? Yoksa mahallelinin dedikodusunu önlemek için mi böyle söyledi? Tuhaf!

Şeref olayı anlatmayı sürdürüyor:

"Madam'dan duydum, çok üzüldüm. Mine Hanım da kaybolmuş. Onu en son yirmi gün kadar önce eve gelirken görmüştüm. Gece saat dokuz filandı. Bir taksiyle geldiler, yanında genç bir adam vardı..."

Kaybolmadan birkaç gün önce olmalı, diye düşünüyorum. Yanındaki de Fahri'dir.

"Adam arabadan hiç inmedi. Mine Hanım yürüyerek eve girdi. Yani abi, gördüğün gibi, mahallede ne olup biterse hepsini bilirim ben. Yabancı birilerini görsem hemen tanırım. Terso bir iş varsa kokusunu hemen alırım. Öğleye doğru beyaz renkli, Şahin marka bir otomobil geçti dükkânın önünden. Geçer, belediyenin yolu değil mi? Şahin de geçer, BMW'de geçer. Ama az sonra aynı araba bu defa da ters yöne geçmesin mi? Gene, olabilir, dedim, belki bir adres arıyordur, belki çıkmaz sokağa girmiştir. Ben böyle düşünürken, hadi bir daha geçmesin mi araba. Oğlum Şeref, var bunda bir iş, dedim kendi kendime, çıktım dışarı. Yanlış anlama Sedat Abi, bizim kanunsuz işlerde parmağımız yok. Ekmeğimizi namusumuzla kazanırız Allah'a şükür. Ama araba böyle art arda birkaç kez geçince kıllandım. Sokak da iyice tenha, bu herifler bizim dükkânı soymak mı istiyorlar falan gibi kötü şeyler takıldı aklıma. Dışarı çıkıp baktım, araba yavaş yavaş ilerleyerek sokağı dönüp gitti. Boş yere huylandın oğlum Şeref, diye söylenip işimin başına döndüm. Öğleye doğru nüfus sureti almak için muhtarlığa gitmem gerekiyordu. Küçük kardeşimi dükkânda bırakıp sokağa çıkınca bir de ne göreyim. Bizim araba köşeye park etmemiş mi? İçinde de üç kişi oturmuş, sigara içip konuşuyorlar. Beni fark ettiler ama dikkat çekmemek için önemsemez göründüler. Ben yemedim tabii. Yemedim de o anda aklıma başka bir şey geldi. Ya arabadakiler polisse? Olamaz mı? Sen daha iyi bilirsin abi, hani suçüstü yakalamak için filan. Sivil vaziyetleri... Sokağın alt tarafına da üç homo taşındı. Fuhuş, kavga, rezalet, ne istersen hepsi onlarda. Mahalleliye, dövüp atalım şunları dedim, millet dinlemedi. Karakola dilekçeler filan verildi. Hani, dedim, belki polis olaya el koydu, homoları takip işi filan vardır. Ne yalan söyleyeyim, böyle düşününce biraz rahatladım. Gene de ne olur ne olmaz diye adımlarımı açtım, bir solukta muhtarlığa vardım. Tabii bizim Muhtar Akif Amca yine yerinde yoktu. Yerine bakan gerzek oğlu da ne zaman döneceğini bilmiyordu. Çaresiz, derdimi oğlana anlatıp dükkâna döndüm. Döndüm ki ne göreyim, arabanın yönü değişmiş, Madam'ın evinin bulunduğu çıkmazın önünden ağır ağır bizim dükkâna doğru geliyor. Arabadakiler de kaldırımda yürüyen biriyle konuşuyorlar. Dikkatle bakınca konuştuklarının bizim Madam'ın kızı olduğunu fark ettim. O anda kafamda bir şimşek çaktı. Bunlar polis olamazlardı, garanti Maria'ya bir kötülük yapacaklardı. Hemen dükkâna girdim, ekmek bıçağını kaptığım gibi sokağa fırladım. Otomobildekiler henüz beni görmemişlerdi. Önde, şoförün yanında bir kişi vardı; arkadaki herif ise camı açmış, hareketlerinden anladığım kadarıyla Maria'yı otomobile davet ediyordu. Maria'nın hiç de korkmuş gibi bir hali yoktu. Neler olup bittiğini bile anlayamamıştı zavallı. Bu arada otomobil kıza iyice yaklaştı ve arkadaki adam Maria'nın elinden tutup onu otomobile doğru çekti. Bu davranış Maria'yı sinirlendirdi, kolunu geri çekti. Adam elini tutmak istedi ama biliyorsunuz, Maria güçlü kuvvetli bir kız; adamı nerdeyse yan beline kadar dışarı çekti. Acıyla yüzünü buruşturan adam çareyi Maria'nın elini bırakmakta buldu. Bunun üzerine araba durdu. Öndeki adam kararlı bir tavırla kapıyı açıp dışarı çıkmaya yeltendi ki ben yetiştim.

Elimdeki bıçağı sallayarak, "Ulan Allahsızlar, ne istiyorsunuz kızdan?" diye bağırarak üzerlerine yürüdüm. Dışarı çıkmaya çalışan adam bir an duraksadı. Sonra arabaya geri dönerek hızla kapıyı kapadı. Sürücüye bir şeyler söyledi. Sürücünün dudaklarının kıpırdadığını gördüm; ihtimal bana küfrediyordu. Ben de ana avrat söverek arabanın üzerine yürüdüm. Aramızda bir buçuk iki metre mesafe kalmıştı ki motorundan büyük bir homurtu yükseldi ve araba hızla üzerime gelmeye başladı, Allah'tan yolun kenarındaydım, hemen kendimi kaldırıma attım. Araba erimiş kar sularını üzerime sıçratarak hızla yanımdan geçti. Arkalarından koştum ama yetişemedim."

"Plakasını almadın mı?" diye soruyorum.

Kurnazca gülümsüyor, "Ayıpsın Sedat Abi, almaz mıyız. Daha arabayı ikinci görüşümde yazmışım kafaya plakayı: '34 KZ 763'. Neyse, herifler tüyünce ben Maria'nın yanına geldim. Elimde bıçağı görünce iyice korkmuştu kızcağız tabii. Bıçağı hemen paltomun altına zulaladım. Kızı teskin etmeye çalıştım. Yüzü sapsarı olmuştu. 'Gel dükkâna gidelim' dedim.

'Oynamayacağım... Oynamayacağım... Oynamayacağım işte' diye söylenerek ayaklarını yere vurmaya başladı. 'Tamam oynama, gel seni eve götüreyim' dedim. Yine, 'Oynamayacağım... Oynamayacağım... Oynamayacağım...' Sokak ortasında belki beş dakika öyle dikildik. Sonra elinde tuttuğu kâğıt parçasını gördüm. Anladım ki Madam onu bana yollamış. 'Bakkaldan ne alacaksın?' dedim. İşe yaradı.

'Ekmek, çay, bir de...' Hatırlayamadı. Kâğıdı alıp baktım: Sabun. 'Gel bunları alalım' dedim. Hiç zorluk çıkarmadan geldi. Bir anda her şeyi unuttu..."

Bir an duraksıyorum. Yoksa Maria diye Mine'yi mi kaçırdılar? Olabilir mi? Madam'la göz göze geliyoruz. O da aynı ihtimali düşünüyor galiba. Hayır canım, böyle bir yanlışlık olamaz. Maria'yı kaçırmaları için geçerli bir neden yok... Hem Mine'yi bu adamlar kaçırdılarsa niye hâlâ Maria'nın peşinde dolaşsınlar? Düşüncelerim çok derinlerden gelen bir telefon sesiyle bölünüyor. Madam, tekerlekli sandalyesinin hemen yanındaki sehpada duran telefonun almacını kaldırıyor.

"Alo? Buyrun kimi aradınız... Sedat Bey mi? Bir saniye."

Madam bana dönerek, "Size" diyor.

Almacı alıyorum.

"Alo?"

"Alo Amirim, ben Mustafa."

"Söyle Mustafa benim."

"Komser Naci aradı."

"Not bıraktı mı?"

"Sinan yarın saat 11:00'de gelecekmiş. Sizin daha erken orada olmanız gerekiyormuş. Oyuna çalışacakmışsınız. Böyle söyle, o anlar, dedi."

"Tamam, anladım. Burada yeni gelişmeler var. Sana iş düştü. Beyaz, Şahin marka bir otoyu araştıracaksın, sahibi kimdir, sabıkası falan var mıdır, bir öğren. Plakasını söylüyorum, bir saniye..." Şerefe dönüyorum.

"Neydi şu otomobilin plakası?"

"34 KZ 763" diye harflerin ve sayıların üstüne basa basa söylüyor.

"34 KZ 763" diyorum Mustafa'ya. Ayrıca Hüssam Paşa Sokağı, Girit Çıkmazı'ndaki 23 numaralı binanın çevresine devriye çıkarılmasını istiyorum. Asayiş şubesine resmi bir yazıyla başvur."

"Anlaşıldı Amirim tamam."

"Görüştüğümüzde daha ayrıntılı konuşuruz."

"Tamam Amirim, hoşça kalın."

Telefonu kapatıp Madam'a dönüyorum.

"Onları yakalayacağız" diyorum ama kafamı kurcalayan bir şey var; Madam'a mı, Şeref'e, mi yoksa kendime mi olduğunu bilmeden soruyorum:

"Anlayamadığım şu, Maria'yı neden kaçırmak istiyorlar?"

Şeref anlayamadığıma şaşmış gibi, "Dilencilik yaptıracaklar abi" diyor. "Zaman çok kötü oldu. Memleket yamyam dolu. İnsanların para için yapmayacakları iş yok. Kendi kulaklarımla duydum; saralı, aklı yerinde olmayan çocukları kaçırıp dilencilik yaptırıyorlarmış."

"Biliyorum. Ama Maria çocuk değil ki. Kocaman bir genç kız."

"Öyle demeyin Sedat Bey" diyor Madam boğuk sesiyle. "Görünüşü öyle ama üç yaşındaki bir çocuktan ne farkı var onun?"

"Hayır, yani dilencilik için pek uygun değil, demek istiyorum. Onlar daha çok kimsesiz çocukları bu işlerde kullanırlar. Kimsesiz ve yaşları küçük çocukları. En çok da çelimsiz ve masum yüzlü olanları. Çocukları ilkel ameliyatlarla sakat bırakırlar, insanlar acıyıp daha çok para versin diye."

"Aman Tanrım... Aman Tanrım" diye dehşet içinde söylenerek peş peşe istavrozlar çıkarıyor Madam. Zavallı kadının halini görünce böyle söylediğime pişman oluyorum.

"Yani Maria için böyle bir şey söz konusu olamaz, demek istiyorum. Belki yalnızca sarkıntılık yapmak isteyen serserilerdi."

"Yapma gözünü seveyim Sedat Abi" diye karşı çıkıyor Şeref. "Sarkıntılık yapacak herif, sabahtan akşama kadar kızın yolunu gözler mi?"

Söyledikleri doğru. Ama Madam'ı daha fazla tedirgin etmek istemiyorum.

"Olmayacak iş yok. Bu meslekte neler gördük biz" diye yuvarlayarak lafı değiştiriyorum.

"Adamları görsen tanırsın, değil mi?"

"Anında tanırım abi. Sen yeter ki onları bul."

"Sen de adresini ver, yüzleştirme filan gerekirse..."

Hiç beklemediğim bir şey oluyor. Sabahtan beri mahallenin aslanı gibi atıp tutan Şeref'in yüzü kararıyor.

"Aman abi" diyor. "Bunlar kalleş adamlardır. Onları benim gammazladığımı anlarlarsa başım belaya girer."

"Merak etme" diyorum bıyık altından gülerek. "Aynalı odadan bakarsın. Seni onlara göstermeyiz."

Şeref tedirginliğini üstünden atamıyor ama ısrarım karşısında adresini vermemezlik de edemiyor. Şeref'in adresini not defterime yazdıktan sonra Madam'a dönüyorum.

"Siz de korkmayın artık. Duydunuz, merkeze bildirdim, bu geceden itibaren sürekli polis bulunacak. Ayrıca plaka numaraları elimizde. En kısa sürede yakalayacağız onları."

Onuncu Bölüm

Otomobilim sitenin bahçesine girdiğinde hava yeni kararmaya başlıyor. Eve neden böyle erken geldiğimi bilmiyorum. Belki yapacak işim olmamasından; Madam'ın evinden çıkınca tamirciye uğrayıp arabayı aldım. Mustafa, Maria'ya sarkıntılık eden herifleri araştırıyor. Yarın sabah 1. Şube'de Sinan'la görüşeceğim. Yıldız'a, büroya da gidebilirdim ama ne amcamın ne de başka birinin yüzünü görmek geliyor içimden. Üzerimde bir yorgunluk var; bedensel bitkinlikten çok, duygusal bir yorgunluğa benziyor. Çalışırken kayboluyor ama yalnız kalınca yeniden depreşiyor. Sanırım yaşamımın en kötü dönemini geçiriyorum.

Aslında yeni bir durum değil bu, Yıldırım'ın öldürülmesiyle başladı ama giderek daha beter bir hal alıyor. Ne kadar bela varsa hepsi üst üste geldi. Yıldırım ilk darbeydi, hiç beklemediğim bir yıkım. Belki de kendi içime kapanmamalı, onun bıraktığı yerden sürdürmeliydim. Neye yarardı? Binbaşı Yıldırım'dan sonra Yüzbaşı Sedat da bir sabah işe giderken kimliği belirsiz kişilerin açtığı ateş sonucu öldürülemez miydi? Buna değer mi?

Mine'yle karşılaştığımda kafamda bu soru vardı: "Buna değer mi?" Biraz da Mine'nin etkisiyle bu soruyu yanıtlamayı erteledim. O benim için bir kaçış oldu. Mine'nin varlığı Yıldırım'ı düşünmememi sağladı. Belki korkumun kamuflajı oldu. Ama daha önemlisi, ona âşık oldum. Soluk almaktan, yemekten, öpüşmekten, deniz kenarında yürümekten, yaşamdaki basit olaylardan, küçük zevklerden tat almaya başladım.

Bizim meslek çok kıskançtır, insanın zamanının, enerjisinin tümünü ister; eşmiş, çocukmuş, sevgiliymiş, bunlar ikincil olmak durumundadır. Hatta onların yaşamı bile işe göre belirlenmeye başlar. İyi bir eş, şefkatli bir baba, romantik bir sevgili olmak istesek bile bunu başarmamız zordur. Mine, beni işimin kıskacından kurtardı. Yeniden normal yaşama dönmemi sağladı. Belki Yıldırım'la yapmaya karar verdiğimiz işleri gerçekleştiremedim, belki inancımı yitirdim ama yaşama sevincimi kazandım. Şimdi Mine yokken, yeniden başa dönmüş gibiyim. Aynı tatsızlığı hissediyorum...

Otomobili park edip dışarı çıktığımda, kapıcı Necati saygıyla karşılıyor beni. Hiç görmedim, nereden çıktı bu adam.

"Geçmiş olsun, Sedat Bey" diyor ezik bir tavırla. "Duyunca çok üzüldük."

"Sağ olasın Necati Efendi" diyerek otomobilin kapısını kapıyorum.

"Nasılsınız, iyicesiniz inşallah?" diyerek peşim sıra yürümeye başlıyor.

"İyiyim iyiyim..."

"İyi görünüyorsunuz maşallah."

Asansörün önüne gelince soruyorum: "Çocuklar nasıl?"

Yüzü gölgeleniyor, yine de asansör kapısını açmayı ihmal etmiyor.

"Nasıl olsunlar, bildiğiniz gibi Sedat Bey."

On yedi yaşında bir oğlu, on bir ve sekiz yaşlarında iki kızı var; üçü de zekâ özürlü. Akraba evliliği yapmış, karısı amcasının kızı.

Asansöre binene kadar kapının önünde bekliyor. Asansörün kapısını kapatırken abartıya kaçan saygılı tavrıyla, "İyi akşamlar" demeyi de unutmuyor.

Geçen yıl apartman sakinleri onu işten çıkarmayı istemişlerdi. Ağırkanlıymış, gönderilen yerden geç geliyormuş. Benim çabamla kaldı. Şimdi daha dakik. Bana saygısı da bu yüzden, biraz da polis olmamın verdiği korku. Evet, beni sitedekiler polis olarak tanırlar. İstihbaratçı olduğumu gizlemek için avukat ya da işadamı olduğumu da söyleyebilirdim ama işi düşenler başımı ağrıtabilirlerdi, bu yüzden polis olmayı seçtim. Böylece site sakinleri daha mesafeli duruyorlar ve mesleğim fazlaca meraklarını çekmiyor.

Yedinci katın düğmesine basarken, kapıcının çocuklarını düşünüyorum. Okul yok, iş yok, bütün gün, yalnızca evlerinin önündeki kaldırımı görebilen küçük pencereli bodrum katında oturup gelip geçenlerin ayaklarını izliyorlar. Bazen de anneleri üçünü el ele tutuşturup gezmeye götürüyor. Onlarla sokakta birkaç defa karşılaştım, dikkat ettim, çocukların her biri ayrı yönlere bakıyordu. Gözlerinde ne bir merak ne bir şaşkınlık, öylece, paytak adımlarla yürüyorlardı.

Asansör sarsılarak yukarı doğru çıkarken, Madam'ın evinde konuşulanlar geliyor aklıma: "Özürlü çocuklan kaçırıp dilencilik yaptırıyorlarmış." Bizim kapıcı da bu kaygıyı taşıyor mu acaba? Belki de benim çocuklarıma bir şey olmaz, diye düşünüyordur. Çocuklarından birini alıp götürseler sevinir belki. Aldığı parayla bu kadar kişiyi geçindirmek çok zor olmalı... Neler düşünüyorum! O kadar da değil, geçinemiyor diye insan çocuğunun kaçırılmasını ister mi? Madam nasıl titriyor kızının üstüne. Kızımı kaçıracaklar diye nasıl da korkuyor kadıncağız... Ya Madam kaygısında haklıysa? Ya Mine'yi Maria sanarak kaçırdılarsa gerçekten? Ben bile onu Mine sanmadım mı? Mine'nin kaçırmak istedikleri kız olmadığını anlayınca da onu öldürüp bir yere gömmüşlerdir. Hayır, hayır... Bu olamaz. Dilendirmek için Maria'nın yaşı çok büyük, üstelik onu arayıp soracak annesi, yakınları var. Adamlar başlarının derde gireceğinden korkarlar. Sonra bana düzenlenen suikast, Fahri... Ölü ele geçen öteki terörist... Yok canım, bu olanaksız.

Asansör durduğunda, aptalca olduğunu bile bile hâlâ bu kaçırılma olasılığına kafa yoruyorum. Kapıyı açıp koridora çıkıyorum. Koridor karanlık, alışkanlıkla elektrik düğmesine uzanıyor ellerim. Belki de dilendirmek için değil de zengin ülkelerdeki yaşlı hastalara organ nakli yapabilmek için Maria'yı kaçırmak istemişlerdir. Özürlü bir çocuğu ne kadar ararlar ki? Kaçırdıkları kızın Maria değil de Mine olduğunu anladıklarında onlar için bir şey fark etmemiştir. Satacakları organ nasıl olsa ellerindeki genç kızda var... Mine'nin parçalanmış bedeni gözlerimin önüne geliyor. Bu görüntüyü kovmak için kafamı sallıyorum. Neler düşünüyorum... Böyle bir şey olamaz. Organ nakli için kaçırma olaylarının Türkiye'de olup olmadığını bile bilmiyorum. Öğrenmek lazım. Hadi canım, nesini öğreneceğim, düpedüz saçmalık bu. Duyduğum sesle irkiliyorum. O zaman kendi kendime konuştuğumu fark ediyorum. İyi ki koridorda kimse yok.

Melike erken geldiğime çok seviniyor. Tek üzüntüsü, yemeği hazırlamamış olması. İkizler oturma odasında televizyonda, kahramanları robotlar olan bir çizgi film izliyorlar. Filme öyle dalmışlar ki geldiğimi fark etmiyorlar bile. Arkalarından usulca yaklaşıp kızlarımı sımsıkı kucaklamak isteği kabarıyor içimde, yanlarına gidecekken, "Yine Sevim Hanım geldi" diyor Melike. "Seninle konuşmak istiyor."

Canım sıkılıyor, yine ağlayacak, Mine'yi soracak. Onunla karşılaşmak istemiyorum.

"Yarın görüşürüz" diyorum.

"Önemli olduğunu söyledi. Gelince mutlaka beni arasın dedi."

Anlaşılan Melike de kadının gelmesini istiyor. Kafasının içi sorularla dolu, bana hissettirmemeye çalışsa da bir şeyler sezinlediğine eminim.

"Sana bir şey söyledi mi?"

"Hayır, ben de sormadım zaten ama çok tedirgindi."

"Tedirgin mi?" Ben de merak etmeye başlıyorum.

"Kötü bir haber mi var acaba?"

Melike, bilmiyorum dercesine hafifçe omzunu yukarı kaldırıyor. İçerde televizyon izleyen kızlarıma bakıyorum, onları kucaklama isteğim kayboluyor.

"O halde çağıralım Sevim Hanım'ı" diyorum.

Melike telefonun almacını kaldırırken, ben de yüzümü yıkamak için banyonun yolunu tutuyorum. Neden çocuklarımın yanına gitmekten vazgeçtim? Mantığımla verdiğim bir karar değil, duygusal bir tepki. Ama basit bir açıklaması da var: Mine'den haber almam daha önemli. İnanın bana, bu, çocuklarımı sevmem için de gerekli. Tuhaf bir duygusal denge oluşmuş içimde. Bu dengenin bir ucunda Mine yer alıyor, öteki ucunda Melike ile çocuklar var. Mine'nin kaybolmasıyla bu denge bozuldu, sanki onunla birlikte Melike'yi ve kızlarımı da yitirdim. Belki yadırganacak bir durum; ikisiyle birlikteyken hiç suçluluk duymuyordum; ne Mine'ye ne de Melike'ye karşı. Sanki iki kadınla birlikte yaşamak benim için normal bir şeydi. Yıldırım haklı galiba; erkeklerin çokeşli olduğunu söylerdi. Ama o hiçbir zaman karısı dışında birine âşık olmadı, pek sık olmasa da geçici ilişkiler yaşamakla yetindi. Yaşadıklarını orada bıraktı, her defasında evine döndü. Amcamın ise böyle bir ilişkisini duymadım, olduğunu da sanmıyorum. Evine bağlı bir erkek, işine bağlı demek daha doğru aslında. Çünkü onun gözünde ev de istihbarat faaliyetinin bir parçası, bu durumda yengem de lojistik destek memurundan başka bir işlev taşımıyor tabii. Amcama böyle söylesem nasıl da kızar bana. Hemen ailenin kutsiyetinden söz etmeye koyulur. Oysa hepimiz için gerçek bu; eşlerimiz bizim destekçilerimizden başka ne ki? Asıl anlayamadığım, kadınlarımızın buna neden katlandığı. Neden bizi terk edip gitmedikleri. Belki onlar da işin gizine, büyüsüne kapılıyorlar. Önemli görevler yüklenen birine karşı hissedilen aşağılık kompleksiyle durumlarını kabulleniyorlar. Bu tutumları onları daha çok sevmemizi sağlamasa da bizlere sorunsuz yaşam alanları yarattığı için hoşumuza gidiyor. Ama bu hoşlanma sık sık bıkkınlık duygusuyla da yer değiştiriyor. Fırtınalı mesleğimizin karşıtı olan dingin bir aile yaşamının da zaman zaman bizlere yetmediği oluyor. Mine'yle ilişkim başlamadan önce karımdan sıkıldığımı hatırlıyorum. Hatta aramızdaki sevginin iyice tükendiğini düşündüğüm anlar bile oluyordu. Ama Mine'yle ilişkiye girince tuhaf bir biçimde evliliğim de canlanmaya başladı. Melike'yi bambaşka bir gözle görme olanağı buldum. Sanırım karım da bende değişiklikler olduğunu fark etti ya da en azından kadınca bir duyguyla bunu sezdi. Giderek rutinleşen sevişmelerimiz bile daha ateşli olmaya başladı. İki kadınla birlikte olmanın belki aptalca ama aynı zamanda bir erkeğe gurur benzeri duygular tattıran keyfini yaşamaya başladım. Birine âşıktım, ötekini seviyordum. İkisiyle birlikte mutluydum. Tek sorun bu duygumu ikisine birden anlatamayışımdı. Kendime itirafta güçlük çeksem de sanırım Melike'den ayrılamayışımın nedeni de buydu...

Lavabonun aynasında yorgun bir suratla kendini anlamaya çalışan bu adama bakıyorum. Gülümsüyorum, bu öyle zoraki bir tavır ki aynadaki adamın yüzü acıklı bir hal alıyor. Musluğu açıyorum, suyun sesi kulaklarımda çınlıyor. Avuçlarımı buz gibi suyla dolduruyorum. İçim ürperiyor, ürpertinin beni zinde tutacağına inanıyorum, suyu yüzüme çarpıyorum. Çıplak bir uyarı bedenime yayılıyor. Bir kez daha, bir kez daha; şimdi daha iyiyim. Keyifle havluya uzanıyorum. Yüzüme bastırdığım yumuşak havludan mis gibi bir koku yayılıyor; lavanta mı? Hayır, bu Melike'nin kokusu. Elini sürdüğü yerde bu kokuyu bırakıyor. Havluyu ikinci kez koklarken kapının zilini duyuyorum. Sevim Hanım olmalı, sandığımdan daha çabuk geldi. Gerçekten de önemli bir haber var galiba.

Banyodan aceleyle çıkıyorum. Mine'nin annesini antrede karşılıyorum. Mine gibi o da minyon tipli, daha ilk bakışta kızını andırdığı fark ediliyor. Alın yapısı, kalkık burnu, kalın dudakları tıpkı kızı. Ama Mine ondan daha farklı, daha güzel değil de, nasıl söylesem, yüzü, mimikleri daha anlamlı.

"Hoş geldiniz" diyerek elimi uzatıyorum.

Kadın elimi sıkıyor, yüzü oldukça gergin, çenesinin titrediğini fark ediyorum.

"Sizinle konuşmam lazım" diyor.

"Tabii, buyurun" diyorum çalışma odamı göstererek. Yürürken dayanamayıp soruyorum:

"Ne oldu Sevim Hanım, yoksa Mine'den bir haber mi var?"

"Hayır" diyor, umutsuz bir halde başını sallayarak. "Keşke öyle olsaydı."

Odaya girince pencerenin kenarındaki koltuğa oturuyor. Ben de karşısındaki iskemleye ilişiyorum. Melike kalsın mı gitsin mi karar veremeden bir süre ayakta eğleşiyor. Sevim Hanım'a bakıyorum, sözü geciktiriyor, anlaşılan Melike'nin konuştuklarımızı duymasını istemiyor.

"Bize biraz izin verir misin Melikeciğim?" diyorum onu kırmaktan da çekinerek.

"Elbette" diyerek toparlanıyor Melike. "Size birer kahve yapayım mı?" diye soruyor, sanki odada bulunma nedeni buymuş gibi.

"Sağ ol şekerim, hiçbir şey istemem" diyor Sevim Hanım kararlı bir sesle.

Bir an kadının Mine'yle ilişkimizi öğrendiğini, bu nedenle beni suçlamaya geldiğini düşünüyorum. Allah'tan karım burada olmayacak. Melike kapıyı kapatıp çıktıktan sonra, "Metin size neler anlattı?" diye soruyor öfkeyle.

Bir an olayları toparlayamıyorum. "Metin mi?"

"Metin, Mine'nin babası..."

"Haa Metin Bey! Evet, bu sabah konuştuk. Almanya'ya dönecekti."

"Doğru, şu anda uçakta olmalı. Beni havaalanından aradı. Yine içmişti. Mine'nin kaybolmasından beni sorumlu tutuyor. Ceyhun hakkında olur olmaz şeyler söyledi..."

Sevim Hanım konuştukça öfkesi daha da artıyor. Neredeyse bağırarak konuşuyor.

"Güya Ceyhun Mine'ye âşıkmış da... Mine ona yüz vermemiş de, anlıyorsunuz değil mi? 'Hepsini Sedat Bey'e anlattım' dedi. Ona inanmayın. Bize kötülük etmek istiyor."

Kadının sözleri beni rahatlatıyor, demek bana değil, Metin Bey'eymiş bütün kızgınlığı. Ama alttan alıyorum.

"Hiç de kötülük yapacak birine benzemiyordu."

"Görünüşü öyledir, efendi bir adam sanırsınız. Onu tanımak için 14 yıl birlikte yaşamak lazım."

"Size sert mi davranıyordu?"

"Boş verin, bunun konumuzla ilgisi yok."

"Kızınız hakkındaki her bilginin konumuzla ilgisi var. Hiç önemsemediğimiz bir ayrıntı onu bulmamızı sağlayabilir."

Bir an, anlatsam mı anlatmasam mı ikircimi içinde yüzüme bakıyor, sonra başını sallayarak vazgeçiyor.

"Utanç verici bir şey."

"Suçların altında genellikle utanç verici şeyler yatar."

"Ne demek istiyorsunuz?"

"Hiiç. Yalnızca olanları bilirsem, daha doğru akıl yürütebilirim, diyorum."

Bir süre düşündükten sonra, "Peki" diyor. "Size anlatacağım. Kimseye söylemeyeceksiniz ama."

"Bana güvenebilirsiniz."

"Metin nasıl evlendiğimizi anlatmıştır. Çok zor durumdaydım. O zamanlar biz, günümüz gençleri kadar serbest değildik. Bir delikanlıyla flört edince hemen adınız dolaşmaya başlardı ortalıkta. Ceyhun'la ortaokul üçüncü sınıftan beri birbirimize âşıktık. Lise son sınıfta çok yakınlaştık, ben istemiyordum ama Ceyhun'a engel olamadım, birlikte olduk. İki ay sonra hamile kaldığımı öğrendim. Ceyhun çok gençti. Ailesine karşı çıkamadı, beni o halimle bırakıp Ankara'ya okumaya gitti."

"Bunları biliyorum, Metin Bey anlattı."

"Evet, sonra Metin geldi. Çok çirkin bir adamdı. Beni görmüş, beğenmiş. Teyzesi ağzımı yokladı. Önce istemedim, sonra düşününce bunun evden kurtulmam için bir fırsat olduğunu anladım. Evdeki yaşamım bir cehennem azabına dönüşmüştü. Babam her gün beni aşağılıyordu, hatta bir keresinde beni intihar etmeye teşvik edici sözler söyledi. Bazen beni öldürecekler diye korktuğum bile oluyordu. Metin'in teklifini kabul ederek bu evden kurtulabilirdim. Hem Metin yakışıklı sayılmasa da iyi bir insandı.

Bildiğiniz gibi evlendik. Evliliğimizin ilk haftası İstanbul'da kaldık. Her şey güzeldi. Annemin babamın bana karşı tavırları değişmişti. Yine onların biricik kızı olmuştum.

Almanya'daki evde ikinci haftamızdı. Yataktaydık..."

Sevim Hanım başını önüne eğiyor.

"Neden sustunuz?" diyorum.

"Anlatmaya utanıyorum" diyor.

"Utanacak bir şey yok. Burada iş konuştuğumuzu düşünün."

Başını kaldırıp mahcup gözlerle yüzüme bakıyor, bu davranışının yapay mı yoksa içten mi olduğunu tam olarak kestiremiyorum. Sonunda konuşmaya karar veriyor.

"Metin o gece başarısız oldu. Zaten bünyesi pek sağlam değildi, sık sık hastalanıyordu. Çok utandı, onu yatıştırdım. Bunun önemli olmadığını söyledim. Sonraki gecelerde düzelmeye başladı. Ama birlikte olduğumuz gecelerin sayısı giderek azalmaya başlamıştı. Birkaç yıl sonra ise artık hiç sevişemiyorduk. Önceleri büyük rahatsızlık duyan Metin sanki bu duruma alışmış gibiydi ya da her defasında başarısız olmak onu yıldırmıştı, artık denemek bile istemiyordu. Yalnızca bir kez, "Bu kömür ocağından kurtulmam gerek" demişti. Maden ocağının muhasebe müdürü iyi bir adammış. Adam Metin'e, senin gibi birinin ocakta çürümesine razı olamam, gibilerinden bir şeyler söylemiş. "Yakında beni yukarıya alacaklar" dedi. Söylediği de oldu. Metin'i ocaktan alıp madenin güvenlik biriminde çalıştırmaya başladılar."

"Güvenlik birimi mi?"

"Maden işletmelerini koruyan özel polis gibi bir şey."

"İlginç. Kaç yıldır çalışıyor orada?"

"Dört ya da beş yıl kadar oluyor. Bir yıl kadar gizli çalıştı, işçiler hakkında rapor hazırlayacakmış. Sonra onu yukarı aldılar."

"Hâlâ bu özel güvenlik örgütünde mi?"

"Evet, o Alman herifin çok büyük etkinliği var işletmede."

"Adını hatırlıyor musunuz?"

"Adama Rolfi, derdi ama adı Rolf Schmitz'di."

Söylediği ismi not defterime yazıyorum. Önemli bir bilgi saydığımdan değil ama soruşturmakta yarar var.

Sevim Hanım elimdeki kaleme bakarak, "Mine'yi bunlar kaçırmış olabilir mi?" diyecek oluyor.

"Hayır hayır, öyle bir şey yok, yalnızca bilgi topluyorum. Peki, sonra ilişkiniz düzeldi mi?"

"Hayır, hiçbir değişiklik olmadı. Doğrusunu söylemek gerekirse başlarda benim için de çok önemli değildi bu. Çünkü Metin'i sevmiyordum. Ceyhun'dan aldığım hazzın kırıntısını bile bulamamıştım Metin'de. Kendimi kızımı büyütmeye vermiştim. Hatta yatakları bile ayırdım, Mine'yle yatmaya başladım. Sevişmeyi düşünmek bile istemiyordum."

"Metin Bey'in size karşı tavırları nasıldı?"

"Anlattım ya, sanki hiçbir şey olmamış gibi davranıyordu bana. Evde bir kadının bulunması, çocuğunun olması ona yetiyordu. Belki de annesini buluyordu bende. Sıcak bir yuvada yaşama duygusunu tadıyordu böylece. Bu durum, Türkiye'de Ceyhun'la karşılaşıncaya kadar sürdü. Açık söylemek gerekirse Ceyhun'u görünce ilk genç kızlığımdaki kadar büyük bir heyecan duydum. Ama umuda kapılmam için de bir neden görmedim. Onun da evlenmiş olduğunu düşünüyordum. Şöyle bir konuşup ayrıldık. Ertesi gün beni buldu, hâlâ sevdiğini söyledi. Hiç evlenmemiş, yıllardır suçluluk duygusu içinde yaşamış. Özür diledi. Biraz sitem ettim ama ne yalan söyleyeyim, ben de hâlâ ona tutkundum. Tahmin edeceğiniz gibi, eski ilişkimiz yeniden alevlendi. Almanya'ya döndükten sonra ben olanları Metin'e anlatacakken mektup olayı çıktı. Metin olgun bir insan gibi davrandı ama bana ve Ceyhun'a karşı büyük bir öfke beslediğini hissediyordum. Hiç zorluk çıkarmadan benden boşandı. O kadar iyi davranıyordu ki suçluluk bile duydum. Ama onu sevmiyordum ve henüz yaşım gençti."

"Ya kızınız?" diye kaçıveriyor ağzımdan. Çünkü Mine'nin Ceyhun'u sevmediğini biliyorum. Onun anlayışsız ve hastalık derecesinde pinti olduğunu söylerdi. Mine'yi asıl şaşırtan annesinin bu adama nasıl âşık olabildiğiydi.

"Evlenince Ceyhun kendi çocuğuymuş gibi sevdi Mine'yi. Ona şefkat gösterdi, korumak istedi. Ama Mine hep tartışma çıkardı, hep sorun yarattı. Bakın, Mine benim kızım, canımın bir parçası ama doğruyu söylemek gerekirse, çok düşüncesizce davrandı, güvenimizi boşa çıkardı. Özgür ruhlu bir kızdı. Daha lisedeyken bir sürü sevgilisi vardı. Çok rahattı."

"Ama" diyorum. "Çocukluğu Almanya'da geçmiş, farklı gelenek göreneklerle büyümüş."

"Doğru. Uyum zorluklarını birlikte yaşadık. Lise yıllarında neler çektiğimi bir Allah bir de ben bilirim. Okula başladığı sıralar iki günde bir gelir, 'Almanya'ya gidelim' diye ağlardı. Zorla yatıştırırdım. Bir yandan Mine'nin uyum sağlaması için çırpınır, bir yandan Ceyhun'u ikna etmeye çalışırdım. Çoğunlukla da ikisinin arasında kalırdım. Ama şimdi düşünüyorum da haksız olan Mine'ydi. Bizim için Almanya bitmişti, artık orayı unutması lazımdı. Ceyhun namusuna çok düşkün adamdır. Önce iyilikle konuştu, Mine tınmadı; ceza verince de kötü baba oldu. Ben kızımı bilirim, bu tartışmaları bahane ederek Metin'den para sızdıracaktı. Sorumsuzca yaşamak istiyordu. Ona defalarca yalvardım, 'Başına bir iş gelir kızım' dedim, dinlemedi. Üniversiteye girince iyice yoldan çıktı. Babasının yolladığı parayla gitti o Kurtuluş'taki evi tuttu. Yine bırakmadım peşini, 'Orayı atölye olarak kullan, gel bizim evde kal' dedim, dinletemedim."

Sevim Hanım'ın sesi titremeye başlıyor. Sonunda olanlar oldu işte. "Ne dirisi ne ölüsü var ortalıkta, mezarını bile bulamayacağım" diyerek başlıyor ağlamaya.

"Sakin olun, onu bulacağız" gibi sözler söylüyorum ama beni dinlemiyor. Ancak, ayağa kalktığımı fark edince yaşlı gözlerini bana çeviriyor.

"Size bir bardak su getireyim" diyorum.

Eliyle gözyaşlarını silerken, "Sağ olun istemem" diyor. Sanki az önceki öfkeli kadın gitmiş, yerine çocuğu için kaygılanan bir anne gelmiş.

"Melike'yi daha fazla rahatsız etmeyelim" diyor burnunu çekerek. Melike'nin ağladığını bilmesini istemiyor.

Ona acımaya başlıyorum. Üzüntüme ağır bir suçluluk duygusu eşlik ediyor.

"Bazen bütün bunların kötü bir şaka olduğuna inanıyorum" diyor. "Bir gün uyanacağım ve Mine'yi karşımda bulacağım gibi geliyor bana."

"Umarım öyle olur."

Kalkarken, hatırlatmayı unutmuyor.

"Ceyhun'u bu işe karıştırmayacaksınız, değil mi?"

"Merak etmeyin, eşinizi sorgulamak için bir neden yok."

"Teşekkür ederim, Sedat Bey" diyor.

"Önce kızınızı sağ salim size teslim edelim de sonra teşekkür edersiniz."

Odadan çıktığımızda Melike'yi mutfakta buluyoruz. Hiç de alınmış gibi bir hali yok. Ya da belli etmiyor.

"Yemeğe kalsaydınız Sevim Hanım" diyor.

"Sağ ol şekerim, bizimki de neredeyse gelir. Benim de hazırlık yapmam lazım."

Sevim Hanım'ı uğurladıktan sonra Melike, ne konuştunuz, diye sormuyor bile. Salatanın başına dönüyor.

"Limonunu sıkayım mı?" diye soruyorum.

"İyi olur" diyor kısaca.

Aramızda bir suskunluk oluşuyor. Limonu keserken açıklama gereği duyuyorum.

"Eski kocasıyla birbirlerini suçluyorlar."

Melike yine suskun, tabakları koyarken söyleniyor:

"Eşler anlaşamıyor, olan çocuklara oluyor. Zavallı Mine. El ele verip harcadılar kızcağızı."

Sesi duygu yüklü. Ağlayacakmış gibi bir hali var. Günlerdir tutuyor kendini, şimdi boşalırsa şaşmam. Bir günde karşımda ağlayan üçüncü kadın, diye düşünerek limon suyunu salatanın üzerinde gezdirirken, Gökçe yetişiyor imdadıma. Minicik boyuyla mutfağın kapısında dikilip, "Anne acıktım" diye sızlanıyor.

"Tamam canım" diyor Melike bir an için kasvetli ruh halinden çıkıp. "Şimdi hazır olacak."

Derin bir soluk alarak kucaklıyorum Gökçe'yi.

"Çok mu acıkmış benim kızım?"

"Sen ne zaman geldin baba?"

"Siz televizyon seyrederken. Kardeşin nerde?"

"İçerde reklamları izliyor."

Gökçe kucağımda içeri gidiyoruz. Ayça yanağını sağ eline dayamış, bir şampuan reklamı izliyor.

"Bıkmadın mı kızım?" diyorum.

Dönüp bakıyor, "Aa babam gelmiş" diyerek, kollarını açarak yanıma geliyor. İkisini birden kaldırmaya korkuyorum. Doktorlar bir süre ağır kaldırma demişlerdi. Gökçe'yi de indirip ikisini birden yerde kucaklıyorum. Kızlarla oynaşırken televizyonda haberler başlıyor. İlk haber İstanbul polisinin gerçekleştirdiği bir ev baskını. Polis katili üç terörist ölü ele geçirilmiş. Kızları bırakıp koltuğa oturuyorum. Ayça okulla ilgili bir şeyler anlatıyor, yarım yamalak duyuyorum. Aklım haberde; bizden gözlemci olarak kim katıldı acaba? Birden Naci'yle ilgili raporu yazmadığımı hatırlıyorum. Bu akşam onu da hazırlamalı diye düşünüyorum, televizyonda öldürülen teröristlerin kanlı görüntüleri geçerken.

On Birinci Bölüm

Naci'nin bürosu, 1. Şube'nin bulunduğu binanın ikinci katında, uzun bir koridorun sonunda yer alıyor. Girişte resmi giyimli üç polis ayaküstü sohbet ediyorlar; doğuya atanan bir arkadaşları hakkında konuştuklarını işitiyorum yanlarından geçerken. Koridor boyunca yürüyorum. Yüzündeki çekingenlik kadar ellerinde beceriksizce taşıdığı evraklardan da sıradan bir vatandaş olduğu anlaşılan 40-45 yaşlarında bir adam, ikircimli adımlarla sağ yandaki odanın kapısından içeri giriyor. Açık bıraktığı kapıdan onu izliyorum, masadaki memura doğru yaklaşıyor. Adamın yüzünü göremememe karşın, ağzından dökülen ürkek sözcükleri duyar gibiyim. Başımı çevirdiğimde yan yana yürüyen üç kişiyle karşılaşıyorum. Bunların iki sivil polisle bir zanlı olduklarını anlamakta gecikmiyorum. Sağdaki sivilin açık telsizinden yükselen cızırtı kulaklarımı tırmalıyor. Sakalları iyice uzamış olan zanlının yüzünde rahat bir ifade var; sorgudan yeni çıkmış olmalı.

Polis olmayı hiç istemedim. Onları küçümsediğimden değil, çoğu, "gözlerimi kaparım vazifemi yaparım" anlayışında memurlar oldukları halde yaptıkları işin ülke için yararlı olduğuna inanıyorum. Ama nasıl söylesem, oyunu onlar kurmuyor, bir oyuncudan daha yetkili değiller. Naci gibi canla başla çabalayanları da olmakla birlikte, ne kadar yetenekli olurlarsa olsunlar başkalarının kurduğu oyunlarda rol almaktan öteye gidemiyorlar. Bizim için durum farklıdır, istihbaratçılar kendi oyunlarını kendileri kurarlar. Sonuçta bizler de devlet memurları olsak bile alanımızda oldukça özgür davranabilme hakkına sahibiz. Gerçi, şimdi bana istihbaratçı olmayı ister miydin, diye sorsalar, gençlik günlerimdeki kadar kolay, "Evet" diyemem. Bu mesleği severdim, belki hâlâ da seviyorum. Ama mesai saatleri içinde zorunlu işlerini bile büyük bir sıkıntıyla yapan, yüksek tavanlı, soğuk odalarda unutulmuş küçük memurlardan farkımız kalmadığını gördükçe, inandığım pek çok şeyin doğru olmadığını daha iyi anlıyorum.

Oysa teşkilata girdiğim gün, amcam beni karşısına alarak gururlu bir tavırla şunları söylemişti:

"Burası ülken ve ulusun için zekânı ve cesaretini kullanabileceğin biricik devlet kurumu. Buraya girebilmek bir ayrıcalıktır. Teşkilat, kendini kanıtlaman için bütün olanakları sunuyor. Bütün yollar açık, dilediğince koşabilirsin. Merak etme, kimse seni durdurmayacak."

Ama durdurdular; yalnızca beni değil, Yıldırım'ı, teşkilatı daha yararlı hale getirmeyi isteyen herkesi durdurdular. İçten içe devleti çürüten hava, bizim aramıza da sıçradı, soluğumuza karıştı, birlikte çalışmamızın ürünü olan ortak enerjiyi söndürdü. Bir tür yaşlılık mikrobu aşıladı. Belki teşkilatı yok etmedi ama bitkisel yaşama mahkûm etti.

"Yine yırttın kefeni ha?"

Başımı çevirince bizim Başkomser Fuat'ı görüyorum. Yandaki kapının önünde durmuş, beni süzüyor. Bakışlarında saygıyla karışık bir tür hayranlık sezinliyorum. Belki de bu benim hüsnükuruntum. Belki de yalnızca kıskançlık duyuyor.

"Azrailini vurmuşsun" diyor. "Hem de hareket halindeki bir arabadan."

"Abartmışlar" diyorum umursamaz bir tavırla.

"Yalan mı yani?" diyor umut yüklü bir sesle. Sanki yalan olmasını ister gibi bir hali var. Dört yıl önce Yıldırım, Fuat ve ben poligonda birlikte atış yapardık. Yıldırım'la daha iyi anlaşırlardı. Nedense pek ısınamadık birbirimize.

Bunu da karşılıklı olarak belli etmekten çekinmedik. Silahlara hastalık derecesinde meraklıdır. Ben görmedim ama Yıldırım'ın söylediğine göre evinde oldukça geniş bir tabanca koleksiyonu varmış. Aslında fena da silah kullanmaz, gergin bir adam olmasa iyi bir atıcı bile sayılabilir. Sık sık yarışırdık. Fuat bir türlü üçüncülükten kurtulamazdı; az balığını yemedik Kavak'ta. Hâlâ o günlerin acısını taşıyor demek. Dur biraz damarına basayım şunun.

"İkimiz de silahlarımızı çektik ve ateş ettik; hızlı olan kazandı."

"Sendeki yaranın da ağır olduğunu söylemişlerdi."

"Demek ki o kadar ağır değilmiş."

"Burnundan kıl aldırmıyorsun bu sabah."

"Birkaç saat sonra yine dene. Öğleye kadar buradayım."

"Naci'yle mi işin?"

"Evet, geveze komserler hakkında bir rapor hazırlıyoruz."

"Zamanlaman harika, tam da rapor yazacak halde oğlan."

"Niye, ne oldu ki?"

Yüzünü buruşturuyor Fuat, ukalalığından sıyrılıyor, üzüldüğü belli.

"Yargısız infaz hikâyesi. Defterini dürecekler çocuğun."

"Bir şey yapamazlar."

"Keşke dediğin gibi olsa. Ama biraz zor... Neyse, hadi bana eyvallah."

"Görüşürüz."

Demek sonunda soruşturmayı öğrendi Naci, benim rapor yazdığımı da biliyor mu acaba? Bu düşüncelerle giriyorum odasına. İçeride sigara dumanından göz gözü görmüyor. Odada Naci'den başka kimse de yok. Telsizi kapatmış, dirsekleri masaya dayalı, kara kara düşünüyor. Beni görünce ayağa kalkıyor.

"Gel Sedat" diyor, içini çekerek. "Gel otur şöyle."

"Hayrola" diyorum. "Ne bu surat, Karadeniz'de gemilerin mi battı?"

Alttan alttan süzüyor.

"Sanki bilmiyorsun da?"

"Neyi?"

"Elinin körünü" diyor sert bir tonda. "Üsküdar'daki ev baskını. Hani şu senin çaylakla gözlemci olduğunuz operasyon."

"Haa şu mesele."

"Yaa o mesele. Bir de anlamazlıktan geliyorsun."

"Soruşturmayı duydum, tamam. Ama kafanı bozan işin o olduğunu nereden bileyim."

"Ulan bundan daha önemli bir şey olur mu? Hapse atacaklar bizi."

"Bir şey olmaz."

"Sen yine öyle san, baksana şu gazeteye."

Masanın üzerinde duran gazeteyi alıyorum. Ön sayfanın alt sıralarında, "Çatışma mı, yargısız infaz mı?" başlığı altında şu haberi okuyorum:

"Geçtiğimiz günlerde Üsküdar'da örgüt evine düzenlenen baskında öldürülen, aralarında Zeynep Kâmil Hastanesi hemşirelerinden Gülizar Nesim'in de bulunduğu üç kişinin yargısız infaza kurban gittiği iddia ediliyor. Gülizar Nesim'in ailesi, yaptığı basın toplantısında evdekilerin güvenlik kuvvetlerine ateş açmadıklarını, buna karşın içeri giren polisin onları sorgulamaya bile gerek görmeden kurşuna dizdiğini söylediler. Öldürülen üç teröristin üzerinden iki silah çıkması da kuşkuları artırıyor. İçişleri Bakanlığı'nın olay hakkında geniş çaplı bir soruşturma başlattığı öğrenildi."

Gazeteden başımı kaldırınca, Naci'nin kaygılı bakışlarıyla karşılaşıyorum.

"Yazılı savunmamı istediler. Bu defa işim bitik."

"Sanmam" diyorum sakinliğimi koruyarak masanın karşısındaki koltuğa otururken.

"Ellerinde hiçbir kanıt yok."

"Hemşire olmasaydı, ben de senin gibi düşünecektim."

"Terörist değil mi bu kadın?"

"Terörist ama ölen heriflerle aynı örgütten değil."

"Nasıl değil, aynı evde bulunmuyorlar mıydı?"

"Evet. Ama kadın aynı örgütten değil. Beş ay da içeride yatmış."

"Adi bir suçtan değil herhalde?"

"Tabii ki değil, başka bir terör örgütünün davasından."

"Ne olacak, eski örgütünü pasif bulup yatay geçiş yapmıştır" diyorum Naci'nin kederini dağıtmak için.

Esprime gülmüyor.

"Öyle değil işte" diyor yenilmiş bir ses tonuyla.

"Anlamadım" diyorum, ciddileşerek. "Şu işi başından anlatsana."

"Biliyorsun, her şey Zincirlikuyu'da çevik kuvvet otosuna düzenlenen saldırıyla başladı. İki arkadaşımız şehit oldu, yedi tanesi yaralı. Hemen harekete geçtik. Önceden tespit ettiğimiz iki teröristi izlemeye başladık. Amacımız öteki birimlerle bağlantı kurmalarını beklemek, sonra da örgütü topyekûn çökertmekti. Ama herifler uyandı. Kaldıkları yeri terk ettiler. Fark ettirmeden onları izlemeye başladık. Takipten kurtulduklarını sanmalarını istiyorduk. Birkaç ev dolaştıktan sonra, üçüncü günün sonunda içlerinden biri bu hemşirenin kocası olan adamın işyerine gitti. Herif, belediyede çalışıyor. Onunla konuştu ve öğleden sonra hemşirenin evine gittiler."

"Teröristler kadının değil, kocasının arkadaşları?"

"Evet öyle, adam eski bir sempatizan, aktif işlerde yer almamış ama her zaman örgüte yardımcı olmuş. İzlediğimiz herifler başları sıkışınca buna gelmişler, evinde iki gün kalmak istemişler. Adam da razı olmuş."

"Nereden biliyorsun bunları?"

"Kadının kocası anlattı."

"Adam elinizde mi?"

"Evet, içerde. Teröristleri eve getirdikten sonra, adam yeniden işyerine döndü. Adamı belediyeden aldık. Evde teröristlerin olduğunu itiraf etti. Karısının da tıpkı kendisi gibi eski aktif ilişkilerini bıraktığını, yalnızca bir sempatizan olduğunu söyledi."

"Yani kadının bu işte hiçbir suçu yok mu?"

"Adam öyle söylüyor."

"Karısını korumaya çalışıyordur."

"Samimi olduğunu sanıyorum. Bildiği her şeyi anlattı. Elimizdeki bilgilerle karşılaştırdık, çoğu doğru."

"Ama bodrum kattan yandaki eve bir geçit olduğunu gizlemiş."

"Öyle. Herifi de yataklık suçundan tutukladık zaten. Ama hemşire çatışmada öldü."

"O çatışma hengâmesinde kimin suçlu, kimin suçsuz olduğunu nasıl saptayacaktınız?"

"İşte bunu anlatamıyoruz" diyor Naci. "Adamlar üzerimize ateş açıyor, biz onlara gül mü atacağız? Sen de okudun işte, güya teröristler ateş etmemiş, güya biz içeri girip onları kurşuna dizmişiz."

"Olur mu canım, ben tanığım. Bize de ateş ettiler."

Bir an neden söz ettiğimi anlamıyor, içerde neler olup bittiğini görmediğimin farkında. Çünkü Mustafa ile ben hep dışarıdaydık. Polis katillerine dünyanın hiçbir yerinde acıma gösterilmediğini, onların öldürülmesinin sanki güvenlik güçleri arasında varılan gizli bir anlaşmayla doğal sayıldığını ikimiz de çok iyi biliyoruz. Yine de açıklamak zorunda kalıyorum.

"Alt kattan kaçan iki kişi."

"Tamam, sonra birini Balmumcu'da vurmuştuk."

"Bana ateş ettiği silahı da bulmuştunuz. Arkamdaki duvar delik deşik olmuştu."

"Evet, 9 mm'lik Browning. Ama öteki arkadaşı kayıp."

"Demek ki kaçtıktan sonra ayrıldılar."

"Ya da sen yanıldın. O gece çok karanlıktı, üstelik sis de vardı. Topladığımız kovanların tümü Browning'e ait. Olayda başka silah kullanılmamış."

"Belki öteki herifin silahı yoktu. Ben yanılmadığımdan eminim. Gördüğüm iki kişiydi. Mustafa da yanımdaydı. O da doğruladı. Sisin içinde iki siluet gördük, önce onları terörist sanmamıştık. Çünkü evden kimsenin çıkabileceğine ihtimal vermiyorduk..."

Kendisini suçladığımı sanan Naci, sözümü keserek açıklıyor. "Her şey o kadar hızlı gelişti ki. Yandaki apartmandan ikinci bir çıkışı olduğunu öğrenememiştik."

"Biliyorum. Neyse, onlar on beş metre kadar önümüzdeydiler. Onları ilk ben gördüm. Ama çevre sakinleri olduklarını düşündüm. Yine de bir kontrol edeyim, dedim. "Durun!" diye seslendim, durmadılar. Yeniden, "Durun!" dedim. Aldırmayınca üç el ateş ettim. Onlar da ateşe karşılık verdiler. Kendimizi zor yere attık. Ateşi kestiklerini fark ettiğimizde bile hemen üzerlerine gidemedik. Biliyorsun, sis vardı. Bir süre bekledikten sonra harekete geçtik, kaçmışlardı. Ara sokaklara baktık ama onları bulamadık."

"Belki o civarda başka bir eve girdiler."

"Belki ama birini vurdum. Yerde kan izleri vardı."

"O zaman gerçekten de iki kişiydiler. Çünkü Balmumcu'daki oğlan daha önceden yaralanmamış. Demek ki sen ötekini vurdun. Öldü mü acaba?"

"Sanmam, öyle olsaydı bunu propaganda için kullanırlardı."

"Bize ipucu vermek istememiş olabilirler."

"Götürüp sessizce bir mezarlığa gömdüklerini mi söylüyorsun? Bence bu imkânsız. Ölüm onlar için politik bir malzeme. Bu yüzden gözlerini kırpmadan cinayet işleyebiliyorlar."

"İşte bunda haklısın. Biz de kendimizi savunmaya kalkınca yargısız infazcı oluyoruz."

"Bu işte kimse seni suçlayamaz."

"Suçladılar bile. Basın biraz daha olayın üstüne giderse kafamı koparırlar."

"Hükümet böyle bir şeye yanaşmaz. Terörizmle topyekûn mücadele politikası yürürlükte."

Bir sigara yakıyor Naci, derin bir nefes çektikten sonra, "Politikacıların başı sıkıştığında ilk harcayacakları bizler oluruz" diyor acı acı gülerek.

"Emniyet müdürü ne diyor bu işe?"

"Basında bizi destekleyen gazetecilerle görüştü. Karşı yazılar çıkarmaya çalışıyor. Ama o da senin gibi düşünüyor. 'Biraz gürültü kopar, ardından unutulur' diyor."

"Haklı. Sana dokunamazlar."

"Nasıl bu kadar kesin konuşabiliyorsun?"

Sigara dumanı gözlerimi yakıyor, onu yanıtlamadan kalkıp pencereyi açıyorum. Serinlikten önce pis bir koku çarpıyor yüzüme. Dışarıda karlar erimeye başlamış. Bahçe vıcık vıcık su. Araçlarından inen iki polis sulara basmamak için sıçrayarak kapıya doğru yaklaşıyorlar. Genzimin yanmaya başladığını hissediyorum. Hemen kapatıyorum pencereyi. İçerdeki nikotin dışarıdaki kükürtten daha iyi.

"Yoksa bir şeyler mi biliyorsun?" diye üsteliyor Naci.

Dönüyorum, tam arkamda dikilir halde buluyorum onu.

"Dışarıda hava berbat" diyorum, sanki onu duymamış gibi. Sonra dönüp koltuğa yerleşiyorum yeniden. Naci dikkat kesilmiş, bütün davranışlarımı izliyor. İvecenlikle yanımdaki koltuğa otururken, "Sizden de rapor istediler, değil mi?" diye soruyor, gözlerinde ilk kez umut kıvılcımları görüyorum. "Tabii" diyor yanıtımı beklemeden, sağ elini yumruk yapıp sol avucunun içine vurarak. "Başka kimden bilgi isteyebilirler ki? Siz oradaydınız."

"Sabahtan beri sana, merak etme, diyoruz."

Kendimden emin tavrım Naci'yi etkiliyor ama sevinci uzun sürmüyor.

"Senin görüşlerine ne kadar önem verirler ki?" diyor, bir an göz göze geliyoruz. Teşkilatla aranın iyi olmadığını biliyorum, dercesine bakıyor. Sonra utanıyor, gözlerini kaçırıyor.

"Senin bu kadar karamsar olduğunu bilmezdim."

"Öyle deme Sedat, kızı bu yıl paralı koleje verdik, küçük ilkokula başladı. Evin taksidi... Ne yaparım işten atarlarsa?"

"Atamayacaklar."

Dikkatle beni süzüyor, inandırıcı görünüyor olmalıyım.

"Umarım haklı çıkarsın" diyor. "Yaptıkların için sağ ol."

"Önemli değil. Biz aynı taraftayız, birbirimizi kollamazsak, bizi kim destekler."

"Sağ ol" diye yineleyerek omzuma dokunuyor. Belki bir iki şey daha söyleyecek ama telefonun zili izin vermiyor. Naci, almacı kaldırarak, "Alo?" diyor. "Beni mi görmek istiyor? Tamam gelsin."

"Senin adam gelmiş."

"Sinan mı?"

"Evet. Ama daha ne yapacağımızı konuşmadık."

"Telefonda söyledim ya, sen kötü, ben iyi polisi oynayacağız."

Az sonra kapı kararlı bir biçimde iki kez çalınıyor. Gelen Sinan olmalı. Ben masada oturuyorum, Naci arkadaki çelik dolaptaki dosyalarla uğraşıyormuş gibi yapıyor.

Kapı yavaşça açılıyor, oldukça kısa boylu, kumral bir adam içeri giriyor. Sırtında kahverengi bir kaban var. Tel çerçeveli yuvarlak gözlükleri, çeneye doğru kırlaşmaya başlamış sakallarıyla bir entel görüntüsüne sahip. Solcunun sanatçıya dönüşmüş hali. Gözucuyla Naci'ye bakıyorum, sağ kaşını hafifçe yukarı kaldırmış, ters ters Sinan'ı süzüyor. Naci'nin işi kolay olacak, diye geçiriyorum içimden. Hiç sevmez böyle tipleri. Ama Sinan'ın hiç de çekingen bir hali yok. Kendinden emin adımlarla masaya doğru yaklaşıyor. Nazik bir tavırla, "Başkomser Naci'yle görüşecektim" diyor.

"Ne görüşecekmişsin benimle?" diye gürlüyor Naci.

Sinan şaşkınlıkla bir bana, bir de Naci'ye bakıyor. Galiba beni Naci sanmıştı. Çabuk toparlıyor.

"Siz çağırdınız ya" diyor, sakin bir tavırla.

Naci elindeki dosyayla masaya doğru yaklaşıyor.

"Günde elli kişiyi çağırıyoruz buraya. Kim olduğunu nereden bileyim senin?"

"Dün telefonla..."

Naci, Sinan'ın daha fazla konuşmasına izin vermeden, elindeki dosyayı masaya fırlatıyor.

"Bak hâlâ telefon diyor. Önce bir kendini tanıt be adam!"

Sinan, çattık, dercesine derin bir nefes alıyor.

"Ben Sinan Dalya" diyor sıkıntıyla.

Naci düşünürmüş gibi yapıyor, sonra anlamlı anlamlı başını sallayarak, "Eveet, Sinan Dalya" diyor. "İllegal yayın hikâyesi."

Sinan şoka uğramış bir halde soruyor:

"İllegal yayın mı?"

"Evet illegal yayın. Sen şu acayip adlı dergiyi çıkartan Sinan değil misin?"

"*Hurufat*."

"Tamam işte o."

Sinan, bir yanlışlık var gibilerinden gülümseyerek, "Ama" diyor. "Hurufat yasadışı bir dergi değil ki. Evraklarımızın hepsi tamam, kontrol edebilirsiniz."

"Bana ukalalık yapma" diye çıkışıyor Naci. "Evrakların tamam olduğunu ben de biliyorum. Ama dergi yasadışı."

Sinan'ın yüzü kıpkırmızı oluyor.

"Evrakları eksiksiz olan bir dergi nasıl yasadışı olabilir?"

"Görüyorsunuz değil mi Amirim" diyor Naci bana bakarak. "Bir de böyle bilgiç bilgiç konuşurlar." Sinan'a dönüyor yeniden.

"Derginin her sayısından bize on adet yollaman gerekirdi. Ama sen yollamadın. Yazılanları öğrenmemizi istemiyorsunuz tabii. Ne yapıyorsunuz bu dergiyle, örgüt mü kuruyorsunuz?"

"Örgüt filan kurduğumuz yok" diyor Sinan iki elini yana açarak. Sonra açıklamak istermişçesine bana bakıyor. "*Hurufat* bir kültürsanat dergisi."

"Kültürsanat dergisiymiş" diye kötü kötü sırıtıyor Naci.

Benim devreye girmem için en uygun an.

"Bir dakika bir dakika, Naci sakin ol" diyorum. "Nedir bu iş?"

Naci, karşısında bir katil varmış gibi nefretle Sinan'ı süzdükten sonra, "Bunlar bir dergi çıkartıyorlar. Ama dergiyi bizden gizliyorlar."

"Hayır kimseden gizlemiyoruz" diyerek atılıyor Sinan. "Çıkan sayılardan göndermek bizim değil matbaanın görevi. Sizin matbaayla konuşmanız gerekir."

"Yok canım, istersen kâğıtçıyla da konuşayım. Oh be, beyefendi dergi çıkartsın, ben de onun peşinden koşayım."

"Ben peşimizden filan koşun demiyorum. *Hurufat*'ın yasal bir dergi olduğunu anlatmaya çalışıyorum."

Naci karşılık verecekken elimi kaldırarak onu susturuyorum.

"Tamam Naci, tamam. Anlaşıldı."

Hâlâ masanın önünde dikilmekte olan Sinan'a dönerek, "Buyurun oturun" diyorum. Sinan karşımdaki koltuğa yerleşirken babacan bir tavırla sürdürüyorum konuşmamı.

"Dergilerin bize gelmesi gerekiyor. Belki bu matbaanın işi ama dergiler elimize ulaşmazsa sizi sorumlu tutarız. Anlıyor musunuz?"

"Yani matbaayı da bizim denetlememiz gerekiyor."

"Öyle... Başka türlü işin içinden çıkamıyoruz."

Bir süre ikimiz de susuyoruz. Sinan gergin. Yaptığımızın keyfî bir uygulama olduğunun farkında ama bir şey de söyleyemiyor. Ortamı biraz yumuşatmam gerek.

"Derginizde ne tür yazılar yer alıyor?" diye soruyorum.

"Edebiyat. Şiir, öykü, denemeler yayımlıyoruz" diyor dalgın bir tavırla.

Naci'ye dönerek saf saf soruyorum.

"Bunda bir kötülük yok ki Naci! Ben de edebiyatı severim. Hatta lisedeki şiir yarışmasında ikinci olmuştum."

"Ama Başkomserim" diyor Naci. "Edebiyatmış, sanatmış, bunların hepsi görüntüyü kurtarmak için. Arkada neler dönüyor? Asıl önemlisi o."

"Okudun mu?" diye soruyorum.

"Okumama gerek yok ki, zaten belli."

"Yapma Naci" diyorum sağduyulu bir adam edasıyla. "Okumadan, değerlendirmeden nasıl bu karara varabiliyorsun?"

"Ben bilirim" diyerek kestirip atıyor Naci. Hışımla yeniden çelik dolabın başına dönüyor, dosyaları karıştırmaya devam ediyor.

Naci'yi onaylamadığımı belirtircesine başımı iki yana sallayarak, Sinan'a soruyorum:

"Orhan Veli'nin şiirlerini de yayımlıyor musunuz? Bayılırım, 'İstanbul'u Dinliyorum'a."

Sinan iyice rahatlıyor.

"Ne yazık ki Orhan Veli'nin şiirlerini pek yayımlayamıyoruz. Daha çok yeni kuşak şairlerin ürünlerine yer veriyoruz. Ama iki sayı önce Garip akımıyla ilgili bir araştırma yazısı yayımlamıştık."

"İlginç. Söyledim ya, eskiden ben de şiir yazardım. Artık yazamıyorum tabii. Ama okumayı severim."

"Şiir yazmak zor iş. Ben hiç yazmadım."

"Siz neler yazıyorsunuz?"

"Öykü yazdım. Şimdi de roman yazıyorum."

"Okumak isterim" diyorum.

"Tabii, yollarım" diyor.

"Bugünlerde hangi yazarlar okunuyor?"

"Çağdaş Batı yazarları var. Modernizmi eleştiren kitaplar pek tutuluyor. Kimi postmodern romanlar ilgi çekiyor."

Modernizmin eleştirisi, postmodernizm, doğruyu söylemek gerekirse bunlardan hiçbir şey anlamıyorum.

"Edebiyat dünyasını çok iyi biliyorsunuz."

"Benim işim bu. Her iki anlamda da; hem yazarım hem de bir kitapçı dükkânım var."

"Öyle mi?" diyorum şaşırmış gibi. "O zaman kitapları sizden alabilirim."

Bir süre yanıt vermiyor. Sonra ikircim duygusunun yüküyle ağırlaşmış bir gülümseme beliriyor dudaklarında.

"Neden olmasın" diyor. "Size bir set hazırlarım."

Belki de kitapları bedavaya getireceğimi düşündüğü için canı sıkılıyor. Böyle düşünmesi daha iyi, onu şaşırtmam kolay olacak.

"Çok sevinirim" diyorum. "Dükkân neredeydi?"

"Beyoğlu, Mis Sokak'ta. 27 numara, Hurufat Kitabevi."

Kabanının cebinden bir kart çıkartarak uzatıyor.

"Gelmeden önce telefon ederseniz, ben de orada olurum."

"Teşekkür ederim."

"Peki, dergiyi ne yapacağız?"

Bir an düşünürmüş gibi yapıyorum.

"Eksik sayıları tamamlayın. Yarın onları da alırım."

Sinan'ın siyah gözlerindeki gerginlik yok oluyor.

"Sağ olun" diyor. "Çok yardımcı oldunuz."

Naci'ye doğru kaçamak bir bakış atıp sonra sanki onun duymasını istemiyormuş gibi fısıldıyorum Sinan'a:

"Aslında bunlara hiç gerek yok. Ama ne yaparsın ki kurallar böyle."

Dikkatle yüzüme bakarak içten olup olmadığımı tartıyor. Nasıl bir sonuca vardığını anlamak zor. Usulca ayağa kalkıyor.

"Hoşça kalın" diyor, elini uzatarak.

Elini sıkarken, "Yarın görüşürüz" diyorum.

"Beklerim."

Naci'ye tek söz bile söylemeden yürüyor kapıya doğru. Sinan çıkar çıkmaz Naci hınzırca gülümseyerek yaklaşıyor.

"Nasıldım ama?"

"Müthiş" diyorum abartılı bir tavırla. "Değme aktörlere taş çıkartırdın."

On İkinci Bölüm

Teşkilat binasına geldiğimde güneş kendini iyice hissettirmeye başlıyor. Kurumaya yüz tutmuş asfalt yolda ilerliyorum. Bahçedeki karlar hızla eriyor. Aracın penceresini açıyorum. Hava temizlenmiş gibi. Çevrede bir hışırtı var. Islak dallar güneş ışığında belli belirsiz parlıyor. Çam ağaçlarından kütle halinde karlar düşüyor yere.

Aracımı park ettikten sonra binaya doğru yürürken Orhan'ı görüyorum. Kapının yanında dikilmiş, sigarasını tüttürüyor. Yaklaşınca, cebinden çıkardığı Camel paketini uzatıyor Orhan.

"Gel, yak bir tane" diyor.

Yüzü endişeli. Neler saçmalayacaksın yine diye geçiriyorum içimden ama uzattığı sigarayı da almamazlık etmiyorum. Paketi cebine koyup parlak metalle kaplı Zippo çakmağıyla sigaramı yakarken fısıldıyor:

"İş dallanıp budaklanıyor."

"Ne işi?" diyorum sigaradan derin bir soluk alarak.

"Soruşturma. Dün, sen gittikten sonra İsmet Bey beni yanına çağırdı. Teşkilat hakkındaki düşüncelerimi bir rapor haline getirmemi istedi."

Anlamazlığa vuruyorum.

"İyi, sen de yaz işte."

Tavrım Orhan'ı öfkelendiriyor. Çakmağın kapağını hırsla kapatırken, "Bırak şu vurdumduymaz tavırları" diyor. "Farkında değil misin, ağzımızı yokluyorlar."

"Bunu neden yapsınlar ki?" diyorum. "Yeni bir dilekçe olayı mı var?"

"Bilmiyorum. Ama üstümüze üstümüze geliyorlar."

"Gerçekten de teşkilatı yenilemek istiyor olamazlar mı?"

"Yalnızca dilekçeye imza atanlardan görüş alarak mı?"

"Belki haklı olduğumuzun farkına varmışlardır."

Alaycı tavrım onu sinirlendiriyor.

"Seni tanıyamıyorum" diyor. "Yoksa sen de mi bu oyunun içindesin?"

"Saçmalama" diyerek dostça vuruyorum omzuna. "Boş yere paniklediğini anlatmaya çalışıyorum. Ortada muhalif bir grup yok. Olsa bile biz onların içinde değiliz."

"İsmet Bey ve ekibi böyle düşünmüyor ama. Teşkilatın başına sivil bir patronun gelmesi bile onları kaygılandırdı. Koltuklarını yitireceklerinden korkuyorlar."

"Korksunlar ya da korkmasınlar sana ne" diyorum. "Sen hiçbir şey olmamış gibi işini yapmaya devam et."

"Öbür arkadaşlar da kaygılı."

"Öbür arkadaşlar mı? Kaç kişiyi çağırmışlar?"

"Şimdilik beş ama dilekçede imzası olan herkes çağrılmayı bekliyor."

"Aynı soruları mı sormuşlar?"

"Aşağı yukarı aynı ama bana seni sordular."

Duraksıyorum.

"Beni mi?"

Orhan, şimdi kavradın mı işin ciddiyetini, gibilerden başını öne doğru sallayıp sözcüklerin üstüne basa basa yineliyor.

"Seni, bir de Yıldırım'ı."

"Nasıl sordular?"

"Seninle çalışmak ister miymişim? Yıldırım nasıl bir istihbaratçıymış?"

"Sen ne söyledin?"

"'Sedat'la çalışmaktan gurur duyarım. Başarılı bir arkadaştır' dedim. 'Yıldırım da çok iyi bir istihbaratçıydı, hepimiz için büyük bir kayıp' dedim."

Kısa bir sessizlik oluyor aramızda.

"Hata mı ettim?"

"Hayır, doğru yapmışsın" diyorum. "Her soruya böyle açık yanıtlar ver. Adamların paranoyasını azdırmayalım."

"Sence bu bir paranoya mı?"

"Öyle olmalı. Ama üst düzey bir yöneticide ortaya çıkarsa bunun bedelini bütün teşkilat ödüyor."

"Amcanı mı kastediyorsun?"

"Kimi kastettiğimi boş ver. Arkadaşlara da söyle, sakin olsunlar. Mümkün olduğunca bir arada görülmemeye çalışın."

Tedirgin bakışlarla çevreyi süzüyor. Gözleri pencerelerin, binanın içini göstermeyen aynalı camlarında geziniyor. Sonra fısıldar gibi konuşuyor.

"Ne var ki bunda; iki arkadaş ayaküstü sigara içiyoruz."

"Bence de" diyerek henüz yarısına bile gelmediğim sigaramı yere monte edilmiş mermer kül tablasına bastırıyorum. "Görüşürüz" diyorum.

"Sigaraya yazık oldu" diyor.

"İnsanı asabi yapıyormuş, doktor azalt dedi."

"Ben de öyle bir doktor bulsam iyi olacak."

"Adresini veririm" diyerek ayrılıyorum yanından.

Eskiden bu kadar korkak değildi bu çocuk. Teşkilata aynı yıl girmiştik, inançla çalıştığımız dönemlerdi, harikalar yaratıyordu. Analitik bir zekâya sahip. En az veriyle bile, olayları doğruya yakın bir biçimde çözümlerdi. Adı "Cebirci"ye çıktı bu yüzden. Yıldırım'ın ölümü onu çok ürküttü. Zekâsını işe değil, kendi güvenliğine çevirdi, daha kötüsü, kontrolünü kaybetti. Korku zekâsını ele geçirdi. Şimdi yalnızca güvenliğini tehdit edebilecek tehlikeler üzerine düşünüyor. Çok da hızlı düşündüğü için bazen olasılıkları gerçekmiş gibi görmeye başlıyor. Onu sakinleştirmenin bir yolunu bulmalı. Nasıl olsa bir süre sonra bizim Amca Bey vazgeçecek bu işten.

Kapıdan içeri girdiğimde bir sürprizle karşılaşıyorum. Amcam santrala sırtını dayamış, bana bakıyor. Demek bizi izliyordu. Belki de yalnızca rastlantıdır. Olanların farkında değilmişim gibi saygıyla gülümsüyorum amcama. Gülümseyişime karşılık vermiyor, sadece anlamlı anlamlı başını sallıyor. Sonra dönüp santraldaki kıza bir şeyler söylüyor. Ama ben yanından geçerken, "Bekle, sana söyleyeceklerim var" diyor. Kıza telefonlarla ilgili birkaç direktif daha verirken, Orhan, amcamı görmese bari diye geçiriyorum içimden; iyice ürkecek oğlan.

Korktuğum gibi olmuyor, Orhan sigarasını bitirmeden amcam yanıma geliyor, saatine bakarak, "Vakit öğle olmuş, birlikte yemek yiyelim" diyor.

"Olur, ben de acıkmıştım zaten" diyorum. Birlikte alt kattaki yemekhaneye doğru yürüyoruz.

"Orhan mıydı dışarıdaki?"

"Evet, sigara molası vermiş."

"Sıkıntılı görünüyordu."

"İçerde sigara içememekten rahatsız. 'Bu gidişle hepimiz nezle olacağız' diyor."

Amcam keyifle gülümsüyor.

"Eee siz değil miydiniz, teşkilat modernleşmeli diyen. Bu kadarcık zahmete de katlanacaksınız artık."

"Ben de öyle söyledim. 'Bırakalım artık şu mereti' dedim."

Yemekhanenin kapısına geldiğimizde iki arkadaşla karşılaşıyoruz. Selamları soğuk. Neden? Birden jeton düşüyor, onlar da dilekçeye imza atmışlardı. Amcamla beni birlikte görünce yanlış değerlendirdiler. Amcamın yüzüne bakıyorum. Oldukça neşeli görünüyor. O an amcamın beni neden yemeğe çağırdığını anlıyorum. Dilekçecileri sorgularken, bu işe önayak olmuş benim gibi birini yanına alarak onların kafalarında soru işaretleri oluşturmak, morallerini bozmak istiyor. Bendeki değişikliği hemen fark ediyor ama belli etmemeye çalışıyor.

Yemekhanede masalar simetrik olarak yerleştirilmiş, ortada ağaç sayılabilecek büyüklükte bir kauçuk var. Kauçuğun sol yanında, herkesin bizi görebileceği masalardan birine yerleşirken, "Araştırma nasıl gidiyor?" diye soruyor.

"Henüz kayda değer bir gelişme yok" diyorum saklayamadığım bir sıkıntıyla.

"Kızın babasıyla görüşmüşsün."

"Nereden biliyorsun?" diye soruyorum kuşku yüklü bir sesle.

"Dün sabah evi aradım. Melike söyledi. Nasıl biri?"

Melike'yi uyarmalı, her şeyi anlatmasın bu adama, diye düşünürken, "Sıradan bir insan" diye geçiştiriyorum sorusunu.

"Almanya'da bir güvenlik biriminde çalıştığını duydum."

Ne yapmak istiyor bu adam? Operasyonu ben mi yürütüyorum, o mu?

"İşle ilgilenen başkaları da mı var?"

"Hayır, bu tamamıyla kişisel bir enformasyon."

Mavi gözlerinde gerçeği aramak boşuna, duygularını o kadar iyi gizliyor ki, onu tanımasam, yeğeniyle birlikte yemek yemekten mutluluk duyan bir amca diyeceğim.

"İyi araştırmışsınız ama bunun Mine'nin kaybolmasıyla ne ilgisi var?" diye soruyorum.

"Benim tezimi pek ciddiye almıyorsun, değil mi? Adamın bir güvenlik örgütünde çalışması rastlantı mı?"

"Güvenlik örgütü dediğiniz, basit bir özel koruma birimi."

"Bu basit güvenlik biriminin başındaki adam, bir ara Alman istihbarat örgütü için çalışmış. Sonra, Berlin duvarı yıkılınca işi bırakıp özel sektöre geçmiş."

"Bu neyi kanıtlar? Soğuk Savaş'ın sona ermesiyle birçok istihbaratçı işinden oldu. Onlardan biri işte."

"Sen yine öyle san. Bence boş yere zaman kaybediyorsun. Kızın babasını araştırmalısın. Sahi nerede şimdi bu adam?"

"Almanya'ya gitti."

"Almanya'ya mı gitti? Tuhaf! Kızı kayboluyor, hatta ölmüş bile olabilir ama adam sanki hiçbir şey olmamış gibi Almanya'ya dönüyor."

"İzni o kadarmış. Bilirsin, Alman disiplini. Bir hafta sonra yeniden gelecek."

"Gelir mi dersin?" diyor bilmiş bir gülümsemeyle.

"Metin istihbaratçı olacak biri değil" derken, garsonlardan biri elinde yemek dolu tepsiyle yaklaşıyor.

"Hoş geldiniz efendim, nasılsınız?"

"Sağ olasın, ne yiyoruz bugün?" diye soruyor amcam.

"Domates çorbası, kadınbudu köfte, salata, sütlaç."

"Ben yalnızca salata istiyorum" diyor amcam.

"Çorbamız da çok güzel."

Garsonun ısrarı amcamın hoşuna gidiyor.

"Kilo almaya başladım. Yediklerime dikkat etmem gerekiyor. Sigarayı da günde beş taneye indirdim."

Amcamı ikna edemeyeceğini anlayan garson bana dönüyor.

"Ama sizin iyi beslenmeniz gerekiyor."

"Tamam" diyorum gülümseyerek. "Hepsinden istiyorum."

Garson tepsideki yemek dolu tabakları beceriyle masaya yerleştirdikten sonra, "Başka bir arzunuz var mıydı?" diye soruyor.

Teşekkür edip yolluyoruz.

"İyi çıktı bu çocuk" diyor amcam. "Becerikli ve hızlı." Amcama bakıyorum, yüzünde memnun bir ifade var. Buradaki personeli kendi çocukları gibi görüyor. Onlarla ilgilenmekten, küçük yardımlar yapmaktan, bazen azarlamaktan gizli bir zevk alıyor. Babacan, sert adamı oynamak onu mutlu ediyor. İyi bir adam olarak anılmak için mi? Belki. Belki de böyle yıpratıcı sorunlarla uğraştıktan sonra bir parça rahatlamak, insanlarla normal ilişkiler kurmak için. Belki de iyi bir yönetici olarak anılmak istiyor. Ama dilekçe olayında bize aynı hoşgörüyü göstermedi. Sanki karşısında düşman varmış gibi katılaştı, hatta Yıldırım'a karşı saldırgan bir tavır takındı. Beni bile tehdit etti. Bazen ona hak vermiyor da değilim. Sahip olduğu her şeyi kaybedeceğinden korkuyor; yalnızca bugünü değil, bütün yaşamını adadığı bir davayı yitirmek, öyle kolay hazmedilecek bir iş değil. Bütün ömrünü yatırdığın bir işte yenilmek, genç ve deneyimsiz meslektaşlar tarafından, yaptıkların yanlış bulunarak emekliye sevk edilmek. Korkunç bir durum!

"Niye daldın öyle?" diye soruyor amcam.

"Mine'nin babasını düşünüyordum" diyerek kaşığımı çorbaya daldırıyorum.

"Bence de düşünmelisin. Düğüm o adamda."

"Sanmıyorum" diyorum kaşığı ağzıma doğru götürürken. "O da bizim garson gibi kendi halinde biri. Ezik bir insan."

"İyi ya, daha kolay ele geçirilir."

"Yıllarca kömür madeninde çalışmış, sağlığını iyice yitirmiş, yaşlı, zayıf bir adam" diyecek oluyorum.

"Angaje edilen insanların çoğu böyle zayıf tiplerdir" diyerek kesiyor sözümü.

"Yapma amca!" diyorum kaşığı tabağın içine koyarak. "Bir kömür işçisinden söz ediyoruz. Böyle biri Alman istihbarat örgütünün adamı olacak."

"Neden yalnızca adamı düşünüyorsun, ya kız? Çocukluğu Almanya'da geçmiş. Her yaz babasını görmeye gidiyormuş. Belki de önce onu angaje etmişlerdir, o da babasını ikna etmiştir."

"İnandırıcı gelmiyor" diyerek açıklamaya çalışırken, "Afiyet olsun" diyerek saygılı bir tavırla Mustafa dikiliyor başımızda. Gözleri ışıl ışıl, aracın sahibini bulmuş anlaşılan.

"Gel bakalım" diyor amcam yanındaki sandalyeyi göstererek.

Mustafa otururken, "Adamı tespit ettik" diyor gururla. "Eski bir sabıkalı Necmettin Karanfil. Çevrede Piç Neco olarak tanınıyor. Çocuk kaçırmaktan adam yaralamaya kadar bir sürü suç işlemiş."

"Eski sabıkalı da kim?" diye merakla atılıyor amcam.

"Madam'ın kızını kaçırmaya çalışan adam" diye açıklamaya çalışıyor Mustafa. Amcamın olayı bilmemesi tuhafına gidiyor.

"Şu geri zekâlı kızı mı? Onu kaçırmaya mı çalıştılar?"

"Evet, dün öğleden önce."

"Peki ama neden?"

"Biz de onu araştırıyoruz. Mine'nin kaybolmasıyla bir bağlantısı olabilir."

Amcam kaşlarını yukarı doğru kaldırarak soruyor: "Ne ilgisi var?"

"Mine'yi, Maria sanarak kaçırmış olabilirler."

"Çok mu benziyorlar birbirlerine?"

"Hayır ama giydikleri kaban aynı. Kış olduğu için de kimse yüzüne dikkat etmemiştir."

Kafası karışıyor. Olayları çözümlemekte güçlük çekiyor.

"Bir dakika, bir dakika! Kızı neden kaçırmak istemişler?"

"Dilendirmek için."

"Kaç yaşında bu kız?"

"25'inde filan olmalı."

"Dilencilik için oldukça yaşlı."

"Belki de" diyorum. "İç organlarını Avrupalı zengin hastalara satacaklar."

"İç organlarını satmak mı?" diyor düşünceli bir tavırla. "Hıım... Evet ama öteki kızı bu iş için kaçırdılarsa amaçlarına ulaştılar. Neden geri gelsinler?"

"Benim de çözemediğim nokta bu."

Amcam çatalını bırakıp bir süre düşündükten sonra, "Bence yanlış yoldasınız" diyor. "Adamlar Maria'yı niye kaçırmak istediler bilmiyorum ama bu iki olayın birbiriyle bağlantısı yok."

Mustafa'nın yüzü kıpkırmızı oluyor. Başarılı işler yaptığını düşündüğü bir anda amirinin amiri ona yanlış yaptığını söylüyor. Amcamın böyle kesin konuşması benim de canımı sıkıyor, paranoyaklığın düşüncelerini sınırlıyor, demek geçiyor içimden ama Mustafa'nın yanında bir tartışmaya girmek de istemiyorum.

"Emin olmamız gerek" diyorum.

Yüzüme bakıyor, ben de onun gözlerinin içine bakıyorum. Bakışlarını kaçırıyor.

"Emin olun o halde" diyor, çatalını yeniden alıp salata tabağına götürüyor. "Ama boşa uğraşıyorsunuz."

En acıklısı Mustafa'nın durumu; yukarı tükürse bıyık, aşağı tükürse sakal, ne söyleyeceğini bilemeden öylece oturuyor.

"Sana yiyecek bir şeyler söyleyelim Mustafa" diyorum konuyu değiştirmek için.

"Gelirken söylemiştim" diyor çekingen bir tavırla. "Ama garson bu masaya oturacağımı bilmiyor."

"Merak etme, o bulur seni" diyor amcam. Gerginliğini atmış görünüyor. "Yakaladınız mı bari herifi?"

"Bu akşam suçüstü yapacağız" diyor Mustafa gözucuyla bana bakarak.

"Yapın bakalım" diyor amcam onaylamadığını belirten bir tavırla. "Göreceksiniz bu işten hiçbir şey çıkmayacak."

On Üçüncü Bölüm

Tarlabaşı'nın yıpranmış binalarının arasına sıkışmış, pek de aydınlık olmayan caddelerden birinde, iki bayan sivil polis, Mustafa ve ben arabanın içinde bekliyoruz. Bayan polislerin yüzlerinde abartılı bir makyaj var. Ön koltukta, yanımda oturan Meral, polis kolejinden bu yıl mezun olduğunu söylüyor. Ağır makyajın altında sevimli, âdeta çocuksu bir yüz gizleniyor. Mine'nin yaşında olmalı. Değişik bir havası var, alıştığım polis tipine pek benzemiyor. Konuşmalarından, davranışlarından gençlik fışkırıyor, öyle rahat, öyle tasasız. Yıllar henüz onu örselememiş. Meslek yaşamında sonsuz sayıda olanağın kendisini beklediğini düşünüyor. Kırmızı bir mini eteği var, üstüne de lame bir ceket giymiş. Koltukta otururken eteği yukarı doğru çekiliyor, fildişi rengindeki bacakları oldukça düzgün, konuşurken gözlerimin bacaklarına kaymasını engelleyemiyorum. O da bunun farkında ama hiç de rahatsız olmuşa benzemiyor. Arkada, Mustafa'nın yanındaki Ayşin'in üzerinde ise neredeyse göğüslerinin tümünü açığa çıkaran, üzeri simlerle nakışlanmış yeşil renkli bir gece kıyafeti var. Ayşin de üzerine koyu renkli bir kaban almış. Meral kadar cesur değil, sık sık kabanla örtüyor göğüslerini. Mustafa'nın hiç de şikâyetçiymiş gibi bir hali yok. Arada bir Ayşin'e takılıyor ama kız gerginliğini bir türlü üstünden atamıyor.

Arabam bir gece kulübünün önünde duruyor. Kapının üstünde yanıp sönen koyu kırmızı ışıklar yer yer aracın içini aydınlatıyor. Operasyon düzenleyeceğimiz Pandorosa Oteli yüz metre ileride. Pandorosa'nın karşısındaki salaş birahanede üç sivil polis var; Neco'yu tanıyan onlar. İki sivil de caddenin alt girişini kontrol ediyor. Arada bir telsizle haberleşiyoruz. Çok dikkatli ve saygılı görünüyorlar ama eminim içlerinden bize küfrediyorlardır; 2. Şube'nin en güzel kızları bizim yanımızda diye. Suçüstünü ayarlayan muhbirimiz ise adına "Perdeci" dediğimiz, içerdeki temizlikçi kadın. Operasyonu başlatacak işareti ondan bekliyoruz.

Vakit geceyarısı ama cadde oldukça işlek. Üçer beşer kişilik gruplar halinde yayalar geçiyor, araç yoğunluğu daha fazla. İnsanların çoğu evlerine dönüyorlar ya da eğlenceyi sürdürmek için garsoniyerlerine ya da bu iş için hizmet veren otellere çekiliyorlar. Pandorosa da bu otellerden biri. Ama fuhuşu erkek eşcinselliğiyle sınırlamış. Daha çok kulamparaların rağbet ettiği bir mekân. Yalnızca mekân olarak hizmet vermiyor, aynı zamanda eşcinsel fahişeler de buluyor. Özel hizmeti ise müşterilerine çocuk fahişeler sunmak. Beklediğimiz Piç Neco, bu oteli işletenlerle birlikte yürütüyor faaliyetlerini.

Piç Neco otuz beşini aşmamış olmasına karşın insanı hayrete düşürecek kadar çok suç işlemiş. Adından da anlaşılacağı gibi annesi bir fahişeymiş. İlk kez 14 yaşında komşunun kümesinden tavuk çalarken yakalanmış Neco. Hapisten çıktıktan bir yıl sonra oto teybi aşırırken tutuklanmış. Yaşı küçük olduğu için çok kalmamış içerde. Ama kısa süre sonra üzerinde eroinle ele geçmiş. Girmiş, çıkmış. Üç yıl bir vukuatı olmamış. Üçüncü yılın sonunda, emekli bir komserin cüzdanını çalarken yakayı kaptırmış. Hapiste bir eroin satıcısının şişlenmesi olayına karışmış. Kanıt olmadığından suçunu ispatlayamamışlar. Dışarı çıkınca yine rahat durmamış, bir barın kundaklama işine bulaşmış. İki yıl yatmış, çıkmış. Özgürlüğü yine çok sürmemiş, bu defa da sahte dolar basıp piyasaya sürmek suçundan yakalanmış. Elebaşı kendisi olmadığı için çok ceza almamış. Çıktıktan sonra tövbe ettiğini söylemiş, Eyüp Sultan'a gidip kurbanlar kesmiş, müezzin olan amcası onu caminin imarethanesine almış. Ama iki ay sonra caminin en değerli üç halısıyla birlikte kayıplara karışmış. Altı ay sonra bir Alman turiste tecavüz etmek üzereyken yakalanmış. Hapisten çıktıktan sonra Taksim civarında bir umumi tuvaletin işletmesini devralmış. Ya şantaj ya da birtakım mafya bağlantılarıyla bunu sağladığını tahmin etmek güç değil. Tuvalet işletmeciliği sırasında sokak çocuklarıyla karşılaşmış. Bu işte büyük para olduğunu fark etmiş. Dilenci çetesine karışmış ama iki yıl sonra, bir kolu ile bir bacağı kesik, yedi yaşındaki bir oğlan çocuğunun ifadesiyle tutuklanmış. Kimsesiz küçük çocukları kaçırıp ameliyatla sakat bırakmak, tecavüz etmek ve dilendirmek suçundan yeniden içeriye atılmış. İçerde mahkûmlar onu linç etmek istemişler, ağır yaralı olarak kurtulmuş. Cezasını tamamlayana kadar tek kişilik bir koğuşta kalmış. Hapisten çıktıktan sonra eski mesleğine geri dönmüş. Mustafa'nın istihbaratına göre dilenciliği bırakıp daha kârlı bir işe girişmiş, sokak çocuklarını zengin kulamparalara satmaya başlamış.

Yanımızdaki kızların operasyonun içeriği hakkında bilgileri yok. İşin içine biz karıştığımız için bunun sıradan bir fuhuş operasyonu olmadığını sezinliyorlar. Ama hiçbir şey sormuyorlar.

On dakika sonra telsizdeki cızırtılar yükseliyor, arayan birahanedeki sivillerden biri.

"Biracı, Gece Bekçisi'ni arıyor. Gece Bekçisi beni duyuyor musun?"

"Evet Biracı, Gece Bekçisi seni dinliyor" diyorum telsizi elime alarak.

"Adamımız geldi" diyor Biracı. "Yanında iki çocuk var."

"Anlaşıldı Biracı. Perdeci'yi bekleyin. Tamam"

"Emir tekrarı yapar mısın, Gece Bekçisi."

"Konuk içeri girsin. Gözünüz dördüncü katta olsun. Perdeci'nin işaretini alınca bizi arayın, tamam."

"Anlaşıldı Gece Bekçisi, tamam."

Biracı'nın verdiği haberi caddenin alt köşesindeki ekip de duymuş olmalı. "Telsizleri açık bırakın" demiştim ama denetlemekte yarar var.

"Gece Bekçisi, Sokak Lambası'nı arıyor."

Beklediğim yanıt fazla gecikmiyor:

"Evet Gece Bekçisi, Sokak Lambası seni dinliyor."

"Sokak Lambası, Biracı'yı duydunuz mu?"

"Duyduk Gece Bekçisi."

"Hareket için hazır olun. Tamam."

"Anlaşıldı Gece Bekçisi. Tamam."

Telsizi kucağıma koyuyorum.

"Biz de hazırlıklarımızı tamamlayalım" diyorum, tabancamı çıkarıp ağzına mermi sürerken. "Çatışma çıkacağını sanmıyorum ama silahlarınız kolay erişebileceğiniz bir yerde olsun."

Kızlar küçük çantalarını açıp silahlarını çıkarıyorlar. Arkada namluya mermi süren Mustafa'ya dönüyorum.

"Önden Meral'le biz gireceğiz. Siz hemen arkamızda olun."

"Adamların hangi odalarda olacakları belli mi?" diyor Mustafa.

"Perdeci'nin bildirdiğine göre 21 ve 27 numaralı odalar. Umarım son anda bir değişiklik olmaz. Çocuklarla aynı yatakta yakalamalıyız onları."

Meral'in yüzünde tiksintiye benzer bir ifade beliriyor.

"Kaç yıldır sürüyor bu pis ticaret?"

"Bu otel açılalı beri. Beş yıldır falan" diyor Mustafa.

"Bir karışıklık olursa unutmayın. Hedef Neco" diyorum bu aptalca konuşmayı keserek. "Onu kaçırmamalıyız."

Ciddi bir yüzle dinliyorlar. Tuhaf, sanki Ayşin şimdi daha rahat. Bunun bir iş olduğunun farkına yeni varıyor galiba. Gözlerimin kendisine takıldığını anlayınca, "Merak etmeyin, hiçbir yere kaçamaz" diyor.

"Anlaştık o zaman" diyorum silahımı kılıfına koyarken.

"Umarım çok beklemeyiz" diye mırıldanıyor Mustafa. Bu oğlanın sinirleri yeterince güçlü değil mi, diye düşünüyorum. Kızların yanında mızıldanması canımı sıkıyor. Otelin önüne doğru bakıyorum.

"Beyaz Şahin'i görebiliyor musun?" diye soruyorum.

Koltuğunda doğrulup otele doğru bakıyor.

"Siyah bir BMW, krem rengi bir Opel var" diyor.

"Şahin ortalıkta görünmüyor?"

"Belki başka bir iş için kullanıyorlardır."

Kızlar konuşmalarımıza katılmıyor, çantalarını sımsıkı kavramış, harekete geçme anını bekliyorlar.

Önce telsizden cızırtılar yükseliyor, ardından Biracı'nın sesi duyuluyor.

"Biracı, Gece Bekçisi'ni arıyor. Gece Bekçisi beni duyuyor musun? Tamam."

Hemen yanıt veriyorum:

"Evet, Biracı. Seni duyuyoruz. Tamam."

"Perdeci, dördüncü kattaki odanın ışığını üç kez yakıp söndürdü. Tamam."

"Anlaşıldı Biracı. Harekete geçiyoruz. Biz otele girdikten sonra siz de içeri girin. Tamam."

"Anlaşıldı Gece Bekçisi. Tamam."

"Çıkalım mı?" diyor Mustafa.

"Aşağıdakilere de haber verelim" diyorum ama gerek kalmıyor, onlar bizimle bağlantı kuruyor.

"Sokak Lambası, Gece Bekçisi'ni arıyor. Tamam."

"Seni duyuyoruz Sokak Lambası. Biz başlıyoruz. Biracılarla içeri girecek şekilde kendinizi ayarlayın. Tamam."

"Anlaşıldı Gece Bekçisi. Tamam."

Araçtan çıkıyoruz. Dışarısı soğuk değil, ılık bile sayılır, hava lodosa çevirdi. Üç gündür yağan kar, birkaç saat içinde eriyip gitti. Ama yerler hâlâ ıslak. Meral yüksek topukları nedeniyle yürümekte zorluk çekiyor, koluma giriyor. Otele doğru ilerliyoruz. Meral'in titrediğini fark ediyorum. Ona doğru bakıyorum.

"Üşüyorum" diyor.

"Bu ilk operasyonun mu?" diye soruyorum.

"Evet" diyor, sanki bir itirafta bulunurmuş gibi. Sesi titrek. Demek o rahatlık filan, hepsi oyundu.

"Sakin ol" diyorum babacan bir tavırla. "Göreceksin çok kolay olacak."

"Sağ olun" diyor minnetle.

Binalardan süzülen solgun ışıkların aydınlattığı ıslak kaldırımda yürüyoruz. Mustafa ile Ayşin'in ayak sesleri bizi izliyor. Otelin kapısına yaklaştığımızda, yavaşlayıp Mustafaları bekliyoruz. Bir ara karşıdaki salaş birahanenin penceresine göz atıyorum. Adamlarımızdan birini görüyorum. İşaretleşmiyoruz. Caddenin alt ucuna bakıyorum. Ötekiler de oralarda bir yerlerde bizi izliyor olmalılar. Mustafa ile Ayşin yaklaşınca otelin kapısını açarak kızların içeri girmesi için yana çekiliyorum. Kızların arkasından biz de dalıyoruz içeri.

Otelin hemen girişinde yer alan küçük lobide kimsecikler yok. Sağ taraftaki duvarı boydan boya kaplayan, manzara resminden oluşan yekpare duvar kâğıdı da olmasa sade bir havası var diyeceğim lobinin. Resepsiyona doğru yürüyoruz. Resepsiyonda şişman bir adam oturuyor. Tezgâhın arkasında başını eğmiş ya gazete okuyor ya da hesap yapıyor. Adamın tam arkasında büyükçe bir tabloda altın suyuna batırılmış harflerle Arapça olarak "Bismillahirrahmanirrahim" yazısı okunuyor. Adam bizi fark edince, hazırlıksız yakalanmış gibi hemen ayağa kalkıyor. Yüzünde sıkıntılı bir ifade var. Daha ne isteğimizi bile belirtmeden, "Özür dilerim, boş odamız yok" diyor.

"Dur be anam, hemen bozma havamızı" diyorum bitirim tavırlarıyla. "Bak zor durumda kalmışız" diyerek başımla kızları gösteriyorum.

"Anlıyorum ama boş oda yok beyefendi."

"Bırak şu beyefendi ağızlarını da patronuna bir sor" diyorum tatlı sert bir tonda.

Çocuğun gözleri bir an sol tarafta, merdivenin hemen yanındaki ahşap kapıya doğru kayıyor. Demek patronlar orada.

"Hayır, hayır onlar da bir şey yapamazlar" diyerek kestirip atıyor.

Mustafa cebinden bir tomar binlik çıkarıp oğlana gösteriyor.

"Patronları boş ver. Kendi aramızda halledelim şu işi. Belki sen bulursun bize boş iki oda."

Adamın gözleri paraya takılıyor, sonra yine yönetim odasına bakıyor. Kısa bir ikircimden sonra, "Para mühim değil beyefendi" diyor ama binlikleri alamadığı için kahrolduğu o kadar belli ki, patron burada olmasaydı keşke, der gibi bir hali var. "Gerçekten yerimiz yok."

Gözucuyla dışarı bakıyorum. Birahanedeki ekip otele doğru yaklaşıyor.

"Ne yapalım, o halde gideriz" diyorum Mustafa'nın gözlerinin içine bakarak. "Koca Beyoğlu'nda başka otel mi yok?"

Mustafa, şişman adama doğru dönüyor.

"Yine de sağ ol" diyerek elini uzatıyor. Şişman adam sorunu çözdüğü için rahatlamış ama parayı kaybettiği için biraz mahzun bir halde elini uzatıyor. Mustafa, şişman adamın elini yakalayıp olanca gücüyle kendine doğru çekiyor. Boş bulunan adam, resepsiyon masasının üzerine doğru sendeliyor. Adamın üzerine atılıyorum, sol elimle başını masanın üzerine yapıştırırken sağ elimdeki tabancamın namlusuyla adamın şaşkınlıktan yarı açık kalmış ağzını kapatıyorum. Adamın kulağına eğilerek, fısıltıyla, "Biz polisiz" diyorum. "Eğer gıkını çıkarırsan beynini dağıtırım. Anladın mı?"

Adam korkuyla başını sallıyor. Mustafa işi şansa bırakmıyor. Hızla tezgâhın arkasına geçip adamın ağzını kocaman bir bantla kapattıktan sonra onu yüzükoyun yere yatırıyor.

"Sen adamı kontrol et" diyorum Meral'e. Çantasından tabancasını çıkarıp Mustafa'dan adamı devralıyor.

"Sen de kapıyı kolla" diyorum Ayşin'e. "Kimsenin dışarı çıkmasına izin verme."

O sırada dışarıdaki ekipler de içeri giriyor. Sessiz olmalarını söylüyorum. Biracıların ekibinden Neco'yu tanıyan kel polisi yanıma çağırıyorum.

"Biz Neco'yu enseleyeceğiz. Siz iki grup halinde yukarı çıkıyorsunuz. Oda numaralarını biliyorsunuz."

Ekiptekiler anladıklarını belirtiyorlar sessizce.

"Size bir dakika veriyorum. Bir dakika sonra yönetim odasına gireceğiz."

Sözlerim biter bitmez, hızlı ama sessiz bir biçimde merdivenleri tırmanmaya başlıyorlar. Son bir kez kızlara bakıyorum. Meral, silahı yerde yatan şişman adama çevrili, kararlı bir halde bekliyor. Ayşin eli kabanının altına gizlediği silahında, yüzünde sakin bir ifadeyle kapıyı kolluyor. Her şey yolunda görünüyor. O halde biz de Neco'yu ziyaret edebiliriz.

Yönetim odasının kapısına yaklaşıyoruz. Henüz bir dakika dolmadı. Mustafa kapının sağına, kel polis ise soluna geçiyor. Yaklaşıp içeriyi dinliyorum. Sesler boğuk boğuk, ne konuşulduğu anlaşılmıyor. Kaç kişiler acaba? İçerde bir sandalye çekiliyor. Yoksa dışarı mı çıkacaklar? Saatime bakıyorum, bir dakikanın dolmasına on beş saniye var. Acele etmemeliyim. Yukarıdakiler için her saniyenin önemi var. Ama ayak sesleri yaklaşıyor. Galiba biri dışarı çıkacak. Adamın kapıya yaklaştığını işitiyorum. Duruyor, bir şeyler söylüyor. Artık söylediklerini anlıyorum. "Sabah gelip çocukları alırım" diyor. Piç Neco olmalı. Vaktin dolmasına birkaç saniye var ama artık bunun bir önemi yok. Arkadaşlarıma işaret veriyorum ve kapıyı açarak içeri giriyoruz.

"Kıpırdamayın, polis !"

Piç Neco olduğunu tahmin ettiğim adam ayakta, odanın ortasında öylece donup kalıyor. Orta boylu, kumral, yumuşak hatları olan, temiz yüzlü, hatta yakışıklı sayılacak biri. Doğrusu Neco'nun böyle biri olacağını hiç düşünmemiştim. Sokakta görseniz onun bu işlere bulaştığını asla tahmin edemezsiniz. Tam karşımızda, masif masanın başında orta yaşlı, şişmanca, ince bıyıklı, kalın gözlüklü biri oturuyor. Otelin sahibi de bu herif olmalı. Önce Piç Neco topluyor kendini.

"Ne oluyor" diyor âdeta bağırarak.

"Ellerini başının üstüne koy" diyorum, tabancamla işaret ederek. Neco tınmıyor.

"Suçumuz neymiş?" diyor biçimli dudaklarını bükerek. Neco'nun diklenmesi otel sahibini de cesaretlendiriyor. "Arama izniniz var mı?" diye çıkışıyor, o da sesini alabildiğine yükselterek. Adamın gözlüklerinin camı o kadar kalın ki, gözleri mercimek tanesi gibi gözüküyor. Amaçları yukarıdaki paralı sübyancılara baskını haber vermek.

"Ayağa kalk" diyor Mustafa adama.

"Önce arama izninizi gösterin" diye yine bağırıyor Neco.

"Bağır Piç Neco, bağır" diyorum tabancamı karnına bastırarak. "Belki müşterilerine duyurursun."

Neco ellerini kaldırıp başının üstüne koyuyor, gözleri gayriihtiyari yukarı doğru çevriliyor. Odada buz gibi bir rüzgâr esmeye başlıyor. Masadaki herifin tavrı anında değişiyor.

"Burası namuslu bir müessesedir. Karakoldan da bilirler bizi. Bugüne kadar en ufak bir vukuatımız çıkmamıştır."

"Eminim öyledir ama önce kalk bakalım o masadan" diyerek adamın gözlüklerini çıkarıyor Mustafa. Adam gözlükleri kaptırmamak için atılıyor ama Mustafa daha hızlı.

"Verin gözlüğümü" diyor adam gözlerini iyice kısarak görmeye çalışırken. "Zorluk çıkarmayın. Anlaşabiliriz."

Mustafa dönüp anlamlı anlamlı yüzüme bakıyor. Yanıt vermediğimizi gören adam umutlanır gibi oluyor.

"Daha önce de böyle hallettik bu işleri."

"Artık anlaşabileceğimizi sanmıyorum" diyerek herifi yüzüstü duvara yapıştırıyor Mustafa.

"Aptallık etmeyin" diye atılıyor Neco. "Bize bir şey olmaz."

"Kimin ne olacağını yakında görürsün" diyerek Neco'yu duvara itekliyorum.

Neco şaşkın, durumu anlamaya çalışıyor. "Hangi karakoldansınız?" diye soruyor.

"Biz FBI'danız" diyor Mustafa neşeyle.

Kel polis gülüyor, ben ciddiyetimi bozmadan Neco'yu yüzüstü duvara yaklaştırıyorum.

"Ellerini duvara daya" diyorum.

Neco söylediğimi yaparken, "Eğlenin bakalım" diyor. "Buldunuz garibanı."

"Sen misin gariban?" diyorum elimle kemerinin çevresini yoklarken. "İşlediğin suçları gazetede yayımlamaya kalksalar bir yılda bitmez."

Neco'nun sesi endişeli bir hal alıyor. "Beni biriyle karıştırıyorsun."

"Seni öyle bir karıştıracağız ki bir daha düzelemeyeceksin" diyorum.

"Bu da ne?" diyerek bölüyor Mustafa konuşmamızı. Ona bakıyorum. Yapmacık bir hayretle, otel sahibinin belinden çıkardığı Baretta marka tabancayı gösteriyor.

"Ruhsatlıdır, çekmeceye bakın, belgeler orada" diyor adam telaşla. "Kendimi korumak için."

"Kimden?" diye soruyor Mustafa.

"Hırsızdan uğursuzdan" diyor adam kekeleyerek.

"Sizden daha büyük uğursuz mu olur?"

"Haksızlık ediyorsunuz" diyor adam.

"Sen silah taşımıyor musun?" diye soruyorum Neco'yu ararken.

"Bende o yollar yoktur."

"Çocukları korkutmak için silaha gerek yok ki" diye atılıyor kel polis.

Neco başını çevirerek tehditkâr bakışlar fırlatıyor kel polise.

"Önüne bak" diye uyarıyorum. Aldırmıyor. Aklınca sert adamı oynayacak. Bana bu olanağı verdiği için memnunum. Sorgu öncesi onu biraz yumuşatmak gerek. Sağ elimin ayasıyla ensesine vuruyorum. Yüzü duvara çarpıyor.

"Ah... Ne vuruyorsun" diyor can havliyle. Bir kere daha vuruyorum.

"Vurmasana be" diye bağırıyor, belki de niyetimi anladı, üstünlüğü kaptırmak istemiyor.

Bu kez daha sert vuruyorum. Duvardan tok bir ses geliyor.

"Ah!.. Vurma lan" diye uluyor Neco.

Sağ böbreğine esaslı bir kroşe yerleştiriyorum. Soluğu kesiliyor. Dizlerinin üstüne çöküyor. Yüzü acıyla çarpılmış, bana doğru dönmeye çalışıyor.

"Bir daha söyle" diyorum.

Umduğumdan daha çetin çıkıyor Neco, ağzından kesik kesik, "Siktir git" sözcükleri dökülüyor.

İki adım gerileyip olanca gücümle böğrüne bir tekme yerleştiriyorum. Yere kapaklanıyor. Bir tekme daha yerleştiriyorum. Sonra kulağına yaklaşıp sesleniyorum.

"Bir daha söyle."

Neco'nun pataklandığını gören otelci, "Yapmayın, vurmayın" diye yalvarıyor.

"Sen karışma" diyor Mustafa adamı yeniden duvara yapıştırarak.

Neco bir daha sövmüyor. Ama ben kendimi tutamıyorum, bir tekme daha yerleştiriyorum elleriyle kapatmaya çalıştığı karın boşluğuna. Tekmenin şiddetiyle savruluyor, sonra yeniden kapanıyor. Artık gıkı bile çıkmıyor. Dışarıda gürültüler duyuyorum. Kel polis ile Mustafa'yı zanlıların yanında bırakıp lobiye çıkıyorum.

Biri otuz beşini, öteki ellisini çoktan aşmış iyi giyimli iki adam, yüzleri yerde, polislerin arasında aşağı iniyor. Arkada iki oğlan çocuğu var. İncecik bedenlerindeki rengârenk kız elbiseleriyle kısa saçları tam bir karşıtlık oluşturuyor, iki çocuk da birbirine çok benziyor. Kardeşler mi? Dikkatli bakınca yanıldığımı anlıyorum. Gözlerindeki ve dudaklarındaki abartılı boyalar onları benzer gösteriyor. Tuhaf, çocukların yüzünde zerre kadar utanma belirtisi yok. Hayasızca gülüyorlar. Hatta arada bir ikinci sınıf porno filmi yıldızları gibi dillerini çıkartarak dudaklarının üstünde sağa sola gezdiriyorlar.

Ekip şefi, başıyla çocuklan işaret ederek, "Uçuyorlar, ikisi de hap almış" diyor.

Kulamparalardan yaşlı olanı yaklaşıyor.

"Bakın Komserim" diyor. "Bu işte bir yanlışlık var."

Adamı tepeden tırnağa şöyle bir süzdükten sonra, "Bu çocuklar senin oğlun mu?" diyorum manidar bir ses tonuyla.

"Yok, değil."

"Akraban mı?"

"Hayır" diyor soğukça.

"Onlarla aynı odada ne işin var?"

Daha genç olanı atılıyor.

"Tamam" diyor. "Bir bok yedik. Yaptık bu işi. Ama ailemiz, çevremiz duyarsa..."

"Yerinde olsam ailemi değil de hapiste linç edilmekten nasıl kurtulacağımı düşünürdüm" diyerek kesiyorum lafını. "İkinizi de fena becerecekler içerde."

Adamların utançtan kızarmış yüzü korkuyla kararıyor. Başımı çevirdiğimde Meral'le göz göze geliyoruz. Hâlâ resepsiyondaki herifin başında dikiliyor ama tedirginliğini atmış, koyu renk kirpiklerinin arasından açık renk gözleri keyifle parıldıyor.

On Dördüncü Bölüm

Asayiş şubesi bizim gelmemizle şenleniyor. Hâlâ yalvarmayı sürdüren iki kulampara, sürekli olarak gözlüğünü ve avukatını isteyen otelci, çocukların isterik gülüşmeleri, meraklı polisleri başımıza topluyor. Neyse ki nöbetçi başkomser becerekli biri çıkıyor da işleri düzene sokuyor. Otelciyi, iki kulamparayı ve çocukları alt katta ayrı ayrı odalara alıyorlar. Bize de biraz mırın kırın ettikten sonra Neco'yu sorgulamamız için ikinci katta, penceresiz, küçük bir oda veriyorlar.

Neco sokulduğu sıkıntı verici odanın ortasındaki masada sessizce oturmuş, başına gelecekleri bekliyor. Alnını duvara çarpmaktan oluşan morluk, güzel yüzünde bir leke gibi duruyor. Oteldeki hırçınlığının yerini endişeli bir uysallık almış. Ama onun bu haline bakıp da teslim olduğunu, ilk sorularımızla çözüleceğini sanmak saflık olur. Kafasının içinde neler döndüğünü ancak şeytan bilir.

Asayiş şubesiyle aramızdaki küçük pürüzleri çözdükten sonra Neco'nun sorgusuna başlayabiliyoruz. Mustafa, onun arkasına geçip ayakta dikiliyor, ben karşısındaki iskemleye oturuyorum. Neco bir tür savunma mekanizmasıyla olsa gerek, masanın üzerinde duran ellerini çekiyor, göremeyeceğimiz bir yere, büyük olasılıkla dizlerinin üstüne indiriyor.

"Bak, Neco" diyorum. "Adam dövmeye meraklı değilim. Oteldeki gibi çıkıntılık yapmazsan, canını yakmayız. Ama bizi uğraştırmaya kalkarsan..."

Neco'nun yeşil beneklerle harelenen ela göz bebekleri hızla hareket ediyor.

"O çocuklarla ilgim yok" diyor sözümü keserek.

Mustafa sağ elinin işaretparmağını Neco'nun ensesine dayayarak, "Terbiyesizlik etme" diyor. "Amirimin sözü bitmedi."

"Kusura bakma Komserim" diyor. Demek komserim olduk, bu iyiye işaret. Neco yumuşuyor. Ama Mustafa'yı göremediği için tedirgin, her an arkadan bir darbe gelebileceği kaygısı içinde başını çevirmeye kalkıyor.

Mustafa'nın yüzünün gerildiğini görüyorum. Parmağını Neco'nun ensesine iyice bastırıyor.

"Otelde yediğin sopa yetmedi mi?" diyor soğukkanlı bir sesle.

Neco hemen önüne dönüyor. Göz göze geliyoruz, bakışlarını benden kaçırıp masanın parlak yüzeyine indiriyor.

Ona bir sigara uzatıyorum. Benden bu davranışı beklemiyor olmalı. İkircim içinde alıyor. Çakmağımı uzatıp sigarasını yakıyorum. Derin bir soluk çekiyor.

"Aslında, çocuklar bizi ilgilendirmiyor" diyorum.

Neco'nun şaşkınlıkla büyüyen ela gözlerinde, o halde beni neden gözaltına aldınız sorusu okunuyor. Yanıt yerine masanın üzerindeki mavi kapaklı dosyayı açıyorum. Hareketlerimi özellikle yavaşlatıyorum. Yavaşlığım onun sinirlerini geriyor. Dosyanın içinden Maria'nın vesikalık bir fotoğrafını alıp ona uzatıyorum. Olanları hâlâ anlayamayan Neco temkinli bir tavırla fotoğrafı alıyor ama gözleri bende. Elimle fotoğrafı gösteriyorum. Bakışları fotoğrafa kayıyor. Bir süre inceliyor ama yüzünde Maria'yı tanıdığına ilişkin hiçbir belirti yok. Başını kaldırırken, "Sakın onu tanımadığını söyleme" diyorum.

Yeniden fotoğrafa bakıyor.

"Ama tanımıyorum."

"Tanıyorsun."

"Hayır, onu tanımıyorum" diyor kesin bir ifadeyle.

"Sana bizi uğraştırmamanı söylemiştim."

Gözlerindeki şaşkınlık artıyor, ağzı aralanıyor.

"Başıma ne iş sarmaya çalışıyorsunuz?"

Söylediklerivle ilgilenmediğimi belirtmek istercesine bakışlarımı yukarıya, Mustafa'ya kaydırıyorum.

"Sen haklıymışsın" diyorum. "Bu herif yalnızca sopadan anlıyor."

"Durun, durun!" diyor telaşla. "Büyük bir yanlışlık yapıyorsunuz."

Ellerinin titremeye başladığını görüyorum. Sigaradan sararmış dişleriyle dolgun dudaklarını kemiriyor. İlk gördüğünüzde fark edilmese de onunla konuşmaya başladığınızda ya da davranışlarını daha yakından incelediğinizde kadınsı bir yana sahip olduğunu sezinliyorsunuz. Mustafa da Neco'nun eşcinsel olduğunu söylemişti. İçeride, ikinci sınıf bir hapishane kabadayısının kapatması olmuş uzunca bir süre. Zorunluluktan doğan bir durum mu, isteyerek yapılmış bir tercih mi, orası belli değil. "Belki kendini de pazarlıyordur" demişti Mustafa. Ben sanmıyorum. Eşcinselliğini saklamaya çalışıyor. Bu alanda başarılı olduğunu da söyleyebilirim. Ses tonu, hareketleri normal bir erkeğinkinden farklı değil. Gerçi eşcinselliğinin gizli kalması çok zor. Onun dünyasında herkes birbirini tanır. Dedikodular inanılmaz bir hızla yayılır. Yine de gizlemeye çalışıyor, çünkü otoritesi söz konusu. Öyle ya, ibnelerden çocuklar bile korkmaz.

Nasıl bir belaya bulaştığını anlamaya çalışan Neco'nun tedirginliği de giderek artıyor. Gözaltına aldığımızdan beri koruduğu kendine güven duygusu onu terk ediyor. Sigarası bitince sıkıntıyla küllüğe bastırıyor. Ellerini önüne doğru çekiyor, önce sol elini sağ avucunun içine koyuyor, sonra ellerin yerlerini değiştiriyor. Bir şeyler söylememi, hatta onu suçlamamı bekliyor. Suskunluğumuz onu ürkütüyor.

"İnanın bana ben o kızı tanımıyorum" diyor. Nerdeyse yalvarmaya başlayacak.

Mustafa sanki düşündüklerimi hissetmiş gibi arkadan Neco'nun kulağına doğru eğiliyor, yatak odası sesiyle, "Yalan söyleme" diyor.

"Yalan söylemiyorum" diyor Neco kulağını Mustafa'dan olabildiğince uzağa kaçırarak. "Hiç görmedim bu kızı."

Kısa bir sessizlik oluyor. Neco'nun ürkek bakışları yüzümde geziniyor.

"Ölmüş mü?"

Soruyu sorarken yüzünde beliren kaygı yüklü merak, ses tonu öyle içten ki, bir an acaba yanlış adamın peşinde miyiz, diye düşünüyorum. Ama Mustafa aynı kanıda değil. Sol eliyle Neco'yu arkadan kendine doğru çekiyor. Neco'nun bütün bedeni korkuyla sarsılıyor ama karşı koymuyor. Direnmenin ona hiçbir şey kazandırmayacağını deneylerinden öğrenmiş olsa gerek. Mustafa, onu iskemleye yasladıktan sonra eğilip sağ kulağına, "Artık başlayalım" diyor. Neco korkuyla büyüyen gözlerini, yardım et dercesine bana dikiyor, ilgilenmiyorum. Cebimden sigara paketimi çıkarıp içinden bir tanesini dudaklarıma yerleştiriyorum. Çakmağımı çakarken, Mustafa sağ eliyle Neco'nun sağ kulağının üst kısmına periyodik aralıklarla fiskeler vurmaya başlıyor.

"Ah... Ah!.. Yapmayın. Aradığınız ben değilim."

Mustafa'nın yüzünde ne öfke ne kin var, duygusuz bir ifadeyle peş peşe fiskelerini sıralıyor. Kolundaki altın künye her vuruşunda bir sarkaç gibi, ileri geri sallanıyor. Fiskelerin sayısı arttıkça Neco'nun yüzü acıyla buruşmaya başlıyor.

"Onu ben öldürmedim!" diye tekrar ediyor yalvararak. Elimle Mustafa'ya durması için işaret ediyorum.

Derin bir soluk alıyor Neco.

"Kızın öldüğünü nereden biliyorsun?" diyorum.

Eliyle, kıpkırmızı olmuş sağ kulağını ovuştururken, "Başka ne olabilir ki?" diyor. Kızın öldüğünden eminmiş gibi. "Ne zaman faili bulunamayan, pis bir iş olsa biz göte gideriz."

"Tanık var."

Neco'nun yüzü âdeta çarpılıyor. İnanmamış gibi yarım ağız gülümsüyor.

"Alay ediyorsunuz" diyor.

"Soytarılığı bırak" diye sıkıştırıyor Mustafa.

Neco yalvaran gözlerle bana bakıyor.

"Seni kızla görmüşler" diyorum.

"Yalan" diye söyleniyor çaresizlik içinde. "İftira."

"Dün sabah neredeydin?"

"Dün sabah?" Biraz düşünüyor.

Mustafa avıyla oynamayı sürdürüyor.

"Ne o, erken bunama mı başladı?"

"Hatırlamaya çalışıyorum. Tamam, tuvaletteydim. Dün sabahtan öğleye kadar. Tuvaletteydim."

"İshal mi olmuştun?" diyor Mustafa sırıtarak.

"Benim işim tuvalet işletmeciliği."

"Pezevenklik sanıyorduk."

"Yanımdaki büfenin sahibine sorabilirsiniz" diyor Neco, söylenenleri duymazdan gelerek.

"O da mı çeteden?" diye üsteliyor Mustafa.

"Çete mete yok" diyor sinirli bir ses tonuyla. "Nuri Abi aptesinde namazında bir adamdır."

"Şimdi onlara da mı el attınız?"

"Niye inanmıyorsunuz!" diyor Neco çaresizlik içinde. Biraz daha sıkıştırsak ağlayacak. "Ben yapmadım. Tamam, temiz bir adam sayılmam. Ama o kızı öldürmedim. Başkalarının yüzünden neden hapislerde çürüyeyim?"

"Tanıklar böyle söylemiyor ama" diyorum soğuk bir ses tonuyla.

Neco öfkelenmeye başlıyor.

"Kimmiş onlar, gelsinler yüzleşelim."

"Araban nerede Neco?" diyerek Mustafa yeniden katılıyor sorguya.

Afallıyor Neco.

"Arabam mı?"

"Araban. Hani şu beyaz, Şahin, neydi plakası?"

"34 KZ 763"

"Evet, işte o."

"Siz neyin peşindesiniz?"

"Senin peşindeyiz. Araban nerede?"

"Ondan bir şey tutturamazsın" diyor. "O bir kazaydı. Suç da kamyonetin sürücüsündeydi."

Mustafa ile ben şaşkınlıkla birbirimize bakıyoruz.

"Ne saçmalıyorsun sen? Ne kazası?" diye atılıyorum.

"Arabamı sordunuz, anlatıyorum. Üç gece önce Çağlayan girişinde, yoğurt taşıyan bir kamyonet çarptı bana. Yollar ıslaktı. Şarampole yuvarlandım. Epeyce zayiat var."

"Uydur Neco uydur" diyerek başını sallıyor Mustafa.

"Uydurmuyorum" diyor Neco kendinden emin bir tavırla. "Öğrenmek istiyorsanız, Şişli Trafik Müdürlüğü'ne sorun. Şişko bir polis geldi, tutanak tuttu."

"Şimdi araba nerede?"

"Nerede olacak? Kaportacıda."

"Ne zamandır orada?"

"Kazadan sonra çekici alıp götürdü. Bir haftaya kadar ancak bitermiş işi."

"Beyaz Şahin'den söz ediyoruz, değil mi?"

"Başka arabam yok" diyor. Öyle doğal bir hali var ki. Eğer çok iyi bir oyuncu değilse kesinlikle doğru söylüyor.

"Beni iyi dinle Neco" diyorum sağ elimin işaretparmağını yüzüne doğru uzatarak. "Bizi atlatmaya kalkıyorsan, canına okurum senin."

"Sizi niye atlatmaya kalkayım. Yarım saatte öğrenirsiniz işin aslını" diyor Neco. Sonra elini ceketinin cebine sokuyor, çıkarttığı kartı bana uzatırken sürdürüyor sözlerini: "İşte kaportacının telefonu, sorun öğrenin. Daha iyisi, gidip arabayı gözlerinizle görün."

Uzattığı kartı alıp bakıyorum. Kötü bir kartona koyu renk bir yeşille basılmış Kaportacı İsmet Usta yazısını okuyorum. Adresi 4. Levent'teki Sanayi Sitesi. Ev ve iş telefonu var. Karta bakarken, Şeref'i düşünüyorum. Şeref bize neden yalan söylesin? Ayrıca Neco'yu nereden tanıyor, arabasını plaka numarasına kadar nasıl biliyor?

Mustafa da olanları anlayamamış, bir açıklama beklercesine bana bakıyor. Kartı ona uzatıyorum.

"Sor bakalım beyaz Şahin orda mıymış?"

Mustafa kolundaki saati göstererek, "Şimdi mi?" diye soruyor.

"Evet, kaybedecek zaman yok. Trafik şubesini de ara, nöbetçi birileri vardır. Üç gün önce Çağlayan'da kaza olmuş mu, bir sor bakalım."

Mustafa kartı alıp odadan çıkıyor. Neco rahatlamış görünüyor. Neler olup bittiğini bilmemesine karşın bu araba meselesinin önemli olduğunu kavramış, onu temize çıkartacak kanıtları olduğu için tedirginliğinden kurtulmuş, oturuyor.

"Bir sigara daha alabilir miyim?"

Paket ile çakmağı uzatırken, "Nerede oturuyorsun? diye soruyorum.

"Dolapdere'de. Dörtyol ağzında, Elmadağ'a çıkan yokuşun başındaki kahvenin hemen arkasında. Rahmetli pederin evinde" diyerek sigarasını yakıyor.

"Baban yok sanıyordum."

Bozuluyor Neco ama alttan alıyor.

"Babasız insan olur mu?" diyor. "Herkes gibi bizim de bir babamız var Allah'a şükür."

Sözlerini bitirince dolu dolu çekiyor dumanı içine.

"Yukarıya, Kurtuluş'a, Feriköy'e çıktığın olur mu?"

"Niye çıkmayayım abi? Çocukluğumuz oralarda geçti."

"Tanırlar mı seni orada?"

"Tanıyan da vardır tanımayan da. Eskilerden tanıyan daha çok çıkar. Az kız kovalamadık..."

"Kurtuluş'un gençleri ne diyordu bu işe?"

"Alayı puşttur onların. Hiç geçinemeyiz. Bizi hakir görürler. Adam yerine koymazlar."

"Çingene diye mi?"

"Öyle ama ben Roman değilim abi" diyor Roman sözcüğünün üstüne basa basa.

"Nerelisin?"

"Doğma büyüme İstanbul çocuğuyuz abi. Rahmetli pederi Beyoğlu'nun eski gazinolarında bilmeyen yoktu. Meşhur Gırnatacı Raif'i. Karayağız, uzun boylu. Bütün orospular yanıp tutuşurmuş babam için."

"Ya annen?"

Yine derin bir soluk çekiyor sigarasından.

"Hiç rahat bırakmadılar annemi" diyor dalgın bir halde sigara dumanını savururken. "Güzel kadındı. Hiç unutmadığım bir sözü vardır. 'Güzelin düşmanı çok olur oğlum' derdi. Bir de, 'Güzelin bahtı kara olur.' Söylediği gibi çıktı. Babamla evlendikten sonra bıraktı o işleri, evinin kadını oldu. Ama güpegündüz kaçırdılar anamı. Dolapdere'de herkesin gözleri önünde. Başvurmadık yer kalmadı. Karakol karakol dolaştı peder. Hiç haber alamadık. Arkadaşlarım, 'Senin anan orospu, kendi gönlüyle kaçtı' dediler, inanmadım tabii, iftira ediyorlardı anama. Beş yıl sonra ölüm haberini duyduk. Maraş kerhanesinde bıçaklamışlar."

"Türk filmi gibi" diyorum.

"Film gibi" diye tekrarlıyor acı acı gülerek. "Hem de sinemaskop."

Başını öne eğiyor. Yaşaran gözlerini mi gizliyor, rol mü yapıyor, belli değil.

"Kurtuluş'ta hiç vukuatın oldu mu?"

Neco nereye varmaya çalıştığımı merak ederek, kendisi için en tehlikesiz yanıtı bulmaya çalışıyor.

"Senden ne saklayacağım? Son durağa yakın ara sokaklardan birinde, kumar oynatan bir kahvenin kundaklanmasına karıştırdılar adımızı. Allah seni inandırsın, hiçbir ilişiğim yoktu o işte. Çok tutmadılar içeride zaten."

Bir an Şeref'i sormak geliyor aklıma ama hemen vazgeçiyorum. Eğer Neco yalan söylüyorsa, muhbirimizi ele vermek anlamına gelir bu.

Önümdeki dosyayı açıyorum, okur gibi yaparak, "Çocuk kaçırma işine de bulaşmışsın sen" diyorum.

Yeniden tedirginleşiyor Neco.

"Yok abi, olay öyle değil. Bunlar yoksul çocuklar. Sokakta yatıp kalkıyorlar yani. Dilenmek istiyorlar. Ama nerde dilenecekler, bütün köşebaşları tutulmuş. Gelip benden yardım istediler. Biz de onları himayemize aldık."

"Şikâyet eden çocuk öyle demiyor ama. Kendisini senin kaçırdığını, iki koluyla, sol bacağını kırdığını, sakat kalması için kemikleri ters sardığını, hem de sana alışması için ona defalarca tecavüz ettiğini söylemiş" diyorum.

"Hepsi yalan" diyor. Sanki bütün bu tüyler ürperten olaylarla hiçbir ilgisi yokmuş gibi. "Bu söylediklerini yapan başka bir çete. Ben çocuklara yardım edince onlar da bana bu kötülüğü yaptılar. Zaten çocuk ifadesini sonra değiştirdi."

"Yani sen çocuklara yardım ediyordun, öyle mi?"

Ya alay ettiğimi anlamıyor ya da anlamazlığa vuruyor.

"Aynen öyle abi" diyor.

"Dilencilik işinde hep çocuklar mı kullanılır?"

"Benim bu işlerle ilgim yok" diyor kendini sağlama almak kaygısıyla. Ama benimle arayı da bozmak istemiyor. "Duyduğuma göre, arayanı soranı olmayan, esmer, zayıf çocukları seçiyorlarmış. İri, kara gözlü olanları."

"İri, kara gözlü mü?"

"O çocukların yüzünde, nasıl söyleyeyim, bir mahzunluk, bir hüzün var. Vatandaş görünce acıyor, vicdanı sızlıyor, atıyor parayı."

"Gençleri de dilendiriyorlar mı?"

"Yok abi, dilencilik işinde gençleri kimse istemez. Hırsızlık falan olsa neyse."

"Deliler, geri zekâlı olanlar?"

"Deliler kendilerine acındırmayı beceremezler. İnsanlar delilere gülerler. Bir de verdikleri paranın boşa gideceğini düşünürler."

"Ya kaçırma olayları? Organ nakli için filan."

Neco ne söylediğimi anlamamış gibi davranıyor.

"Nasıl organ nakli!"

"Yabancı, zengin hastalara. Kalp hastası olanlar, böbreğe ihtiyacı olanlar için. Genç çocukların kaçırılması."

"İlk senden duyuyorum. Böyle bir şey varsa da benim haberim yok... Demek vatandaşı parçalayıp gâvurlara satıyorlarmış. Vay anasını, neler varmış be!"

Neco giderek abartıya kaçan bir halde başını sağa sola sallarken asık bir suratla Mustafa giriyor içeriye.

"Araba kaportacıdaymış" diyor. Bu habere hiç sevinmediği belli.

"Ya Trafik Şubesi?"

"Onlar da söylenenleri doğruladılar. Söz konusu araba üç gün önce ağır bir kaza geçirmiş."

"Bende yalan yok abi" diyor Neco haklı çıkmış olmanın keyfiyle. "Ne söylediysem harfi harfine doğrudur."

"Kes sesini" diye çemkiriyor Mustafa. "Seninle işimiz daha bitmedi."

Mustafa'nın tehditleriyle tadı kaçan Neco önüne bakıyor. Odada bir sessizlik başlıyor. Şeref'i düşünüyorum. Bize neden yalan söylemiş olabilir? Belki de kaçırma olayı filan olmadı. Şeref, Neco'ya düşmandı, onun başını belaya sokmak için bu yalanı kullandı. Hayır, bu inandırıcı değil. Başka bir neden olmalı. Mine'nin kaybolmasıyla ilgisi var mı acaba?

"Şeref diye birini tanıyor musun?"

"Kurtuluş'ta mı?"

"Evet. Bakkallık yapıyor."

"Ev, arsa filan da alıp satar mı?"

"Doğru, komisyonculuk da yapıyormuş."

"Komisyonculuk mu? Eşkıyalık desene şuna."

"Herifi tanıyorsun yani."

"Ne anasının gözüdür o."

"Kavgalı mısınız?"

"Yoo, hiç bulaşmadım. O da bana yaklaşmaz."

"Pek sevmiyorsun Şeref'i?"

"Ölüyü soyan adamı sever misin abi?"

"Sanki kendisi sütten çıkmış ak kaşık da" diye söyleniyor Mustafa.

"Ölüleri mi soyuyor?" diye soruyorum Mustafa'ya aldırmadan.

"Daha beter. Yaşlı Rumlar var ya. Hani çocukları tırsıp Yunanistan'a filan kaçmış olanlar. Onları korkutup evlerini yok pahasına elde etmeye çalışıyor."

"Daha açık anlatsana şunu."

"Diyelim ki bir Rum ailedensin. Yıllar önce yapılmış müstakil bir evin, ya da ne bileyim, iki-üç katlı bir apartmanın var. Bu şerefsiz herif, seni tedirgin etmeye başlıyor. Akşamları pencerelere taş atmalar, duvarlara yazılar, imzasız tehdit mektupları falan. Ama kendini göstermeden. Sanki birileri bu işi yapıyor, o da mahallenin iyi çocuğu olarak sana yardım edecek. Sat malını mülkünü, ya git Balıklı Rum Vakfı'nda kal, diyor ya da akrabaların falan varsa Yunanistan'a göç. Eğer Rum vatandaşımız tufaya gelirse, seninki yok pahasına alıyor evi. Hurda binanın yerine nurtopu gibi bir apartman dikiyor."

"Niye şikâyet etmiyorlar adamı?"

"Çoğu farkına bile varmıyor olayın. Hem şikâyet etse ne olacak? Ortada suç yok, suçlu yok. Biraz ürkektir o insanlar."

Başımı kaldırıyorum, Mustafa'nın anlamlı bakışlarıyla karşılaşıyorum. Sanırım o da aynı şeyi düşünüyor.

"Başka işlere bulaştı mı bu Şeref?" diye soruyorum yeniden Neco'ya. "Yaralama, öldürme falan?"

"Yok canım, o işlere hiç girmez. Çok korkaktır... Niye sordunuz Şeref'i?"

"Hiiiç, başka bir iş bu" diyorum umursamaz bir tavırla.

Gözlerini kısarak bakıyor Neco.

"Yoksa bana iftira eden o herif mi?" Sonra sağ elini sol avucuna vuruyor. "Tabii ya, o yapmıştır bu puştluğu bana" diye söyleniyor.

"Küfürlü konuşma" diye uyarıyor Mustafa. Neco Mustafa'yı takmıyor.

"Görüyorsun abi. Benim hiçbir suçum yok. Hepsi o puştun iftirası" diyor.

Der demez de Mustafa olanca gücüyle bir tokat indiriyor ensesine.

"Sana küfürlü konuşma dedim."

Boş bulunan Neco, neredeyse yüzü masaya değecek kadar öne doğru savruluyor.

"Vurma abi, şimdi ben sana ne yaptım?"

"Aşağılık herif! Ne yapmışmış? Ya bu geceki çocuklar? Onları da Şeref mi satıyordu?"

Hırsını alamayan Mustafa, sağdan soldan tokatlar indirmeye başlıyor Neco'nun yüzüne. Ayağa fırlayıp Mustafa'yı yakalıyorum. Operasyonu o yönetiyor olsaydı çoktan hastanelik etmişti Neco'yu.

"Sakin ol" diyorum onu sarsalayarak. Zor yatışıyor Mustafa.

"Yüzümüze baka baka yalan söylüyor bu herif" diyor burnundan soluyarak. Neco'nun önünde yaptığının yanlış olduğunu söylemek istemiyorum.

"Önce sakin ol" diyorum.

Sözlerimin altında yatan uyarıyı sezinleyen Mustafa, geri çekiliyor.

"Tamam" diyor, sitem yüklü bir sesle. "Ben sakinim."

Elleriyle başını korumaya çalışan Neco ürkek gözlerle bizi izliyor.

On Beşinci Bölüm

Asayiş şubesindeki hayhuydan kurtulup yeniden sakin geceye dönüyoruz. Arabayı ben kullanıyorum. Mustafa düşünceli bir halde yan koltukta oturuyor. Sorgu hakkında konuşmak, davranışını nasıl değerlendirdiğimi öğrenmek istiyor ama lafı açacak cesareti yok. Ben de renk vermiyorum, sağ elimi direksiyondan çekip cebime sokuyorum, not defterini çıkarıp Mustafa'ya uzatıyorum.

"Bak bakalım şu herifin adresine, neredeymiş?"

Karanlıkta göremiyor. Torpido gözünün kapağına uzanıyor. Kapak açılır açılmaz içerdeki ışık yanıyor. Defteri ışığa tutarak çeviriyor yapraklarını.

"Biraz arkalarda olacak" diyorum.

"Evet, işte burada: Şeref Kuru, Cevizli Sokak. No: 3/3 Bomonti... Şeref'i tutuklayacak mıyız?"

"Hangi suçtan?"

"Tehdit, insanların evlerini hileyle ellerinden almak."

"Ne şikâyetçi ne de kanıt var."

"Neco'nun söyledikleri."

"Mahkemede bir işe yaramaz."

"Peki, ne yapacağız?"

"Gözünü korkutacağız."

"Sopa mı atacağız?"

"Daha iyisini yapacağız."

Caddeler tenha, tek tük araç geçiyor yanımızdan; kısa sürede ulaşıyoruz Şeref'in evine. Apartmandaki dairelerin ışıkları kapalı, herkes mışıl mışıl uyuyor olmalı. Önce Mustafa'yı yollasam, diye düşünüyorum sonra vazgeçiyorum. Beni görmezse belki gelmemezlik eder. Bu işi sessiz sedasız halletmeliyiz. Mustafa'yla birlikte iniyoruz arabadan. Apartman kapısı kapalı. Yandaki zillerin üzerlerinde ismini buluyoruz: Şeref Kuru. Üst üste üç kere basıyorum zile. Birkaç dakika sonra ikinci katta ışık yanıyor. Pencerenin açıldığını duyuyoruz, başı örtülü bir kadın görünüyor. Yaşlı bir ses merakla soruyor:

"Kimi aradınız?"

"Şeref'i arıyoruz."

"Bu saatte ne yapacaksınız Şeref'i? Kimsiniz siz?"

"Arkadaşıyız teyze. Kapıyı açarsanız anlatırız."

Kadın içeri giriyor, az sonra Şeref'in uykulu suratı görünüyor.

"Kimsiniz?"

"Benim" diyorum güven veren bir tarzda sağ elimi yukarı doğru kaldırarak. "Komser Sedat. Tanıdın mı?"

"Sedat Abi!" Sesindeki öfke yerini meraka bırakıyor. "Ne oldu, bir şey mi var?"

"Önemli bir şey değil? Kapıyı aç da konuşalım."

"Tamam. Hemen açıyorum."

Otomatiğin sesiyle açılıyor kapı. On basamaklı iki merdiveni tırmanarak ikinci kata ulaşıyoruz. Şeref daire kapısında bizi bekliyor.

"Kusurumuza bakma Şeref, rahatsız ettik. Ama herifi teşhis etmen lazım."

"Yakaladınız mı?" diye şaşkınlıkla söyleniyor Şeref.

"Elbette yakaladık. Niye şaşırdın?"

"Yoo... Şaşırmadım da... Bu kadar çabuk olacağını tahmin etmedim."

"Bak şimdi alındım Şeref. Türk polisini küçük görüyorsun."

"Affedersiniz Komserim. Öyle demek istemedim."

"Kim bu çocuklar Şeref?"

Yaşlı kadının sesi duyuluyor kapının arkasından.

"Polisler" diyor Şeref, tatsız bir sesle. Ama hemen düzeltiyor. "Merak etme, onlar benim arkadaşlarım. Tanıklık için karakola gidip geleceğiz."

Kapı aralanıyor, beyaz başörtülü, temiz yüzlü, yaşlı bir kadın çıkıyor karşımıza. Gözleri endişe yüklü.

"Şimdi mi gideceksiniz?"

"Adalet beklemez anacığım" diyorum.

"Ne tanıklığı bu? Kötü bir iş değildir inşallah?"

"Yok, önemli bir şey değil. Şeref sağ olsun, bize yardımcı oluyor işte."

Şeref dikkatle dinliyor beni, yüzümdeki her kıpırtıyı inceliyor. Annesiyle konuştuklarımız onu da rahatlatıyor.

"Ben giyinip geleyim" diyerek içeri giriyor Şeref.

"İçeri girseydiniz evladım" diyor kadın. "Vaktiniz varsa size bir kahve yapayım."

"Sağ olun, sizi gecenin bu saatinde uyandırarak yeterince rahatsızlık verdik."

"Ben zaten kalkmıştım evladım. Sabah namazı yaklaşıyor."

"Allah kabul etsin" diyorum.

Yaşlı kadın gülümsüyor.

"Cümlemizinkini" diyor, ardından ekliyor: "Her akşam böyle sokaklarda mısınız?"

"İşin durumuna bağlı."

"Allah annenize, karınıza sabır versin evladım" diyor kadın. "Zormuş işiniz."

Şeref yeniden yanımıza geldiğinde, yine endişe kaplıyor kadının yüzünü.

"Geç kalma" diye tembihliyor oğlunu.

Şeref düşünceli gözlerle bana bakıyor.

"Merak etmeyin, birkaç saat sonra evde olur" diyorum.

Apartmandan çıkınca anahtarı Mustafa'ya uzatarak, "Sen kullan" diyorum.

Mustafa sürücü koltuğuna geçip oturuyor. Arka kapıyı açarak Şeref'i içeri davet ediyorum. Peşinden ben de giriyorum içeri. Araca binerken, pencerede Şeref'in annesini görüyorum. Yaşlı kadın el sallıyor ama Şeref'in kafası sorularla öylesine dolu ki onu görecek hali yok.

Aracımız hareket ediyor. Bir süre kimse konuşmuyor. Şeref kuşku dolu gözlerle alacakaranlığa boğulmuş caddeyi izliyor. Şişli'ye değil de çevreyoluna çıktığımızı anlayan Şeref, tedirginlik içinde soruyor:

"Nereye gidiyoruz?"

Sağ elimin işaretparmağını dudaklarıma götürerek sus işareti yapıyorum. Tavrımızın değiştiğini sezinleyen Şeref, korkuyla geriliyor. Ama bir şey sormaya da çekiniyor. Mustafa ile ben suskunluğumuzu koruyoruz. Aracımız çevreyoluna çıkınca Şeref'in sabırsızlığı artıyor. Doğrudan soramadığı için kurnazlığa başvuruyor.

"Çok hızlı çalışıyorsunuz Komserim" diyor yalak bir tavırla. "Şıp diye buldunuz herifleri."

"Ruhlar yardımcı oldu" diyorum.

Ne söylediğimi anlamıyor ama ona yanıt verdiğim için rahatlamış, aptalca gülümsüyor. Kötü olasılıkları kafasından uzaklaştırmaya çalışıyor olmalı.

"Ruhlar mı?"

"Evet. Evleri gasp edilen insanların ruhları."

Korktuğunun başına geldiğini anlıyor Şeref, "Hiçbir şey anlamadım söylediklerinizden" diyor. "Birazdan anlarsın" diyorum kesin bir tavırla.

Ürkmüş gözlerle çevresine bakmıyor.

"Nereye gidiyoruz?" diye yineliyor.

"Annenle güzelce vedalaştın mı?" diyorum sanki sorusunu duymamış gibi.

"Ne... Ne demek istiyorsunuz Komserim?"

"Hadi Şeref, o kadar da salak değilsin."

"Benim bir suçum yok Komserim... Valla hiçbir suçum yok. Piç Neco yalan söylemiştir size."

"Piç Neco mu! O da kim?" diyerek ellerimi yana açıyorum. Sonra Mustafa'nın omzuna dokunuyorum. "Sen tanıyor musun Piç Neco'yu?"

"Yoo, hiç duymadım" diyor Mustafa gözlerini yoldan ayırmadan.

"Duymadınız mı?" diye ümitsizce mırıldanıyor Şeref.

"Duymadık. Belki sen anlatırsan öğreniriz" diyorum.

"Benim bir suçum yok, Komserim" diye yineliyor Şeref umarsızca. "Onlar kızı kaçırmak istediler."

"Maria öyle söylemiyor ama."

"Aklı başında değil ki. Herkes bilir kızın deli olduğunu."

"Bırak bu boş lafları da söyle bakalım, kemerin var mı?"

"Ne? Ne dediniz?" diye mırıldanıyor korkuyla.

"Kemerin var mı?" dedim.

Şeref, kendi de bilmiyormuş gibi eğilip beline bakıyor.

"Var, evet işte burada" diyerek doğruluyor.

"Onu çıkart" diyorum soğukkanlı bir tavırla.

"Kemeri mi?"

"Evet, hemen çıkart."

"Ne yapacaksınız?"

"Söylediklerimi ikiletmesen iyi olur. Çıkart kemerini."

Şeref hızla söylediklerimi yapıyor. Kemeri alıyorum.

"Şimdi ellerini bana doğru uzat... Aferin, bileklerini kavuştur... Güzel."

"Bakın yanlışlık yapıyorsunuz Komserim" diyor, ben ellerini bağlarken.

"Asıl yanlışlığı sen yapıyorsun. Ben komser değilim."

Şoka uğramış bir halde soruyor: "Kimsiniz öyleyse?"

"Bizi boş ver de sen kendini anlat. Ne zamandır KYP'ye çalışıyorsun?"

"Kime çalışıyorum?"

"Seni besleyen örgütü soruyorum. Bilmediğini söyleme."

"Neden bahsettiğinizi bilmiyorum Abi. Kuran ekmek çarpsın ki teröristlerle ilgim yok."

"KYP'yi, Yunan İstihbarat Örgütü'nü bilmiyor musun?"

Âdeta oturduğu yerden zıplıyor Şeref.

"Sen ne diyorsun abi! Elhamdülillah Müslümanız. Ben Yunanlılara falan çalışır mıyım hiç?"

"Sana çok para vermişler."

"Yalan abi. Gençliğimin hayrını görmeyeyim ki yalan."

"'Rum vatandaşları taciz et ki onlar da bizim için çalışsın' demişler."

"İftira ediyorlar, abi. Ben öyle işe girer miyim hiç?"

Mustafa'ya sesleniyorum.

"Sen haklıymışsın. Bu herif itiraf etmeyecek."

"Ben sana söylemiştim" diyor Mustafa doğal bir ses tonuyla. "Bu tip herifleri tanırım. İşi kökünden halletmemiz lazım. Sorguydu, mahkemeydi ne uğraşacağız."

"Durun, büyük bir yanlışlık yapıyorsunuz. Ben Yunanlılara falan çalışmıyorum."

"Bak hâlâ inkâr ediyor."

"Valla yalan söylemiyorum abi" diyor sesinin titrediğini fark ediyorum. "Yapmayın abi. Ben o kadar kansız değilim" diyerek başlıyor ağlamaya. Hem de nasıl, hüngür hüngür.

"Kes şu zırlamayı" diyorum. "Biraz cesur ol. Öleceksen erkek gibi öl."

Ölüm lafını duyan Şeref iyice panikliyor.

"Acıyın abi" diyerek elime sarılmaya kalkıyor. Bütün gücümle itiyorum onu. Pencereye kadar savruluyor. Ama vazgeçmiyor. "Ne isterseniz yaparım abi. Yeter ki bana kıymayın. Ömür boyu muhbiriniz olurum sizin."

"Sen ancak Yunanlılarla çalışırsın" diyorum.

"Niye inanmıyorsun abi, ben Yunanlılara çalışmıyorum. Tamam, Madam'ı korkutmak istedim. Tamam Piç Neco olayı tezgâhtı. Ama benim Yunanlılarla ilgim filan yok abi."

"Kaç kişinin evini böyle ucuza kapattın? Bak yalan söylemek yok ama."

"Tamam abi" diyor burnunu çekerek. "Yalan yok... Üç... Yok, dört. Biri Ermeni, üçü Rum..." Susuyor Şeref, sonra ekliyor.

"Evet bu alçaklığı yaptım ama inanın Yunanlılarla filan ilgim yok."

"Ama bu işten onlar yararlanıyor. Bizim vatandaşlarımızı, bakın Türkler ne kadar kötü, diye kandırarak kendileri için çalışmaya ikna ediyorlar."

"Valla bilmiyordum abi. Bilsem yapar mıydım?"

"Yapmaz mıydın?" diye soruyorum.

"Yapmazdım abi" diyor kendinden emin bir tavırla. "Anam avradım olsun ki yapmazdım. Ben bu vatan için gerekirse canımı veririm."

Gülmemek için kendimi zor tutuyorum. Yeniden Mustafa'ya dönüyorum.

"Ne diyorsun Şeref'in söylediklerine?"

"Bana inandırıcı gelmedi" diyor Mustafa oyunu sürdürerek. "Yunanlılarla ilişkisi yoksa bile, bu herif bu işi bırakmaz."

"Bırakırım abi. Hemen bırakırım. Yarın gelin bakın, bütün ev, arsa ilanlarını kaldıracağım. Bakkallık yapacağım. Sadece bakkallık... Ekmek, peynir, deterjan satacağım abi."

Bir süre konuşmuyorum. Şeref gözlerini dikmiş, korkuyla vereceğim kararı bekliyor.

"Sana bir şans daha vereceğim" diyorum sonunda. "Ama önce ölüm yemini edeceksin."

"Ne yemini?"

"Ölüm yemini, istemiyor musun?"

"İstiyorum abi. Ne yemini istersen ederim."

"Dur, hemen ederim filan diye konuşma. Ölüm yemini kanundur. Eğer yeminine sadık kalmazsan kendi ölümünü onaylamışsın demektir."

"Kabul. Neyin üstüne isterseniz yemin ederim."

"Kendi canının üstüne yemin etmen yeterli."

"Tamam. Eğer ben de bu alçaklığı bir daha yaparsam, siz de beni vurun abi."

"Umarım buna gerek kalmaz Şeref" diyorum.

"Yok abi, gerek kalmayacak. Bundan sonra bu yollarda ben yokum."

"Göreceğiz" diye söyleniyor Mustafa önden. "Göreceksiniz, cetvel gibi düzgün bir adam olacağım."

"Öyleyse, uzat bakalım ellerini."

Bileklerindeki kemeri çözüyorum. Rahat bir soluk alıyor.

"Allah razı olsun abi" diyor. "Pişman olmayacaksınız."

"Bir şey daha var. Bu konudan kimseye söz etmeyeceksin. Madam'a açıklama yapmaya filan da kalkma. Onunla ben konuşurum."

"Nasıl istersen Sedat Abi. Zaten utanırım kadının yüzüne bakmaya."

Yeniden Mustafa'nın omzuna dokunuyorum.

"Şeref'i evine bırakalım. Annesi merak etmesin."

"Aman abi, ne zahmet. Beni burada indirin. Zaten yeterince eziyet ettim size."

"Araba bulabilir misin?"

"Başımın çaresine bakarım abi. Siz beni şu köşede bırakın yeter."

"İyi o zaman. Sen bilirsin."

Mustafa aracı sağa çekiyor. Şeref hızla atlıyor arabadan.

"Verdiğin sözü unutma" diyorum.

"Hiç unutur muyum abi?" diyor. "Allah razı olsun, bana doğru yolu gösterdiniz." Kapıyı saygıyla kapayıp geldiğimiz yöne doğru yürümeye başlıyor.

Mustafa dudaklarında kurnaz bir gülümsemeyle Şeref'in uzaklaşmasını izliyor. Ben arabadan çıkıyorum. Bir süre Şeref'in arkasından bakıyorum. Üzerinden büyük bir yük kalkmış gibi koşar adım uzaklaşıyor. Ön kapıyı açıyorum:

"İstersen yer değiştirelim. Nasıl olsa önce sen ineceksin" diyorum.

Mustafa çıkıyor kapıdan, kalktığı koltuğa ben yerleşiyorum. O eski yerine, yanımdaki koltuğa oturuyor. Ben aracı hareket ettirirken, "Amma korkak herifmiş" diyor.

Gülümseyerek gözucuya Mustafa'ya bakıyorum. O da ilgiyle beni inceliyor. Sonunda dayanamayıp soruyor: "Gerçekten de ölüm yemini diye bir şey var mı?"

"Sence?"

Biraz düşünüyor sonra gülmeye başlıyor.

"Yok tabii... Bir daha aynı işi yapar mı?"

"En az bir yıl yapmaz. Sonrasını bilemem."

İkimiz de susuyoruz. Az sonra Mustafa, "Amirim" diyor, birden anımsamış gibi. "Sizden özür dilemek istiyorum."

Başımı çevirip bakıyorum.

"Niçin?"

"Neco'nun sorgusunda yanlış davrandım."

Niyeti af mı dilemek, yoksa davranışı hakkında ne düşündüğümü mü anlamak, emin olamıyorum.

"Herif çok adiydi, değil mi?" diyorum, yeniden yola bakarken.

"Gerçekten de öyleydi. Bir de utanmadan ahlak dersi vermeye kalktı."

Mustafa'nın niyetinin özür dilemek olmadığı anlaşılıyor. Ona biraz daha hak versem, davranışının ne kadar doğru olduğunu anlatacak bana.

"Bazen işe duygularımızın karıştığı olur" diyorum. "İnsanız ne de olsa."

"Evet" diyor Mustafa. "Çocukların hali etkiledi beni."

Gözucuyla ona bakıyorum. Davranışına gerekçe bulduğunu düşünerek, rahatlamış bir halde yola bakıyor.

"Sana bir şey söyleyeceğim ama darılmaca yok Mustafa" diyorum.

"Ne demek Amirim, buyurun."

"Aslında sen çocuklar yüzünden kızmadın Neco'ya."

Önce alışkanlıkla onaylayacak gibi oluyor, sonra söylediklerimin anlamını kavrıyor.

"Başka ne için kızmış olabilirim ki?"

"Yanıldığımız için kızdın."

"Yanıldığımız için mi?"

"Evet. Biz hesabımızı Neco'nun suçlu olması üzerine kurmuştuk. Ama Neco Maria'nın kaçırılma işinden suçsuz çıktı. Sen bütün çabamızın boşa gittiğini düşündün, bunun hıncını da Neco'dan almak istedin."

"Ama her şey Neco'nun aleyhineydi."

"Doğru. Neco'dan daha uygun bir suçlu adayı zor bulunur. Şeref de bu yüzden attı onu önümüze. Biz de bu sahte yeme inandık. Açıkçası kandırıldık. Ama bunun acısını Neco'dan çıkarmanın da bir anlamı yok. Ayrıca olasılıkları azaltmak da bir anlamda çözüme yaklaşmak demektir. Yani tümüyle başarısız da sayılmayız."

Mustafa hiç itiraz etmeden dinliyor söylediklerimi.

"Haklısınız" diyor. Ama canının sıkıldığı belli. Konuyu biraz daha açmalıyım, diye düşünürken, sağ taraftaki sokaktan siyah bir BMW aniden caddeye fırlıyor. Frene basıyorum, balatalar acı acı ötüyor. Çarpmamıza ramak kala durdurabiliyorum arabayı. Öndeki arabanın içinde üç kişi var. Olan biten umurlarında değil.

Küfreder gibi sonuna kadar basıyorum kornaya. BMW'dekiler hiç tınmıyorlar, gaza basıp gidiyorlar. Son yıllarda türeyen döviz ya da borsa spekülatörlerinden olmalılar.

"Yakalayalım Amirim" diyor Mustafa öfkeyle.

"Boş ver" diyorum. "Onlarla zaman kaybedemeyiz. Gidip biraz uyuyalım."

Zaten öndeki araç da o kadar hızlı ki bir anda gözden kayboluveriyor. Mustafa'nın Teşvikiye'deki evine kadar başka bir şey konuşmuyoruz artık. Mustafa buruk, belki de içten içe bana kızgın, köşesinde oturuyor.

Oturduğu apartmanın önüne geldiğimizde, "Bak Mustafa" diyorum. "Az önce söylediklerim seni suçlamak için filan değildi. O adi herife vurmana içerlemiş de değilim. Ben yalnızca yukarıdakilere değil, sana karşı da sorumluyum. Bildiklerimi sana anlatmak görevim. Söylediklerimi benimsersin ya da benimsemezsin, orası senin bileceğin iş."

"Ne demek Amirim" diyor. "Anlattıklarınız benim için çok yararlı." İçten mi, yoksa durumu kurtarmaya mı çalışıyor, hâlâ anlayabilmiş değilim.

"Yarın görüşürüz o halde" diyorum.

"Hoşça kalın" diyor aracın kapısından çıkarken. Belki de bütün sorun kendine olan güvensizliği. Yaptığı her yanlışın dünyanın sonunu getireceğini sanıyor. Çevik adımlarla apartmanın kapısına yaklaşırken ben de Nişantaşı'na doğru hareket ediyorum. Sağ elini kaldırarak uğurluyor beni.

Pek de yeni sayılmayacak bu apartmanın üçüncü katında yaşlı annesiyle birlikte oturuyor Mustafa. Daire babadan kalmış. Banka müdürüymüş adamcağız. Emekli olamadan kalp krizinden ölmüş. Benim gibi o da ailenin tek çocuğu. İstanbul Erkek Lisesi'ni bitirmiş. Sıkı bir Alman disiplini almış, sanırım dakikliği buradan geliyor. Sonra Hukuk Fakültesi... Teşkilata gazete ilanıyla gelen kuşaktan. Teşkilata gazete ilanıyla gelen kuşak! Eskiler, yeniler, herkes dudak büküyor bu çocuklara. Onları küçümsüyor, bir anlamda bizden saymıyoruz galiba. Neden? Çoğu serüven ya da iyi bir kariyer uğruna giriyor mesleğe. Ya biz? Bizim ve bizden önceki kuşağın yurtseverlik duyguları daha güçlüydü. Öyle de olması gerekir. Yalnızca para kazanmak için edinilen bir meslek değil ki bu! Devletin, ülkenin başka bir anlamı vardı bizim için. Onlar için yok mu? Herhalde vardır, yine de benim mesleğe ilk girdiğim günlerde hissettiğim coşkuyu göremiyorum Mustafa'da. Amcam bende görüyor muydu acaba? Elbette görüyordu, yoksa teşkilata girmem için ısrar eder miydi? Kabul etmeliyim ki aramızdaki anlayış farkına rağmen önceki kuşakla daha yakındık biz. Yeni kuşak gerçekten de çok farklı. Belki de böyle olması gerekiyor. Dünya çok hızlandı. Amcamın anlamadığı da bu. Ülke çıkarları, yurtseverlik, bunlara bağlı olarak da istihbarat anlayışı çok değişti. Oysa biz ilk haberleşme uydumuzu ancak bu yıl atabildik uzaya. Amerikalılar yıllardır bu yolla dünyayı dinliyorlar. Belki de bu yeni gelenler düzeltecek teşkilatı... Çağın gereklerine uygun bir yapı kuracaklar. Çünkü onlar devleti, ülkeyi yalnızca kendi malları gibi görmüyorlar. Belki memur zihniyetiyle yaklaşıyorlar ama bu daha mantıklı değil mi? Bizler zaten birer devlet memuru değil miyiz? Maaşımızı devlet ödemiyor mu? Ötekilerden farkımız, işimizin niteliğinden kaynaklanıyor. Daha bilgili olmalı, daha çok özveride bulunmalı ve zekice davranmalıyız. Hepsi bu. Bu yeni çocuklar hırsa kapılmayacaklar mı? Ellerindeki güç onları etkilemeyecek mi? Onlar paraya, kariyere bizden daha çok önem veriyorlar. Yanlışa kapılmaları daha kolay olmaz mı? Bizdeki coşku yok onlarda. Devlet için, ülke için çaba harcamak coşku vermiyor onlara. Sanki coşku duymaları için çok neden var da?

Ama en kötüsü, teşkilatta kuşaklar arası bağın zayıflaması. Hem yönetsel hem de psikolojik düzeyde böyle bir olumsuzluk var. Giderek ortak dili bulmakta zorlanacağız. Hepimiz bize dayatılan yabancı bir üslupla konuşmaya boyun eğeceğiz. Yıldırım'la hazırladığımız raporda buna da değinmiştik. Bütün içtenliğimizle aksaklıkları sıralamıştık. Ne kadar aptalmışız. Yıllar sonra başka birileri aynı aptallığı yapar mı acaba? Bu gazete ilanıyla gelen çocuklardan birileri? Zor. Belli de olmaz. Onlar yeni bir çağın çocukları. Sorumlulukları kadar haklarını da biliyorlar. Aslına bakarsanız sorumluluklarından çok haklarını biliyorlar ya. Belki aralarından gözü kara birileri çıkar da...

Kendi kendime gülüyorum. Mustafa yapıyormuş bu işi, bizim yarıda bıraktığımız projeyi gerçekleştirip teşkilata yeni bir kan, yeni bir soluk getiriyormuş. Hadi canım, olacak iş değil. Neden olmasın, çok istekli bir çocuk. Üstelik genç ve dinamik. En büyük handikabı da bu ya. Öncelikle hiç kimsenin mükemmel olmadığını anlaması gerek. Yoksa, bırak teşkilata çekidüzen vermeyi, kendi başını bile kurtaramaz. Bir de nişanlısı var. Avukat. Büyük bir holdingin davalarına bakıyormuş. Bir kez karşılaştık, oldukça alımlı bir kız. Gözleri de velfecri okuyor. Bizimkinin kıza deli gibi âşık olduğu daha ilk bakışta anlaşılıyor. Sanki birileri kızı alıp kaçacakmış gibi çevresinde dolanıp duruyor. Kız da durumun farkında, bunu kullanmaktan da geri kalmıyor. Belki de bizimki kadar sevmiyordur. Ama aşkta eşitlik olmaz ki zaten. Bazen kefelerden biri, bazen de öbürü ağır basar. Aslına bakarsanız genellikle hep aynı kefe ağır basar ya.

Bizimki farklıydı. Önceleri Mine çok istekliydi, ben soğuk durdum biraz. Sonra ben kaptırdım, bu defa da Mine mesafeli durdu. Fahri'yle karşılaşmasaydı, durum daha farklı olurdu belki. Sanmıyorum, Fahri bir sonuçtu, Mine'nin duyguları değişmişti. Onun da söylediği gibi, aşk bitmişti, anlamalıydım artık...

Osmanbey kavşağına yaklaşırken, eve gitmeyi hiç istemediğimi fark ediyorum. Hiç uykum da yok. Karşımdaki ıssız cadde beni Kurtuluş'a çağırıyor. Bu çağrıya uyuyorum. Direksiyonu kırmadan karşıya, beni Mine'nin evine götürecek yola devam ediyorum. Ya eve girerken bir gören olursa? Olursa olsun. Ne diyebilirler ki, Mine yok artık. Pencerelerde beni bekleyen gölgesi yok. İçeri girince tutkuyla bana sarılan bedeni yok. Belki de onu artık hiç göremeyeceğim. Aracın göğsündeki sigara paketine uzanırken, bu düşüncenin gerçeğe ne kadar yakın olduğunu fark ediyorum. Paketi açıp ağzımla bir sigara alıyorum. Cebimden çakmağımı çıkartırken, bunu neden daha önce fark etmediğimi soruyorum kendime. Umudumu yitirmemek için mi? Sigaramı yakıp derin bir soluk alıyorum. Yoksa kendimi mi kandırıyorum?

On Altıncı Bölüm

Yavaşça aydınlanan çıkmaz sokağın başına park ediyorum benim Ford'u. Gecenin nemi yerde ince bir buz tabakası oluşturmuş. Bastığım yerler hafifçe çıtırdıyor. Çıkmaz sokağa girince, gözlerim kendiliğinden Mine'nin dairesine takılıyor. Hiçbir yaşam belirtisi yok. Madam'ın oturma odasının penceresinde bir gölge görür gibi oluyorum. Ama dikkatle bakınca, tüllerle örtülü eski pencerede kimseciklerin olmadığını anlıyorum. Binaya yaklaşıp cebimdeki anahtarı çıkartırken kapının açık olduğunu fark ediyorum. Tuhaf! Maria kapamayı unutmuş olmalı, diye düşünüyorum. Madam kapının açık olduğunu bilse, kim bilir ne kadar tedirgin olurdu. Elimle itiyorum, ağır kapı nazlanarak açılıyor. Işığı yakıp merdivenlere doğru yöneliyorum. İlk basamağı çıkarken bir gürültü işitiyorum. Dinliyorum. Kesintisiz bir gürültü, sanki bir yerlerde bir motor çalışıyor. Etrafa bakıyorum. Gürültünün nereden geldiğini anlayamıyorum. Aşağıya, bodrum kata inen merdivenin başına kadar gidip dinliyorum. Hayır, ses aşağıdan değil, yandaki kapıdan geliyor. Ama burada kimse oturmuyor ki! Meyhanesi kapandıktan sonra eşyaları satmaya gönlü razı olmayan Mösyö Koço, onları buraya taşımış. Dairenin kapısına yaklaşıp içeriyi dinliyorum. Yanılmamışım, ses içeriden geliyor. Kesintisiz bir motor gürültüsü. Ne olabilir ki? Birden hatırlıyorum. Temizlikçi kadın kızının doğumu için köye gidince iki aylık erzakı buzdolabına koyduklarını söylemişti Madam. Galiba o buzdolabı çalışıyor.

Yıpranmış taş merdivenleri sessizce tırmanmaya başlıyorum. Merdivenler pırıl pırıl; Maria'nın temizlediğini söylemişti Madam, iyi becermiş doğrusu. Ama binadaki küf kokusu artmış gibi. Havalandırma boşluğuna açılan pencereler uzun süredir kapalı duruyor anlaşılan. Zavallı Madam, o sakat haliyle nasıl çekip çevirsin bu eski binayı. Yardımcı kadın ne zaman dönecek acaba?

Madam'ın kapısının önüne geldiğimde iyice yavaşlatıyorum adımlarımı. Yaşlı insanların uykusu hafif olur. Bu saatte Madam'la karşılaşmak hiç işime gelmez doğrusu.

Mine'nin dairesi bıraktığımız gibi sessiz. Kapıyı içeriden kapatıp yatak odasına doğru yürüyorum. Kendime bile itiraf edememememe karşın onu yatağında uyurken bulacakmışım gibi aptalca bir umut taşıyorum hâlâ. İçerisi alacakaranlık ama yatağın boş olduğunu anlamama engel değil bu. Yok, Mine yok işte... Salona doğru ilerliyorum. Alacakaranlıkta suskun bekleyen eşyalar, duvarda tozlanmaya yüz tutmuş tablolar insana ürküntü veriyor. Berjer koltuğa kadar yürüyorum. Pencerenin yanındaki şövalenin üzerinde yarım kalmış yağlıboya bir peyzaj var. Yaklaşıp resme dokunuyorum. Parmağımı burnuma yaklaştırıyorum. Boya çoktan kurumuş, kokusunu alamıyorum. Salondan çıkıp banyoya bakıyorum... Sanki Mine şaka olsun diye odalardan birine saklanmış da az sonra çıkacakmış gibi. Odaları dolaştıktan sonra yatak odasına dönüyorum yeniden. Perdeleri açıyorum. Sabırsızlıkla içeri dolan kül rengi ışık, karanlığa boğulmuş eşyalara eski biçimlerini hızla yeniden kazandırıyor.

Mine'nin yatağı hâlâ dağınık. Kırmızı çilek desenleriyle süslü yorganın ucu yerde sürünüyor. Yastık ikiye katlanıp öylece bırakılmış. Mine'nin yatakta okumayı çok sevdiği geliyor aklıma. Masa başında kitap okurken hiç görmedim onu. "Mümkün olsa resmi de yatakta yapacaksın" diye takılırdım. Gülerdi, "Ne yapalım, tembelliği seviyorum işte" derdi. Yatağın kenarına oturuyorum. Usulca gıcırdıyor yaylar. Hep, değiştirelim şu yatağı, derdik. Bir türlü yapamadık. Seviştiğimizde Madam'ın bizi aşağıdan duymasından korkardık. Bazen yatağın minderini yere serer, orada sevişirdik, bazen de içerideki berjer koltuğun üstünde. Ne çılgınlıktı! Ama dürüst olmak gerekirse, karımla sevişmelerimizin daha doyurucu olduğunu söylemeliyim. Belki bedenlerimiz birbirini iyi tanıdığından. Mine'yle sevişmekten büyük heyecan duyuyordum, dolgun dudaklarını öpmek, diri tenine dokunmak tutkuyla titretirdi beni. Ama bu coşku aynı oranda doyumu getirmezdi çoğu zaman. Belki bedenlerimizin dili uyuşmuyordu. Belki de alttan alta hissettiğimiz suçluluk duygusu engel oluyordu bize. Yine de deliler gibi istiyordum onu. Tümüyle keşfedemediğimden midir nedir, teni büyük bir istekle çekiyordu beni. Karımla birlikteyken bile Mine'yle seviştiğimi düşündüğüm anlar olurdu. O ender anlarda sevişmekten aldığım haz katlanır, ölümle sonsuzluğun iç içe geçtiği duyguları tadardım.

Hafiften başım dönüyor. Uykunun kendini en çok hissettirdiği saatler bunlar. Paltomu, ceketimi çıkarıp kravatımı gevşetiyorum. Botlarımı çıkartırken, yatağın altında Mine'nin bez terliklerini görüyorum. Ellerime alıp usulca okşuyorum onları. Sonra yorganı üzerime çekip yatağa uzanıyorum. Soğuk yatak bedenimi ürpertiyor. Isınmayı umarak başımı yastığa gömüyorum. Belli belirsiz bir koku çalınıyor burnuma. Gözlerimi kapayıp kokuyu algılamaya çalışıyorum. Evet, yanılmamışım, yasemin kokusu.

Nerede olsa tanırım bu kokuyu. Melike'ninkinden daha hafif, daha uçucu bir koku. Hâlâ yastıkta kalmış olması şaşırtıcı. Kokuyu daha iyi algılamak için burnumu iyice gömüyorum yastığa. Evet, şimdi daha iyi hissedebiliyorum. En son ne zaman süründü acaba? Benimle görüştüğü gün olmalı. Çarşamba mıydı? Evet, onu kafede karşıladığımda, öperken duymuştum bu kokuyu. O gün çok katıydı Mine. Israrlarım birazcık olsun etkilememişti onu. Neredeyse yalvaracaktım ama o tınmıyordu. "Seni üzmek istemiyorum ama artık birlikte olamayız" demişti. "Zamana ihtiyacımız var, biraz daha düşünelim" demiştim. Kabul etmemişti. "O hapishane artığı oğlanı buldun, değil mi?" diye söylenmiştim öfkeyle. "Mesele o değil" demişti umursamaz bir tavırla. "Anla artık bitti." Söyledikleri değil de umursamaz tavrı çıldırtmıştı beni. "Yaptığın kahpelik" diye bağırmıştım. Susmuş, başını öne eğmişti. Nefretle sürdürmüştüm konuşmamı. "Söylesene, ikimizi birden nasıl idare ediyorsun?"

Başını kaldırıp yüzüme bakmıştı. Gözleri dolu doluydu ama ağlamadı.

"Böyle konuşmaya hakkın yok" dedi titrek bir sesle. "Böyle konuşmaya hiç hakkın yok. Sen iki yıldır hem karını hem beni idare ediyorsun."

Kendimi tutmasam tokatlayacaktım onu. Çıkıp gitmiştim buluştuğumuz kafeden. Birkaç gün kendini bilmez bir halde dolaştım. Sonra ona kızmaya hakkım olmadığını anladım. Söylediği doğruydu, iki yıldır hem onu hem karımı idare etmiştim. Belki de hâlâ bir şansım vardı. Belki de bunları beni kıskandırmak için yapıyordu. Artık kararımı vermeli, ikisinden birini seçmeliydim. Ve Mine'den vazgeçemeyeceğimi artık biliyordum. Onu aradım. Yoktu. Akşam yeniden aradım yine yoktu. Evde Melike'nin ağzını aradım, "Sevim Hanımları görüyor musun?" diye. Mine'nin annesine gelmiş olabileceğini düşünüyordum. "Bugün bana çaya geldi" dedi. "Kızından dertli. Kimseye haber vermeden çekip bir yerlere gitmiş, iki gündür evde bulamıyormuş." Kavga ettik ya, stres atmak için tatile gitmiştir, diye düşündüm. Sonra Fahri'yle birlikte olabileceği geldi aklıma. Kan beynime sıçradı. Melike'ye belli etmemeye çalışarak Mine'ye telefon ettim. Cevap vermiyordu. Beklemekten başka çarem yoktu. Kıskançlık içinde kıvranarak tam bir hafta bekledim. Ama Mine'den hâlâ bir haber yoktu. Bir akşam, Sevim Hanım bize geldi, iyice kaygılanmaya başladığını söyledi. Ben de bunu fırsat bilip araştırmaya başladım. Onu Fahri'yle birlikte bulacağımı sanıyordum. Fahri'nin evini aradık, oğlan evde yoktu. Bir haftadır ailesinin yanında Antalya'da olduğunu söylediler. Antalya'daki evden telefonla aradık. Annesi çıktı. Oğlunun yanında kız falan olmadığını söyledi. Bu haber yüreğime su serpti. Demek Fahri'ye gitmemişti. O zaman Selin'in yanına İtalya'ya gitmiştir diye düşündüm. Geçen yıl da Mine'yi davet etmiş ama Mine benimle kalmak için gitmemişti. Kavga edince çekip gitmiştir arkadaşının yanına. Ama Selin'i arayıp da onun yanında olmadığını öğrendiğimizde iyice korkmaya başladım, ilk aklıma gelen Fahri oldu. Antalya'dan döner dönmez gözaltına aldık. Ama oğlan işi sağlam tutmuştu. Mine kaybolmadan bir gün önce yani benim onunla kavga ettiğim gün Antalya'da, ailesinin yanında olduğunu kanıtladı. Sorulara ikna edici yanıtlar veriyordu. Sorgudaki yıkılmış hali kafamı kurcalamıştı. Mine'nin kaybolmasına sanki gerçekten üzülüyordu. Bir ara ona inanır gibi olmuştum. Belki de Mine herkesten, her şeyden uzaklaşıp bir süre kafasını dinlemek istemişti. Yapmadığı şey değildi. Mine sorumsuz davranışlarda bulunabilen bir kızdı. Arada biz, iki salak âşık kıvranıp duralım, bunun Mine için pek önemi yoktu. Sorgu sırasında oğlanın bir anda yaşlanan yüzünü gördüğümde, ona acıdığımı, hatta onu kendime yakın bulduğumu bile söyleyebilirim.

Ama Fahri'nin beni öldürmeye çalışmasıyla her şey ortaya çıktı... Yine de anlayamadığım bir şey var. Örgüt böyle kişisel bir meseleye taraf olmak ister mi? Sanırım Fahri örgütü de yanılttı. Onları kandırdı. Eminim çok ısrar etmiştir. Suikastı kendi olanaklarıyla gerçekleştireceğini söylemiştir. Babasının silahlarını kullanmış olması da açıklanır böylece. Örgüt, Fahri'yi gözden çıkarmış da olabilir. Eylemin büyüklüğü gözlerini kamaştırmıştır. Sansasyonel bir olay gerçekleşecek, sık sık örgütün adı anılacaktır. Buraya kadar her şey iyi de sonra niye örgüt üstlenmedi işi? Olayın içyüzünü öğrenmişlerdir. Bunu devrimci ahlaklarına uygun bulmamışlardır...

Sıkıntıyla dönüyorum yatakta, karşımda küçük bir kitaplık var. Yan yana dizilmiş kitapların sırtları vakur bir ifadeyle bakıyor bana. Yazıları belli belirsiz seçebiliyorum. Kitapların sırtlarını okumaya çalışıyorum: Gombrich/*Sanatın Öyküsü*, Croce/*Estetik*, Vasili Kandinskiy/*Sanatta Zihinsellik Üstüne*, Paul Eluard/*Bütün Şiirler*. Sonra aynı boyda, aynı kalınlıkta sanat ansiklopedileri: *Sembolizm*, *Romantizm*, *Realizm*... Kitaplığın yanında müzik seti duruyor. Müzik Mine için resim kadar önemliydi. "Ressam olmak istemeseydim müzisyen olmak için çalışırdım" derdi. Ne zaman bu eve gelsem müzik olurdu. Cazı çok severdi. Yatakta doğruluyorum, müzik setinin kordonuna bakıyorum. Fiş prize takılı. CD çaların play tuşuna basıyorum. Önce piyano sesi doluyor odaya, ardından yumuşak sesli bir kadın İngilizce bir şarkıya başlıyor. Bu şarkıyı tanıyorum. Bir keresinde sevişirken dinlemiştik bu parçayı.

Aslında caz müziğini sevmem ama bu şarkı hoşuma gidiyor. Yeniden yatağa uzanıp dinliyorum... Gözlerim kapanıyor, şarkı sürükleyip götürüyor beni...

Pencereden bal rengi bir ışık vuruyor üstüme. Çoktan sabah olmuş. Yavaşça kalkıyorum yataktan. Gözlerimi ovuşturarak banyoya gidiyorum. Bol suyla yüzümü yıkıyorum. Banyoda havlu yok, tuvalet kağıdıyla kurulandıktan sonra bir sigara yakarak salona geçiyorum. Berjer koltuğun yanındaki küçük sehpanın üzerinde dergiler var. Birden tanıdık bir dergi dikkatimi çekiyor: *Hurufat*. Bu Sinan'ın çıkardığı dergi değil mi? Daha önce inceleyememiştim. Merakla alıyorum dergiyi elime, ilginç bir dergi. Alışıldık sanat dergileri gibi ciddi bir görünümü yok. Boyutları da çok farklı, ince uzun bir dergi. Her sayfada bir fotoğraf var. Tek renk basılmış ama siyah değil, koyu kahve. Bu renk, dergiye eski bir görünüm katıyor, fotoğrafları daha anlamlı kılıyor. Yazarların isimlerine dikkat ediyorum. Hiçbiri tanınmış değil. Sinan'ın adını okuyorum, "Gece Hep Gece" adlı bir öykü yazmış. Sayfayı çeviriyorum, Mine'nin fotoğrafı çıkıyor karşıma. Altı ay önce, saçlarını kestirdikten sonra çekilmiş olmalı. Belli belirsiz gülümsüyor, gözleri koyulaşmış, yumuşacık, sevgiyle bakıyor. Resmin altında bir şiir var. Adı: "Fotoğraf." Okuyorum.

Yağmurdan iki damla, kulaklarında küpe
saçlarında sarhoş ikindi esintileri
aysız gecelerin dantelleriyle örülü kirpikler
dudaklarında pembe kanatlı bir kelebek
tenin sabah güneşinde buğday rengi
gözlerinde kıvranan derin siyahi istek...
Biraz eğ başını, hafifçe gülümse, oldu.
Işık uygun, harika bir fotoğraf olacak bu;
bir de fonda şu cüzamlı yeryüzü olmasa!
Ah, kurumuş deniz toprağındaki gümrah baca!
Ah, aç yolcuları taşıyan ekmekten tekne
yine de seviyorum seni sakın kıpırdama!

Altındaki imzaya bakıyorum: "Fahri Ertürk." Boğazıma bir şeyler düğümleniyor. Dergiyi aldığım masanın üstüne bırakıyorum. Ben hiç şiir yazmadım Mine'ye. Güzel sözler bile söyleyemedim. Yalan bile olsa kadınlar bayılır buna. Kim bilir böyle kaç şiir daha yazmıştır Mine'ye. Aklını başından almış kızın. Birdenbire, ayrılmak istiyorum, diye tutturmasının nedenini daha iyi anlıyorum şimdi. Berjer koltuğa çöküp dolu dolu çekiyorum sigaranın dumanını. Ben de neler düşünüyordum. Yok Mine beni seviyormuş da, yok karımdan ayrılmam için bunları yapıyormuş da. Oysa kızcağız kaç kez açıkça söyledi bana, "Anla artık, bitti" diye... Ne aptalmışım... Ama daha acı olanı Mine'nin durumu. Bana tercih ettiği adam, onu kaçırdı. Belki de öldürdü. Fahri onu zorla götürürken ne düşünmüştür acaba? Aklına ilk ben gelmişimdir herhalde. Pişman olmuş mudur? Onu bulduğumda, tabii sağ bulabilirsem eğer, bana ne söyleyecek? Nasıl bakacak yüzüme? Ne ilgisi var? Eğer beni bırakıp gidebiliyorsa, bu ilişkimizin bitmiş olduğunu gösterir... Belki yine birlikte oluruz... Her şey eskisi gibi olabilir mi? Belki de o hâlâ Fahri'yi sevecektir. İnsanda kendisine kötülük yapanları sevmek gibi bir yan vardır ya. Mine'nin kimi davranışlarında da sezerdim bu duyguyu. Kendisini küçümseyenlere sanki daha çok önem verirdi. Onu eleştiren, çalışmalarını hiç beğenmeyen bir doçent vardı, adama âdeta tapardı...

Bir duman daha çekiyorum; tütünün tadı giderek acılaşıyor. Yüzümü buruşturarak kül tablasına bastırıyorum sigarayı. Yeniden ayağa kalkıyorum, pencereye kadar gidiyorum. Koyu gölgelere teslim olan çıkmaz sokakta kimsecikler yok. Gökyüzünde güneş iyice yükselmiş, gözlerim saatime kayıyor: 12'ye 20 var. Sinan'a gitmeliyim. Bakalım bir şey çıkacak mı? Ama önce Madam'a uğramalıyım.

İlk çalışımda açılıyor Madam'ın kapısı.

"Ah, siz miydiniz Sedat Bey!" diyor Madam.

"Korkuttum mu?"

"Yukarıda gürültüler duyunca meraklanmıştım."

Ben içeri girerken, merdivenlere bakarak söyleniyor.

"Bu kız da gitti gelmedi."

"Nereye yollamıştınız?"

"Alt kata canım" diyor kapıyı kapatarak. "Aşağıdaki buzdolabından peynir getirecekti. Kim bilir neye takılmıştır orada."

Birlikte salona doğru yürürken sürdürüyor sözlerini.

"Çok sever aşağısını. Aile dostu bir psikolog var. 'Aşağıda babasının varlığını hissediyor' diyor."

"Tuhaf" diye mırıldanıyorum.

"Öyle söylemeyiniz. Aşağısı tıpkı meyhane gibidir. Duvarlarda resimler, masalar. Her şey olduğu gibi durur. Bir Mösyö Koço eksik."

Salona giriyoruz. Madam her zaman oturduğum koltuğu gösteriyor bana.

"Şöyle buyurunuz."

Koltuğa yerleşirken, "Biraz yorgun görünüyorsunuz?" diyor Madam.

"Bütün gece uyumadım. Maria'ya sarkıntılık eden adamları bulduk."

Sevinç ve şaşkınlık karışımı bir yüz ifadesiyle soruyor.

"Yaa! Demek yakaladınız onları? Ne kadar çabuk! Bravo size."

"Onları yakaladık ama olay sandığınız gibi değil."

"Nasıl yani?"

"Kaçırma olayı yok. Sarkıntılık yapmışlar, hepsi bu."

Endişe Madam'ın yüzündeki kırışıklıkları çoğaltıyor.

"Şeref öyle söylemiyor ama."

"Şeref abartmış. Uzaktan görünce Maria'yı kaçırdıklarını sanmış."

"Kendilerini kurtarmak için yalan söylüyor olmasınlar."

"Hayır, onları iyice sıkıştırdık. Her şeyi olduğu gibi anlattılar. Hem Şeref de doğruladı onları."

Madam kaygı dolu gözlerini yüzüme dikerek soruyor.

"Onları serbest mi bıraktınız?"

"Hayır, biraz daha içeride kalacaklar. İyice akılları başlarına gelsin."

"Çıktıktan sonra bize bir kötülük yapmazlar değil mi?"

"Bir daha evinizin önünden bile geçeceklerini sanmıyorum. Çok korktular."

Madam rahatlıyor.

"Ah, sağ olunuz Sedat Bey. Bu iyiliğinizi nasıl ödeyeceğiz?"

"Sadece görevimi yaptım."

"Öyle söylemeyiniz. Bize çok yardım ettiniz... Ne içersiniz? Taze ıhlamur var. Henüz demledim."

"Doğrusu bir bardak ıhlamura hayır demem."

"Hemen getiriyorum" diyerek tekerlekli iskemlesini mutfağa doğru hareket ettiriyor. O gidince uyuşan boynumu sağa sola hareket ettirme olanağı buluyorum. Az sonra Madam'ın içeriden sesi duyuluyor.

"Sedat Bey affedersiniz. Biraz buraya kadar gelebilir misiniz?"

Kalkıp mutfağa, Madam'ın yanına gidiyorum.

"Kusura bakmayınız" diyor elindeki camdan boş şekerliği göstererek. "Şekerimiz bitmiş. Şu buzdolabının üstünde şeker kutusu olacaktı. Alabilir misiniz?"

"Tabii" diyerek uzanıyorum ama bej rengi buzdolabı o kadar uzun ki üzerini göremiyorum. Elimi körleme gezdirerek şeker kabını bulmaya çalışıyorum.

"Koço, böyle büyük buzdolaplarını severdi" diye açıklıyor Madam. "Her şeyi içine kolayca yerleştirebiliyormuş. Etler için ayrı, mezeler için ayrı, meyve ve sebzeler için ayrı. Amerika'dan getirtmişti. Dört tanedir bunlar. Bir de aşağıdakini göreceksiniz."

Sonunda elim karton bir kutuya çarpıyor, sanırım aradığımı buldum. Kutuyu aşağı indirince yanılmadığımı anlıyorum. O anda kapı çalınıyor.

"Maria'dır" diyor Madam.

Şeker kutusunu yaşlı kadına uzatarak, "Ben açarım" diyorum.

"Kusurumuza bakmayınız Sedat Bey. Misafir geliyorsunuz, sizi çalıştırıyoruz."

Ben kapıya yollanırken konuşmayı sürdürüyor.

"Fatma Hanım kötü zamanda gitti. Daha yirmi gün yok. Bebek kırk günlük olmadan gelemezmiş."

Kapıyı açınca Maria'nın çocuksu bakışlarıyla karşılaşıyorum. Elindeki tabağın içinde bir kalıp peynir var. Beni görünce yüzü kızarıyor.

"Merhaba Maria" diyorum.

İri yapısıyla hiç uyuşmayan çocuksu bir tavırla başını öne eğiyor. Kapının önünde dikilip duruyor. Bir şey söylemesem orada öylece bekleyecek.

"İçeri girsene" diyorum.

Kapıdan adımını atarken gülümseyerek yüzüme bakıyor. Yanımdan geçerken, "Sedat Bey" diye fısıldıyor yüzünde tuhaf bir ifadeyle. O sırada mutfağın kapısına çıkmış olan Madam kızını duyuyor.

"Sizi tanıdı" diyor. "Çoğunlukla kimseyi tanımaz."

Maria elindeki tabağı annesine veriyor, sonra yaşlı kadının kulağına eğilip bir şeyler fısıldıyor. Sadece "Tavşan" sözcüğünü duyabiliyorum. Soran bakışlarımla karşılaşan Madam, gülümsüyor. Cesaretlenerek soruyorum.

"Ne tavşanı?"

"Uzun hikâye" diyor Madam içini çekerek. "Siz buyurun içeri geçin, ıhlamurunuzu getirince anlatırım."

Maria'yla birlikte salona geçiyoruz.

"Çok mu seviyorsun tavşanları?" diyorum yeniden koltuğuma kurulurken. Ama o artık beni duymuyor. Sanki ben salonda yokmuşum gibi, yerdeki bebeğini alıp kendi köşesine çekiliyor. Onu izlerken, tekerlekli sandalyesinde taşıdığı tepsiyle Madam giriyor içeriye.

"Boşuna uğraşmayınız" diyor. "Anlatmaz."

"Neden?" diye soruyorum.

Madam ıhlamur bardağı olan tepsiyi bana uzatırken:

"Babasıyla arasında gizli bir anlaşma vardı... Buyurun, tabağınızın kenarına iki şeker koydum ama yeterli mi?"

"Evet, teşekkür ederim" diyorum bardağı alırken.

Madam çay tepsisini yandaki sehpanın üzerine bırakıyor.

"Efendim biliyorsunuz Mösyö Koço avcı idi. Tavşan, keklik, bıldırcın, ne avlar ise eve getirirdi. Maria korkmasın diye, avladığı hayvanların ölü olduğunu gizler, 'Uyuyor' derdi. 'Ama bunlar en iyi buzdolabında uyur' diye de ekler idi. Maria da babasının getirdiği av hayvanlarını alıp buzdolabına koyardı. Onları gerçekten de uyuyor sanırdı. Giderek bu işi yalnızca Maria yapmaya başladı. Babası av hayvanlarını aşağıda bırakır, Maria da bunları alır, buzdolabına yerleştirirdi."

"Peki sonra, bu hayvanlara ne oldu, diye sormaz mı?"

"Hayır. On dakika sonra onları unutur. Uzunca bir zaman geçtikten sonra ya da konu açıldığı zaman anımsar, ancak o zaman sorardı. Biz de uyanınca dağlarına, ormanlarına döndüler, derdik. Üzülür gibi olur ama bu duygusu da çabucak geçer idi."

"Babasıyla arasındaki gizli anlaşma..."

"Onu da anlatayım. Maria bir gün komşu çocuklarına, 'Bizim buzdolabında tavşanlar, kuşlar uyuyor' demiş. Arkadaşları da, 'Onlar ölü, hem de onları senin baban vurdu' demişler. Maria çok kötü bir halde geldi eve. Babası durumu öğrenince, 'Bir daha bizim buzdolabında hayvanların uyuduğunu kimseye söyleme, yoksa tavşanlar, kuşlar bir daha gelmezler' dedi. Maria da o günden sonra kimseye anlatmadı."

"Babasının öldüğünü bilmiyor mu?"

"Bilmiyor. Ona göre babası ava gitti. Arada bir, 'Babam ne zaman gelecek' diye sorar. Sonra unutur gider."

Çayımı yudumlarken Maria'ya bakıyorum. Sanki gerçekleri öğrenmekten korkar gibi bizden iyice uzaklaşmış, kucağına aldığı bebeğine tavşanlar hakkında bir şeyler anlatıyor.

On Yedinci Bölüm

İstiklal Caddesi'nde kucağında bebeğini taşıyan genç bir annenin yanında yürüyorum. Sakallı iki delikanlıyla, saçları sanki aynı berber elinden çıkmış gibi kısacık kesilmiş iki genç kız dünyaya boş vermiş bir halde, Fransız Konsolosluğu'nun önünde sarmaş dolaş sohbet ediyorlar. Konsolosluğun karşısındaki küçük döviz bürosunun önünde ihtiyar kadınlardan gencecik lise öğrencilerine kadar çeşitli yaş gruplarına mensup insanlardan oluşan bir kuyruk var. Dövizin yükseleceği tüyosunu alan vatandaş, yine yabancı paraya hücum ediyor anlaşılan. Sağ avucunda gizlediği tinere batırılmış pamuğu sık sık koklayan, üstü başı yırtık bir sokak çocuğu kalabalığa bakıp bakıp gülüyor. Halinden, iyice eğlendiği belli. Başımı çevirince mini etekli iki kızın önüm sıra salınarak yürüdüğünü görüyorum. Ne yalan söyleyeyim, bir süreliğine de olsa onları izleyebilmek için ayaklarımı adımlarına uyduruyorum. Kızların peşinden yürürken, aniden duyduğum bir çıngırak sesiyle kendimi yana atıyorum. Tıklım tıklım dolu iki vagondan oluşan tramvay hızla geçiyor yanımdan. Tramvayın sahanlığına asılan üç yaramaz oğlan, ölümcül gösterilerini başarıyla tamamlamış sirk akrobatlarının vakarı içinde el sallıyorlar bana. Caddeyi yandan kesen sokağın başına geldiğimde, nereden çıktığı belli olmayan diri bir rüzgâr, lavanta kokuları getiriyor bana. Bankanın önüne bağdaş kurmuş oturan, kara kuru, genç bir kadın müşterilerini bu kokuyla çekeceğinin farkında, lavantaları önündeki sepetin içinde soldan sağa, sağdan sola serpiştirip duruyor. Az ileride palyaço kılıklı bir adam yolun ortasına koyduğu iskemlenin üzerine çıkmış, sağ eliyle yandaki dükkânı göstererek, "Ne alırsan yüz elli bin" diye bas bas bağırıyor. On-on beş kişilik Japon turist kafilesinin kendisiyle ilgilendiğini anlayınca daha güçlü bağırıyor: "Ne alırsan yüz elli..." Japon kadınlar elleriyle ağızlarını kapatarak gülüşüyor. Daha aşağıya inip Lale Sineması'nı geçince, büyük mağazaların özenle düzenlenmiş, parıltılı vitrinlerinin önlerinde, mukavva kutulardan yaptıkları tezgâhlarda kâğıt mendil satan çocuklarla karşılaşıyorum. Çoğu ilkokula bile gitmeyen, beş-altı yaşlarında çocuklar bunlar. Civar hanlarda kapıcılık ya da çaycılık yapan insanların çocukları olmalı diye düşünüyorum. Daha bugünden atılıyorlar yaşam kavgasına. Bu onların kişiliklerini nasıl etkileyecek? Yırtıcı, tuttuğunu koparan, başarılı kişiler mi olacaklar? Yoksa geleceğin gözü kara dolandırıcıları mı?

Minik burnundan, dudağının üstüne kadar sallanan sümüğünü çekerek, bir kız çocuğu yaklaşıyor yanıma. Elindeki kâğıt mendil paketini bana doğru uzatıyor.

"Siftah emmi."

Başımı sallayarak istemediğimi belirtiyorum. Ama peşimi bırakmıyor.

"Okul parası kazanıyorum emmi. Yedi bin beş yüz lira."

"İstemiyorum" diyorum.

Buruk bir yüz ifadesi takınarak boynunu yana eğiyor. Aldırmadan yürüyorum. Ama bu defa da el örgüsü, mavi başlık giymiş, sevimli yüzlü bir oğlan takılıyor peşime.

"Amca" diyor az önceki kızla rekabet edercesine. "Bende ikisi on iki bin beş yüz lira."

Gülümsüyorum. Oğlan cesaretleniyor.

"Kokulusu da var" diyor.

"Sağ ol oğlum, istemiyorum" diyerek adımlarımı hızlandırıyorum. Benden iş çıkaramayacağını anlayan çocuk, yazgısına razı olarak mukavva tezgâhının başına dönüyor.

Cebimden adresi çıkarıp bir göz atıyorum. Hurufat Kitabevi, Mis Sokak, 27 numara. Sokağın köşesindeki piyango bileti satan yaşlı adama soruyorum.

"Şurası" diyor, eliyle sol tarafı göstererek. "Az ilerde."

Adamın gösterdiği sokağa giriyorum. Sinan'ın kitapçı dükkânını bulmak zor olmuyor. On beş-yirmi adım sonra, sarı zemin üzerine koyu kahverengi, tırnaklı harflerle yazılmış, "Hurufat Kafe Kitabevi" yazan tabelayı görüyorum. Demek bir de kafesi varmış Sinan'ın.

Dükkâna yaklaşınca hoş bir müzik çalınıyor kulağıma. Sanırım bu bir Çingene şarkısı; sanki bir yerlerde duymuş gibiyim. Geniş kapıdan içeri giriyorum. Duvarları kitap dolu raflarla kaplanmış genişçe bir koridordan oluşuyor dükkân. Sol tarafta bir merdiven var; kıvrılarak yukarı çıkıyor. Kafe yukarıda olmalı. Kitaplara şöyle bir göz atıp dükkânın içine doğru yürüyorum. Rafların önünde dikilen çirkince bir genç kız, yardımcı olabilir miyim, diyen bakışlarla beni süzüyor.

"Sinan Bey burada mı?" diye soruyorum.

Eliyle köşeyi göstererek, "Bakın orada" diyor.

Bakınca Sinan'ı görüyorum. Kasanın bulunduğu küçük masaya oturmuş, deri ceketli bir kızı dinliyor. Kız oldukça güzel ama Sinan'ın yüzünde bıkkın bir ifade var.

"Merhaba" diyorum yanlarına yaklaşarak. Sinan beni görünce, anlamlı anlamlı süzerek ayağa kalkıyor:

"Buyurun, hoş geldiniz."

Beni gördüğüne sevindi mi, yoksa bozuldu mu anlayamıyorum. Ama kızın bu durumdan hoşlanmadığı kesin; sen de nereden çıktın gibilerden kötücül bakışlarla tepeden tırnağa süzüyor beni.

"Keşke telefon etseydiniz" diyor Sinan. "Kitapları hazırlattım ama *Hurufat*'ın birkaç sayısı eksik. Neyse, şimdi bir arkadaşı depoya yollayıp tamamlarız."

"Önemi yok" diyorum. "Vaktim var, beklerim."

"Vaktiniz olduğunu tahmin ediyorum" diyor Sinan anlamlı bakışlarını sürdürerek. Oralı olmuyorum.

"İşinize bakın, ben kitaplarla oyalanırım" diyorum.

"Olmaz öyle şey" diyerek az önce konuştuğum kıza sesleniyor. "Suna... Suna, bakar mısın!"

Suna yaklaşırken, Sinan masanın küçük çekmecesini açıyor, içinden küçük bir not defteri çıkarıyor.

"Depo bir sokak aşağıda, hemen getirirler" diyerek elindeki not defterinden bir yaprağı yırtıp bize yaklaşmış olan Suna'ya uzatıyor.

"Şu listeyi Mahmut'a ver. Depodaki *Hurufat*'ın eski sayılarının olduğu paketleri açsın. Listedeki sayılardan onar tane bulup getirsin. Sen de sonra buraya gel."

Kız, "Olur" diyerek listeyi alıp kapının yanındaki uzun boylu esmer delikanlıya doğru yönelirken Sinan bana dönüyor.

"Beklerken birer kahve içeriz değil mi?" diye soruyor kibarca ama yüzündeki gerginlik kaybolmuyor.

"İçeriz tabii" diyorum memnuniyetle.

Sinan, kısa saçlı kıza dönüyor.

"Kusura bakma Jale" diyor. "Beyle ilgilenmem gerekiyor. Seninle başka zaman konuşuruz."

Genç kızın suratı iyice asılıyor. Burulmuş bir halde ayağa kalkıyor.

"Öyle olsun" diyerek oturduğu iskemlenin arkasına astığı bez çantasını sertçe sırtına atıyor. Benim yüzüme bile bakmadan, Sinan'a sitem dolu bir sesle, "Hoşça kal" diyerek ayrılıyor yanımızdan.

"Arkadaşını kızdırdık galiba" diyorum gülümseyerek.

Boş verin gibilerinden elini sallıyor.

"Yeteneksiz biri. Ama kendini büyük şair sanıyor. *Hurufat*'ın her sayısında şiirini basacakmışız!"

"Duyarlı insanlarla ilişkiler zor olmalı" diyorum.

"Sorun duyarlılık değil" diyor. "Neyse. Sizin için hazırladığım kitaplar burada."

Masanın altından küçük bir paket çıkarıp bana veriyor.

"Çok teşekkür ederim" diyorum. "Borcum ne kadar?"

"Hediyemiz olsun."

Katı bir sesle söylüyor bunu. Yüzünde nasıl olsa para vermeyeceksin, ne soruyorsun dercesine küçümser bir ifade var.

"Kesinlikle olmaz" diyorum. "Parasını vermeden bu kitapları alamam."

Şaşırmış gibi yüzüme bakıyor ama renk vermiyor.

"Nasıl isterseniz" diyerek önündeki kasa defterine bakıyor. "Borcunuz, sekiz yüz yetmiş bin lira."

Cüzdanımdan parayı çıkarıp Sinan'a uzatırken Suna yeniden yaklaşıyor masaya.

"Mahmut'u yolladım, Sinan Abi."

Sinan uzattığım parayı yazarkasaya koyduktan sonra, "Bizim biraz işimiz var" diyor Suna'ya. "Kasaya sen bak."

Yerini genç kıza bırakıp ayağa kalkarken, yazarkasadan aldığı fişi bana uzatıyor.

"Buyurun" diyor. "Yukarıya çıkalım, orada kimse bizi rahatsız etmez."

"Siz işinizden olmasaydınız, ben beklerdim" diyorum.

Sanki yarım ağız söylediğimi anlamış gibi bıyık altından gülerek şöyle bir süzüyor beni.

"İş önemli değil, hem ben de sizinle konuşmak istiyordum. Şöyle buyurun" diyerek kafeye çıkan merdivenleri gösteriyor. Ben önde, o arkada, merdivenleri çıkmaya başlıyoruz.

Kafenin bulunduğu asma kata geldiğimizde, burasının aşağıdan daha geniş bir mekân olduğunu görüyorum. Ama oldukça sakin. Müşteriler bu saatlerde gelmiyorlar anlaşılan. Metal ve camdan modern stilde dizayn edilmiş on beş kadar masanın yalnızca ikisi dolu. Kafeye girdiğimizi gören genç garsonlardan biri koşup bizi karşılıyor.

"Buyurun Sinan Abi, nereye oturmak istiyorsunuz?"

"Pencerenin oraya oturalım Arif."

Arif seğirtip sol taraftaki pencerenin önündeki masayı siliyor. Biz sandalyelerimize yerleşirken, yana çekilerek, "Ne içersiniz?" diye soruyor.

"Türk kahvesi mi?" diyerek yüzüme bakıyor Sinan.

"Evet, orta şekerli olursa sevinirim."

"Ben de aynısından istiyorum" diyor garsona göz kırparak, iyi anlaştıkları belli. Pencereden yandaki çatı görünüyor. Buraya kadar her şey normal de çatının içinden çıkan kocaman incir ağacını görünce hayrete düşüyorum. Binanın sahibi kesmeye kıyamamış olmalı. Nasıl kurumadan kalabilmiş böyle? Eğri büğrü dallarının üstünde iki serçe, kuyruklarını bir aşağı bir yukarı sallayıp ötüşüyorlar.

"Tuhaf" diyorum. "Evin içinde böyle kocaman bir ağaç."

"Ev değil, ayakkabı atölyesi. Sahibi pek sevilmez. Sokakta kavga etmediği kimse yok ama nedense bu ağacı çok sever. Yanında çalışan işçiler, her sabah ağaçla konuştuğunu söylüyor."

"Bu yıkık dökük binaların arasında böyle bir ağaç göreceğimi hiç ummazdım."

"Bir de baharda, yapraklandığında göreceksiniz" diyor Sinan. "Ben hep bu pencerenin önüne otururum. Başka yerlerde sıkıntı basıyor içime."

"Haklısınız, kim olsa burayı seçer."

"Benim daha geçerli bir nedenim var."

"Neymiş o?"

"Uzun yıllar içerde kalan insanlar, önü kapalı mekânları sevmezler."

"İçerde mi!" diye hayretle soruyorum.

"Hadi canım, dosyama bakmadığınızı söylemeyin."

Sinan'la göz göze geliyoruz, kara gözleri aklımdakileri okur gibi bakıyor yüzüme. İnkâr etmenin yararı olmayacak.

"Haa... Şu hapis meselesi."

"Evet, şu on iki yıl süren hapis meselesi" diyor alaycı bir tavırla.

"Karakol basmışsınız..."

Bir süre dik dik bakıyor yüzüme, sonra aniden soruyor.

"Benden ne istiyorsunuz?"

"İstediklerim bunlardı" diyerek masanın üstüne koyduğum içi kitap dolu poşeti gösteriyorum. "Onları da aldım."

"Benimle açık konuşun. İlkinde 52, ikincisinde 87 gün iki defa gözaltında kaldım. İyi polisi oynayanlarla, kötü polisi oynayanlarla, arayı bulmaya çalıştığını söyleyenlerle karşılaştım. Günlerce birlikte yaşadım. Hepsini iyi tanırım. Bir polis bana iyi davranıyorsa, istediği bir şey vardır."

"İyi polislerin olduğuna inanmıyor musunuz?"

"İnanmıyorum" diyor öfkeli bir tavırla.

"Yanlış düşünüyorsunuz. Polisler de sizin gibi insan. Hepsinin ailesi, çocukları var. Görevlerini yerine getirerek evlerini geçindirmeye çalışıyorlar."

"Görevlerini nasıl yerine getirdiklerini akşam haberlerinde dinliyoruz. İşkencede sakat kalan insanlar... Basılan evlerde ele geçirilen teröristler..."

"Ya öldürülen polisler?"

"Etki tepki meselesi" diyor öfkeyle. Bir süre susuyor, sonra bakışlarını gözlerime dikiyor. "Yanlış anlamayın, ben terörün her türüne karşıyım. Çünkü sivil terör, devlet terörüne gerekçe hazırlıyor. Belki inanmayacaksınız ama polisler öldüğünde üzüntü bile duyuyorum."

"Neden inanmayayım? İki aklı başında insan şurada oturmuş konuşuyoruz."

Senin niyetin ne gibilerden, dikkatle bakıyor yüzüme.

"Arkadaşınız sizin gibi düşünmüyor ama."

"Naci mi?" diyorum gülümseyerek. "İyi çocuktur aslında. İki gün önce çok sevdiği bir arkadaşı vuruldu. Hıncını sizden çıkarmak istedi."

"Benim de arkadaşım vuruldu" diyor kin dolu bir sesle. "Ama bu yüzden arkadaşınıza hakaret etmedim."

"Üzüldüm" diyorum, aradığım fırsatı yakaladığımı düşünerek. "Nasıl oldu?"

"Çok iyi bir şair olabilirdi" diyor sanki sorumu duymamış gibi. "Gerçi günümüzde iyi şair kimin umurunda?"

"Kim vurdu?"

"Kim mi?" diyor ışıl ışıl yanan gözlerini yüzüme dikerek. Bir an, sen, diyeceğini sanıyorum ama bakışlarını kaçırıyor. "Kim olacak, polis."

"Arkadaşın terörist miydi?"

Yine dik dik bakıyor yüzüme Sinan.

"Yani gizli örgüt üyesi miydi, demek istiyorum."

"Değildi" diyor acı acı gülümseyerek. "İşin tuhafı, içeride örgüt de hain ilan etmişti bizi."

"Bir yanlışlık oldu desenize. Adı neydi?"

Gözleri yüzümde, bakışları yumuşuyor:

"Fahri" diyor yenilmiş bir ses tonuyla. "Fahri Ertürk." Masanın üstündeki elini kaldırarak, arkamdaki duvarı gösteriyor. "Bakın, orada fotoğrafı var."

Merakla, gösterdiği yöne dönüyorum. Arkamdaki duvarda siyah bir pano asılı. Panonun ortasındaki büyükçe, renkli fotoğraftan Fahri gülümseyerek bakıyor. Resmin altında 1958-1995 tarihleri okunuyor. Bu tarihin altında bir dörtlük var:

Nakış nakış öfkeyle dokulu
hırçın ama kırık dökük
bakmayın ana avrat küfrettiğine
o gözyaşları içinde bir çocuk!

Pano çoktan mora dönüşmüş kırmızı karanfillerle çevrelenmiş. Fahri'nin resminin üstünde, sağında ve solunda yer alan üç fotoğraf daha var. Fotoğraflar gruplar olarak çekilmiş. Uzaktan yüzlerini seçemiyorum.

"Yakından bakabilir miyim?" diye şöyle bir usulen sorduktan sonra ayağa kalkıyorum. Davranışıma bir anlam veremiyor Sinan. Ama ben panoya yaklaşırken o da masadan kalkıp peşim sıra gelmekten kendini alamıyor.

"Tabii bakabilirsiniz, insanlar görsün diye astık o panoyu buraya" diye de söyleniyor yürürken.

Önce Fahri'nin büyük boy fotoğrafının üstündeki resim dikkatimi çekiyor. Siyah beyaz çekilmiş bir topluluk resmi bu. Yaklaşınca, kolej üniformaları içinde, aydınlık yüzleriyle kameraya gülümseyen yirmi beş-otuz kişilik bir öğrenci grubuyla karşılaşıyorum. Yirmi yıl önce çekilmiş olmalı. Bırakın bizim simitçiyi, fotoğrafta Fahri ile Sinan'ı bulmak bile çok güç.

"Kimi arıyorsunuz?"

Başımı çevirince Sinan'ın arkamda dikildiğini görüyorum.

"Sizi bulmaya çalışıyordum."

Kayıtsız bir tavırla, ayakta duran birini gösteriyor.

"Evet, bu sizsiniz" diyorum. Sinan sonra önünde yere çömelmiş bir çocuğu işaret ediyor.

"Bu da arkadaşınız."

"On beş yaşındaydık."

Gözlerim yandaki resme kayıyor. Baktığım resimde üç kişi var.

Bu renkli bir fotoğraf, o kadar eski olmamalı. Sinan ile Fahri'yi hemen tanıyorum, ortalarında kasket giymiş bir adam var. Resme iyice yaklaşıp bakıyorum. Uzun boylu, bıyıklı bir adam, kasketinin siperliği alnından burnunun yarısına kadar gölgede bırakmış, yüzü tam seçilemiyor. Güçlü bir çene yapısı var. Sağ elinde bileğine dolanmış örme bir tesbih taşıyor ama çocukların yanında oldukça saygılı duruyor. Bu bizim simitçi olmasın? Simitçiyi gözlerimin önüne getirmeye çalışıyorum. Sanki bu kasketli adamda onu andıran bir yan var.

"Bu adam" diyecek oluyorum, Sinan sözümü ağzımda koyuyor.

"Neyin peşindesiniz, bilmiyorum ama yanlış adama baktığınızı söyleyebilirim."

Başımı fotoğraftan kaldırıp Sinan'a dönüyorum.

"Neden öyle söylediniz?"

"O sizin dosyanızda yer alacak biri değil. Adli bir mahkûm. Babasını ve karısını öldürmüş."

"Sizinle ne işi var?"

"Fahri'nin babasının emrinde askerlik yapmış. Adamın büyük iyiliğini görmüş. 'Nazmi Albayım' der başka bir şey demezdi. Onun yattığı cezaevine sevk olunca bize çok yardımı dokundu. Biz de onu aramıza aldık."

Galiba adamımı buldum.

"Sanki onu daha önceden görmüş gibiyim" diyorum ağzından laf almak için. "Saçları dökülmüş, değil mi?"

"Evet" diyor Sinan şaşkınlıkla. "Nasıl bildiniz?"

"Adı ne bu adamın?"

Sinan işkilleniyor, nereye varmak istediğimi anlamak istercesine beni süzüyor, sonra kendinden emin gülümsüyor.

"Cuma" diyor alaycı bir tavırla. "Cuma Dağlı. Ama ondan bir şey çıkartamazsınız, çünkü adamcağız müebbete mahkûm. Hâlâ içerde."

"Hangi cezaevi?"

"İnanmıyorsunuz değil mi bana?"

"Benimkisi yalnızca merak."

"Gökçeada Cezaevi."

Yeniden fotoğraftaki adama bakıyorum. Evet bu o. Cezaevinden nasıl çıktı bilmiyorum ama bu Cuma'nın bizim simitçi olduğuna eminim.

Öteki iki fotoğrafa üstünkörü bir göz atıyorum. Biri duruşmada, biri de cezaevinde, koğuşta çekilmiş, Cuma bu fotoğraflarda yok.

Bakalım onu cezaevinde bulabilecek miyim? Son kez Fahri'nin fotoğrafına bakıyorum.

"Yazık" diyorum. "Çok da yakışıklıymış."

"Öyleydi" diyor Sinan panonun önünden ayrılıp yeniden masaya dönerken. "Hani romanlarda, filmlerde örnek kahramanlar vardır: yakışıklı, zeki, yiğit, özverili..."

"Yazık olmuş" diyorum.

"Evet, yazık oldu" diyor ve başlıyor Fahri'yi övmeye. Arkadaşını gerçekten de çok seviyor olmalı. Kolay değil, liseden beri arkadaşlar. Masaya döndükten sonra da, garson kahvelerimizi getirinceye kadar, kesik kesik cümlelerle Fahri'yi övmeyi sürdürüyor Sinan. Garson kahvelerimizi, yanlarında birer bardak suyla birlikte bırakıp ayrılınca, "Olayı hatırlıyorum" diyorum. "Arkadaşın bir polise silahlı saldırı düzenlemişti. Orada vuruldu değil mi?"

Ciddi bir yüz ifadesiyle yüzüme bakarak, "Hâlâ oynuyorsunuz" diyor. "Size açık olmanızı söyledim. Neyi öğrenmek istiyorsanız bana sorabilirsiniz. Sizden gizleyecek bir şeyim yok. Ne yasadışı bir işin içindeyim ne de bir örgütle bağlantım var."

Sakinliğimi korumaya çalışarak kahveme uzanıyorum. Sinan en küçük bir hareketimi bile kaçırmadan beni izliyor. Zeki çocuk, işi anladı. Kahveden bir yudum alıyorum.

"Bol köpüklü" diyorum. "Tam kıvamında."

"Afiyet olsun da" diyor gerilmiş bir ses tonuyla, "Benden ne istiyorsunuz, artık onu söyleyin."

"Hiçbir şey" diyorum. "Farkında mısınız, size hiç soru sormadım. Her şeyi siz anlatmaya başladınız. Şu anda buradan kalkıp gidebilirim."

"Gitmezsiniz. Gidemezsiniz. Aslına bakarsanız çok daha önceden bekliyordum sizi. Fahri vurulduktan hemen sonra." Kahvemden bir yudum daha alıp şaşırmış gibi soruyorum.

"Neden bekliyordunuz?"

"Bu işin arkasında bir örgüt arayacaktınız. Araştırmaya başlayacağınız ilk kişi de ben olacaktım. Fahri'yle çocukluk arkadaşıyız, aynı örgütün üyesiydik, hapiste birlikte yattık. Onun sırlarını benden iyi kim bilebilir? Ama gelmediniz. Şaşkınlığa kapıldım. O sırada eski örgüt arkadaşlarımızdan Özer'in öldürüldüğü haberini aldım."

Bir an bu Özer'i anımsayamıyorum, ikircimimi anlayan Sinan açıklamaya çalışıyor.

"Özer Yılkı. Cesedini ailesine vermeyip uzun süre morgda bekletmiştiniz, teşhis için."

Gözlerimin önüne morgdaki ceset geliyor.

"Evet, on beş gün önce bir çatışmada ele geçmişti."

"Çatışma mı, yoksa başka bir şey mi belli değil... Neyse, bu haberi de duyunca artık kesin beni ziyaret ederler dedim. Ama yine gelmediniz. Şaşkınlığım giderek artıyordu. Bizim polis eski yöntemlerden vazgeçip akıllanmaya mı başladı diye düşünmeye başlamıştım ki, 1. Şube'den aradılar. Neymiş efendim, dergimizin her sayısından on tane vermemiz gerekiyormuş da vermemişiz. Kaç sayıdır süren bu aksama nedense Fahri'nin ölümünden sonra gündeme geldi. Şubeye gelip iyi polisi oynayan sizinle karşılaşınca, üstelik kitap sevginizden de haberdar olunca, neler olacağını az çok tahmin etmeye başladım..."

Yarı alaycı bir hayranlıkla yüzüne bakıyorum.

"Müthiş bir hayal gücünüz var. Roman yazıyorum demiştiniz değil mi? İnanın bana, başarılı olacaksınız."

"Başarılı olmayı isterim. Ama öncelikle sizin sorununuzu çözelim. Fahri hakkında ne öğrenmek istiyorsunuz?"

"Fahri Ertürk'ün arkadaşınız olduğunu bile bilmiyordum ama söyledikleriniz de ilginç. Benim anlayamadığım şu: Örgüt üyesi olmayan bir adam, neden polis öldürmeye kalksın?"

"Aşk desem?"

Gülümsüyorum.

"Hadi canım, bir devrimci, aşk için polis vuracak!"

"Fahri'yi tanımıyorsunuz. O farklı bir insandı. Bir şeye bağlandı mı bütün yaşamını adardı."

"Örgüte adadığı gibi mi?"

"Haklısınız, bir zamanlar her şeyi örgüttü."

"Ya sizin?"

Bir an kuşkuyla beni süzüyor ama sonra umursamazmış gibi kararlılıkla yanıtlıyor:

"Ben de onun gibiydim. Ama o benden daha ateşliydi. Uzlaşmayı, güç karşısında eğilmeyi sevmezdi. İnandıklarına sonuna kadar inanır, hiçbir özveriden kaçınmazdı. Onu babası böyle eğitmiş. Nazmi Amca delifişek bir adammış. Bu yüzden albaylıktan yukarı çıkamadığını söylerdi Fahri. Sık sık komutanlarıyla başı belaya girermiş. Fahri küçükken sokaktaki çocuklardan sopa yese bir de babası döver, 'Ağlayarak yanıma gelme' dermiş. Böyle böyle onu döven çocuklarla başa çıkmayı öğrenmiş."

"Sen kavga etmeyi sevmez misin?"

"Sevip sevmemek meselesi değil. Ben okumaya yazmaya yatkındım. Fahri daha atak, daha duygusal, daha cesurdu."

"Bir devrimci için iyi bir özellik olmalı."

"Bazen" diyor düşünceli bir halde, sonra ekliyor. "Ama bazen de sağduyu, mantık gerekir. Yine de sözlerinize katılmıyor değilim. O zamanlar kavga etmeyi bilmek bizim için çok önemliydi. Çünkü kavga yaşam biçimimizdi. Bu hoşumuza gitmiyor da değildi. O günlerde her şeyin bir anlamı vardı. Kendimi hiç boşluktaymış gibi hissetmezdim. Gerçekliğin saçma duvarları arasında sıkışıp kalmazdım. Yaşadıklarım bana onur verirdi... Sanırım Fahri bu duyguyu benden daha yoğun olarak tatmıştı. Okul, aile, meslek, bunların hiçbiri umurumuzda değildi. Günler, düzenlenen eylemlerin baş döndürücü heyecanıyla hızla akıp geçiyordu. Sonra yakalanmaya başladık. O çok güvendiğimiz örgütümüz, birkaç hafta içinde çözüldü. Bütün kadrolar polisin eline geçti. İşkence altında geçen yoğun bir sorgu döneminden sonra neredeyse örgütün dörtte üçü tutuklandı. İçerde ilk şoku atlattıktan sonra yeni yaşama alışmaya başladık. Bir devrimci nerede olursa olsun direnmeyi bilmeli, savaşımı sürdürmeliydi. Tutukevi devrimciler için önemli bir sınav yeriydi. Ama bizi, en azından Fahri ile beni yadırgatan başka şeyler ortaya çıkmaya başladı, içerde örgütün üst düzey yöneticileriyle birlikte kalıyor, aynı koğuşu paylaşıyorduk. Bütün o parlak lafların yerini, çamaşır yıkamak, yemek pişirmek, geçmek bilmeyen zamanı paylaşmak gibi basit gereklilikler almıştı. Hapishane yaşamı o kadar yalın, o kadar açıktı ki, devrimci kimlik kişiliklerimizdeki olumsuz yönleri gizleyemiyordu artık. Komün üyeleri arasında sorunlar baş göstermeye başladı, bu bir yere kadar doğaldı. Birbirinden çok farklı kişiliklere sahip insanlar, zamanlarının büyük bölümünü bir arada geçirmek zorundaydılar. Bunun da bazı sıkıntılar yaratması kaçınılmazdı. Ama daha önemlisi, komünle bizim aramızda bir anlayış farkı olduğu açığa çıktı. Belki bu hep vardı da hızlı geçen günlerin sıcaklığı içinde biz anlayamamıştık."

"Nasıl bir şey bu farklılık?"

"İlk tartışma silahlı mücadele sorununda başladı. Konuyla ilgili olarak Fahri ile ben bir rapor hazırladık. Örgüt yapılan silahlı eylemlerin devleti zayıflatacağı, bunun da yaklaşmakta olan halk devrimini kolaylaştıracağı varsayımından hareket ediyordu. Örgütsel faaliyetimizin ekseni bu stratejiden oluşuyordu, dersem abartmış olmam. Ama yaşananlar tam tersinin gerçekleştiğini gösterdi. Devlet zayıflayacağı yerde giderek güçlendi. Bizim her eylemimiz polis terörüne gerekçe olmaya başladı. Devlet baskı gücünü artırdı; daha çok polisi, daha çok güvenlik uzmanını, daha gelişkin silahlar ve yöntemlerle donattı. Buna gerekçe olarak da terörü gösterdi. Ortada böylesi bir gerçek varken hâlâ silahlı eylemden söz etmenin hiçbir anlamı yoktu. Raporumuzda bunları ayrıntılı olarak belirttik. Örgütümüzün yeni bir politika benimsemesinin gerekliliğinin altını çizdik. Rapor komünde büyük gürültü kopardı. Pasifize olmakla suçlandık. Örgüt yöneticileri disipline aykırı tutum almaktan bize kınama cezası verdiler. Cezayı kabul etmedik. Bu tür tartışmalar yapmanın en doğal hakkımız olduğunu belirttik. Ama arkadaşlarımız bu görüşlerimize katılmadılar, dahası tavrımızın Marksist proletarya diktatörlüğü ilkesiyle çeliştiğini söyleyerek bizi revizyonist ilan ettiler."

"Sonra da sizi örgütten attılar."

"Öyle oldu."

"Karşı çıkmadınız mı?"

"Karşı çıksak ne olacaktı? Komünün çoğunluğu şu ya da bu nedenle yönetimi destekliyordu. İnsanları zorla ikna edemezdik. Komünden ayrılmaktan başka yapacak bir şey yoktu."

"Sadece ikiniz mi?"

"Sadece ikimiz. Belki de iyi oldu. Artık kendi kafamıza göre davranabilir, istediğimiz eğitim programını gerçekleştirebilirdik. Ama öte yandan, içimizde bir boşluk da hissetmiyor değildik. Yıllarca omuz omuza dövüştüğümüz, acı tatlı yüzlerce anının bizi birbirimize bağladığı arkadaşlarımızdan ayrılmıştık."

"Başka bir örgüte katılmayı düşünmediniz mi?"

"Düşündük. Ama görüşlerimize yakın bir grup yoktu. Ne yazık ki bizim solcu gruplar kendilerini kolay yenileyemiyor."

"Kendinize göre yeni bir örgüt kurmayı..."

"Bırakın artık şu örgüt paranoyasını" diyerek kesiyor sözümü. "Neden söylediklerimi anlamak istemiyorsunuz?"

"Hemen kızmayın canım" diyorum. "Bakın kahveniz de olduğu gibi duruyor. Bir yudum bile almadınız."

"Boş verin kahveyi" diyor. "En yakın arkadaşım öldürüldü. Ben gizli örgüt üyesi olmakla suçlanıyorum."

"Kimse sizi suçlamıyor. Arkadaşınıza gelince, suikastı düzenleyen oydu... Sahi, Fahri sizden habersiz örgüte dönmüş olamaz mı?"

"Olamaz" diyor Sinan sıkıntıyla soluyarak. "Çünkü son aylara kadar birlikteydik. Örgütten ayrıldıktan sonra tümüyle edebiyata yöneldik. İçerde insanlar daha duygusal oluyor. Politik tutukluların arasında şiir yazmayan kişi yok denecek kadar azdı. Bizim edebiyatla uğraşımız ise çok eskilere, lise yıllarına kadar uzanıyordu. Okulda edebiyat kulübündeydik. İçeride yazı yazmak için her zamankinden daha fazla zaman ve olanak vardı. Ben öykü, Fahri şiir yazıyordu. Yazdıklarımızı dışarıdaki dergilere yolladık. Bizim örgüte yakın sanat dergilerinden birinde Fahri'nin iki şiiri, benim de bir öyküm yayımlandı. Ama örgütten ayrılınca kimse bizim gönderdiklerimizi yayımlamaz oldu. Örgütün görüşlerine sempati duyan dergi yönetimi 'dönek' olduğumuzu düşündüğü için böyle yapıyordu, öteki edebiyat dergileri ise yazdıklarımızı 'hapishane edebiyatı' sayarak, çoğu zaman ne yazdığımıza bile bakmadan değerlendirme dışı tutuyorlardı. Bütün bu olumsuzluklara rağmen yazmayı sürdürüyor, bu duyarsız çemberi kırmak isteğiyle daha çok çalışıyorduk. Birkaç yıl sonra politika bizim için tümüyle ikinci planda kalmıştı. Edebiyatla yatıyor, edebiyatla kalkıyorduk. Başlarda çoğu didaktik olan ürünlerimiz giderek olgunlaşmaya, gerçek anlamda yazınsal tat vermeye başlamıştı. Bunu çevremizdeki insanların tepkilerinden anlıyorduk."

"Çevrenizdeki insanlar, onlardan biri de şu Cuma mı?"

"Evet, biri de o. Elinden geldiği kadar bize göz kulak olmaya çalışıyordu. Fahri'nin babasına söz vermiş."

"Edebiyat çalışmalarınıza katılan başka kimse yok muydu?"

"Bir iki hevesli oldu" diyor gülümseyerek. "Ama bizim hummalı çalışmalarımızı görünce, kendi duygulanımlarını sözcüklere döküp bunu şiir diye arkadaşlarının beğenilerine sunmak daha kolay geldi onlara. Birkaç ay sonra da çoğu yazmayı bıraktı, hapishane edebiyatının modası da geçmişti zaten. Ama biz kendimizi bu modanın olumsuz etkilerinden kurtaramadık. Dışarı çıktıktan sonra da hapishane edebiyatının temsilcileri diye anılmaktan kurtulamadık. *Hurufat*'ı bu yüzden çıkardık. Fahri benden farklı düşünüyordu. Akademik bir çalışmadan yanaydı, bu yüzden üniversiteye girdi. Edebiyatın kuramıyla da ilgilenen biri olacak, onu dinlemelerini sağlayacaktı..."

Sinan anlatırken, söylediklerinden bir şey çıkmayacağını düşünüyorum. Kurcalamazsam, belki de çok iyi hazırlanmış bir senaryoyu bana gerçek diye yutturacak.

"İyi de bütün bunları bana neden anlatıyorsunuz?" diyorum sıkılmış bir yüz ifadesiyle.

"Siz sordunuz, ben de anlatıyorum."

"Neyi sordum?"

"'Bir devrimci aşk için adam öldürür mü?' dediniz."

"Evet ama hâlâ aşktan söz etmediniz?" diyorum alaycı bir gülümsemeyle.

"Tam oraya gelmiştim" diyerek sürdürüyor konuşmasını. "Dışarı çıkınca Fahri üniversite sınavlarına girdi ve Mimar Sinan Üniversitesi Edebiyat Fakültesi'ni kazandı, ilk günler büyük bir istekle gitti okula, ne yazık ki bu çok sürmedi. Okulda öğretilenlerin çoğunun bildik, kalıplaşmış bilgiler olduğunu anlamakta gecikmedi. Kendinden yaşça küçük, üstelik de alışkanlıkları, davranışları oldukça farklı olan öğrencilerin arasında giderek sıkılmaya başladı. Fahri'nin amacı okulu bitirip yüksek lisans yapmaktı. Bu niyetle asistanların doçent ve profesörlerle ilişkilerini gözlemliyordu, gördükleri hiç de hoş şeyler değildi. Nesnel kriterlere göre değerlendirme yapmanın yerini yalakalık, adam kayırmacalık gibi bilimsel çalışmalarla uzaktan yakından ilgisi olmayan tutum ve davranışlar almıştı. Her görüştüğümüzde şikâyeti biraz daha artıyordu. Ben, yakında okulu bırakır, diye düşünmeye başlamıştım ki bir gün her şey değişiverdi.

Burayı ilk açtığımız günlerden biriydi, Fahri içeri girdi. Uzun süredir uğramıyordu, onu görünce sevindim.

'Neredesin oğlum?' diye biraz sitem ettim.

'Okulda takılıyordum' dedi ama onda bir değişiklik vardı. Davranışlarına bir sevecenlik, bir rahatlık yerleşmiş, yüzündeki gerginlik, yerini dünyaya umutla bakan, yumuşak bir ifadeye bırakmıştı. Merakla sordum:

'Ne bu keyif? Ne oldu?'

'Yok bir şey' dedi saklayamadığı bir neşeyle.

'Nasıl yok bir şey?' dedim. 'Yüzünden mutluluk fışkırıyor.'

'Bir kızla tanıştım' dedi mahcupça gülümseyerek.

'Eee!'

'E'si bu kadar.'

'Hiç de bu kadara benzemiyor.'

Başını kaldırıp yüzüme baktı. Fahri sanki gençleşmiş gibiydi. Bu kız ona bir tür büyü yapmış, çocuğun oturuşu, duruşu, konuşması, gülümseyişi, her şeyi değişmişti.

'Yok öyle, kolay kolay kurtulamazsın elimden' dedim. 'Anlat bakalım, nedir şu işin aslı?'

'Adı Mine' dedi. Kızın adını söylerken yüzünün aldığı sevecenlik gözlerimin önünden gitmiyor. Sanki dudaklarından kutsal bir sözcük dökülüyormuş gibi saygıyla, en anlamlı, en derin ses tonuyla fısıldamıştı kızın adını: Mine.

O anda bizim oğlanın sırılsıklam âşık olduğunu anladım. Ne yalan söyleyeyim, biraz kıskandım onu ama daha çok da sevindim.

Kız resim bölümünde okuyormuş. Estetik konulu bir konferansta tanışmışlar. Bizimki konferansı veren profesörle tartışmış, kız da bu tartışmayı ilginç bulmuş olacak ki, salondan çıktıklarında Fahri'ye gelip konuyla ilgili bir şeyler sormuş. Kitap alışverişi derken bizim oğlan abayı yakmış kıza.

'Peki kız ne diyor bu işe?' diye sordum.

Fahri'nin yüzü gölgelenir gibi oldu.

'Galiba o da benden hoşlanıyor' dedi. 'Ama bazen öyle tuhaf davranıyor ki, aramızda bilmediğim, gizli bir engelin varlığını sezer gibi oluyorum.'

'Açıkça konuşmadınız mı yani?'

'Konuşmadık' dedi. 'Yattık ama konuşmadık.'

Şaşkınlıkla yüzüne baktım.

'Ne!'

'Evet, yattık ama ne ilişkimizin niteliğini konuştuk ne de geleceğimiz hakkında bir karar aldık. Mine tuhaf bir kız. Özgür yaradılışlı. Bana hiçbir şey sormuyor, ilgisiz değil, anlatırsam dinliyor. Ama ne soruyor ne de anlatıyor.'

Fahri'nin söyledikleri çok tuhafıma gitmedi. Mine'nin kadınca birtakım numaralar yaptığını düşündüm. Ama on beş gün sonra Fahri yıkılmış bir halde yanıma geldi.

'Ne oldu? Ne bu halin?' diye sordum.

'Kızın başka sevgilisi varmış' dedi.

'Yapma ya!' dedim şaşkınlıkla.

'Adamdan ayrılmak istediğini söyledi.'

'O zaman sorun yok, işler yoluna girmiş.'

'Ama adam polismiş.'

'Polis mi?' Kafamdan yoksa kız da polise mi çalışıyor, diye geçti hemen. Malum biz sabıkalıyız ya, hâlâ bizi izliyor olabilirlerdi. Fahri yüzüme baktı, sanki ne düşündüğümü anlamış gibi.

'Mine, yalnızca duygusal ilişkilerinin olduğunu söyledi. Önce Mine âşık olmuş adama, sonra o da karşılık vermiş. Mine zamanla soğumuş. Adam bu gerçeği kabullenememiş. İstersen karımı da boşarım, demiş.'

'Adam evli mi?' diye sordum şaşkınlıkla.

İki de çocuğu varmış. Mine'nin adamla ilişkisi, adamın evli olması filan neyse de bunları daha önceden söylememesi canımı sıktı. Kavga ettik. Her şey daha kötü oldu.'

Aslında benden akıl istiyordu Fahri. Ama ben de ne söyleyeceğimi bilemiyordum. Öyle sıradan bir flört falan olsa, 'Bırak oğlum şu kızı' der, sorunu çözerdim. Gel gör ki oğlan karasevdaya tutulmuştu. Üstelik kızın söyledikleri doğru da olabilirdi. Bir zamanlar adamı sevmiş, sonra da duyguları değişmiştir, neden olmasın? Bütün aşklar er ya da geç aynı sonla yüzleşmek zorunda kalmazlar mı?"

Sinan'ın dikkatle yüzüme bakmasından, sorunun bana yöneltilmiş olduğunu sanıyorum.

"Bilmem, aşk konusunda ne yeterli bilgiye ne de deneyime sahibim" diyorum.

"Sözün gelişi sordum zaten" diyor Sinan. İçimden, benden kuşkulandı mı, diye geçirirken o sözlerini sürdürüyor.

"Fahri'yi karşıma alıp adamakıllı konuştum.

'Mine'ye kızarak sorunları çözemezsin' dedim. 'Git sakin kafayla konuş kızla.'

'Bakalım o benimle konuşacak mı?'

'Biraz nazlanır belki ama sonunda konuşur. Senden hoşlandığına göre.'

Gitti Fahri. Düşündüğümüz gibi olmuş. Kız onu iyi karşılamış. Adamla kesin olarak ilişkisini bitireceğini söylemiş. Bizimkinin neşesi yerine geldi. Ama adam kızdan vazgeçmeye pek niyetli görünmedi. Yine de kız kararlı çıktı, adamla görüşmemeye başladı. Yaklaşık bir ay sonra Fahri'yle karşılaştım. Suratından düşen bin parça. Kız hamileymiş."

"Neymiş?" diyorum sesimi yükselterek.

Sinan tepkime bir anlam verememiş, "Hamileymiş" diye yineliyor oldukça doğal bir tavırla.

"Kimden hamileymiş?"

"Neden bu kadar ilgilendiniz?"

"Yalnızca merak."

"İyi öyleyse, merakınızı hemen gidereyim" diyor iğneleyici bir ses tonuyla. "Fahri, önce çocuğun kendinden olduğunu düşünüyordu. Bu yüzden kıza evlenme teklif etmiş. Ama Mine kabul etmemiş."

"Neden kabul etmemiş?"

"'Anne olmak için çok gencim, çocuk resim yapmama engel olur' demiş."

"Kürtaj mı olmuş?"

"Mine'nin istediği buymuş ama Fahri karşı çıkmış. Bu çocuğun doğmasını istiyormuş."

Duyduklarımın bende uyandırdığı şaşkınlığı gizlemek için yapmacık bir gülümsemeyle soruyorum.

"Çok mu evcimen bir adamdı bu Fahri?"

"Konu evcimenlik değil. Fahri kızı gerçekten de seviyordu. Bu çocuk doğarsa, ikisinin arasında hiçbir zaman kopmayacak bir bağ oluşacağını düşünüyordu."

"Kıza fazla güvenmiyordu öyleyse."

"Tam öyle olduğu söylenemez. Her âşık, sevdiğini kaybetme kaygısını taşır."

"Peki sonunda kız kürtaj olmuş mu?"

"İşte bunu bilmiyoruz. Çünkü Fahri Antalya'ya gitmeden önce sert bir tartışma geçmiş aralarında. Fahri de çekip Antalya'ya gitmiş. İki gün sonra da kızcağız kaybolmuş zaten."

"Nasıl kaybolmuş?" diye soruyorum, Sinan'ın tepkilerini dikkatle izleyerek.

"Nasıl kaybolduğunu kimse bilmiyor" diyor Sinan rahat bir tavırla. "Fahri iki gün sonra Antalya'dan arıyor. Kızı evde bulamıyor. Ertesi gün yeniden arıyor ama kız yine yok. Belki telefon bozuktur filan diye düşünerek aklına kötü şeyler getirmiyor. Aradan bir hafta geçince polis

Fahri'nin Antalya'daki evine telefon ediyor. Annesiyle konuşuyor, oğlun kaç gündür orada, filan gibi sorular soruyorlar. Bunun üzerine Fahri bir şeyler olduğunu anlayıp hemen İstanbul'a geliyor. Mine'nin evine gidiyor. Kimseyi bulamıyor. Ev sahibi olan Madam'la konuşuyor, kadın Mine'nin bir haftadır eve gelmediğini söylüyor. Ailesinin de onu çok merak ettiğini söylüyor. Bunları öğrendikten sonra Fahri yanıma geldi. Panik içindeydi.

'Adam kızı öldürdü' dedi. 'Şimdi de işi benim üzerime yıkmaya çalışacak.'

'Adam neden öldürsün kızı?' dedim.

'Belki de çocuk adamdandı' dedi yıkılmış bir halde. 'Mine'nin çocuğu aldırmak için bu kadar ısrar etmesi boşuna değildi. Belki adam da çocuğu aldırmasını istemiyordu. Böylece Mine'nin yeniden ona döneceğini umuyordu. Ama Mine çocuğu aldırmakta kararlıydı. Tartıştılar, belki kaza sonucu, belki de bilerek isteyerek onu öldürdü. Mine ölünce de bir yerlere sakladı. Şimdi de beni öldürmeyi planlıyor.'

'Dur, hemen aklına kötü şeyler getirme' dedim. 'Belki de kız kürtaj oldu da bir yerlerde iyileşmeyi bekliyordur.'

'Hayır, burada kürtaj olmayı düşünmüyordu. On gün sonra Almanya'ya babasının yanına gidecekti. Çocuğu orada aldırmaya karar vermişti.'

'Belki de oradadır, aradın mı Almanya'yı?'

'Annesi aramış ama yokmuş. Hayır, yanılmıyorum. Bu herif kıza bir kötülük etti.'

'O halde olanı biteni polise anlatalım' dedim.

Çok tuhaf bir şey söylemişim gibi uzun uzun bana baktı.

'Bize, iki eski devrimciye inanacaklar ha! Çocuk olma!.. Hadi inandılar, olayın üstüne giderler mi? Adamın görevini bilmiyorum ama Mine'nin söylediğine göre önemli biriymiş.'

'Yapacak bir şeyler olmalı ama' dedim.

'Tek çare o herifi temizlemek. O beni öldürmeden ben onu öldürmeliyim.'

'Sakın ha, bu her şeyi daha kötü bir hale sokar' dedim. 'İş tümüyle senin üzerine kalır.'

'O herif Mine'yi öldürdüyse, iş benim üzerime kalmış ya da kalmamış ne fark eder' dedi.

'Saçmalıyorsun' dedim. 'Beklemen gerek. Mine hiç aklımıza gelmeyen bir yere de gitmiş olabilir.'

Başını ellerinin içine alıp kara kara düşündü bir süre.

'Peki' dedi. 'Biraz daha bekleyelim, bakalım ne çıkacak.'

O akşam Fahri'yi gözaltına aldılar. Mine'yi sormuşlar, biraz hırpalamışlar. Bir şey çıkaramayınca sabahleyin bırakmışlar. Gidecek kimsesi de yok. Benim yanıma geldi.

'Kızın eski sevgilisini anlatsaydın' dedim Fahri'ye.

'Nasıl anlatırım?' dedi. 'Gözlerimi bağlamışlardı, belki de beni sorgulayan o herifti.'

'Adamı tanıyor musun?' diye sordum.

'Bir kere Mine'yle birlikte yürürken karşılaştık' dedi. Sonra ekledi: 'O herif benim peşimi bırakmayacak.'

'Moralini bozma. Senin sağlam kanıtların var, hiçbir şey yapamazlar' dedim. 'Eve gitme, gel birkaç gün bizde kal.'

'Yarın Gökçeada'ya gideceğim, Cuma'yı görmeye. Bir iki gün uzaklaşmış olurum buradan. Dönünce uğrarım' dedi.

Ama uğramadı. Birkaç kez evine telefon ettim.

'Merak edecek bir şey yok. Ben iyiyim' dedi. O sıralar adamı vurmayı planlıyormuş meğer.

'Görüşelim' diye ısrar ettim.

'Tamam, ben sana geleceğim' dedi. Ama gelmedi..."

Sinan sözlerini sürdürürken benim kafam Mine'yle meşgul. Hamile olduğunu neden bana söylemedi? Yoksa çocuk gerçekten de benden miydi? Ayrılmadan bir ay önce sevişmiştik. Mine'nin evindeydik. Önceleri gönülsüzdü. İsteksizce karşılık veriyordu öpüşlerime. Ama bırakmadım. Ellerimi bacaklarının arasına kaydırdım, henüz ıslanmamış organını okşamaya başladım. Mine bayılırdı buna. Altımdaki bedeninin gerildiğini hissettim, sonra ateşli öpücüklerle karşılık vermeye başladı. Çok iyi bir sevişmeydi. Sanki birbirimizi bir daha hiç görmeyecekmişiz gibi. Ama sevişmemiz sona erince hemen üstünden atmıştı beni Mine. Oysa daha önceleri içinde kalmamı, öylece uyumayı isterdi. O sevişmede hamile kalmış olmalı. Bana söylemesi gerekirdi. Bu benim hakkım. O benim çocuğum.

"Siz ne dersiniz?"

Sinan'ın sorusuyla kendime geliyorum.

"Hangi konuda?"

"Ben kızın başına kürtaj sırasında bir iş geldiğini düşünüyorum" diyor soran bakışlarını yüzüme dikerek.

"Kız kürtajdan ölseydi, şu ana kadar çoktan bulunurdu. Çünkü biri kayıp olduğunda polisin ilk araştıracağı yerler morg ve hastanelerdir. Oraları sıkı bir şekilde araştırmışlardır. Kız ölmüş olsaydı, cesedi mutlaka bir yerlerden çıkardı."

"Ya kürtaj yapan doktor korkup cesedi sakladıysa?"

"Zayıf olasılık. O tür durumlarda, genellikle panik halindedirler. Her şeyi ellerine yüzlerine bulaştırırlar. Soğukkanlı olanların yaptıkları en başarılı iş ise cesedi herkesin kolayca bulabileceği bir yere bırakmaktır. Sizin tahmininize uyan bir vaka hiç duymadım. Hem kız Almanya'da kürtaj olmak istiyormuş. Neden çocuğu burada aldırmaya kalksın ki? Ama bir kez daha araştırmakta fayda var. Asıl benim merakımı çeken nokta Fahri'nin sizden yardım istememesi."

"Hangi konuda?" diyor Sinan neyi kastettiğimi anlayamamış.

"Polisi vurmak için."

"Onu vazgeçireceğimi düşünmüştür. Ayrıca benim başımı belaya sokmaktan da çekinmiş olabilir. Bu işi kimseyi karıştırmadan tek başına yapmayı istemiştir. Gazetede okuduğum kadarıyla da yalnızmış zaten."

"Öyleymiş" diyorum.

Gazetedeki haber, öteki suçlunun kendini güven içinde hissedip rahat davranması için özellikle yanlış verilmişti.

"Ve bütün bu olaylar sizi korkuttu?" diye ekliyorum.

"Siz olsaydınız korkmaz mıydınız?"

"Haklısınız korkardım. Ama sizin Fahri'ye yardım ettiğinizi gösteren hiçbir kanıt yok ki. Kimse sizi suçlayamaz."

"Bu ülkede kanıtsız, tanıksız insanlar asıldı" diyor umarsız bir ses tonuyla.

"Genelleştirmek doğru olmaz, çoğu rastlantısal olaylar. Güvenlik güçlerinin böyle bir politikası yok. Ayrıca söylediklerinizi de araştıracağım" diyerek saatime bakıyorum.

"Ooo vakit geç olmuş, benim kalkmam gerek. Dergiler gelmiş midir acaba?"

"Sanırım gelmiştir."

"O halde izninizi isteyeceğim" diyorum. Masadan birlikte kalkıyoruz.

"Dergiyle ilgili bir probleminiz olursa bana gelin" diyorum, merdivene yürürken.

"Sağ olun" diyor.

Gözucuyla ona bakıyorum, yüzünde derin bir endişe var. Başına bir şeyler gelebileceğinden korkuyor olmalı. Benim düşüncelerim ise Cuma denen adam ile Mine'nin hamileliği arasında gidip geliyor.

On Sekizinci Bölüm

Amcam, o çok sevdiği lacivert takımını giymiş, gösterişsiz odasına pek uymayan ceviz ağacından yapılma büyük masasında oturuyor. Yarınki toplantıya bugünden uyum sağlamaya çalışıyor anlaşılan. Belki de müsteşarın sürpriz bir ziyaretine karşı hazırlıklı olmak istiyor. Peki neden gözleri sıkıntı yüklü? Sağ elinin parmakları arasında siyah renkli, şık bir dolmakalem var. Eski müsteşarın, başarılarından dolayı amcama hediyesi. Beni dinlerken yüzüme bakmak yerine kalemle ilgilenmeyi seçiyor. Gözbebeklerinin oynayışından başını çevirişine, ellerini kıpırdatışından arada bir beni süzüşüne kadar, anlamlandıramadığım bir tedirginlik seziyorum. Oysa son görüşmemizde ne kadar rahattı. İşinin ehli, bir operasyon yürütücüsü kadar kendinden emin, kollarını kavuşturmuş, olacakları bekliyordu. Yeni gelişmeler mi var acaba? Sanki benden uzak durmaya çalışıyor; bedenini geri çekerek, koltuğuna iyice yaslanıp dinliyor anlattıklarımı. Söylediklerim bizi olayın çözümüne götürecek önemli bilgiler içermesine karşın, amcam hiç oralı değil. Söylediklerim sona erince, her şeyini yitirmek üzere olan ama durumu değiştirmek için de hiçbir umarı kalmadığını anlayan bir adamın kayıtsızlığı içinde soruyor.

"Sana ateş eden simitçi bu Cuma mı?"

"Galiba o."

Sanki anlattıklarımın hepsi anlamsız bilgilermiş, ben de onu oyalayan biriymişim gibi derinden iç geçiriyor.

"Kesinlikle o" diye yinelemek zorunda kalıyorum.

Gülümsemeye çalışıyor, başaramıyor; başındaki sorun her neyse epeyce önemli olmalı.

"Sanmakla oluyor bu işler" diyor. Yenilmiş ses tonu, bomboş bakan gözleri beni ürkütüyor.

"Fotoğraf çok net değildi ama Sinan'ın söyledikleri adamımızın Cuma olduğunu gösteriyor."

"Ama adam içerdeymiş."

"Bir yolunu bulup çıkmış olmalı."

"Sonra geri mi döndü?"

"Bilmiyorum. Anlayacağız."

"Cezaevine gitmek mi istiyorsun?"

Başımı sallayarak onaylıyorum söylediklerini.

"Gerekli resmi yazılara ihtiyacım var."

Bir süre susuyor, sonra dalgın konuşuyor.

"Evet, onunla yüzleşmen doğru olur. Ne zaman gitmeyi düşünüyorsunuz?"

"Bugün. Ama yanıma Mustafa'yı almayacağım."

Boş bakışları kuşkulu parıltılarla canlanıyor. Elindeki dolmakalemi sumenin üzerine bırakarak yüzüme bakıyor.

"O neden?"

"Teşkilattaki boşboğazlara dedikodu malzemesi vermemek için."

Babamınkileri andıran ince dudaklarında yapay bir gülümseme beliriyor.

"Bunu daha önce düşünmen gerekmez miydi?"

"Zararın neresinden dönersek kârdır" diyorum geri adım atmayarak. "Önce bu olayı çözelim, sonra istersen istifamı da verebilirim."

Söylediklerimi bir meydan okuma olarak algılıyor. Yüzü kızarıyor, mavi gözlerinin öfkeyle parladığını görüyorum, aniden ayağa fırlıyor.

"Aptal!" diye bağırıyor. "Aptal! Eğer bu işin arkasında operasyon varsa değil istifan, ölümün bile bir boka yaramaz."

"Amca biraz sakin ol."

"Sakin olmuş" diye söylenerek kötücül bakışlarla beni süzüyor. "Müsteşar olağanüstü toplantıya çağırdı beni."

"Bunda ne terslik var?"

"Anlamıyor musun? Bu bir hesaplaşma toplantısı. Belki de beni emekliye sevk edecekler..."

Demek tedirginliğinin nedeni buymuş. Süresi dolmamışken emekliliğe sevk edilmek, amcam gibi yaşamını mesleğine adamış bir istihbaratçı için oldukça ağır bir durum.

"Belki düşündüğün gibi değildir" diyorum alttan alarak.

"Düşündüğüm gibi olsa sanki çok umurunda" diyor düşkırıklığına uğramış bir insanın burukluğu içinde.

"Öyle söyleme amca, senin kötülüğünü istemem."

"Bırak palavrayı" diyor. "Seni çok iyi tanıyorum."

Belki kızmam gerek ama yapamıyorum. Tersine, onun için üzülüyorum. Yaşamını adadığı her şeyi bozmaya çalışan sorumsuz bir yeğenden başka bir şey değilim ben. Hem de oğul yerine konan, oğul gibi sevilen bir yeğen.

Amcam pencereye yürüyor. Bedeninin hafifçe titrediğini fark ediyorum. En güç operasyonlarda bile soğukkanlılığını yitirmeyen bu deneyimli istihbaratçı sanki bir anda çökmüş, yaşlı bir adam gibi görünüyor gözüme.

Ayağa kalkıp yanına yürüyorum. Yaklaştığımı fark edince, elini pencerenin pervazından indiriyor, küçümseyen bakışlarını yüzümde gezdiriyor. Aldırmadan yaklaşıyorum.

"Seni zor duruma düşürdüğüm için özür dilerim" diyorum ezik bir tavırla. "Böyle olmasını istemezdim. Ama birbirimize inanmazsak başkalarını nasıl ikna..."

"Ben kimseyi ikna etmek istemiyorum" diyerek kesiyor sözlerimi. "Ben gerçeği istiyorum."

"Ben de sana gerçeği getireceğim. Ama özel yaşamım neden herkesin diline düşsün?"

"Ah Sedat ah!" diyor başını sallayarak. Mavi gözlerinde çaresizliği okuyorum. Bir an sanki ağlayacak gibi geliyor bana. "Bir kız için mi? Bütün bunlar bir kız için mi?"

Bir şey söylemiyorum. Bakışlarının ağırlığı artıyor yüzümde.

"Buna inanamıyorum" diyor. "Bunu mantığım kabul etmiyor. Senin gibi bir adam, çükü yeni kalkmaya başlayan liseli bir oğlan gibi delice âşık olsun."

Ne söyleyeceğimi bilemeden duruyorum karşısında.

"Öyle mi?" diye üsteliyor. "Neden susuyorsun, söylesene."

"Öyle" diyorum kesin bir ifadeyle. "Aynen öyle. Liseli bir çocuk gibi âşık oldum."

Gözleri nefretle doluyor.

"Yalan söylüyorsun!" diyor. "Yalan söylüyorsun. Sana inanmıyorum. Aşk meşk, bunlar fasa fiso. Sen mesleğini her şeyin üstünde tutarsın."

"Tutardım" diyorum sesimi yükselterek. "Ama değiştim, değiştirdiniz. Bana güvenmediniz. Elimi kolumu bağladınız, inancımı zedelediniz."

"Abartıyorsun."

"Hiç de abartmıyorum. Siyasi polisin düzenlediği operasyonların çetelesini tutar hale geldim."

"Terörist örgütlerin yabancı ülke bağlantılarını araştırıyorsun."

"Teröristler bağlantılarını evlerinde saklayacak kadar aptal çünkü."

"Sabırlı olman gerekir."

"Sabırlı olmak mı? Bunu başardığımı söyleyebilirim. Ama sabırlı olmak epeyce değiştirdi beni."

"Seni görevin değil, Yıldırım değiştirdi."

"Rahat bırak artık Yıldırım'ı. Bu işte onun ne suçu var?"

"Biz miyiz suçlu olan?"

Evet sizsiniz, demek istiyorum, dilimin ucuna kadar geliyor, söyleyemiyorum.

"Önemli olan suçlu bulmak değil, olayı çözmek. Teşkilattaki herkes bu ülke için çalışıyor. Farklı düşünüyoruz diye birbirimizin kuyusunu kazmak yalnızca düşmanlarımızın işine yarar."

"Doğru ama burası da Beyoğlu Güzelleştirme Derneği değil. Herkes aklına geleni söylemeye kalkarsa..."

"Kimse görüş belirtmesin o zaman."

"Belirtsin ama sizinki gibi rapor yazıp imza toplayarak değil."

"Onların hepsi teşkilatın güçlenmesi, işlerin daha iyi yürümesi içindi. Ama dışladınız, tasfiye ettiniz..."

"Kimse sizi tasfiye etmedi. Yıldırım'ı kastediyorsan o kendi isteğiyle ayrıldı teşkilattan. Ayrılmaması için rica ettim. Dinlemedi. Böylece kişisel güvenliği zayıfladı. Bunu fırsat bilen terörist gruplar da onu vurdular."

"Ama nedense teşkilat onun suikastını soruşturmayı üstlenmedi. Yıllardır bu teşkilat için başarılı çalışmalar yapmış, üst düzey görevlerde bulunmuş, ender yetişen bir yöneticiye bu bile çok görüldü."

"Haksızlık ediyorsun. Soruşturma açılmasını bizzat ben talep ettim."

"Peki ne oldu?"

"Bu işin siyasi polisin görev alanı içinde olduğunu söylediler."

"Kim, askerler mi?"

"Hemen askerler mi? Sanki siviller yanlış yapmazlar?"

"Elbette yaparlar. Ama o zaman başımızda askerler vardı. Hem de istihbaratın i'sinden bile anlamayan askerler."

"Unutma, bu teşkilatı kuranlar da askerlerdi."

"Sivilleşmenin zamanı gelmedi mi hâlâ?"

"Geldi" diyor amcam anlamlı bir gülümsemeyle. "Hatta sivilleştik bile. Yarınki toplantıda göreceğiz neler olacağını."

"Çok önemli bir şey olmayacak. Mantığın değiştiğini sanmıyorum."

"Neymiş o mantık?"

"Sen bilirsin."

"Kendini çok zeki sanıyorsun, değil mi?"

"Oldukça. Ama teşkilat bundan yararlanmayı istemedi."

"Sen de gidip o kıza âşık oldun."

Öfkeyle amcama bakıyorum. Mavi gözlerinde sinsi bir parıltı var. Bu adamla tartışılmaz. Hiçbir şey söylemeden dönüp koltuğuma oturuyorum. Önümdeki komodinin üstünde bir sigara paketi var, ellerim kendiliğinden pakete uzanıyor. Bir sigara alacak oluyorum, amcamın yanında olduğumu hatırlıyorum. Paketi yerine bırakırken, "Önemi yok, yak" diyor. "Bir tane de bana ver."

Yaklaşıp uzattığım sigarayı alıyor.

"Bugünkü ilk sigaram" diyor, ben kendi sigaramı dudaklarımın arasına yerleştirirken.

Çakmağımla önce onunkini, sonra kendiminkini yakıyorum. Derin bir soluk çekiyor, sonra gözlerini kısarak keyifle üflüyor dumanı dışarı. Rahatlamış görünüyor.

"Yanlış anlama" diyor öfkesiz, içten bir sesle. "Damarına basmak için sormuyorum. Sadece inanmak, anlamak istiyorum. O kıza neden âşık oldun?"

Yüzüne bakıyorum. Az önceki sert yönetici gitmiş, yerine bir zamanlar bir dost gibi konuştuğum amcam gelmiş.

"Bilmiyorum" diyorum iki elimi yana açarak. "İnan, bilmiyorum. Önceleri eğlenceli geldi. Genç bir kız, neşe dolu... Melike'den çok farklı... Değişikti, hoştu, başka bir dünyası vardı... Kapıldım işte... Ne söyleyebilirim ki? Kapıldım..."

Amcam söylediklerimi anlamamış gibi şaşkınlıkla bakıyor yüzüme.

"Doğru söylüyorum" diye yineliyorum. "Nedenini bilemiyorum ama ona âşık oldum."

"Evlenecek miydin onunla?" diyor. Sesindeki gerginliği seziyorum; Melike'yi, belki de çocukları düşünüyor.

"Evlenirdim herhalde."

Kızacağını sanıyorum, bir şey söylemiyor, yalnızca beni süzüyor. Bakışlarında küçümseme yok, öfke de yok, anlamak ister gibi, üzülmüş gibi bakıyor.

"Kız seninle oynamış" diyor neden sonra. "Çok kötü oynamış hem de."

"Yanılıyorsun" diyorum. "Beni sevmişti."

"Hâlâ onu savunuyorsun" diyor düş kırıklığı içinde. "Nasıl bu kadar aymaz olabilirsin. Görmüyor musun, bunların hepsi tezgâh."

"Kusura bakma ama bence yanlış düşünüyorsun amca."

Duyduklarına inanamamış gibi tuhaf bir ifadeyle bakıyor yüzüme. Sonra bakışlarını yere indirip kendi kendine konuşurmuş gibi, "Kız çok akıllıymış" diyor. "O terörist oğlanı da kullandı. İkinizi birbirinize düşürüp sırra kadem bastı. Çok ustaca. Kızın babası, Metin de bu işin içinde."

"Yapma amca, evlat acısıyla kavrulan zavallının biri o."

Sanki bir rüyadan uyanırmış gibi başını kaldırıp yüzüme bakıyor.

"Senin o zavallı dediğin adam İtalya'da tek başına soruşturma yürütüyor. İki gün önce Roma'daki elçiliğimize uğramış. Mine'nin arkadaşıyla görüşmek istemiş."

"Selin'le mi?"

"Selin miydi adı, tamam işte o kızla."

"Görüşmüşler mi?"

"Hayır, Selin'in babası olayları duyunca kızının başına bir bela gelmesinden korkmuş. Bu yüzden kızını Türkiye'ye göndermemiş. Metin'in kızıyla konuşmasına da izin vermemiş. Ama Metin vazgeçmemiş, şimdi Roma'da bir otelde kalıyor, her gün elçiliğin kapısını aşındırıyormuş."

"Ona İtalya'ya gitmemesini söylemiştim."

"Seni niye dinlesin ki, adamın kendi planları var."

"Belki de çaresizliğinden ne yaptığını bilmiyor."

"Bence çok iyi biliyor. Kusursuz bir senaryoyu adım adım oynuyor."

"Bunların hepsi varsayım. Cuma konuşmadan gerçeği öğrenemeyiz."

"Cuma konuşursa gerçeğin yalnızca bir yanını öğreneceksin. Onun bildiği kadarını."

"Onu sorgulamadan bunu anlayamayız..."

Sigarasından derin bir soluk aldıktan sonra: "İşte bunda haklısın" diyor başını sallayarak.

"Vakit yitirmeden yola çıksam."

Amcam karşımdaki koltuktan kalkıp masadaki yerine geçiyor. Tedirginliği dağılmış gibi. Mavi gözbebeklerinin düşünceli bir halde ağır ağır kıpırdadığını görüyorum.

Sumenin üzerine fırlattığı siyah dolmakalemi yeniden eline alıyor. Biraz düşündükten sonra, "Cuma'yı İstanbul'a getirelim" diyor. "Burada sorgularız."

Yine o kuşkucu yöneticinin geldiğini anlıyorum. İşi şansa bırakmak istemiyor.

"Vakit kaybı olmaz mı?" diyorum.

"Sen hiç merak etme. Çanakkale'dekiler sıkı çocuklardır. Herifi yarın elinde bil."

"Peki" diyorum. "Ama herifi yalnız sorgulayacağım."

Bir an, çok kısa bir an düşünüyor.

"Tamam, çocuklar adamı yumuşatır, sana teslim ederler."

"Anlaştık" diyorum ayağa kalkarken.

"Çatalca'daki sorgu birimini kullan. Orası sakindir."

"Cuma'yı oraya mı getirteceksin?"

"Evet, ekip sana haber verir."

"Oldu" diyorum. Kapıya doğru birkaç adım attıktan sonra dönüyorum, "Şunu bilmeni isterim, bu işi sana zarar vermeden çözmeye çalışacağım."

"Tabii geç kalmadıysan" diyor, beni bağışlamadığını belirten bir tavırla.

Koridorda yürürken yarınki toplantının sonuçlarını düşünüyorum. Amcam kuşkularında haklı olabilir mi? Bu olanaksız gibi geliyor bana; böylesi bir değişiklik için hiçbir belirti yok. Yeni yönetimin mevcut durumu koruyacağını, en azından kadro tasfiyesine gitmeyeceğini sanıyorum. Ama belli de olmaz. Bu ülkede hiçbir kurum oturmamış, uluslararası alandaki küçücük değişiklikler bile büyük depremler yaratabilir.

Aşağıya inip kendi büroma girdiğimde Mustafa'yı Orhan'la koyu bir sohbete dalmışken buluyorum. Hafta sonu yapılacak Fenerbahçe Galatasaray maçını tartışıyorlar. Mustafa'nın fanatik düzeyde Fenerli olduğunu biliyorum da Orhan'ın takım tuttuğunu bilmezdim.

"İşte bir Fenerli daha" diyor Orhan beni görünce. Davranışlarındaki yapaylık o kadar belirgin ki, bizim odaya maç tartışmak için değil, bilgi toplamak için geldiğini hemen anlıyorum. Umarım Mustafa durumun farkında değildir.

"Merhaba" diyorum soğuk bir tavırla.

Mustafa hemen toparlanıyor, Orhan tınmıyor bile.

Sağ elini açarak, "Size beş çekeceğiz" diyor.

"Eminim çekersiniz" diyorum kayıtsız bir sesle.

"Siz Fenerliler çok fanatiksiniz" diyor Orhan.

"Niye Orhan Bey, ne yaptık ki?" diyor Mustafa safça.

"Kalkıp büronuza geliyoruz, bir çay bile söylemediniz."

Mustafa saygılı çocuk, kendinden yaşlı meslektaşını kırmıyor.

"Kusura bakmayın, tartışmaya daldık. Şimdi kendim getiririm" diyerek çay almaya yollanıyor.

Mustafa çıkar çıkmaz, Orhan hemen masama doğru yaklaşıyor. Yüzünde amcamınkine benzer bir endişe var. Aradaki fark amcam olacakları kabullenmiş, bir anlamda endişesini yenmiş gibiydi, Orhan ise korkudan gözbebeklerinin içine kadar sararmış durumda.

"Galiba bu defa işimiz tamam Sedat" diyor dudakları titreyerek. "Eşyalarını toplamaya başlayabilirsin, defterimizi dürüyorlar."

"Kim, neyi dürüyor?"

"Yeni müsteşar, yarın daire başkanlarını olağanüstü toplantıya çağırmış."

"Ne olmuş çağırmışsa?"

"Oğlum anlamıyor musun? Teşkilat içi ilişkileri ele alacaklarmış. Teşkilat çalışanları arasındaki psikolojik birliği, bağlılığı yeniden düzenleyeceklermiş."

"Ne kötülük var bunda?"

"Yahu Sedat, bilmezmiş gibi konuşma. Bu birilerinin tasfiyesi demek. O birileri de bizden başkası değil."

Sanki çözüm ararmış gibi sıkıntıyla başını sağa sola çeviriyor, sonra birden yüzüme bakıyor.

"Belki" diyor. "Belki amcanla konuşmamız gerekir."

"Amcamla mı? Neyi?"

"Rapor işinde önayak olan kişinin Yıldırım olduğunu."

"Sen ne diyorsun Orhan?" diyorum, karşımdaki kişinin bu kadar alçalabileceğine inanamayarak.

"Yanlış geliyor, değil mi? Ama önce kendimizi korumalıyız. Yıldırım da bizim yerimizde olsaydı eminim aynı şeyi yapardı."

"Yapmazdı" diyorum öfkeyle.

"Olayı niye tersinden alıyorsun? Nasıl olsa Yıldırım öldü. Ona artık kötülük yapamazlar. Ama biz yaşıyoruz. Şu anda kendimizi korumaktan başka çare yok. Belki yarın şartlar..."

"Sen çıldırmışsın oğlum" diyorum sözünü keserek. "Git izin al, biraz dinlen."

"Merak etme, yarın hepimizi izne ayıracaklar zaten."

"Ayırsınlar. Kurtulmuş oluruz böylece."

Bir an tuhaf bir ifadeyle yüzüme bakıyor. Sonra kurnazca gülümsüyor. Güya beni zayıf yerimden yakalayacak.

"Teşkilatı onlara bırakacaksın yani. Yıldırım'ın katillerine."

"Hassiktir ulan" diyorum.

"Ne biçim konuşuyorsun, kendine gel Sedat."

"Asıl sen kendine gel. Şu haline bak. Ödün bokuna karışmış."

"Ben yalnızca kendim için değil, senin için de kaygılanıyorum."

"Bırak bu ucuz numaraları. Ya efendi efendi olacakları bekle ya da git kiminle istiyorsan onunla konuş. Ama beni bu işlere bulaştırma."

"Parlama hemen, neden kızıyorsun?"

"Kızmıyorum... İzninle benim yapacak işlerim var."

"Çay gelecekti" diyor, bütün o azarlamalarından sonra hâlâ arsızca gülerek.

"Yolda alırsın çayını."

"Demek sen de terk ediyorsun bizi."

Şeytan diyor suratının ortasına bir tane yapıştır.

"O tür işleri senin gibi emniyetsizler yapar" demekle yetiniyorum. "Ben, ölmüş de olsalar arkadaşlarımı satmam."

"Sen bana kızdın" diyor, kadınsı bir rahatlıkla.

"Hadi Orhan, hadi" diyorum. "Bugünlük bu kadar yeter."

Orhan tam kalkacakken Mustafa elinde çay bardaklarıyla içeri giriyor.

"Gidiyor musunuz?" diye soruyor şaşkınlıkla.

"Aşağıdan çağırıyorlar" diyor Orhan.

"Çayınızı alsaydınız" diyor Mustafa.

"Sağ ol, benimkini Sedat içsin." Kapıdan çıkacakken yeniden dönüyor. "Konuştuklarımız aramızda kalacak, değil mi?"

Boynunu bükmüş, af dileyen gözlerle bakıyor.

"Tamam" diyorum sıkıntıyla oflayarak. "Karşı takıma para yedirdiğinizi Mustafa'ya söylemem."

Yılışık bir ifade beliriyor suratında.

"Sakın söyleme" diyor gülerek. Kapıyı açıp çıkıyor.

Bu herifin bu kadar yüreksiz olduğunu bilmezdim. İyi arkadaşlar seçmişiz kendimize doğrusu.

"Şike mi yapmışlar?" diyor Mustafa elindeki çay bardağını masama koyarken.

"Boş ver onu da işimize bakalım" diyorum. "İstanbul'da kürtaj yapan, resmi ve özel tüm hastane ya da hastane benzeri yerlerin listesini çıkarmanı istiyorum. Oraları tek tek dolaşıp Mine'yi sor. Kızın hamile olduğunu öğrendik. Çocuğu aldırmayı düşünüyormuş. Kürtaj sırasında başına bir şey gelmiş olabilir."

Mustafa'nın gözlerinde bir ışığın kurnazca yanıp söndüğünü görüyorum.

On Dokuzuncu Bölüm

Derinden gelen bir zil sesiyle uyanıyorum. Sanki yine o ıssız, yıkık dökük konağın önündeyim, ses yine arkadaki telefon kulübesinden geliyor. Koşup açmalıyım, diye düşünüyorum. Hareket etmek istiyorum ama kıpırdayamıyorum. Sıkıntım çoğalırken zil sesi yaklaşıyor yaklaşıyor... Gözlerimi açtığımda Melike'nin üzerime eğilmiş, bana baktığını görüyorum. Karanlığa rağmen gözlerindeki merakı fark ediyorum. Gördüğüm düşü çözmeye mi, yoksa cesaret edip soramadığı gerçeği uykuda yaptığım konuşmalardan mı öğrenmeye çalışıyor, bilmiyorum.

"Telefon çalıyor" diyorum. "Neden beni uyandırmadın?"

"Çok derin uyuyordun" diyor, şefkatli bir ses tonuyla. "Kıyamadım. Bakma telefona, her kimse yarın arasın."

"Olmaz" diyerek fırlıyorum yataktan. "Önemli bir haber bekliyorum."

Odanın içi soğuk. Ürperiyorum. Aldırmadan telefona yöneliyorum.

Telefondaki kişi evde olduğumdan o kadar emin ki art arda çaldırmayı sürdürüyor. Dördüncü çalışında kaldırıyorum.

"Alo?"

"Sedat Bey'le mi görüşüyorum?" diyor tanımadığım bir ses.

"Evet, buyurun!"

"Ben Çanakkale'den Tevfik . İsmet Bey..."

"İsmet Bey mi? Evet... Evet, anladım."

"Kusura bakmayın, sizi uyandırdık ama İsmet Bey işin önemli olduğunu söyledi."

"Doğru söylemiş. Cuma'yı bulabildiniz mi?"

"Evet, şu anda yanımızda."

"Siz neredesiniz?"

"Çatalca'dan arıyoruz."

"Geldiniz yani."

"Bir saat kadar oluyor."

"Bravo, çok çabuksunuz. Ben de hemen geliyorum."

Almacı yerine koyarken, Melike yanıma gelip sırtıma bir hırka örtüyor.

"Gidiyor musun?" diyor.

"Evet, bana ateş eden adamı bulduk" diyerek elbiselerimin bulunduğu dolaba doğru yöneliyorum.

"Gitmeden bir şeyler atıştırsaydın" diyor Melike peşim sıra gelerek.

"Vaktim yok, hemen çıkmam lazım."

"Hiç değilse bir bardak süt ısıtayım."

"Sağ ol, hiçbir şey istemiyorum."

Yüzümü yıkamam, giyinmem beş dakikayı bulmuyor. Kapıdan çıkarken Melike, "Dikkatli ol" diyor. "Erken gideyim diyerek arabayı hızlı kullanma."

"Merak etme" diyorum. "Hadi sen de git uyu."

"Hoşça kal" diyor ben kapıdan çıkarken. Asansöre binene kadar kapının aralığından beni süzüyor.

Çatalca'ya on kilometre kala asfalttan ayrılıp toprak bir yola sapıyorum. Çatalca'daki sorgu birimi bir çiftlik evi görünümünde. Daha önce iki kez gelmiştim buraya, ilkinde bir Bulgar ajanının sorgulanmasında bulunmuştum, ikincisinde bizim tarafa angaje olan Suriyeli bir ajanı saklamıştık.

Ortalık ağardı ağaracak. Çatalca'nın bu yöresinde toprak pek verimli değil, bizimkiler özellikle böyle gözlerden uzak bir yeri seçmiş olmalılar. Avcılar dışında kimsenin yolu düşmez buralara. On beş dakika kadar, sabah ayazında buz tutmuş nemli toprağın üzerinde ilerledikten sonra çiftlik evi görünüyor.

Daha önce gelmiş olmama rağmen, dört yanı kalın duvarlarla çevrili evin sabah alacasındaki koyu gölgeli görüntüsünü yadırgıyorum. Nedenini bilemediğim bir yabancılaşma duygusu doluyor içime. Benim Ford'u birkaç kilometre öteden gören bir görevli, büyük demir kapının önünde karşılıyor beni. Karanlığın azalmasıyla giderek etkisini yitiren farların görevlinin yüzünü aydınlatacak kadar gücü var hâlâ. Adamı tanımıyorum. Onun da beni tanımayacağını sanarak, pencereyi açıp kimliğimi uzatıyorum. Adam yaklaşıyor.

"Kimlik istemez Sedat Bey" diyor.

"Daha önce karşılaşmış mıydık?" diye soruyorum.

"Birkaç kez" diyor. "Benim adım Hayri. Eskiden Yıldırım'la birlikte çalışırdık."

"Keskin Hayri" sözcükleri dökülüyor dilimden.

"Evet, ta kendisi" diyor, sonra alaycı bir tonda ekliyor. "Teşkilat'ın en iyi atıcısı. Yıldırım'ı bile geçmiştim."

Dikkatle ona bakıyorum. Çok zayıf olduğunu görüyorum. Belleğim beni yanıltmıyorsa, bir ara ağır bir hastalık geçirdiğini söylemişlerdi. Yüzümdeki ifadeden ne düşündüğümü anlıyor mu ne?

"Yaşlandık artık" diyor. "Eski günler geride kaldı. Sen onlara yetişemedin, rahmetli Yıldırım'la ne işler çevirmiştik."

"Duymuştum" diyorum gıptayla bakarak.

"Çok eskilerde kaldı" diye yineliyor, sonra sağ eliyle binayı göstererek ekliyor. "Burası benim için son durak... Neyse... Kapıyı açayım da içeri gir. Seni bekliyorlar."

Kapıya doğru yöneliyor, topalladığını fark ediyorum. Sağ ayağını âdeta sürükleyerek ilerliyor. Ermeni teröristlere karşı yapılan operasyonlardan birinde dizkapağından vurulmuş. O günden sonra aktif görevden almışlar.

Hayri kapıyı yana doğru itiyor. Ağır kapı rayların üzerinde bir tüy gibi kayarak açılıyor. Arabamla içeri giriyorum. Evin geniş basamaklarının önünde duran, Çanakkale plakalı koyu renk cipin yanına park ediyorum. Arabadan çıkarken, Hayri sağ ayağını sürüyerek yetişiyor. Başıyla cipi işaret ederek, "Bu çocukları tanımıyorum, İstanbul'dan değiller galiba" diye soruyor.

Böyle sorular sormaması gerektiğini biliyor olmalı ama ona kızamıyorum.

"Değiller" demekle yetiniyorum. "Görüşürüz" diyerek eve giriyorum.

Uzunca, karanlık holün başında, bahçeyi gözleyen bir kişi oturuyor. Ben içeri girince ayağa kalkıyor. Yüzünü seçemiyorum, güvenlik görevlilerinden biri olmalı. Yaklaşınca tanıyorum: Tahir. Amcamın en güvendiği adamlardan biri.

"Merhaba" diyorum.

"Günaydın, Sedat Bey" diyor saygılı bir tavırla, sonra eliyle bodruma inen merdiveni gösteriyor. "Alt katta sizi bekliyorlar."

"Tamam, sağ ol."

Daire başkanlarının toplantısı olmasa amcam da burada olurdu, diye geçiyor aklımdan. Gece geç saatlere kadar notlar almış, nasıl konuşacağını kurmuştur. Yine de yokluğu hissedilsin istemiyor. En iyi adamını yollamış buraya. Merdivenlerden aşağı inip alacakaranlık bir holden geçerek, aydınlık bir odaya giriyorum. Odada üç kişi var. Beni görünce konuşmayı bırakıp oturdukları koltuklardan ayağa kalkıyorlar.

Kel kafalı, iriyarı olanı, bir adım yaklaşıp elini uzatıyor:

"Ben Tevfik, telefonda konuşmuştuk" diyor.

"Merhaba, nasılsın?" diyorum.

"Sağ olun" diyor. "Biraz yorgunuz, bütün gece araba kullandık." Yanındakilere bakıyorum. Kısa boylu, tıknaz olanı tanımıyorum. Uzattığım eli sıkarken, "Ben Sadi" diyor.

Öteki kişiyi tanıyorum, bu da amcamın güvendiği adamlardan Hikmet. Kendisine baktığımı görünce gülümsüyor.

"İsmet Bey size yardımcı olmam için gönderdi" diyor.

"Adamın zorluk çıkaracağını sanmıyorum" diyor Tevfik kendinden emin bir tavırla, yandaki sorgu odasının içini gösteren büyük pencereyi işaret ederek. "Onun içinde iyice yumuşamıştır." Pencereye yaklaşarak içeri bakıyorum. Sorgu odasının ortasında, yaklaşık bir metreye bir metre boyutlarında, kasayı andıran metal bir kutu duruyor.

"Çanakkale'den beri bunun içinde mi taşıdınız!" diye soruyorum şaşkınlıkla.

"Çanakkale'den değil, Gökçeada'dan beri. Herifin dayanıklı biri olduğunu söylediler. Öyle sopayla falan sonuç alamazmışız. 'Beklemediği yöntemler kullanın' dediler."

"Havasızlıktan ölmüş olmasın?" diyorum kaygıyla.

"Merak etmeyin Sedat Bey" diyor Tevfik . "Ona bir şey olmaz. İlk kez kullanmıyoruz bu kutuyu."

"Hiç konuştunuz mu onunla?"

"Elbette hayır. Belirsizlik ne kadar uzun sürerse direnci o kadar çabuk kırılır."

"Anladım, anladım da sizden ricam, hemen içeri girip şu adamı dışarı çıkarmanız."

Tevfik güvensiz, hatta küçümser bir bakış fırlatıyor yüzüme ama dediğimi yapmaktan da geri durmuyor. Sadi'yi de yanına alarak sorgu odasına giriyor.

Onları camdan izliyorum. Sandığın başına geliyorlar. Tevfik cebinden çıkardığı küçük bir anahtarla açıyor metal kutunun kilidini. Sonra kapağı usulca kaldırıyor. Kapak kalkınca, gözleri siyah bantla bağlanmış bir adam tedirginlik içinde uzatıyor başını. Onu ilk gördüğümde simitçiye benzetemiyorum. Kafası kel ama yüzünde sakal var. Üstelik siyah bant, gözleriyle birlikte neredeyse alnının yarısını da kapatmış. Adamı suikast yerinde öyle kısa bir an gördüm ki kolay kolay emin olamıyorum. Yüzümü âdeta cama yapıştırarak her hareketini ilgiyle izliyorum.

Adamın ilk çekingenliği geçince kapatıldığı kutudan kurtulmaya çalışıyor. Ama beceremiyor. Tevfik ile Sadi, çıkarıyorlar kutudan. Ellerinin arkadan bağlanmış olduğunu görüyorum. Tevfik bir şeyler söylüyor, adam kendisine vuracağını sanarak, korkuyla başını yana çekiyor, işte o an, boynunu yana yatırışından tanır gibi oluyorum onu. Hiç unutmuyorum, ben vurulduğumda, kendimi kurtarmak umuduyla gelişigüzel ateş etmeye başladığımda da aynı hareketi yapmıştı. Yine de emin olmak için gözlerini görmeliyim.

Tevfik kutudan çıkardıkları adamı ayaklarının üzerinde durmaya zorluyor. Ama ayakları iyice uyuşmuş olan adam kendi başına duramıyor, yere düşüyor. Tevfik onu ayağa kalkması için zorluyor. Adam çabalıyor ama beceremiyor. Tevfik sertçe bir şeyler söylüyor. Söylediklerini kestiremiyorum, sanırım küfrediyor. Artık ne konuştuklarını duysak iyi olacak.

Camın yanındaki hoparlör düğmesini göstererek, "Şunu aç" diyorum Hikmet'e.

İsteğimi hemen yerine getiriyor ve odanın içi Tevfik'in sesiyle doluyor.

"... koyduğumun gavatı, kalk ayağa."

Adam ayağa kalkmıyor ama kin yüklü bir sesle, "Küfretme" diyor.

Tevfik güçlü kollarını iki yana açarak anlamlı anlamlı başını yana sallıyor, sonra Sadi'ye dönerek, "Kaldır şunu" diyor.

Sadi, yerdeki adamın arkasına geçiyor, koltukaltlarından tutup ayağa kaldırıyor. Bıraksa düşecek, adam ayakta güçlükle duruyor. Tevfik yaklaşıyor.

"Sen ne dedin lan?" diyor.

"Küfretme dedim" diyor adam ezik ama kararlı bir tavırla. "Bana küfretme."

"Peki o zaman" diyor Tevfik yumuşak bir ses tonuyla ve hafifçe geriye doğru yaylanarak adamın suratının tam ortasına okkalı bir yumruk indiriyor. Adamın başı arkaya doğru savruluyor. Zamanında geri çekilmese Sadi'ye çarpacak. Ama Sadi anında kendini yana atıyor, adamcağız da sırtüstü yere yıkılıyor. Sadi kötü kötü bakıyor Tevfik 'e. Ama arkadaşı ona aldırmadan yerde kıvranan adamın başına geliyor.

"Bu küfürden daha mı iyi?" diyor.

Adam dizlerinin üzerinde doğruluyor, burun deliklerinden sızan kanın kırçıl bıyıklarını kızıla boyayarak ağzına doğru süzüldüğünü görüyorum.

"Daha iyi" diyor adam güçlükle soluyarak.

Tevfik sinirli sinirli gülüyor.

"Bak ne kadar namuslu biri" diyor. Onu iyice benzetmeye kararlı. Ama adam bana sağ lazım, yüzünün gözünün patlaması da işime pek gelmez. Sorgu odasına seslenen mikrofonun başına geçiyorum hemen.

"İkiniz de dışarı gelin" diyorum mekanik bir ses tonuyla. Çağrım Tevfik 'in hevesini kursağında bırakıyor ama çaresiz, uyuyor. Bizimkiler odadan çıkarken adam dizlerinin üstünde doğruluyor. Burnundan damlayan kanın yerde küçük, kara bir birikinti oluşturduğunu görüyorum.

Tevfik ile Sadi içeri girerken, ben duvardaki küçük ecza dolabından pamuk ve kolonya alıyorum. Tevfik yanıma yaklaşıyor, sanki sormuşum gibi, "Yeterince yumuşamamış" diyor. "Bence henüz sorguya hazır değil."

"Tamam Tevfik" diyorum. "Onu buraya kadar getirerek çok yardımcı oldunuz. Artık biraz dinlenin. Yatak odası yukarıda. Hikmet sizi götürür. Çıkıp biraz uyuyun."

Sonra Hikmet'e dönüyorum.

"İstersen sen de uyuyabilirsin ya da Tahir'le nöbet bölüşümü yapın."

"Onu tek başınıza mı sorgulayacaksınız?" diyor Tevfik şaşkınlıkla.

"Sen bunları düşünme" diyorum kaygısız bir tavırla. "Git iyi bir uyku çek. Bütün gece yol tepmişsiniz."

"Siz bilirsiniz ama herif çetin ceviz. Babası ile karısını gözünü kırpmadan doğramış."

"Uyarın için sağ ol, dikkatli olurum."

İşin tuhafı, Hikmet ısrar etmiyor. Amcam beni rahat bırakmasını söylemiş olmalı.

"Bana ihtiyacınız olursa Tahir'in yanında olacağım" demekle yetiniyor.

"Tamam, size iyi uykular" diyorum. Onlar çıkınca, dönüp sorguyu izlememeleri için kapıyı kapatıyorum. Buranın anahtarı yalnızca kapıdaki Keskin Hayri'de olmalı. O da bunlara anahtar filan vermez. Pamukla kolonyayı alıp sorgu odasına geçiyorum. Kapının açıldığını duyan adam toparlanıyor. Yanına yaklaşıyorum. Tedirgin, başını sakınmaya çalışıyor.

"Korkma" diyorum. "Sana vurmayacağım." Dikkatle dinliyor sözlerimi. Ama yine de tedirgin. Burnundan akan kanı silmek için pamuğu yaklaştırdığımda panik içinde başını geriye atıyor.

"Korkma" diye yineliyorum. "Yüzünü temizleyeceğim." Dudaklarının üstünde pamuğun yumuşaklığını hissedince biraz sakinleşiyor. Kolonyalı pamukla dudaklarının üstündeki kanı siliyorum. Burun deliklerine iki pamuk tamponu yapıyorum. Sonra onu ayağa kaldırarak köşedeki masaya doğru götürüyorum. Ayakları hâlâ açılmamış, güçlükle yürüyor. Masanın başındaki sandalyeye oturtuyorum. Kan bulaşan ellerimi de kolonyalı pamukla temizledikten sonra bir sandalye çekip karşısına yerleşiyorum. Siyah bandın altında gözlerinin panik içinde kıpırdandığını hissediyorum. Neden burada olduğunu artık anlamıştır herhalde. Dikkatle yüzüne bakıyorum. Gözlerini örten siyah banda karşın şimdi onu tanıyorum, bu adam kesinlikle o, bu bana ateş eden simitçi.

"Sigara içer misin Cuma?" diye soruyorum.

"İçerim" diyor. Cebimdeki paketten bir tane çıkarıp dudaklarına yerleştiriyorum. Hâlâ ürkek. Çakmağımla sigarasını yakıyorum. Sigarasının yandığının farkında değil. "Çeksene içine" diyorum. Derin bir soluk alıyor. Sekiz saatten beri yaşadığı en büyük keyif bu olsa gerek. Bir soluk daha çekiyor. Sigarasını dudaklarından alıp masanın üzerindeki tahta küllüğün kenarına koyuyorum.

"Kelepçe bileğime oturdu" diyor.

"Kusura bakma ama onu çıkaramam" diyorum kesin bir ifadeyle. "Ama sorgunu bir an önce bitirmeye çalışacağım. Tabii sen de bana yardımcı olursan."

"Olurum, niye olmayayım?"

"Seni buraya neden getirdiğimizi biliyor musun?"

"Bilmem" diyor gereğinden fazla sert bir ses tonuyla.

"Fahri'nin yüzünden" diyorum.

Hiçbir şey söylemiyor.

"Fahri'yi tanıyorsun, değil mi?" diye üsteliyorum.

"Tanırım" diyor.

"Bir arkadaşımızı öldürmeye kalkmışsınız."

"Ben mahpushanedeydim" diyor sanki ezberlemiş gibi.

"Öyle mi?"

Sesimdeki alaycı tınıyı fark etti mi bilmiyorum ama bir süre susuyor, sonra başını öne doğru sallayarak, "Ben mahpusum" diyor. "Beni mahpustan getirdiler buraya."

"Anlaşılan kollarındaki ağrı biraz daha sürecek. Ben işi kolaylaştırmaya çalışıyorum, sen zora sokuyorsun. Yine de sana yardımcı olacağım" diyerek ayağa kalkıyorum. Arkasına geçip gözlerindeki bandı çözüyorum. Aydınlık gözlerini kamaştırıyor. Yeniden karşısına oturuyorum. Gözlerinin kamaşması geçip de her şeyi net görmeye başlayınca, bu köylü yüzlü adamın gizlemeye çalışmasına karşın içten içe sarsıldığını görüyorum.

Yumuşak bir tavırla gülümseyerek, "Beni tanıdın, değil mi?" diye soruyorum.

Bakışlarını kaçırıp kül tablasındaki sigaraya bakıyor. Sigarasını alıp dudaklarına doğru uzatıyorum yeniden. Sanki konuşmaktan çekinir gibi başını sallayarak istemediğini belirtiyor. Sigarayı yeniden küllüğün kenarına koyarken, "Bak Cuma" diyorum aynı sakin ses tonuyla. "Boş yere kendine eziyet ettirme. İkimiz de nerede karşılaştığımızı çok iyi biliyoruz."

"Ben seni tanımam" diyor.

"Tanırsın" diyorum yüzüne bakarak. "İyi tanırsın."

Israrım onu fazla etkilemiyor, az önce yediği yumruk nedeniyle altları hafifçe morarmaya başlayan gözlerinde korkudan çok keder var.

"Hem artık saklayacak bir şey de yok" diyorum iskemleye yaslanarak. "Fahri ölmeden önce olanları anlattı bize."

Sözlerim yüzünde şaşkınlıkla karışık bir düş kırıklığı yaratıyor.

"Anlattı mı?" Sonra etkisi geçiyor, kurnazca gülümsüyor. "Yalan söylüyorsun, Fahri çatışmada ölmüş" diyor.

"Gazetelere öyle söyledik" diyorum. "Fahri çatışmada ağır yaralandı ama hemen ölmedi. Onu sorguladık. Neler olup bittiyse hepsini söyledi bize."

Sanki gerçek yüzümde yazılıymış gibi dikkatle bana bakıyor. Kafasındaki ikircim o kadar belirgin ki neler düşündüğünü harfi harfine tahmin edebilirim.

"Benim hiçbir şeyle ilgim yok. Hem Fahri benim hakkımda kötü bir şey söylemez."

"Seni nasıl bulduk o zaman?" diyorum doğal bir tavırla. "Son derece akıllıca bir plan yapmışsınız. Fahri anlatmasaydı, seni bulmamız imkânsızdı."

"İnanmam" diyor. "Fahri bunu bana yapmaz."

"Yaralanmıştı, ümitsizdi. Olayı bütün yönleriyle anlattı."

Az önceki düş kırıklığı gelip yüzüne oturuyor.

"Her şeyi mi?" diyerek yüzüme bakıyor.

"Her şeyi."

"İnanmam" diyor yeniden. "İnanmam. Aklını yitirmiştir."

Fahri'nin kendini ele vermesinden çok, arkadaşının çözülmüş olmasına üzülür gibi bir hali var.

"Doğru" diyorum. "Kurşun kafatasını zedelemişti."

Tuhaf, yüzündeki düş kırıklığı kayboluyor.

"Yoksa konuşmazdı Fahri" diyor haklı çıkmanın gururuyla. "Aklını yitirmeseydi konuşmazdı."

"Belki de haklısın" diyorum. "Kurşun kafasına değmeseydi konuşmazdı. Ama artık olanları biliyoruz."

"O zaman beni niye buraya getirdiler?" diye soruyor damdan düşercesine. Sesindeki meydan okuyuş öyle belirgin ki ona iyi davrandığıma pişman olacağım neredeyse.

"Yoksa unuttun mu, bana kurşun sıkmıştın" diyorum alaycı bir tavırla. "Hem kızı bulamadık hâlâ."

Cuma'nın yüzü gölgelenip alnı kırışıyor.

"Tanıyorsun, değil mi?" diyorum. "Mine'den söz ediyorum. Fahri'yle birlikte..."

"Tamam, Fahri anlattı ama" diyor çatık kaşlarının altındaki gölgeli gözlerini yüzüme dikerek. "Kızı anlattı ama..."

"Aması ne?"

Alnındaki kırışıklık daha da artıyor.

"Neden çekiniyorsun anlatsana" diye üsteliyorum.

Önce derin bir soluk alıyor, sonra, "Valla, Fahri'nin söylediğine göre kızı sen öldürmüşsün" diyor.

"Ben mi?" diyorum dizginleyemediğim bir öfkeyle.

Cuma, sen öğrenmek istedin ben de anlattım dercesine bakıyor. Oyun mu oynuyor, yoksa Fahri mi onu böyle kandırdı, anlamaya çalışıyorum. İçten görünüyor. Burun deliklerini tıkadığım tampon pamukların kızıl renge dönüştüğünü görüyorum, az sonra kan yine kırçıl bıyıklarını boyayacak.

"Neden öldürecekmişim Mine'yi?"

"Kız seni bırakıp ona sevdalanınca çok kızmışsın. Fahri'nin kızı elinden almasına dayanamamışsın. Üstelik suçu da onun üstüne atmaya kalkmışsın."

"Bir dakika, bir dakika" diyorum, "Sakin ol, şu işi baştan, yavaş yavaş anlat."

Cuma'nın yüzünde sıkıntılı bir ifade beliriyor. İtiraz edeceğini sanıyorum ama o utanarak, "Önce bir ayakyoluna gitmem lazım" diyor.

"Peki" diyorum. "Kalk bakalım."

Yirminci Bölüm

Kalktığı sandalyeye oturtuyorum Cuma'yı tuvaletten dönünce. Burnundaki tamponları değiştiriyorum. Burun deliklerinden hâlâ hafifçe kan sızıyor. Gözlerinin altındaki morluk artmasına karşın, biraz daha rahatlamış görünüyor.

"Su var mıydı?" diye soruyor çevresine bakınarak.

Kalkıp ona bir bardak su getiriyorum. Kana kana içiyor.

"Karnın da acıkmıştır senin."

"Sağ ol, istemem" diyor. "Şu iş bitsin, beni koğuşuma teslim edin yeter."

"İyi o zaman anlat bakalım."

"Sen sor ki anlatayım."

"Fahri'ye neden yardım ettin?"

"Yiğit adamdır Fahri" diyor. "Has süt emmiş..."

"Babası askerde albayınmış."

Bunu biliyor olmam tuhafına gidiyor.

"Bunu da Fahri mi söyledi?"

"Başka kim söylemiş olabilir ki? Babasını çok severmişsin."

"Allah rahmet eylesin, eşi menendi bulunmaz bir adamdı Nazmi Albay."

"Onun aracılığıyla mı tanıştın Fahri'yle?"

"Öyle sayılır. Fahri'yi çocukluğundan bilirim. Ben asker ocağındayken o sekiz-on yaşlarındaydı. Bindiği atın yularından tutar, onu garnizonda gezdirirdim. Ama sonra aynı mahpus damında bulunmuşuz, havalandırmada, kantinde yan yana, sırt sırta gelmişiz de bilemedim onu. Ta ki görüşte Fahri'yi Nazmi Albayımın yanında görünceye kadar."

"Siyasilerle aynı yerde mi bulunuyordunuz?"

"Çanakkale mahpusunda öyleydi. Karışıktık. Açık görüşte de hepimiz aynı yerde toplanırdık. İşte o açık görüş günlerinden birinde karşılaştık albayımla. Herhalde Şeker Bayramı'ydı. Baktım kapıda Nazmi Albayım; ihtiyarlamış, çökmüş ama bakışlarında yine o sertlik, o yiğitlik. Hemen sarıldım eline. Şöyle bir baktı gözlerini kırparak. 'Benim Albayım, ben Cuma' dedim. Yüzü ışıdı:

'Akçabelli Cuma' dedi. Eskiden öyle kolay kolay gülmezdi, demek yaşlanınca yüreği yumuşamış.

'Cuma oğlum, ne işin var burada?' diye sordu.

'Bildiğin mesele Albayım' dedim. Bir adım gerileyip şöyle bir baktı bana, bir şeyi hatırlayamadığı zaman hep böyle yapardı. Yüzü gölgelendi.

'Öldürdün mü babanı?' diye sordu.

'Öldürdüm' dedim. 'Hem babamı hem karımı öldürdüm.'

'Yazık' dedi. 'Karına yazık etmişsin.'

'Yok' dedim. 'Bildiğin gibi değil, yazık etmedim.'"

"Gerçekten de öldürdün mü onları?" diyorum inanmamış gözlerle Cuma'ya bakarak.

"İnsana boş yere müebbet hapis verirler mi?"

"Peki neden öldürdün onları?"

"Namus meselesi" diyerek kestirip atıyor Cuma.

Paketten bir sigara çıkarıp Cuma'nın dudaklarına yerleştiriyorum. Karşı çıkmıyor. Yaktığım sigaradan art arda iki derin nefes çekiyor. Sigarayı ağzından alıp elimde tutuyorum.

"Yani" diyorum. "Baban karına sarkıntılık mı yapmış?"

"Versene şu cıgarayı" diyor. Yeniden dudaklarının arasına koyuyorum sigarayı, derin bir duman daha çekiyor.

"Nazmi Albayım da aynen senin gibi sormuştu" diyor. Ağzında sigarayla konuşması güç oluyor. Alıyorum sigarayı.

"Asker ocağındayım o zaman, acemi erliği bitireli dört ay olmuş, daha on iki ay var şafağa. Nazmi Albayımın huzurundayım. Dayımın gönderdiği mektubu almış, beynimden vurulmuşa dönmüştüm. Namus işi pis iş, herkese de söylenmez. Doğru Nazmi Albay'ın huzuruna çıktım. Hal böyle böyle, dedim.

'Vay şerefsiz' diye söylendi. 'Vay şerefsiz herif. Sen vatanını korumak için buraya gel, o da karına göz koysun. Olacak iş mi bu!'

'Bana izin verin, gidip şu işi temizleyeyim Albayım' dedim. Bir şey söylemedi, arkasındaki çelik kasayı açtı. Kasadan bir silah çıkardı. Masaya koydu, silahın üzerine de biraz para.

'Al bunları. Sana istediğin kadar da izin, işini hallet, gel. Ama kimseye görünme. Soran olursa sen asker ocağından hiç ayrılmadın' dedi.

'Sağ ol Albayım' diyerek eline sarıldım. Öptürmedi.

'Bu benim görevim. Senin namusun benim namusumdur' dedi.

Hemen o gün bindim otobüse. Kasabaya gece vardım. Bizim köyle kasabanın arası çok değil, yürüyerek bir saat ya çeker ya çekmez. Albayımın söylediği gibi, kimseye görünmemek için geceyarısı ineceğim köye. Babamı temizleyip döneceğim komutanımın yanına. Ama olmadı. Kasabadan köye yürürken Çoban Musa gördü. Ha köydeki herkes görmüş ha Çoban Musa, öyle geveze bir adam ki. Görsün, dedim kendi kendime. Ben namusumu temizleyeyim de. Çoban Musa da benim köye girdiğimi görmüş olsun. Çoban Musa'nın selamına karşılık vermeden yürüdüm burnumun dikine. Bir iki çağırdı ardımdan, ses vermeyince vazgeçti.

Köye vardığımda sabah ezanı okundu okunacak. Sokakta kimseler yok. Yine de temkinliyim, duvar kenarlarından yürüyüp vardım bizim evin bahçesine. Tahta kapıyı araladım ki kuyunun başında biri var. Baktım babam, aptes alıyor, namaz kılacak. Kapının altında durup şöyle bir baktım babama. Ayın aydınlığı kamburlaşmış gölgesini ayaklarımın dibine kadar uzatıyor. Bana benzemez babam, bir baş daha kısadır benden. Kara kuru, çirkin bir adam. Onun alacakaranlıkta iyice kamburlaşan bedenine baktıkça daha da öfkelendim. Albayımın verdiği tabancayı belimden çıkardığım gibi arkadan atladım üzerine. Neye uğradığını şaşırdı. Kuyunun yanındaki yalağın önüne yıkıldı. Ben üstündeyim. Yüzü yere dönük. Başını çevirmeye çalışıyor. Yüzünü görsem kötü olacağım, görmek istemiyorum. Bastırdım çamura.

'Bre şerefsiz herif' dedim, tabancayı boynuna batırarak, 'İnsan gelinine, kızına musallat olur mu?'

'Cuma' dedi, sesimden tanımış. 'Cuma, etme oğlum, benim bir suçum yok.'

Yalvarınca kendime güvenim arttı. Sırtüstü çevirdim onu. Yüzüne baktım. Utanç içindeydi. 'Salavat getir' dedim.

'Etme oğlum, benim bir suçum yok' dedi yine. Başladı ağlamaya. Babamı hiç ağlarken görmemiştim. Anam öldüğünde bile ağlamamıştı. Bir tuhaf oldum. Yüzüne biraz daha baksam, onu vuramayacağım. Elimle yüzünü yan çevirdim. Babam baktı benden kurtuluş yok, salavat getirmeye başladı. Salavatını bitirsin, basacağım tetiğe. Birden evin ışıkları yanmaz mı? Gürültümüze uyanmışlar. Bir anda ev ahalisi sökün etti dışarı, önce abim, arkasından küçük kardeşim, derken onların avratları, bizimki ortalıkta yok. Elimde silah beni babamın üstünde görünce kendisini de öldürürüm diye korkmuş olacak. O anda en çok anamın ölmüş olmasına şükrettim. İyi ki ölmüş de bu günleri görmemişti. Neyse uzatmayalım, ben tetiğe basamadan kardeşlerim gelip aldılar babamı elimden. Ama artık o evde durur muyum, aldım avradımı götürdüm babasının evine. Giderken de eşek sudan gelinceye kadar dövdüm. Babasına teslim ettim. Bu sizin kızınız, dedim. Kayınbabamın beti benzi attı. Kızını boş koyacağımı zannetti. Merak etme, kan yine benim kan, dedim. Askerden dönünceye kadar size teslim. Onun namusundan da, her bir şeyinden de siz mesulsünüz. Ona göre. Ertesi gün de yola düşüp garnizona döndüm. Çıktım albayımın karşısına, aldığım emaneti teslim ettim. Durum böyle böyle diye de olanı biteni anlattım. Albayım, sırtımı sıvazladı.

'İyi yapmışsın, Allah'ından bulsun' dedi."

"Sonra?" diye soruyorum merakla Cuma'ya.

"Sigarayı söndürdün" diyor başıyla küllüğü göstererek. Yenisini veriyorum, üst üste birkaç derin soluk çektikten sonra devam ediyor öyküsüne.

"Sonra askerlik bitti. Eve döndüm. Ama artık köyde barınamam. Kasabada bir çırçır fabrikası açılmış. Dayımın yardımıyla orda iş buldum. Avradı da alıp kasabaya taşındım. Böyle böyle üç-dört yıl geçti. Bu arada bir de kızımız oldu. Ben de çırçır fabrikasında sivrildim, usta işçiliğe yükseldim. Bir gün kasabadaki büyük trafo yandı, bütün elektrikler kesildi. Kasabada tamir edecek kimse yokmuş, şehre haber salındı, TEK'ten adamlar istendi. Fabrikada ortalığı derledik toparladık. Yapacak fazla bir iş de yok. Ustabaşı, dayımın yakın arkadaşıydı, 'Cuma sen istersen git' dedi. Ben de erkenden evin yolunu tuttum. Pazara uğradım, hiç unutmam, mayıs sonları kiraz yeni çıkmış. Kızıma kiraz, eve sebze filan aldım. Sokağa girdim ki, kızım Zöhre kaldırımda oturmuş ağlıyor.

'Niye ağlıyorsun kızım?' dedim.

'Anam beni eve sokmadı' dedi.

Allah Allah, dedim kendi kendime. Bu kadın niye sokmaz ki çocuğu eve. Elinden tutup kaldırdım Zöhre'yi. Çaldım evin kapısını. Perdenin arkasından biri bakar gibi oldu. Sonra içerde bir koşuşturma duydum. Az sonra da açıldı kapı.

'N'oldu avrat?' dedim. 'Bu çocuk niye dışarıda?'

'Heeç' dedi telaşlı bir halde. 'Misafir geldi de.'

Başımı uzatıp içeri bakarken, 'Misafir mi?' diye sordum.

'Baban' der demez beynimden vurulmuşa döndüm. Demek dedim kendi kendime, bizim avrat da gönüllüymüş bu işte. Ama tuttum kendimi. Kızımı kucağımdan yere indirdim. Ayakkabılarımı filan çıkarmadan içeri geçtim. Bizim deyyus içerde mindere kurulmuş oturuyor ama yüzü kıpkırmızı.

'Oğlum Cuma' diye kalktı ayağa. Bakışları insanlıktan çıkmış, sanki karşımda ürkmüş, azgın bir hayvan var. Fırsatını bulsa pencereden atlayıp kaçacak, öyle de ödü bokuna karışmış. Aslına bakarsan benim halim de ondan farksız. Ama belli etmemeye çalışıyorum.

'Hoş gelmişsin Baba' dedim. 'Kalkma, buyur otur.'

Sakinliğime inanamamış, salak salak gülmeye başladı.

'Otur, baba otur' dedim, 'Bura senin evin sayılır.'

'Et tırnaktan ayrılmaz oğlum' diyerek oturdu. 'Gideyim Cuma'nın ocağına, bitsin artık şu düşmanlık dedim.'

'İyi etmişsin' dedim ama kafam nasıl dönüyor bilemezsin. Babam anlattı da anlattı. Anlattıkça zavallılaştı, küçüldü. O anlattıkça ben, bu avrat, 'Benden daha yaşlı, daha çirkin olan babamla niye birlikte olur' diye düşündüm. Düşündüm, bir çıkış yolu bulamadım. Belki de sevdalanmıştır, dedim. Gönül kimi severse güzel odur. Babamın sözü bitince, 'Ben ayakyoluna gideceğim' deyip kalktım. Mutfağa geçtim, duvarda asılı bir et satırı vardı. Alıp arkama sakladım. İçeri girdim, babam merakla bana bakıyor. Yanına yaklaştım, hâlâ salak salak gülüyor. Aramızda yarım metre ya var ya yok. Et satırını kaldırıp kafasına indirdim. Ama babam kafasını yana çekti, satır kulağının yarısını götürdü. Babam can havliyle kalkmaya çalıştı. Döşünün ortasına bir tekme vurdum. Sırtüstü düştü mindere. Ben de çöktüm döşünün üstüne. Elimdeki satırı indirmeye başladım. Kaç kere vurdum bilmiyorum, bizim avradın bağırmasıyla kendime geldim. Baktım babamın kafasının yerinde kanlı bir et yığını duruyor. Kalktım, döndüm ki benim avrat ile Zöhre kapıda durmuş bana bakıyor. Zöhre'nin elinde bir avuç kiraz, avradın yüzü sapsarı.

'Bokunu yiyim Cuma, bana bir şey yapma' dedi.

'Korkma' dedim. 'Sen kızımın anasısın, sana bir şey yapar mıyım hiç?' İnanmadı. Korkudan belermiş gözleriyle bana bakmayı sürdürdü.

'Korkma' dedim yeniden.

'Zöhre'yi içeri götür. Sen de gel elime su dök de, şu pis herifin kanlarını yıkayayım.' Belki inanmadı ama çaresiz uydu söylediklerime. Ben de kapıyı gözleyerek mutfağa doğru yürüdüm. Kaçmaya kalksa beş adım sonra yakalayacağım. Kızı odaya kapayıp geldi. O yaklaşırken ben de satırı bırakıp tezgâhın üstündeki bıçağı aldım. Testiyi aldı, yanıma yaklaştı. Baktım, rüzgâr gibi sallanıyor. Sol elimle bileğinden yakaladım. Testi elinden düştü, su ayaklarımızı ıslattı. Islaklık hoşuma gitti. Niye bilmem, bir ferahlık yayıldı yüreğime. Baktım, benim avradın titremesi daha da artmış.

'Titreme' dedim. Yalvaran gözlerle baktı.

'Kızının başı için beni öldürme' dedi.

'Seni öldürmeyeceğim. Ama söyle bana, babamda bende olmayan ne vardı?'

'Benim suçum yok' dedi.

'İnkâr etme' dedim. 'Neyse söyle, seni bırakacağım.'

'Ben bir şey yapmadım' dedi.

'Bak, yalan söyleme' dedim.

'Valla billa benim babanla ilişiğim yok.'

Artık daha fazla dayanamadım. Bıçağı kasığına sapladım. Önce fark etmedi, sonra anladı kendisini vurduğumu. Bağıracak oldu. Boşta kalan elimle ağzını kapayıp bıçağı saplamaya başladım. Önce dizlerinin üstüne çöktü, sonra yere yığıldı kaldı. Ayağımla dokundum, ölmüştü. Ellerimi yıkadım, elbisemi değiştirdim. Kızımı alıp dayımın evinin yolunu tutum. Zöhre anasını sordu, 'Akşam gelir' dedim. Dayımlara varıp, olanları anlatıp kızımı onlara teslim ettim."

Duyduklarımın dehşeti içinde Cuma'nın yüzüne bakıyorum. Ne kadar da sakin görünüyor. Artık olayı kanıksamış olmalı. Kim bilir kaç kez anlatmıştır bunu.

"Gene söndürdün cıgarayı Komserim" diyor iç geçirerek.

"Kaçtın mı?" diye soruyorum ağzına yeni bir sigara tutuştururken.

"Nereye kaçacağım? Kim beni saklar? Doğru karakola gittim. Hemen tutukladılar bizi. Mahkemede de inkâr etmedim. Önce idam istediler, sonra müebbet verdiler. Karıyı da satırla öldürseymişiz cezamız daha da hafiflermiş. Öfke cezayı düşürürmüş. Savcı taammüden cinayet dedi."

"Sonra hapiste Fahri'yle karşılaştın?"

"Seneler sonra... Bizim ceza yüz birden otuz altı yıla indiğinde. Çanakkale mahpusuna gönderilmiştik. Fahri ile Sinan benim üçüncü yılımda geldiler Çanakkale'ye. Onlar siyasi mahkûm ya, bizden ayrı duruyorlar, onları görüyorum ama tanımıyorum, işte sonra albayımla karşılaştık. Bizi tanıştırdı.

'Aman Cuma' dedi, 'Sen burada kıdemlisin, bu çocuklara göz kulak ol.'

'Emredersin Albayım' dedim. Dedim demesine ya, bir ay sonra sarılık oldum. Hastaneye gönderdiler bizi. Atlattık ama güçten de düştük. 'Kendine bakmazsan ölürsün' dediler.

Cezaevine gelince Fahri ile Sinan beni kendi koğuşlarına aldılar. Okumuş adamlar, her bir şeyi biliyorlar. Ayıptır söylemesi, muzundan dalağına kadar ne bulurlarsa yedirdiler. Biz çocuklara göz kulak olacağımız yerde onlar bizi Azrail'in elinden aldılar. Ne yalan söyleyim, albayım, 'Bu çocuklara bak' dediğinde, içimde bunlar devrimci, nasıl geçineceğiz diye bir korku vardı. Ama tanıyınca anladım ki korkum boşunaymış."

"Sen de devrimci oldun mu?"

"Yok, benim aklım ermez öyle işlere. Hem albayım da hoş görmezdi bu davaları. Çocuklar da bıraktılar zaten, yazıya verdiler kendilerini. Gece gündüz demez, ha bire okurlardı. Sonra başlarlardı yazmaya. Bir iki kitap da bana verdiler oku diye. Canım sıkıldı, kitap elimde uyuyakaldım hep."

"Örgüte filan almadılar mı seni?"

"Çok örgüt gördük biz içerde. Hiçbiri bu çocukların eline su dökemez. Bu çocuklar yiğit çocuklar, Sinan biraz cıvıktır da Fahri aynen babası gibi taşaklı bir adamdı. Onca yıl hapis yattık, uygunsuz, gudümsüz bir işini görmedim."

"Ama" diyorum. "Seni bu işe bulaştırmakta bir sakınca görmemiş."

"İş öyle değil Komserim" diyor başını sallayarak. "Beni o karıştırmadı, kendim bulaştım. Bunlar tahliye olduktan sonra arada bir görüşe gelirlerdi. Sonra Sinan'ın ayağı kesildi. Ama Fahri hiç bırakmadı beni, beş-altı ayda bir gelir, halımı hatırımı sorar, para bırakırdı. Derken bizim dayı sizlere ömür. Zaten yengem üç yıl öncesinden ölmüştü. Dayının kimi kimsesi yok. Benim Zöhre'yi onlar büyütüp evlendirdiler ya, kendi çocukları sayıyorlar. Dayım ölmeden önce bir vasiyet hazırlamış, kasabadaki evi, tarladaki birkaç dönüm toprağı Zöhre'ye bırakmış. Ama benim kardeşler itiraz ettiler, Zöhre'yi mahkemeye verdiler. Bizim damat da sessiz sedasız, koyun gibi adam. Bıraksak alacaklar malı mülkü ellerinden. Durumu Fahri'ye anlattım. Hemen bir avukat buldu, karşı dava açtırdı. Bu dediğim bir yıldan çok oluyor. Cezaevine de davayı kazandığımızı söylemeye gelmiş. Ama baktım oğlanın halı hal değil. Dedim: 'Sende bir şey var.' Söylemek istemedi, vebal verdirdim, 'Biz arkadaş değil miyiz?' dedim.

'Hani sana bir kızdan söz etmiştim' dedi.

Anında hatırladım: Mine Bacı.

'Evet, işte o' dedi. 'On gündür kayıp.'

'Çıkar gelir, canını sıkma' dedim.

'Yok' dedi. 'İş biraz karışık. Bir polis var, kızın eski arkadaşı. Ayrıldılar. Kız bana gelince herif kaldıramadı. Kıza bir kötülük etti. Bunu da benim üstüme yıkmaya çalışıyor.'

'N'olacak peki?' dedim.

'Bilmem ama beni rahat bırakmayacaklar' dedi.

Fahri kolay kolay böyle iri laflar etmez. Söylediğine göre durum vahim, dedim kendi kendime. Aklıma bir fikir geldi. Dedim, 'Fahri Kardaş, bu herif sana kötülük etmeden onu halledelim. Benim izin hakkım doğmuştur. Beş gün dışarı çıkacağım, sen bana bir tabanca bul, ben bu herifin hakkını eline vereyim.'"

Cuma konuşmasının burasında sözü kesip yüzüme bakıyor. "Kusura bakma Komserim, benim seninle bir alıp veremediğim yoktu. Ama Fahri için her şeyi yaparım" diyor.

"Önemli değil" diyorum. "Sen anlatmana devam et."

"Fahri önce yanaşmadı düşünceme. 'Olmaz' dedi. 'Bu benim meselem. Bunca yıldır hapistesin. Başını yeniden belaya sokamam. Yakında af var, çıkar biraz gün yüzü görürsün.'

'Herifi temizlediğimi kim bilecek? Ben mahpus bir adamım. Kimse anlamaz' dedim. Bir ara kafasına yatar gibi oldu, sonra, 'Olmaz' dedi. Neyse, uzun etmeyelim, ağzından girip burnundan çıktım, sonunda kabul ettirdim.

'Ama tek başına hayatta beceremezsin. Herif sıkı biriymiş, bu işi ancak ikimiz halledebiliriz' dedi.

'Tamam' dedim. 'Sırt sırta verip bitiririz bu işi.'

'Yalnız bana söz ver, vurulursam beni bırakıp gideceksin' dedi.

'Olur' dedim.

'O zaman hemen harekete geçmeliyiz' dedi Fahri. 'Adamın evini biliyorum. Sabah işe giderken hallederiz bu işi. Sen hafta başında iznini al, İstanbul'a gel.' Dediğini yaptım..."

Cuma anlatırken onu izliyorum. Söyledikleriyle kendini yaktığının farkında değil mi? Elbette farkında ama arkadaşına ihanet etmek istemiyor. Belki de dışarı çıkmaktan korkuyordur. On beş yıldan çok kalmış içerde. Söyledikleri yalan olabilir mi? Kan çanağına dönen gözlerinde öyle aptalca bir içtenlik var ki, insan görür görmez bu adamın yalan söylemediğini anlar. Yine de onu sıkıştırmalıyım.

"Bütün bunlar iyi de Mine nerede?"

İnanmamış gözlerle beni süzüyor.

"Şimdi sen, kızın nerede olduğunu bilmiyor musun?"

"Tabii ki bilmiyorum" diyerek sertçe yüzüne bakıyorum. Yüzünde hiç suçluluk duygusu yok. Bilmediğime şaşırmış gibi, hatta yalan söylüyormuşum gibi gözlerimin içine bakıyor. Bakışları o kadar etkili ki bunu yapmamam gerektiğini bile bile kendimi savunma gereği duyuyorum.

"Ben o kıza kötülük yapamam" diyorum. "Anlıyor musun? O kıza kötülük yapamam."

"Sevdalıydın değil mi o kıza?" diye soruyor; gözlerinden bir acıma bulutunun geçtiğini görüyorum.

"Boş ver şimdi" diyecek oluyorum, sözümü kesiyor.

"Boş ver deme? İnsan sevdalısını da öldürür."

"Saçmalama, insan sevdiği birini neden öldürsün?"

"Kıskançlıktan. Bir de..."

"Bir de?"

"El âleme kepaze olmamak için."

"Fahri bu yüzden mi kaçırdı Mine'yi?"

"Kaçırdı mı?" Yüzündeki keder perdesi şöyle bir dalgalanıyor, sonra yeniden eski koyu dinginliğine kavuşuyor. "Fahri o kıza hiçbir şey yapmadı."

"Nereden biliyorsun?"

"Yapmadığını söyledi."

"Yalan söylemiştir."

"Fahri yalan söylemez."

"Ya sen?"

"Ben, o kızcağızı tanımam bile."

"Beni de tanımazdın ama hiç çekinmeden ateş ettin."

"Sen Fahri'nin düşmanıydın."

"Peki Mine?"

"O sevdalısıydı."

"Fahri bu kızı öldür deseydi..."

İkircimsiz yanıtlıyor sorumu.

"Öldürürdüm. Ama böyle bir şey demedi."

"Nereden bileceğiz bunu?"

"Müdüre sor. Kız kaybolduğunda ben içerideydim."

"Fahri bir şeyler anlatmıştır belki sana."

Tuhaf, sözlerim sanki onu hiç etkilemiyor; yüzünde hep aynı yoğun keder, sessizce dinliyor tehditlerimi.

"Ne anlattıysa söyledim. Başka da bir şey bilmiyorum."

"Bak sonra çıkamazsın dışarı, hiçbir aftan yararlanamazsın."

"Ne olacak ki" diyor hiç umursamadan. "Sanki dışarıda bok mu var?"

Yirmi Birinci Bölüm

Sorgu odasından çıktığımda akşamki karanlık holün gün ışığıyla aydınlanmış olduğunu görüyorum. Sabaha karşı basan sisten belliydi havanın böyle güzel olacağı. Tahir ile Hikmet kapının solundaki küçük masada kahvaltı yapıyorlar. Beni görünce hemen ayağa kalkıyorlar.

"Buyurun kahvaltı yapalım" diyor Hikmet, yüzündeki saygıyla kaplanmış maskeye karşın bana hiç güven duymadığını çok iyi biliyorum.

Ben de kendi maskemin ardına gizlenerek, "Biraz ekmek ile peynire hayır demem doğrusu" diyorum.

Tahir, çeyrek ekmeğin içine peynir keserken, Hikmet de çay koyuyor boş bir bardağa.

"Nasıl geçti sorgu?" diye soruyor Hikmet.

"Sorgu iyiydi ama bir şey çıkmadı" diyorum, uzattığı ekmeği alırken.

"Herifin sıkı biri olduğunu söylüyordu Çanakkaleliler."

Ekmekten bir lokma ısırırken, hole bakıyorum. İkisinden başka kimse yok.

"Çanakkaleliler yok mu?" diyorum, ağzımdaki lokmayı yuttuktan sonra.

"Hâlâ uyuyorlar" diyor Hikmet başıyla yukarıyı göstererek. "İyi yorulmuşlar anlaşılan... Haa bu arada sizi yenge aradı. Önemliymiş. 'Mutlaka arasın' dedi."

"Tamam sağ ol, ararım" diyorum.

"İçerde telefon var" diyor.

"Yolda ararım" diyorum. O telefonun güvenli olmadığını biliyorum.

Tahir'in masanın ucuna koyduğu çay bardağından bir yudum aldıktan sonra, "Uyanınca adamı aldıkları yere götürsünler" diyorum. "Ama kutuya sokmasınlar. Sorguda samimiydi."

"Söyleriz" diyor Tahir.

"Çay da tam kıvamında" diyorum. "Kim demledi?"

"Hayri" diyor Hikmet. "Geceden beri ayakta."

Kahvaltımı bitirip evden çıkınca, merdivenlerde dikilip sigaramı yakıyorum. Hayri görmüş, geliyor.

"Gidiyor musun?"

"İş bitti" diyorum.

"Çabuk çözdün desene herifi."

"Aslına bakarsan bir şey sakladığı yokmuş."

Gün ışığında bu ev daha hoş görünüyor insanın gözüne. Genç bir ardıç ağacının gölgesi düşüyor üstümüze. Ağacın dallarındaki kuşların cıvıltısıyla Hayri'nin yorgun yüzü tam bir karşıtlık oluşturuyor.

"Sen hiç uyumaz mısın?"

"İş çıkınca uyumam" diyor. "Kimse olmadığı zaman yeterince uyuyorum zaten."

Bizim burada bulunmamızdan mutluluk duyduğunu sezinliyorum. Kendini bir kenara atılmış, işe yaramaz biri olarak görmekten kurtuluyor olmalı.

Arabaya kadar geçiriyor beni, kapıyı kapatırken soruyor:

"Kaseti aldın mı?"

"Ne kaseti?"

Bir an duruyor, kırdığı potun farkına çabuk varıyor.

"Hiiiç" diyor. "Bir hafta önce Bosnalı biri vardı da burada. Onun sorgusuyla karıştırdım. Yaşlılık işte."

"Önemli değil" diyorum. "Hoşça kal, yine görüşürüz."

"Görüşürüz" diyor biraz utanarak.

Ford'u çalıştırıp yola çıkıyorum. Demek amcam sorguyu video kasete aldırmış. Hikmet ile Tahir'in neden burada oldukları anlaşılıyor. Kaseti alıp sağ salim ona götürecekler. O da izleyecek, karar verecek. Ne öğreneceğini umuyor acaba? Ne umarsa umsun, onunla uğraşacak vaktim yok. Hâlâ Mine'yle ilgili en ufak bir ilerleme kaydedemedim. Başladığım noktada gezinip duruyorum. Ama galiba bu işin arkasında örgüt yok. Fahri, Mine'yi kıskançlık sonucu kaçırmış ya da öldürmüş olabilir. Belki de Mine karnındaki çocuğun benden olduğunu söylemiştir. Bunu duyunca çıldırmıştır. Benim polis olduğumu öğrendiğinde bile nasıl da yıkılmış herif. Mine de sağlam kız ama. Son zamanlarda aramızda geçen onca tatsızlığa karşın yine de gizlemiş mesleğimi. Onun hakkında yanılmamışım demek ki. Belki de Fahri kızın benimle ilgili bir şeyler gizlediğini sezinledi. Bu durumu da yanlış yorumlayarak, Mine'yi bizim için çalışıyor zannetti. Sinan'ın anlattığına göre adam fanatik. Kabul etmek gerekir ki oldukça da cesur. Aklını da cesareti gibi kullandıysa... Antalya'dan bir günlüğüne İstanbul'a gelip, kızı ortadan kaldırıp aynı gün geri döndüyse... Belki de Mine'yi yanına, Antalya'ya çağırmıştır. Sonra da Cuma'yı kandırdı. Böylece hem Mine'den intikamını alıyor hem de benden kurtulmayı amaçlıyor. Yine de Cuma bozdu oyunu, beni gördüğünde heyecanlanmasaydı Fahri amacına ulaşmış olacaktı. Evet evet, Fahri... Başka bir olasılık... Tek başına tatile filan gitmiş desek, şimdiye kadar çoktan döner ya da haber verirdi. Hadi beni takmadı, Fahri'ye haber verirdi. Hem bu kadar olay oldu, duymaması olanaksız... Ya şu kürtaj olayı? Kızcağız çocuk aldırırken başına bir iş gelmesin? Yok canım, öyle bir olay olsa kokusu çoktan çıkardı. Hem çocuğu aldırmak için neden acele etsin ki? Henüz bir aylık... Bir de amcamın tezi var. Mine ile babası istihbaratçıymış. İşte bu hiç aklıma yatmıyor... Kendinden korkuyor adam. Teşkilattaki toplantı ne oldu acaba? Dokuzda başlayacaktı. Gözlerim saatime kayıyor: 11:21. Öğleye kadar sürer rahat. Bakalım ne sonuç çıkacak?

Az ilerde bir benzin istasyonu var. Yol sakin, iyice sağa yanaşıp yavaşlıyorum. Melike'yi aramalı, bakalım ne diyor. Aracımı istasyonda süper benzin yazan pompanın önüne çekiyorum. Yaklaşan görevliye anahtarları verip, "Full" dedikten sonra binanın dışındaki telefonun başına geçiyorum.

"Alo?"

Melike sesimi hemen tanıyor.

"Alo Sedat sen misin?"

"Benim, hayrola aramışsın?"

"Nasılsın?"

Yaralanma olayından sonra bu kadın da çok üstüme düşmeye başladı.

"İyiyim, iyiyim. Ne oldu?"

"Yıldırım Abi'nin hanımı aradı."

"Gülseren Abla mı?"

"Evet, Gülseren Abla. Öğleye kadar seninle görüşmesi gerekiyormuş. Çok önemli olduğunu söyledi."

"Allah Allah, neymiş acaba?"

"Bana bir şey anlatmadı. Ama sesi telaşlıydı."

"Tamam canım, ben onu ararım" diyorum.

"Akşama geç kalma, ne olduğunu ben de merak ediyorum" diyor.

Telefonu kapatıp Gülseren Abla'nın numarasını çeviriyorum. Meşgul. Gülseren Abla yiğit kadın, Yıldırım'ın ölümünden sonra bağlanan emekli maaşını kabul etmedi. Gerçi paraya da ihtiyaçları yok ama her kadın yapamaz bunu. Korkar, çekinir... Beni neden arıyor acaba? Gülseren Abla'yı yeniden arıyorum. Yine meşgul.

Çevreye bakınıyorum. Doğa pırıl pırıl. Sanki kış değil de bahar. Denizden esen nemli bir rüzgâr saçlarımda, yüzümde geziniyor. Aşağıda Büyükçekmece kıyıları görünüyor. Denizde kıyıya yakın seyreden mavi bir yelkenli var. Bir süre bu mavi yelkenliyi izliyorum.

Yeniden telefonun tuşlarına dönüyorum. Bu defa çalıyor.

"Alo? Gülseren Abla?"

"Sedat sen misin?" Sesi umutla çınlıyor. "İyi ki aradın."

"Benim, hayrola bir şey mi var?"

"Hemen konuşmamız gerek."

"Ne oldu ki?"

"Telefonda anlatamam. Buraya gelmelisin."

"Peki hemen geliyorum."

Aracıma dönüp yola çıkıyorum. Yıldırım'ın ailesi Yeşilyurt'ta, denize bakan bir apartman dairesinde oturuyor. Tek çocukları Mete, Londra'da işletme dalında master yapıyor. Gülseren Abla yalnız kalıyor evde. Sık sık arayıp sorardım onu. Uzun zamandır uğrayamadım. Yaralandığımda hastaneye gelen ilk kişilerden biriydi. Ne oldu acaba? Neden böyle yana yana beni arıyor? İyice yükleniyorum gaza.

Kapıda karşılıyor beni Gülseren Abla. Ev tıpkı bizimki gibi düzenli, tertemiz. Kadınlarımız da birbirine benziyor. Onlara sunduğumuz yaşamdan olsa gerek.

"Kusura bakma, seni buraya kadar yordum" diyor içerdeki küçük odaya geçip gösterdiği koltuğa oturduktan sonra. "Ama senden başka akıl danışacak kimsem yok."

"Böyle konuşma Gülseren Abla" diyorum. "Ne zaman bir şeye ihtiyacın olursa..."

"Sağ olasın" diyor. "Yıldırım, seni öz kardeşi gibi severdi. Sık sık seni anlatırdı."

Ona bakıyorum. Yaşı henüz elli bile değil ama yüzü şimdiden yaşlı bir kadını andırıyor. Bir an onun erken çökmüş yüzünde Melike'nin yaşlılığını görür gibi oluyorum. Sonra kovuyorum bu düşünceleri kafamdan.

"Ne yapmam gerektiğini bilmiyorum" diyerek sürdürüyor, yardım dileyen gözlerini yüzüme dikerek Gülseren Abla. "Bana bir akıl ver."

"Yardımcı olmak isterim ama neler olduğunu bilmiyorum ki?" diyorum gülümseyerek.

"Bilmiyor musun?" diyor şaşkınlıkla.

"Hayır!"

"Tuhaf" diyor. "Ben de senin etkin olmuştur, diye düşünüyordum."

"Nede benim etkim olmuştur?"

"Hay Allah, sen hiçbir şey bilmiyormuşsun. Dur, şunu baştan anlatayım sana. Bu sabah telefon çaldı. Açtım, kibar bir kadın sesi, müsteşarın sekreteri olduğunu söyledi."

"Müsteşarın sekreteri mi?" diyorum inanamamış gibi.

"Evet, yeni müsteşarın sekreteri. Öğleden sonra saat 15:00'te müsteşarın beni ziyaret etmek istediğini, zamanımın olup olmadığını sordu. Bir süre ne diyeceğimi bilemedim. Sonunda, 'Buyursun' dedim. Telefonu kapattıktan sonra içime bir kaygı düştü. Bunca zamandan sonra bu ziyaret de nereden çıkmıştı? Mete'yi aradım. O da bir anlam veremedi. 'Sedat Abi'ye sor' dedi. 'Belki o biliyordur. Bize nasıl davranmamız gerektiğini söyler' dedi."

"Ne yazık ki bilmiyorum" diye yineliyorum. "Ama ilginç. Bunca yıl sonra müsteşar, Yıldırım'ın evine gelmeye kalkıyor!"

Çenemi avucumun içine alıp düşünüyorum. Yoksa bizim amca haklı mı, gerçekten de onun ayağını mı kaydırıyorlar? Hiç öyle bir belirti de yoktu.

"Belki sizden özür dileyeceklerdir" diyorum.

"Biraz geç kalmadılar mı?" diyor sitemle.

"Galiba teşkilat yanlışını anladı" diyorum.

"Kime yararı olacak bunun?" diyor gözleri dolarak.

"Eğer bu davranışları içtense, teşkilat için de, ülke için de çok iyi olur."

"Umurumda bile değil. Yıldırım öldükten sonra..."

"Öyle söyleme Gülseren Abla" diyorum. "Yıldırım yaşasaydı buna memnun olurdu."

Öfkesi geçer gibi oluyor.

"Peki, ben ne yapmalıyım? Ne söylemeliyim müsteşara?"

"Bilmiyorum. En azından hemen karşı çıkmamalısın. Neler olup bittiğini anlamaya çalışmak lazım. Birkaç güne kadar durum açıklık kazanır."

"Peki" diyor uysalca. "Anlamaya çalışalım bakalım ne olacak? Ama Yıldırım'ın katillerini de soracağım müsteşara."

"Yakalandıklarını söyleyecek sana. Kâğıt üzerinde öyle görünüyor çünkü."

"Yalnızca kâğıt üzerinde."

"Bu gibi olaylarda gerçek, ancak uzun bir araştırma sonucu ortaya çıkar. Tabii gerçek katiller de."

"Yani hiçbir zaman yakalanmayacak onlar desene."

"Çok zor" diyorum.

"Anlamıyorum" diyor. "Bütün olanaklar sizin elinizde. Her tür bilgiye sahipsiniz. Yine de bir arkadaşınızın katilini bulmaktan âcizsiniz."

"Biraz karışık, senin sandığın kadar basit değil Gülseren Abla" diyorum.

"Açıklayamayacağı bir konu oldu mu Yıldırım da böyle söylerdi."

"Başka ne söylenebilir ki? Bunları göze alarak girdik mesleğe."

"Tamam ama yapacak bir şeyler de olmalı" diyor inatçı bir tavırla. "Kocamın katillerini bulmak için ne yaptıklarını soracağım müsteşara. Katilleri bulmak onun görevi değil mi?"

Yirmi İkinci Bölüm

Teşkilat binasına geldiğimde müsteşarın sabahki görevini tamamlayıp ayrıldığını öğreniyorum. Bana kalsa çok daha önce gelirdim buraya ama Gülseren Abla'nın ısrarlarına dayanamayarak öğle yemeğini onunla birlikte yemek zorunda kaldım. Onun anlattıklarını dinliyordum ama aklım teşkilat binasındaki toplantıdaydı. Ne türden bir sonuç çıkacak diye düşünüyordum. Bizim amcanın mı ayağını kaydıracaklardı, yoksa Orhan'ın korktuğu gibi, yaşlı kurdun konumu daha da mı sağlamlaşacaktı? Yemekten sonra kahveyi bile beklemeden kaçarcasına çıktım evden.

Teşkilat binasının içi sakin. Görevliler yerinde, odaların kapıları kapalı. Herkes kapalı kapılar ardında değerlendirme yapıyor olmalı. Koridorlarda her şey günlük sıradan görünümünde. Yukarı çıkıyorum, şanslıyım, Mustafa büroda.

"Merhaba Amirim" diyor beni görünce.

"Merhaba, ne var ne yok?"

"Sizi Metin Bey aradı" diyor. "Mine'nin babası değil mi bu adam?"

"Evet, ne söyledi?"

"İtalya'daymış ama akşam uçağıyla Türkiye'ye geliyormuş. Yarın sabah 10:00'da daha önce görüştüğünüz otelde sizi bekleyecekmiş. 'Mutlaka gelsin' dedi. Çok önemliymiş."

"Önemli ha! İtalya'da Selin'in peşindeydi, bizim bilmediğimiz yeni bir bilgi mi edindi acaba?"

"Sanmıyorum Amirim. Selin'le bizzat ben iki kez telefonla görüştüm. Kızcağızın olan bitenden haberi yok. Olayı bile bizden öğrendi."

"Metin abartıyor olabilir. Yarın anlarız... Hastaneleri dolaştın mı?" diyorum paltomu asarken.

"Dolaştım ama bir sonuç çıkmadı" diyor. "Kürtaj yapan resmi, özel tam yirmi üç yer gezdim. Hiçbirinin kayıtlarında Mine'nin adı yok. Yetkililer, doktorlar böyle bir kızın kürtaj olduğunu hatırlamıyorlar. Hem teşekküllü hastanelerde kürtajın ölümle sonuçlanma olasılığı yok denecek kadar azmış."

Mustafa'nın anlattıkları benim için sürpriz olmuyor.

"Toplantıdan haberin var mı?"

"Kimse bir şey söylemiyor ama herkes memnun."

"Herkes kim?"

"İsmet Bey, Orhan Bey..."

"Memnun olduklarını nereden çıkardın?"

"Amcanız ile Orhan Bey'i konuşurlarken gördüm. Oldukça neşeli görünüyorlardı."

Demek uzlaşma kararı çıktı. Hem amcamı hem de Orhan'ı memnun ettiğine göre müsteşar oldukça yetenekli biri.

"Müsteşar ne zaman ayrıldı?"

"Gideli bir saati buluyor. Toplantı bitince amcanız, Tahir ile Hikmet'i odasına aldı. Geçerken bizim büroya uğrayıp size baktılar. Sonra hep birlikte İsmet Bey'in odasına gittiler. Az sonra Tahir ile Hikmet çıktılar."

"Bir saat kadar sonra da Orhan Bey girdi içeri" diye sürdürüyor sözlerini Mustafa. "Hâlâ da içerde."

"İçerde olduğunu nereden biliyorsun?"

"Yarım saat önce İsmet Bey beni çağırdı. Üsküdar'daki çatışmayla ilgili raporunuzu sordu."

Bir an hatırlayamıyorum.

"Komser Naci'ye yönelik yargısız infaz suçlamaları" diye açıklamak gereği hissediyor Mustafa.

"Tamam, anladım" diyorum başımı sallayarak.

"Amcanız işte o raporu sordu. Sizin imzanızı beklediğini söyledim. 'Sedat gelince raporu imzalayıp bana getirsin' dedi."

"Nerede rapor?"

"Orada" diyor eliyle masanın üzerini göstererek. "Sumeninizin arasında."

Sumenin kapağını kaldırıp üç sayfalık raporu alıyorum.

"Olayla ilgili gazetelerde haber çıkıyor mu hâlâ?"

"Pek takip edemedim Amirim" diyerek kaçamak bir yanıt veriyor.

"Boş yere telaşlandı Naci. Neyse biz arkadaşlığımızı yapalım da" diyerek, Naci'yi suçsuz bulduğumuzu belirten raporda adımın yazılı olduğu bölümü imzalıyorum. Birden Mustafa'nın adının ve imzasının olmadığını fark ediyorum.

"İyi de burada senin imzan yok" diyorum.

"Ben evin içinde neler olduğunu görmedim Amirim" diyor sıkıntılı bir tavırla. "Sizinle birlikte dışarıdaydım. Yalnızca kaçan iki kişiye, 'Dur' dediğinizi, kaçaklar durmayınca da ateş ettiğinizi gördüm. Oysa bu raporda içerde karşılıklı çatışma çıktığı yazıyor. Raporu siz yazdığınıza göre doğrudur. Ama ben bu çatışmanın nasıl başladığını, önce kimin ateş ettiğini görmedim. Bu yüzden ayrı bir rapor yazdım ve tanık olduğum olayları orada belirttim."

Pis korkak, diyorum içimden. Bozulduğumu anlıyor.

"Yanlış bir şey yazmadım" diyor Mustafa. "Raporun bir örneği de burada, isterseniz siz de okuyabilirsiniz."

"Tamam tamam" diyorum kestirip atarak. "İstemez."

İmzaladığım raporu alıp kapıya doğru yürüyorum. Eminim bu aklı ona, nişanlısı olan o güzel avukat vermiştir. Hiçbir açıklama yapmadan çıkıyorum odadan.

Keskin Hayri geliyor gözlerimin önüne. Mustafa ile ikisini nasıl kıyaslarsın? Bu yeni kuşakta ekip ruhu, birlikte davranma duygusu yok. Yalnızca kendi kıçlarını nasıl kurtaracaklarını düşünüyorlar. Yarın bir gün başı sıkışınca ne yapacak bakalım? Bu mesleği bankacılıkla filan karıştırıyor olmalı. Zamanla anlayacak ama iş işten geçecek. Meslekte sevilmeyen biri olup çıkacak. Belki anlatmak lazım. Anlar mı ki?

Amcamın odasına gidinceye kadar bu düşünceler geçiyor kafamdan, içeri girdiğimde, amcam ile Orhan'ı karşılıklı oturmuş sohbet ederken buluyorum. Amcamın yüzüne dikkat ediyorum, mutluluk okunuyor. Dünkü tedirginlikten eser yok.

"Merhaba" diyorum soğuk bir tavırla.

"Ooo Sedat, gel bakalım" diyor amcam. "Nerede kaldın, merak ettik yahu?"

Orhan'ın yüzünde de aynı rahatlık, aynı neşe var. Kadim dost tavırlarıyla, "Nasılsın Sedat?" diye soruyor. Yalaka herif, sanki dün odamdan onu kovan ben değilim.

"Sağ ol" diyorum Orhan'a. Sonra elimdeki raporu amcama uzatarak ekliyorum: "Bunları istemişsiniz."

"İyi ki getirdin" diyor raporu alarak. "Mahkeme yakında, zamanında yollayalım da sorumluluk bizde kalmasın."

"Otursana Sedat" diye ekliyor sonra. "Seninle de konuşacaklarım var."

Önümdeki boş koltuğa yerleşiyorum. Orhan ne kadar anlayışlı olduğunu göstermek istercesine hızla toparlanıyor.

"İzninizle ben kalkacağım İsmet Bey" diyor. Amcam ayağa kalkıp Orhan'ın elini sıkıyor.

"Hazırlıklarınızı tamamlayın" diyor.

"Tamam efendim" diyor Orhan, inançla amcamın gözlerinin içine bakarak. Sinirden gülmemek için kendimi zor tutuyorum. Sonra, "Görüşürüz Sedat" diyerek kapıya doğru yürüyor.

"Toplantı fena geçmemiş galiba" diye soruyorum yarı alaycı bir tavırla amcama.

Amcamın gözü Orhan'da, sorumu yanıtlamıyor. Ancak o çıktıktan sonra anlatıyor.

"Korktuğum gibi olmadı" diyor. "Yeni müsteşar oldukça becerikli bir adam. Teşkilatın sorunlarını iyi biliyor.

Bu toplantıyı çok daha önceden yapacakmış ama teşkilatı tanımak istemiş. Birkaç aydır konu üzerinde çalışıyormuş."

"Nasıl bir karar çıktı toplantıdan?"

"Birlik. Teşkilat içinde ayrılıklara, gruplaşmalara son."

"Daha önceki tartışmalar, çatışmalar?"

"Hepsini unutacağız. 'Dünyanın, ülkenin bulunduğu şu kritik aşamada, önce teşkilatın içinde birliği sağlamamız gerekir' dedi müsteşar. 'Devletin istihbarat örgütü böyle bir zamanda birliğini koruyamazsa, ülkesi için nasıl çalışabilir' dedi. Yürekten katıldım müsteşarın sözlerine... Bu arada sevineceğin iki haber var. Yıldırım'la ilgili övücü sözler söyledi. Teşkilat eski yaraları sarmak istiyor. Galiba öğleden sonra Yıldırım'ın karısını ziyaret edeceklermiş."

"Teşkilat özür diliyor ha?" diyorum buruk bir yüz ifadesiyle. "Biraz geç değil mi?"

"Ne gerekiyorsa yapılacak. Yanlışlar telafi edilecek."

"Yıldırım'ın katilleri de bulunacak mı?"

"Sorun çıkarma. O iş çoktan bitti... Hem laf aramızda, kaç kişi severdi Yıldırım'ı şu teşkilatta? Dört ya da beş kişi. Neden? Çünkü insanların kuyusunu kazmaya çalışırdı. İyi adamdı, yiğit adamdı ama biraz paranoyaktı. Teşkilat içi operasyonlar düzenleyip dururdu. Eee ne demiş atalarımız, çalma elin kapısını, çalarlar kapını... Ama bunların hepsi geçmişte kaldı. Artık teşkilat içi operasyona izin verilmeyecek. Bizzat müsteşar söz verdi... Anlıyor musun, yeni bir dönem başlıyor." Sonra kurnazca göz kırpıyor bana. "Sen de şikâyet ettiğin görevlerden alınıp daha aktif işlerde istihdam edileceksin" diyor. "İsteklerin gerçekleşecek."

"Önce Mine'yi bulmam gerek" diyorum.

Anlattıkları karşısında kayıtsız kalmam canını sıkıyor. Arkasına yaslanıyor, bir süre düşünceli gözlerle beni süzdükten sonra, "Doğrusunu söylemek gerekirse, yanıldığımı kabul etmeliyim" diyor. "Sen haklıydın. Bu kızı öldürdüler."

"İnanamıyorum" diyorum başımı sallayarak. "Yılların istihbaratçısı, bir sorgu bandı izliyor, hem de o sorguda doğru dürüst hiçbir kanıt yokken görüşünden vazgeçiyor."

Amcam hazırlıksız yakalanmanın tedirginliği içinde, "Bandı izlediğimi nereden biliyorsun?" diye soruyor.

"Adamlarına daha dikkatli çalışmalarını söylemelisin" diyorum kendimden emin bir tavırla. "Hele hiç güvenmediğin birine karşı çok daha titiz davranmalılar."

"Bunu güvensizlik olarak alma" diyor pişkin bir tavırla. "Neler olup bittiğini başka kaynaktan da öğrenmek istedim."

"Başından beri başka kaynakları kullanıyorsun zaten."

"Doğru. Ama iyi ki de böyle yapmışım. Aslına bakarsan düşüncemi değiştirmemde Cuma'nın sorgusu değil, Almanya'daki araştırmanın sonuçları etkili oldu. Almanya'da Metin hakkında istihbarat yaptırdım. Adam da, kızı da temiz çıktı."

"Yani ajan değiller miymiş?" diyorum gülerek.

"Gülmen için bir neden yok" diyor sinirli bir tavırla. "Her olasılık yanılma payını içinde taşır."

"Neyse. Yanılmış olduğunuzu anlamanız da önemli. Ama kız hâlâ ortada yok. Ve ben onu bulmadan yeni bir görev istemiyorum."

"Duygusal davranıyorsun. Anlaşıldığı kadarıyla kızın kaybolmasında örgüt parmağı filan da yok. Olay Fahri'nin işi gibi. Kızı öldürüp bir yere gömdüyse nasıl bulacaksın?"

"Bilmiyorum. Ama bu dosyayı kapatmayacağım."

"Bence kapatmalısın. Yalnızca bu dosyayı değil, bütün geçmişi kapatmalısın, farkında değil misin, teşkilatta yepyeni bir dönem başlıyor, sen de kendine beyaz bir sayfa açmalısın."

"Bu beni fazla ilgilendirmiyor. O kızı bulmadan ya da başına her ne geldiyse öğrenmeden işe başlayamam."

"Bak, olayı ben de senin kadar izledim. Elinde bir şey kalmadı. Kızı nerede araştıracaksın, kime soracaksın?"

"Birilerini bulacağım. Gerekirse soruşturmaya baştan başlayacağım."

Amcam öfkeyle yüzüme bakıyor.

"Hep sorun çıkarırsın, değil mi? Hiç oluruna gitmezsin."

"Bu iş kendime duyduğum saygıyla ilgili."

"Kendine birazcık saygı duysaydın, karına, çocuklarına bunu yapmazdın."

"Karımı, çocuklarımı bu işe karıştırma."

"Sen karıştırmışsın zaten. Hem unutma, ben amcanım."

"Hatırlatmana gerek yok. Henüz aklımı yitirmedim."

"Bence yitirmişsin, yoksa yeni görevini reddetmezdin."

"Meraklısı çoktur" diyorum. "Orhan'a verin. Böyle iyi bir görev yabancıya gitmemiş olur."

Sözlerim amcamı zıvanadan çıkartmaya yetiyor.

"Allah belanı versin!" diyerek bağırıyor. "Bu işi sen açtın başımıza. Ben ise kapatmaya çalışıyorum. Hâlâ yangına körükle gidiyorsun."

"Ne yapayım, ben böyleyim. İşine gelmiyorsa silersin sarı defterinden."

"Sildim zaten. Ne halin varsa gör. Ama sıkışırsan sakın bana gelme."

"Merak etme" diyorum, odadan çıkmak için ayağa kalkarken. "Gelmem."

Yirmi Üçüncü Bölüm

Büyük Londra Oteli'ne buluşma saatinden on dakika önce gidiyorum. Kapıdan girer girmez gözlerim lobiyi tarıyor. Metin'i göremiyorum, henüz inmemiş. Arkadan çatal bıçak sesleri geliyor. Belki de kahvaltı ediyordur. Soran bakışlarla beni izleyen resepsiyondaki görevliye Metin Bey'i soruyorum.

"Adınız Sedat mı?" diyor adam.

"Evet" yanıtı alınca, "Metin Bey sizi odasında bekliyor" diyor. "Üçüncü kat, otuz dokuz numara."

Metin'in neden lobiye inmediğine biraz şaşarak ama çok da önemsemeyerek, kırmızı bir halıyla kaplanmış geniş merdivenleri tırmanmaya başlıyorum.

Otuz dokuz numaralı odanın önüne geldiğimde, bej renkli kapı kendiliğinden açılıyor. Kapının arasından Metin Bey'in yüzü görünüyor. Beni görünce bakışlarındaki ürkeklik dağılıyor, kapıyı rahatça açarak, "Buyrun, içeri girin" diyor.

Metin'in davranışlarına pek anlam veremeyerek giriyorum odaya. Dışarıdan görüldüğünden daha darmış içerisi ama karşımdaki duvar olduğu gibi pencere. Odanın ortasındaki yatağa doğru ilerleyince, pencerenin Haliç'e baktığını fark ediyorum. Nereye oturabilirim, diye bakınırken Metin kapıyı kilitleyip yanıma geliyor.

"Buyurun, pencerenin önündeki şu koltuğa oturun" diyor. "Ben de aynanın önündeki iskemleyi alırım."

Gösterdiği koltuğa oturmadan önce bir süre yine Haliç'e bakıyorum. Metin iskemlesini alıp karşıma oturuyor.

"Odanızın manzarası güzelmiş" diyorum.

Şöyle bir bakıyor pencereden, "Denizden çok göle benziyor" diyor.

Söyledikleri doğru, üst üste yığılmış binalar yüzünden Haliç'in alt ve üst yanlarını göremiyoruz; deniz olamayacak kadar küçük bir su kitlesi var karşımızda.

"Yine de güzel" diyorum.

"Haklısınız" diye geçiştirerek konuya giriyor.

"Sizi buraya çağırdığım için kusura bakmayın" diyor. "Odamda konuşmamızın daha güvenli olacağını düşündüm."

"Korkacak ne var ki?" diyorum şaşırmış bir halde.

"Beni izliyorlar" diyor. "Peşime adam takmışlar..."

Amcamın adamları olmalı, onu sakinleştirmeliyim.

"Yanılmış olmayasınız, sizi neden izlesinler ki?"

"Yanılmıyorum çünkü onlarla karşılaştım. Selin'le konuşurken beni tehdit ettiler."

"Selin'i de mi izliyorlar? Ailesinin yanında değil mi?"

"Ailesinin yanında ama güvenlik altında tutuluyor. Benimle konuşmasına bile izin vermediler. Kızcağızla iki laf edene kadar yapmadığım cambazlık kalmadı. Önce elçiliğe gidip babasıyla görüştüm. Raif Bey, elçilikte önemli bir adam, hep meşgul. Yine de sağ olsun, zaman ayırıp beni dinledi. Mine'nin kaybolmasından büyük üzüntü duyduğunu söyledi. 'Ama' dedi, 'Selin'in konuyla ilgili hiçbir bilgisi yok. Ne biliyorsa polise anlattı. Selin, çok hassastır. Konu açılınca etkileniyor, yemek yemiyor, anlamsız korkulara kapılıyor. Psikolojik sorunlar çıkacak diye kaygılanıyorum. Bu yüzden belki de onu bu yıl okula bile yollamayacağım.'

Yalnızca bir iki soru soracağımı söyledim.

'Kusura bakmayın ama olmaz' dedi.

Allah'tan, akıl edip Mine'nin not defterinden Selin'in İtalya'daki ev adresini almıştım. Almancayla çat pat anlatarak, zar zor da olsa evi buldum. Evin çevresinde dolaşmaya başladım. Bir yandan da insanların dikkatini çekeceğim, beni hırsız sanıp yakalayacaklar diye ödüm kopuyor. Sonunda beklediğim fırsat elime geçti. Öğleden sonra Selin, kaniş cinsi bir köpekle dışarı çıktı. Hemen yanına yaklaştım."

"Onu önceden tanıyor muydunuz?" diye soruyorum sözünü keserek.

"Geçen yaz Mine'yle birlikte Almanya'ya geldiler. O da beni tanır. Biraz da bu tanışıklıktan cesaret alarak konuşmak istiyordum kızla. 'Merhaba Selin' dedim. Kızcağız önce tanıyamadı, çekindi. 'Korkma' dedim. 'Ben Metin. Mine'nin babası.' Tanıyınca gözleri doldu, neredeyse ağlayacak.

'Çok üzgünüm Metin Amca' dedi.

'Mine'ye ne oldu Selin, nerede bu kız?' diye sordum.

Bakışlarını kaçırdı.

'Ben bir şey bilmiyorum' dedi.

'Sen onun en yakın arkadaşıydın, ayrılmadan önce ne yapıyordu, bir yere gideceğini filan söyledi mi sana?'

'Bilmiyorum' dedi sanki benden kaçmak ister gibi bir hali vardı. O zaman anladım ki Selin bir şeyler saklıyor.

'Bak Selin, sana hiçbir zarar gelmeyecek. Konuştuğumuzu kimseye söylemeyeceğim, ne olur bildiklerini gizleme' dedim.

Bir an yüzüme baktı.

'Bir şey var ama emin değilim' dedi.

'Neymiş?' dedim.

'Mine hamileydi' dedi yüzü kızararak.

'Hamile mi?!' dedim hayretler içinde kalarak... Düşünebiliyor musunuz Sedat Bey! Yirmi yaşlarında bir kız, henüz evlenmemiş, nişanlı bile değil ama hamile. Almanları kınardık, Türkiye'nin de hiç farkı kalmamış Almanya'dan..." Sanki benim bir şeyler söylememi beklermiş gibi bir süre susuyor. Ama benden yanıt alamayınca devam ediyor öyküsüne.

"İnanamadım tabii. 'Emin misin kızım?' diye sordum.
'Mine söyledi' dedi Selin.
'Çocuk Fahri'den miymiş?' diye sordum bunun üzerine."
Bunları anlatarak bir yerlere mi varmaya çalışıyor Metin? Dikkatle yüzüne bakıyorum ama beni suçladığına ilişkin hiç bir belirti göremiyorum.
"Selin çocuğun Fahri'den olmadığını söyledi. Başka bir sevgilisi varmış. Bir ay kadar önce ayrılmış. Çocuk ondanmış. Şu hale bakın, bir ay önce başka bir sevgili. Anne anne değil ki ilgilensin kızıyla. Ben de pek masum sayılmam tabii..."
"Kimmiş bu adam?" diyorum sahte bir merakla.
"Tanımadığını söyledi" diyor Metin. "Ama bence tanıyordu. Onu korkutmaktan çekindiğim için çok üzerine gitmedim. Belki diyorum, bu adam kıskançlıkla bir zarar vermiş olabilir Mine'ye. Kızı kaçırıp bir yerde saklıyor da olabilir."
"Adam hakkında Selin ne söyledi?"
"Adamın Mine'ye bir kötülük yapacağını sanmıyormuş. Mine de hiçbir zaman kötü söz etmemiş adam hakkında. Selin başka bir ihtimalden söz etti. 'Mine kürtaj olacaktı' dedi. 'Belki kaybolması bu kürtajla ilgili olabilir. Aslında Türkiye'de kürtaj olmayı düşünmüyordu. Ama ben İstanbul'dan ayrılacağım gün telefon etti. Öğleden sonra havaalanına beni yolcu etmeye gelecekti. Kanamam var, doktora gideceğim, dedi. Nereye gideceksin? diye sordum. Zeynep Kâmil'de Fahri'nin Gülizar adında hemşire bir arkadaşı var. Onu aradım. Hemen gel, dedi. Salih diye bir kadın doğumcu varmış, işinin uzmanıymış, seni ona gösterelim, dedi. Fahri de yanında değil, istersen yolculuğumu erteleyeyim, dedim. Önemli bir şey olduğunu sanmıyorum, belki önemsiz bir kanamadır, dedi.
İtalya'dan geç saatlerde Mine'yi aradım. Neşeyle açtı telefonumu. Hastaneye gittiğini ama Salih Bey'i bulamadıklarını, Gülizar'ın onu başka bir doktora götürdüğünü söyledi. Doktor bakmış, önemli bir şey yok, demiş. Ağır

işler yapmamasını, eve gidip dinlenmesini söylemiş. Ama bir gelişme olursa gecikmeden gel, demiş. Zaten kanama da kesilmiş.

Bunları duyunca rahatladım. Bir gün sonra aradığımda Mine evde yoktu. Sonra kaybolduğunu öğrendim. Zayıf olasılık ama acaba diyorum, yine kanaması filan oldu da hastaneye mi gitti? Orada rahatsızlandı da...'

'Olabilir' dedim Selin'e. Hemşire ile doktorun ismini aldım. Ama benim asıl niyetim eski sevgilisinin adını öğrenmek. Kızı ürkütmeden nasıl sorarım diye düşünürken, birden ayaklarımın yerden kesildiğini hissettim. Baktım irikıyım iki adam kollarımdan tuttukları gibi beni havaya kaldırmışlar.

'Niye rahatsız ediyorsun küçükhanımı?' diyerek beni yandaki duvara yapıştırdılar. Selin, 'Bırakın onu, bana bir şey yapmadı' dedi de öyle yere indirdiler. 'Bir daha da buralarda görünme' dediler. Çaresiz uzaklaştım oradan. Ne dersiniz, bu hemşire ile doktorun ismi işimize yarar mı?"

"Hem de çok" diyorum. "Mine'nin hamile olduğunu biz de öğrenmiştik ama hangi hastaneye gittiğini bilmiyorduk. Bunları öğrenmeniz iyi olmuş. Benim asıl merak ettiğim, Selin'in bunu polise neden söylemediği."

"Çok korkmuş kızcağız" diyor Metin. "Biraz da ailesi abartıyor. Mine'nin kaybolmasının ardından, Fahri de ölünce aile iyice paniklemiş. Fahri anarşistmiş ya, kızlarının yasadışı işlere bulaşmış olmasından çekiniyorlar. Türkiye'den de birileri öyle şeyler söylemiş galiba. Babası çok nüfuzlu bir adam. Burada bile peşime adam takmış olabilir."

"Sanmıyorum, o yalnızca kızını korumaya çalışıyor. Bunu da en iyi İtalya'da yapabilir. Onun için de kızını Türkiye'ye yollamıyor ya. Rahat olun, burada kimse sizi izlemez."

"Bu adamı bulabilecek miyiz?" diye soruyor.

"Hangi adamı?" diye soruyorum anlamazlığa vurarak.

"Eski sevgilisini canım."

"Araştıracağız" diyorum. "Ama öncelikle Zeynep Kâmil'deki şu Salih adındaki doktorla görüşmek istiyorum."

"Sizinle gelebilir miyim?" diyor.

"Maalesef bu imkânsız. Araştırmalarımıza sivilleri katamayız. Siz zaten yeterince yardımcı oldunuz. Sağ olun."

"Bu benim meselem. Kızımı bulmalıyım..." Bir an susup yüzüme bakıyor. "Size bir şey sormak istiyorum. Kayıp aileleri bir araya gelip dernek kurmuşlar. Çocuklarının bulunması için hafta sonları Galatasaray Lisesi'nin önünde toplanıyorlarmış. Mine'nin resmini çoğaltıp ben de onlara katılsam, diyorum."

"Kim önerdi size bunu?" diye soruyorum kuşkuyla.

"Hiç kimse" diyor. "Gazetede okudum."

"Bir yararı olacağını sanmıyorum. Hem onların çoğu siyasi faaliyetler. Devletin teröre karşı politikasını karalamak için yasadışı örgütlerin düzenlediği amaçlı eylemler. Bence beklemelisiniz."

"Şu ana kadar beklemekten başka bir şey yapmadım ki. Ama hiçbir gelişme de olmadı" diyor.

"Sabırlı olmalısınız" diyorum. "Bu işler sanıldığından daha zordur."

Yirmi Dördüncü Bölüm

Koridorları kadın hastaların sesleriyle uğuldayan hastanenin içinde Doktor Salih Kemer'i bulmak, sandığım kadar zor olmuyor. Sorduğum yaşlı hastabakıcı, Salih Bey'in ikinci katta, soldan üçüncü odada hasta kabul ettiğini söylüyor. Anlaşılan oldukça tanınan biri bu Doktor Salih. Muayene yaptığı odaya geldiğimde içerisinin de tıpkı koridor gibi tıklım tıklım hastalarla dolu olduğunu görüyorum. Beklemeye kalksam, belki de akşama kadar görüşemeyeceğim adamla. Asık bir suratla, gelen hastaların kayıtlarını yapan genç hemşireye yaklaşıyorum. Kimlik kartımı göstererek, "Ben Emniyet'ten geliyorum" diyorum. "Doktor Bey'le çok önemli bir konu görüşeceğim."

Genç hemşire, bolca sürdüğü rimelden neredeyse birbirine yapışmış kirpiklerini güçlükle kırparak sen de nereden çıktın dercesine sıkıntıyla yüzüme bakıyor.

"Doktor Bey'e sormam gerek" diyor.

"O zaman sor" diyorum. "Ama çok önemli olduğunu da eklemeyi unutma."

Hemşire içeri giriyor. Kadın hastalar kötü kötü bana bakıyor. Aldırmıyorum. Onların arasında saatlerce beklemeyi göze alamam doğrusu.

"Sizin de mi hastanız var?" diyor, masanın yanında oturan orta yaşlı, zayıf bir kadın.

"Hayır, benim hastam yok, Doktor Bey'le başka bir konu konuşacağım. Merak etmeyin, uzun sürmez."

"Böyle işler mesai saatleri dışında yapılmalı. Ne hakları var zamanımızı almaya" diyor kalabalığın arasından biri.

Duymazlığa vuruyorum. Ama kalabalığın içinde homurtular artıyor. Neyse ki fazla beklemeden hemşire kız çıkıyor.

"Doktor Bey sizi bekliyor" diyor.

İçerdeki hasta çıkarken giriyorum içeri. Arkamdan kalabalığın homurtusu artıyor. Hemşirenin onlara ters ters bir şeyler söylediğini işitiyorum.

Küçük bir masanın arkasında oturuyor Doktor Salih. Kırk yaşlarında, atletik vücutlu, yakışıklı bir adam. Oldukça yorgun görünüyor. Meraklı bakışlarını yüzüme dikerek, "Nasıl yardımcı olabilirim?" diye soruyor.

"Bir hasta hakkında bilgi alacaktım" diyorum.

Gerginleşir gibi oluyor.

"Kimliğinizi görebilir miyim?"

Cüzdanımı uzatıyorum, kayıtsızca baktıktan sonra, "Buyurun oturun" diyor. "Bu kişi benim hastam mı?"

"Ondan emin değilim. Adı Mine..."

"Kayıtlara bakalım" diyor.

"Adı kayıtlarda olmayabilir" diyorum. "Gülizar adında bir hemşire aracılığıyla gelmiş."

Doktorun yüzünün değiştiğini görüyorum.

"Bir şey mi oldu?" diyorum.

"Ne zaman gelmiş bu hasta?" diyor soğuk bir tavırla.

"Bir ay önce falan olmalı. Niye sordunuz?"

"Gülizar Hemşire öldü" diyor. "Bunu bilmeniz gerekir."

"Bilmem mi gerekir, neden?"

"Onu güvenlik güçleri vurdu çünkü."

"Polisler mi?"

"Evet, Üsküdar'da evine yapılan baskında öldürüldü."

Vay canına, diyorum kendi kendime. Nasıl da unuttum. Orada ölen hemşirenin adı da Gülizar'dı.

"Olayı hatırlıyorum" diyorum kibar bir tavırla. "Ölen hemşirenin Gülizar Hanım olduğunu bilmiyordum. Mine o ölmeden önce gelmiş olmalı. Bakın şu resimdeki kız" diyerek cüzdanımdan çıkardığım fotoğrafı uzatıyorum.

Doktor fotoğrafı alıyor. Dikkatle bakıyor.

"Onu gördüm" diyor emin bir tavırla. "Gülizar getirdi. Belki de onun için bu kadar net hatırlıyorum. Çünkü Gülizar bu kızın geldiği günün akşamı öldürüldü."

"Emin misiniz, bu kızın size geldiği akşam mı?"

"Kesinlikle o akşam. Çok iyi hatırlıyorum. Mesai saatimiz neredeyse bitmek üzeriydi. Kız hamileymiş, kanaması vardı. Bir gün önce yine gelmiş. Ben yoktum, bir başka arkadaş bakmış. Önemli bir şey olmadığını söylemiş. Ertesi gün de kanama sürünce, yine hastaneye gelmiş. Ben de baktım. Kanama çok değil ama düşükten korktum. 'Çocuğu alalım, garanti olur' dedim. Bir hafta sonra Almanya'ya gideceğini, orada kürtaj yaptırmak istediğini söyledi. Türkiye'de kürtaj olma konusunda içi rahat değildi. Kritik bir durum olmadığı için fazla zorlamadım. 'Yarına kadar bekleyelim. Kanama devam ederse çocuğu alırız' dedim. Kabul etti. Kanaması durmuş olmalı ki ertesi gün gelmedi. O gün Gülizar'ın ölüm haberini aldık..."

Selin'in Metin'e söyledikleri geliyor aklıma. "Ertesi gün aradığımda Mine'yi evde bulamadım." Ertesi gün dediği Mine'nin ikinci kez hastaneye gelip bu doktorla görüştüğü gün. Yani Üsküdar'daki eve baskının düzenlendiği, Gülizar'ın öldürüldüğü gün. "Aman Allahım" diyorum kendi kendime. Yoksa Mine de o akşam Gülizar'ın evinde miydi? Bu çılgın düşünceyi hemen kovuyorum kafamdan. Yok canım, Mine neden o eve gitsin ki?

"Gülizar'ı öldürenler telafisi olanaksız bir yanlış yaptılar" diyor, Doktor Salih, benim tedirginliğimden habersiz. "O terörist değildi. Bir ara içeri girmiş çıkmış. Hepsi bu."

Vicdani duyguları uyanıp hemşiresine yapılan geri dönüşü olamayan yanlışlığın acısını, kinayeli sözlerle benden çıkarmaya çalışan doktorun söyledikleri bir kulağımdan girip ötekinden çıkıyor.

Ya Gülizar, "Kanaman artabilir, bu gece bende kal" dediyse! Böyle bir teklifi kabul edeceğini sanmıyorum. Yabancı birinin evinde kalmaktan hoşlanmaz Mine. Ama sağlığı konusunda da çok titizdir. Ya o da bu kritik geceyi tek başına geçirmeyi göze alamadıysa, bir hemşirenin yanında kalmanın daha iyi olacağını düşündüyse. Hem ev hastaneye de yakın.

"Gülizar kimseyi öldürmemiş, yaralamamış" diye sürdürüyor yakınmasını doktor. "Aksine, dünyaya sağlıklı çocuklar gelsin diye uğraşan biriydi o."

Peki, evde teröristlerin olduğunu bilmiyor mu Gülizar? Naci'nin söylediğine göre, teröristler eve akşamüstü girmiş. Yani eve gidene kadar Gülizar'ın onlardan haberi yok. Belki de var. Eğer varsa Mine'yi çağırmamıştır eve.

"Teröristleri saklamanın cezası ölüm değildir" diyen doktorun sesiyle dağılır gibi oluyor karabasanım. "İnsanları öldürmeden ele geçirmenin bir yolu olmalı."

Belki de ayrı ayrı gittiklerini görmüştür doktor, diye düşünüyorum bu kaygı verici olasılıktan kurtulmak için.

"Hastaneden birlikte mi çıkmışlardı?" diyorum tedirgin bir sesle.

Ama doktor benim beklediğim yanıtı vermiyor. Yüzündeki öfkenin dağıldığını, kaygıyla bana baktığını görüyorum.

"Neyiniz var, yüzünüz sapsarı olmuş" diyor. "Size bir bardak su vereyim."

"Sağ olun istemem" diyorum. "Siz yalnızca birlikte çıkıp çıkmadıklarını söyleyin."

Düşünmeye çalışıyor.

"Mesai saati sona ermek üzereydi. Belki de yanılıyorum ama Gülizar ile kız konuşarak dışarı çıktılar."

"Eyvah" diyorum mırıldanarak. "Mine o gece Gülizar'daydı."

"Ne söylediniz?" diyor doktor.

"Hiiç" diyorum. "Benim gitmem gerek."

Aniden kalkışıma anlam veremeyen doktor, şaşkın gözlerle beni süzüyor.

Kapıdan çıkarken hemşirenin benden sonraki hastanın adını söylediğini işitiyorum. Bu kadınlar kalabalığından kurtulmalıyım. Hızla kapıya doğru atılıyorum. Aklım Üsküdar'da bir ay önceki o baskın gecesinde. Görüntüler şaşırtıcı bir netlikle biçimleniyor belleğimde. Evi, pencerelerinden arka bahçedeki karanlığa düşen beyaz ışık altında koşan iki gölgeyi yeniden görür gibi oluyorum.

"Önüne baksana be adam" diyor koridorda çarpıştığım tombulca bir kadın. Bu olay yalnızca bir an bölüyor düşüncelerimi, sonra yeniden o geceye, karanlıkta koşan iki gölgeye dönüyorum.

Bahçenin alt köşesinde dikiliyoruz. Yanımda Mustafa var. İkide bir eline hohlayıp durduğuna göre hava soğuk. Canım sigara içmek istiyor ama bunu yapamam. Başımı kaldırıp pencerelerinden dışarıya beyaz bir ışığın yayıldığı evin solgun görüntüsüne bakıyorum. Ortalık sessiz. Bakışlarımı pencerelerden alırken fark ediyorum ilk gölgeyi, ilerdeki ağacın arkasından hızla geçiyor. Ardından bir tane daha. Elim silahıma uzanıyor. Mustafa'ya yere yatmasını söylüyorum... Gölgeler karanlıkta hayaletler gibi uçuşuyor. Parmağım tabancanın tetiğine dokunuyor. Üç el silah sesi, sonra iki tane daha. Karşılık veriyorlar. Karanlıktan üzerimize kurşun yağıyor. Mustafa'yla sindiğimiz delikten başımızı kaldıramıyoruz bir süre. Bu arada evin içinden de silah sesleri gelmeye başlıyor. Doğrulup gölgelerin peşine takıldığımızda, onların çoktan sırra kadem bastıklarını görüyoruz. İçlerinden birini vurduğumu çok sonra yerdeki kan lekelerinden anlayacağız. O kan lekeleri Mine'ye ait olabilir mi?

Hastanenin kapısından çıkınca nemli bir rüzgâr yalıyor yüzümü. İnceden bir yağmur başlamış. Yağmurun altında yürümek hoşuma gidiyor. Yüzüme düşen damlaların kulaklarımdaki uğultuyu azaltacağına ilişkin tuhaf bir düşünceye kapılıyorum, bu yüzden arabaya kadar olan yolu elimden geldiğince uzatmak istiyorum.

Arabaya girip bir sigara yakıyorum. Kafamı toparlamaya çalışıyorum ama olmuyor, o geceye ait anılar birbiri ardınca sökün ediyor belleğimde.

O gece benim vurduğum kişi bulunamadı. Oysa birlikte kaçtıkları arkadaşı iki gün sonra Balmumcu'da bir apartmanda ölü ele geçirilmişti... Bu hiçbir şeyi kanıtlamaz ki, ayrı ayrı evlerde saklanmayı seçmişlerdir. Polis birinin yerini saptamış, ötekininkini bulamamış olabilir... O da yarası iyileşene kadar bir yerlerde saklanmıştır... Ya öldüyse? Ölseydi mutlaka cesedi bulunurdu. Boş yere cesedi niye saklasınlar? Aksine, ölüyü propaganda malzemesi olarak kullanırlardı... Ölen Mine'yse?

Önce sakin olmalıyım, diyorum kendi kendime. Olanları soğukkanlılıkla düşünmeliyim, sanki o gece ateş eden kişi ben değilmişim gibi.

Başından başlayalım. Mine o eve gitmiş olabilir mi? Gittiğini varsayalım. Ama evdeki kalabalığı görünce vazgeçmiştir kalmaktan. Oradakilerden biri onu taksiye kadar götürmek istemiştir... Hayır, bu mantıklı değil, o sırada polisi fark etmişlerdir. Evin arkasındaki geçitten çıkmalarının bir nedeni olmalı. Yoksa neden ön kapıyı kullanmasınlar? Evet bu daha akla yatkın.

Sonra. Onları kaçarken ben görüyorum. Ateş ediyorum. Mine vuruluyor. Ama yürüyebiliyor, hatta koşabiliyor ki bahçeden hızla uzaklaşabiliyorlar. Sonra bir arabaya biniyorlar. Oradan hızla uzaklaşıyorlar. Peki Mine'nin yarası kanamıyor mu? Öyle bir yerden vuruldu ki fazla kan akmıyor, diyelim. Böyle yaralanmalarla çok karşılaştık. Adam kızı bir hastaneye bırakmak istemez mi? Çünkü Mine örgütten biri değil, üstelik polisten gizlenmesine de gerek yok... Belki de Mine korkmuş, hastaneye gitmek istememiştir. O zaman nereye gitmek ister? Beni arayabilirdi! Ya ona ateş ederken beni gördüyse? Onu bilerek öldürmek istediğimi sandıysa? Böyle bir şey düşünür mü? Kurşunları onun üstüne boşaltırken gördüyse neden düşünmesin? Kim bilir ne kadar korkmuştur? Bir zamanlar âşık olduğu adam onu öldürmeye çalışıyor. Üstelik en son görüşmemizde oldukça sert davranmıştım ona... Yanındaki adam, Mine'yi örgüt evlerinden birine götürmüş olmasın? Sanmam. Neden onun sorumluluğunu üstüne alsın ki? Yarın bir gün kızın yakalanıp evin yerini söylemeyeceği ne malum? O durumda kıza nereye gideceğini sormuş olması gerekir. Peki, Mine nereye gitmeyi ister? Annesinin yanına. Ama benim o apartmanda oturduğumu biliyor. Eğer paniklemişse, korkusu oraya gitmesine engel olabilir. Kendi evine gitmeyi istemez mi? Madam'ın yardım edeceğini düşünebilir. Ama gitmemiş işte...

Belki de adam, kızı güvenilir bir eve götürmeyi göze aldı. Kızı eve sokunca da orada kalanlar bu duruma çok bozuldular. Mine'yi tedavi ettiler ama güvenmedikleri için de onu serbest bırakmadılar, evde tutmayı seçtiler. Ve Mine hâlâ orada hapis! Neden olmasın, akla yakın görünüyor.

Bir başka olasılık ise Mine'nin ölmüş olması. Öyleyse ceset nerede? Örgüt bir yere gömmüştür. Bunu neden yapsınlar ki? Arkadaşlarını gizlemek için ama onların hepsi öldü, kimi gizleyecekler? Eğer Mine ellerinde ölmüş olsaydı, bir bildiriyle birlikte cesedini uygun bir yere bırakır, polisin yargısız infaz yaptığını söylerlerdi. Hayır, Mine o eve girdiyse bile ölmüş olması zayıf olasılık. Demek ki yaşadığını hâlâ ümit edebilirim. Ama ne kadar süre? Birden, başka bir olasılık geliyor aklıma. Eğer Mine bir örgüt evinde alıkonuluyorsa, polisin bir başka operasyonunda terörist sanılarak öldürülmesi işten bile değil. Naci'yle konuşmalıyım, diyorum ani bir kararla kontak anahtarını çevirerek. Naci, Mine'nin alıkonulduğu evi bulabilir.

Yirmi Beşinci Bölüm

1. Şube'deki bürosunda buluyorum Naci'yi. Oturmuş, yakında görülecek dava için avukatlara rapor yazıyor. Davadan duyduğu kaygı biraz azalmış gibi. Yüzünde kavgacı bir ifade var. Bizzat İçişleri Bakanı arayıp bu işten bir şey çıkmayacağını, teröre karşı cansiperane çalışan polislerimizin yanında olduğunu söylemiş. Bu ona moral vermiş, yalnız olmadığını hissetmiş.

Onu dinledikten sonra olanaklı olduğunca ilişkimizi gizleyerek Mine'nin başına gelenleri anlatıyorum. Merak ve şaşkınlıkla dinliyor beni. Sözlerim sona erince, "Bence kızı örgüt evinde saklamazlar" diyor.

"Nasıl bu kadar emin olabiliyorsun?" diye soruyorum.

"Beş yıldır bu örgütle uğraşıyorum. Çocuk yaştaki sempatizanlarından orta yaşını aşmış üst düzey yöneticisine kadar her kademedeki elemanını sorguladım. Onları izledim, onlarla çatıştım. Karşımızdakiler, haksızlıklara heyecanla karşı çıkan toy gençler değil, öldürme sanatında giderek uzmanlaşmış, gönüllü bir katil çetesi. Gittikçe de daha profesyonelleşiyorlar. Evden birlikte çıktıkları terörist, yaralı kızı asla örgüt evine götürmez. Neyine istersen iddiaya girerim."

"Çatışma sonrasının duygusallığıyla ya da birlikte kurtulmuş olmanın sarhoşluğuyla götürdüğünü..."

"Bence olmaz" diyerek sözümü kesiyor Naci. "Bunu yapmazlar. Hiç tanımadıkları bir kızın yaşamını kurtarmak için kendi arkadaşlarını tehlikeye atmazlar."

"Varsayalım yaptı. Girdikleri evdekiler yaptığının yanlış olduğunu söylediler. Ama kız bir kez eve girmiş bulundu."

"Böyle bir şey olmaz ama diyelim ki oldu. Kızı o evden bırakmazlar. Belki öldürmezler ama kendi güvenliklerini sağlayıncaya kadar kızı evde tutarlar. Ama tekrar ediyorum, bu çok zayıf bir olasılık."

"Sence ne olmuştur bu kıza?"

"Kız ölmüştür. Dokuz milimetrelik mermi sıkmışsın, eğer kolundan yaralanmadıysa, vücutta derin tahribat yapar."

"Ama o yarayla kaçabildi."

"Kaçar, belki bir süre hiçbir şey olmamış gibi yaşar. Ama sonra düşüp ölür. Sen de tanık olmuşsundur buna."

"Tamam da ortalıkta ceset yok."

"Gömmüşlerdir."

"Böyle bir riske neden atılsınlar ki?"

Gözlerini yüzüme dikerek düşünüyor Naci.

"Haklısın" diyor. "Böyle bir riske neden atılsınlar?"

"İşte bu nedenle kızın onların elinde olduğunu düşünüyorum."

Düşünceli düşünceli başını sallıyor Naci.

"Ama" diyor, "Şu anda tespit ettiğimiz örgüt evi yok. Son operasyonda çok ağır bir darbe indirdik onlara."

"Yani böyle örgüt evleri kalmadı mı, diyorsun."

"Keşke dediğin gibi olsa. Ben, bizim bildiğimiz yok, diyorum. Mutlaka örgüt evleri vardır. Dedim ya, artık iyice profesyonelleşti adamlar. Yurtdışındaki merkeze bağlı birkaç yapı kuruyorlar. Yapılardan biri çökertilince öteki harekete geçiyor. Örgütü yeniden canlandırmaya başlıyor. Ama bu darbeden sonra toparlanmaları epeyce zaman alacaktır. Eğer düşündüklerin doğruysa, sabırla beklemen gerekecek."

"Beklemeye beklerim de senden bir isteğim olacak. Eğer bu örgütün evlerinden biri tespit edilirse, benim haberim olmadan operasyon yapmayın. Mine içerde olabilir."

"Anladım" diyor Naci. "Hiç merak etme. Sana haber veririm."

"Sağ ol" diyorum.

"Önemli değil" diyor Naci.

Sonra içten bakışlarla süzüyor beni.

"Bu kız çok mu önemli senin için?"

"Çok önemli" diyorum. "Kendi kızlarım kadar önemli."

"Neden?" diye sormuyor. "Canını sıkma" diyor yalnızca. "Kız o eve hiç girmemiş de olabilir."

"Olabilir" diyorum. "Olabilir de ben bu olanları anasına babasına nasıl anlatacağım?"

"Aynen bana anlattığın gibi" diyor.

"Özür dilerim, kızınızı ben vurmuş olabilirim mi diyeyim?"

"O kısmını söylemek zorunda değilsin. En azından kız sağ salim bulununcaya kadar."

Yirmi Altıncı Bölüm

Kızlarını sağ salim bulacağımızı söyleyerek oyalıyorum Metin Bey ile Sevim Hanım'ı. Şişli'de, anacaddeye bakan bir kafenin ikinci katında konuşuyoruz. Sevim Hanım, Ceyhun Bey'i de getirir diye korkuyordum ama kadın bunu yapmıyor. Çocuklarının yaşamını ilgilendiren böyle bir toplantıda bile, bu eski karıkoca birbirinden uzak durmayı tercih ediyorlar. Zorunlu olmadıkça konuşmuyorlar, hatta birbirlerinin yüzüne bile bakmıyorlar. Melike'nin anlattığına göre, Mine'nin hamileliğinin öğrenilmesiyle karşılıklı hakaretlere varan sözlerle birbirlerini suçlamışlar.

"Mine'nin kaybolmasıyla ilgili bazı sonuçlar elde ettik" diyorum, ikisi de dikkat kesiliyorlar. Kendimi olayların dışında tutarak olanı biteni ayrıntılarıyla anlatıyorum. Sessizce dinliyorlar beni. Sözlerimin sonuna doğru kendi tahminimi söylüyorum. Kafalarına yatar gibi oluyor.

"O Fahri denen herife hiç güvenmemiştim zaten" diyor Sevim Hanım öfkeyle. "Onunla tanışmasaydı bunlar başına gelmeyecekti."

Metin kimseye kızmıyor, kendi içine dönmüş, ağladı ağlayacak.

"Şu talihsizliğe bakın" diyor. "Akla hayale sığmayacak iş geldi bizi buldu."

"Olan oldu" diyorum. "Artık soğukkanlı davranmaktan başka çare yok. Eğer düşündüğüm gibiyse, yani Mine o evlerden birinde alıkonuluyorsa, onu kurtaracağız ama biraz zamana ihtiyacımız var."

"Ya polis o eve de baskın düzenleyip kızımızı terörist diye öldürürse?" diye atılıyor Metin.

"Merak etmeyin, onu da düşündük" diyorum.

"Polisin bütün birimleri bu durumdan haberdar. Böyle bir ev tespit edildiğinde önce bana bildirecekler."

Söylediklerim pek inandırıcı gelmemiş olacak ki, "Bildirirler değil mi?" diye soruyor Metin Bey.

"Hiç kaygılanmayın, kesinlikle bildirirler."

"Sağ olun Sedat Bey" diyor Sevim Hanım. "Bize çok iyiliğiniz dokundu."

"Önemli olan Mine'yi sağ salim kurtarmak" diyorum.

"Ben eminim" diyor Sevim Hanım, birden rahatlamış bir tavırla. "Hissediyorum. Anneler hisseder. Kızım sağ salim çıkıp gelecek."

"Elbette gelecek" diyorum. "Ama hepimizin sabırlı olması gerekiyor. Sizlerden tek ricam bu."

"Haklısınız" diyor Metin Bey. "Güçlü olmalıyız. Ve Mine dönünce de ona sahip çıkmalıyız."

Metin Bey'in sözlerinde iğneleyici bir tını var.

"Bu yaz emekli olacağım. Kızımı alıp birlikte oturacağım" diye sürdürüyor sözlerini.

"Biraz geç kalmadınız mı Metin Bey?" diyor kadın oldukça sert bir tavırla.

"Ben geç kaldıysam sen hep onun yanındaydın" diyor adam altta kalmayarak.

"Lütfen" diyorum. "Böyle zor bir zamanda, birbirinizi kırmak yerine destek olmalısınız."

Kesiyorlar tartışmayı. Metin bana dönüyor.

"Ataköy'deki kiracı evi boşaltmış. Mine'nin eşyalarını oraya taşıyacağım."

"Neden acele ediyorsunuz?" diyorum.

"O ev güneş görmüyor. Soba yanmazsa her şey nemleniyor. Bütün eşyalar çürüyecek. Hem boş yere niye kira ödeyelim? Mine dönünce de Ataköy'deki eve yerleşir. Orası daha iyi bir semt."

"Bunu daha önce yapmalıydın."

"İstemedim mi sanıyorsun? 'Ben oraya taşınmam' dedi Mine. Okuluna uzakmış."

"Neyse canım, bırakın artık birbirinizi üzmeyi. Madem Ataköy'de eviniz boşaldı, götürün oraya eşyaları. Taşınırken bana da haber verirseniz sevinirim."

İkisi de bu isteğimin nedenini anlayamamış, yüzüme bakıyorlar. Açıklama gereği duyuyorum.

"Belki gözden kaçan bir ipucu buluruz."

"Merak etmeyin, haber vereceğim, eski kiracının bir iki parça eşyası var, önümüzdeki hafta onları alacak. Sonra taşıyacağım eşyaları. Belki o zamana kadar Mine de bulunur."

"Umarım öyle olur" diyorum.

"Öyle olacak" diyor Sevim Hanım ellerini yukarıya doğru açarak. "İnşallah. Güzel Allahım onu bize gönderecek."

Masada bir iyimserlik havası esiyor.

"Belki de" diyor Metin. "Mine o eve hiç gitmedi bile. Bir arkadaşına takıldı. Hani şu bilinmeyen sevgiliye. O da daha iyi bir doktor buldu. Belki dinleniyordur. İyileşmeyi bekliyordur. Bakarsınız birkaç güne kalmaz çıkıp gelir."

Yaşlı adamın çocuksulaşan yıpranmış yüzüne bakıyorum.

"Belki de" diyorum. "Belki de çıkıp gelir."

Yirmi Yedinci Bölüm

Ama gelmiyor Mine. Günler geçiyor, geçen her gün umutlarımızın boş bir beklenti olduğunu kanıtlamaktan başka işe yaramıyor. Haftada birkaç kez Naci'yi arıyorum. Haber yok. Morglara, hastanelere gidiyorum. Kimsesiz genç kız cesetlerine bakıyorum, tabancayla vurulanlara, bıçaklananlara, otomobillerin çarpıp kaçtıklarına, denizde boğulanlara; hayır, hiçbiri ama hiçbiri Mine'ye benzemiyor. Bilgileri doğrudan kendim öğrenmek istiyorum. Morg görevlileriyle, hastane yetkilileriyle görüşüyorum. "Hayır" diyorlar, "Tarif ettiğiniz kıza benzer biri gelmedi bize." Yine de onu aramaktan vazgeçemiyorum. Mine'yi aramadığım zamanlar, onu öldürmüş olabileceğim kaygısı saklandığı köşeden çıkıp, yüreğimin ortasına gelip çöküyor. Nereye gidersem gideyim, bu düşüncenin ağırlığından kendimi kurtaramıyorum.

Bazen iyice bunalıp, "Tamam, onu ben vurdum, kabul ediyorum" diyorum kendi kendime. Ama isteyerek olmadı ki. O karanlıktaki gölgenin Mine olduğunu bilseydim ateş eder miydim? Onu korumaya, kurtarmaya çalışmaz mıydım? Bütün bu avutucu savlar, yaşamda en çok önem verdiğim insanı kendi ellerimle öldürmüş olabileceğim gerçeğini değiştirmiyor. O zaman başka bir varsayıma yaslanıyorum, "Belki de yanılıyorum" diyorum. Belki de Mine o eve hiç gitmedi. Ama sağ ya da ölü onu bulmadan bunu anlamak olanaksız. Bu yüzden onu vurmuş olabileceğimi unutmaya çalışıyorum. Yoksa çıldıracağım...

Bendeki değişiklikten en fazla etkilenen kişi Melike. Ama ne bir şey söylüyor ne de soruyor. Beni uykuda gezer halimle baş başa bırakıp için için üzülüyor. Bir hafta kadar sonra, Metin Bey telefon ediyor. Önce "Bir gelişme var mı?" diye soruyor. Olmadığını söyleyince, düş kırıklığı içinde, "Yarın Mine'nin evini taşıyacağız, siz de bulunmak istemiştiniz" diyor. "Sağ olun, gelirim" diyorum. Belki de gitmesem daha iyi olacak, diye düşünüyorum telefonu kapattıktan sonra. Neden gidiyorum ki oraya? Mine'nin eşyalarının arasından önemli bir ipucu çıkmayacağı kesin. Ama o evde bir sürü anım var. Bir anlamda orası benim ikinci evim sayılır. Boşaltılırken Mine bulunmayacak, hiç değilse ben olmalıyım.

O gece yine uyku tutmuyor. Mine'nin yok oluşuna, belki de ölümüne yavaş yavaş alıştığımızı düşünüyorum. İşte onun evini de boşaltıyoruz. Mine'nin izlerinin bulunduğu mekânları birer birer terk ediyoruz... Kısa sürede düşüncelerim acımasız bir hıza erişiyor, varsayımlar kıran kırana bir çatışmaya tutuşuyor kafamın içinde. Yatakta dönüp duruyorum. Melike'nin de kıpırdadığını fark ediyorum. Usulca sokuluyor yanıma. Onun çoktan uyumuş olduğunu düşündüğüm için biraz şaşırıyorum. Şefkatle sarılıyor. Yadırgayacağımı sanıyorum ama dokunması hoşuma gidiyor. Elleri yüzümde, saçlarımda geziniyor. Dokunuşları öyle içten ki, sözcüklerle anlatamadığını sanki parmaklarının ucuyla söylemek istiyor. Ellerinin sıcaklığını içimde bir yerlerde hissediyorum; sanki yanımda annem, sakınımsız, güvenebileceğim bir dost var. Gözlerim doluyor, günlerdir biriktirdiğim acılar, öfkeler, kaygılar, kuşkular, korkular sonunda taşıyor. Kendimi daha fazla tutamıyorum, koca adam burnumu çeke çeke ağlamaya başlıyorum. İyice sarılıyor bana... Ben biraz yatışınca, "Mine öldü mü?" diye soruyor, sesi kederli.

"Bilmiyorum" diyorum.

"Ölmesin" diyor, eliyle gözyaşlarımı silerek. Sanki onu sevdiğini biliyorum ama sizi bağışladım dercesine.

Hiçbir şey söylemeden yüzüne bakıyorum, alacakaranlıkta olduğundan daha güzel görünüyor gözüme. Söylediklerinde içten. Bu kadının beni sevdiğinden hiç kuşkum yok. Sarılıyorum ona, o yine saçlarımı okşuyor. Yüzüm, iki çocuk doğurmuş olmasına rağmen diriliğini koruyan memelerine değiyor. Hastaneden çıktığımdan beri onunla yatmadığımı fark ediyorum. Ellerim âdeta kendiliğinden kalçalarına doğru uzanıyor. Pamuklu geceliğini yukarı doğru çekiyorum, elim sıcak tenine dokunuyor. O saçlarımı okşamayı sürdürüyor ama hareketleri eski uyumunu yitiriyor. Dudaklarına doğru uzanıyorum. O da bana yaklaşıyor. Aralık dudaklarını öpmeye başlıyorum. Tuzlu ıslaklığı fark ediyorum, o zaman Melike'nin de ağladığını anlıyorum. Daha tutkuyla öpmeye başlıyorum onu. Dudakları yumuşacık eriyor ağzımın içinde. Sırtüstü döndürüyorum onu. Geceliğinin askılarını düşürüyorum, memeleri ortaya çıkıyor. İstekle avuçluyorum onları. Melike'nin inleyerek başını geriye doğru attığını görüyorum. Eğilip memelerini öpmeye başlıyorum, teni lavanta kokuyor. Ağzıma hoş bir baharat tadı bulaşıyor. Dilimle meme başlarını yalıyorum, acıtmadan hafif hafif ısırmaya, dayanamayıp emmeye başlıyorum. İnlemesi artıyor Melike'nin. Sabırsızlanıyor, önce kendi üstündekileri çıkarıyor, sonra da benimkileri. Kendimi biraz geriye alıyorum. Sağ elim bacaklarının arasına kayıyor, yumuşak tüylerin arasındaki ıslaklığı buluyorum. Kaygan nemli teni, parmaklarımın arasında kıvranarak derinleşiyor. Ben sevişmeyi biraz daha uzatmaktan yanayım, Melike dayanamıyor, "Hadi" diye kulağıma fısıldıyor. "Ne?" diyorum. Belimden tutup kendine doğru çekiyor. İç içe geçiyoruz. Bedenimi istediği gibi hareket ettirmeye başlıyor. Kendimi ona bırakıyorum. Birbirine kenetlenmiş, yavaştan hızlıya doğru bir devinime giriyor. Hız arttıkça Melike'nin iniltisi de güçleniyor. Hızın en üst noktasında bedeni üst üste kasılıyor ve ağzından sevinç çığlığına benzer bir inilti çıkıyor. Bir süre bana sarılıp öylece kalıyor. Bedenindeki kasılma geçince bu kez ben kıpırdanmaya başlıyorum. Aynı istekle karşılık veriyor bana. Kalçalarını tutup tadını çıkarta çıkarta boşalıyorum içine. Sımsıkı sarılıyor bana. Boşalınca hafiflemişim gibi hissediyorum. Bedenimdeki bütün gerginlik, hatta bedenim çok uzaklarda kalmış gibi. Sanki kuru bir çınar yaprağına dönüşmüşüm de sessizce akan bir nehrin üzerinde yavaşça süzülmekteyim. Gözlerim gökyüzüne takılmış, kenarları mor bulutlar geçiyor üstümden. O dinginliğin içinde ağır ağır yok oluyorum.

"Bana yardım et" diyen bir sesle uyanıyorum. Hemen tanıyorum, bu Mine'nin sesi. Yatakta doğruluyorum. Bakıyorum, Melike yanımda uyuyor. Odanın içine bakıyorum; kimse yok. Yanıldığımı düşünürken sesi yeniden duyuyorum.

"Bana yardım et!"

Dikkatle dinliyorum, ses yan taraftaki oturma odasından geliyor. Melike'ye bakıyorum, mışıl mışıl uyuyor. Hızla kalkıyorum yataktan. Kapının önünden bir gölge kayıyor. "Dur" diye bağırarak peşine düşüyorum. Ama gölge durmuyor. Koridora ulaştığımda, daire kapısından çıkmakta olduğunu görüyorum. Mine'ye benziyor. "Mine" diye sesleniyorum. "Mine, dur!" Ama o aldırmadan süzülüyor dışarı. Peşi sıra koşuyorum. Daire kapısından çıkar çıkmaz zifiri bir karanlığın içine düşüyorum. Değil Mine'yi, burnumun ucunu bile göremiyorum. Elimle duvarlarda lambanın düğmesini arıyorum, çabalarım sonuçsuz kalıyor. Ayaklarımla zemini yoklayarak merdivenleri bulmaya çalışıyorum. Birkaç metre böyle ilerlememe karşın basamakları bulamıyorum. Bu olanaksız. Merdivenler buralarda bir yerlerde olmalıydı! El yordamıyla ilerlemeyi sürdürürken, sanki karanlıkta bir gedik açılıyor, bir yerlerden içeriye ışık vuruyor. Şaşkınlıkla uzun bir koridorun sonunda olduğumu fark ediyorum. İyi ama bizim ev üst katlarda değil miydi? Yanlışlıkla tavan arasına mı çıktım yoksa? Kafamda bu sorularla ışığa yürüyorum. Işığa çıkar çıkmaz, gözlerim kamaşıyor. Dışarıda gün doğmuş. Bir süre ellerimi gözlerime siper etmek zorunda kalıyorum. Işığa alışırken, tanıdık bir ses yankılanıyor kulaklarımda:

"Nihayet geldin."

Sesin geldiği yöne bakıyorum. Bir şövalenin başında amcam İsmet'i görüyorum. Gülümseyerek karşımda duruyor; hem de çok komik bir kıyafetle. Başında yana yatmış bir bere, sol elinde boya karıştırılmış bir palet, sağ elinde ince bir fırça.

"Resim mi yapıyorsun?" diye soruyorum.

"Hiç beceremem, kamuflaj için böyle giyindim" diyerek elindeki fırçayla şövalenin üstündeki resmin sağ alt köşesini gösteriyor. "Köşedeki imzayı görmedin mi?"

Eğilip bakıyorum. Tuvalde ne resim ne de imza var.

"Okuyamıyor musun?" diye soruyor.

"Burada resim de, imza da yok" diyorum. Amcam söylediklerime inanamıyor, resme doğru yaklaşıyor.

"Bak işte burada" diyerek fırçayla tuvalin sağ alt köşesine "Mine" yazıyor. Sonra doğrularak, "Onu bulabildin mi?" diye soruyor.

Sorusundan rahatsız oluyorum.

"Hayır ama bulacağım."

"Gerek yok, o burada."

Gösterdiği yöne bakınca yine o kimsesiz, karanlık yüzlü konağı görüyorum. Aynı çürümüş pencereler, aynı yıpranmış duvarlar ve üzerinde aynı arma bulunan kanatlı eski demir kapı.

"Mine orada mı?" diye soruyorum şaşkınlıkla.

"Uzun zamandır bizim için çalışıyor. Arşiv servisinde" diyerek yanıtlıyor, kayıtsız bir tavırla.

"Alay ediyorsun" diyorum.

"Neden alay edeyim canım. 'Arşiv Servisini Modernleştirme Programı' için işe alındı."

"Mine bilgisayar kullanmasını bilmez ki!" diye karşı çıkıyorum.

"Bırak şu aptal aleti. Bize çalışkan köleler değil, yaratıcı zekâlar gerek."

"İyi ama, o ressam. Arşivde ne yararı olabilir?"

"Kayıtlardaki herkesin resmini çizecek, iki tane de genç şair bulduk mu, bak arşiv servisimiz nasıl tıkır tıkır işliyor."

"Anlayamıyorum" diye kekeliyorum.

"Ressamlar, şairler... Onların arşivde ne işleri var?"

"Anlayamazsın tabii. Sözünü ettiğim gerçek bir yenilenme, işimizi sanat haline getiriyoruz."

Kendimi tutamayıp gülmeye başlıyorum.

"Gülme gülme, bu sistem en çok senin yararına. Artık küçük sevgilin polissin diye seni terk etmeyecek."

Gülmeyi kesiyorum. Amcam hınzırca yüzüme bakıyor.

"O beni terk etmedi" diyecek oluyorum.

Yüzünü babacan bir gülümseme süslüyor.

"Boş yere inkâr etme. Her şeyi anlattı."

"Nerede o?"

Elindeki fırça ile paleti resmin yanına bıraktıktan sonra, "Gel benimle" diyor. Kapıya doğru ilerliyoruz. Amcamın yanı sıra yürüyorum. Elini önlüğünün cebine sokup kocaman bir anahtar çıkarıyor.

"Onu kilitli mi tutuyorsunuz?"

"Bilirsin, güvenlik" diyor kesin bir tavırla.

Canım sıkılıyor. Ama bir şey söylemiyorum. Amcam anahtarı kilide sokup çeviriyor. Peş peşe iki metalik tıkırtı duyuyorum. Asma kilit açılıyor. Kilidi, iki kanadın demir halkalarından çıkarıyor, anahtarla birlikte cebine koyuyor. Sonra bana doğru dönerek, usulca, "Biz içerdeyken biri kapıyı üstümüze kilitlemesin diye yanıma alıyorum" diyor.

Kapının sağ kanadını iterek içeri giriyor, onu takip ediyorum. Eşikten içeri adımı atar atmaz ağır bir koku sarıyor her yanı. Yüzümü buruşturarak duraksıyorum.

"Bayatlamış boya kokusu" diyor amcam. "Alışırsın." Önüme geçerek yürüyor. Dar bir antreden görkemli bir salona geçiyoruz, içerde kimse yok ama salon hiç de yıllardır kullanılmamışa benzemiyor. Ayaklarımızın altında, salonun üçte birini kaplayan, yer yer siyah lekeler olan bal rengi, ipek bir halı uzanıyor. Tavandan sarkan birkaç ton ağırlığındaki kristal avizenin altına düzenli olarak yerleştirilmiş barok stili mobilyalar sessizce bekleşiyorlar.

Amcam çevreyle pek ilgilenmiyor, bu konağa defalarca girip çıktığı belli. Ayaklarımızın altındaki kalın halıya karşın gıcırdayan eski ahşap zemine aldırmadan sol taraftaki kahverengi kapıya doğru yürüyoruz. Kapıdan geçerek küçük bir odaya giriyoruz.

Burası odadan çok bir kuleyi andırıyor. Ortada, kıvrılarak yukarı doğru çıkan siyah bir merdiven var. Amcam merdivenin tırabzanını tutarak, "Senin kız yukarıda, tırmanmamız gerekecek" diyor.

Başımı kaldırıp yukarı bakınca şaşkınlıktan ağzım açık kalıyor. Ne odanın tavanını ne de merdivenin sonunu görebiliyorum. Dışarıdan gördüğüm kadarıyla konağın bu kadar yüksek olmaması gerek, diye düşünüyorum. Yoksa başka bir binaya mı girdik? Amcama sormak istiyorum ama o merdivenleri tırmanmaya başlamış bile. Ona yetişmeliyim. Peşi sıra ilerliyorum. On beş-yirmi basamak sonra kulenin duvarlarında resimler belirmeye başlıyor. Üstten ve alttan eşit aralıklarla asılmış tablolar çevremizi sarıyor. Bunların hepsi portre.

Yukarılara çıktıkça koku yoğunlaşıyor. Resimleri yapanlara yaklaştığımı hissediyorum. Amcam doğru söylüyor galiba, arşivdeki resimleme işini gerçekten de ressamlara yaptırıyorlar. O halde Mine hakkında söyledikleri de doğru. İçimi bir sevinç dalgası kaplıyor. Demek Mine yukarıda. Adımlarımı iyice hızlandırıyorum. Amcam beş-altı basamak önde tırmanıyor. Ona yaklaşıp Mine'yi sormak istiyorum. Ama soluğum kesiliyor, bu hızlı tempoyla daha fazla çıkamayacağımı anlıyorum. Lanet olası bir ter başlıyor. Aldırmıyorum, gücümü toplayıp ilerlemeye çalışıyorum. Bedenimi saran nemli sıcaklık artıyor. Amcam aramızdaki mesafeyi birkaç basamak daha açıyor. Onu şaşkınlıkla izliyorum. Ben zar zor ilerlerken, o bir delikanlı gibi çevik hareketlerle tırmanıyor. Koku ve ter de gitgide artıyor. Hafiften başımın döndüğünü hissediyorum. Zaten dar olan kulenin duvarları üstüme gelmeye başlıyor. Nefes almakta zorlanıyorum. Bir süre olduğum yerde kalıyorum. Hızla bana yaklaşan duvarlarda bir pencere, soluk alacak bir delik arıyorum. Ama yan yana sıralanan resimlerden başka bir şey göremiyorum. Belki de resimlerin altında bir pencere vardır umuduyla en yakın resme uzanıyorum. Resmi kaldırıp altına bakıyorum; küçük bir kırkayak mahcup bir tavırla duvardan aşağıya kayıyor. Yanındaki resme uzanıyorum, yanılmamışım, tablonun altında bir pencere var. Sabırsızlıkla pencereye uzanıyorum. Ellerim titriyor. Son gücümün de tükenmek üzere olduğunu hissediyorum. Hayır, bayılmamalıyım, bir kez düşersem bir daha kalkamam. Pencereye yaklaşıyorum. Az sonra ciğerlerim temiz havaya kavuşacak. Temiz havaya kavuşma düşüncesi bile beni heyecanlandırıyor. Dikkatli olmalıyım, en tehlikeli an budur, ellerimdeki titreme bacaklarıma geçiyor. Hayır, başarmak zorundayım. Ellerim pencerenin ispanyoletine dokunuyor. O anda amcamın boşlukta yankılanan sesini duyuyorum:

"Sakın yapma!"

Başımı kaldırınca kaygıyla bana baktığını görüyorum.

"Sakın pencereyi açma!" diye panik içinde yineliyor.

"Ama boğulacağım!"

"Sık dişini, az kaldı."

Onunla konuştuğum o kısacık zaman dilimi bile bana dayanılmaz geliyor. Elimin altındaki demiri çeviriyorum.

Amcam basamakları birer ikişer atlayarak aşağıya geliyor.

Bana engel olacak, elimi çabuk tutmalıyım.

"Yapma!"diye bağırıyor.

Artık çok geç. Pencerenin kanadını kendime doğru çekiyorum. Ama daha temiz havayı bile hissedemeden büyük bir gürültü kopuyor. Üzerinde durduğum basamak sallanmaya başlıyor. Korkuyla tırabzanlara tutunmaya çalışıyorum. Tırabzanın tutunduğum parçası kopup elime geliyor. Yardım isteyen gözlerle amcama bakıyorum. Panik içinde o da bir yerlere tutunmaya çalışıyor. Bir an göz göze geliyoruz.

"Ne yaptın!" dercesine bakıyor yüzüme. Merdivendeki sarsıntı artıyor, kendimi boşlukta buluyorum. Burnumda hep o pis, hep o ekşi koku; boşlukta tepe üstü düşerken bile beni terk etmiyor. Amcam boya demişti. O nerede acaba? Düşerken onu arıyorum, yanımda demir parçacıkları uçuşuyor; kalın lamalar, enli köşebentler, kare saclar. Tuhaf, hiçbiri bana değmiyor. Sanki ben biçimsiz, kocaman bir gezegenmişim de onlar da belli bir uzaklıkta çevremde dönen uydularımmış gibi. Hep birlikte bir kara deliğe doğru çekiliyoruz. Ama amcam ortalıkta görünmüyor. Umarım yukarılarda bir yerlere tutunmuştur. Ya Mine? Mine de merdivenin üzerinde miydi acaba? Yukarıya bakmayı istiyorum ama bu imkânsız. Başımı çeviremiyorum. İyice zorluyorum kendimi. Zorlayınca sıcaklık artıyor. Terliyorum. Terimi benimle birlikte düşen demirlere bulaştırıyorum. Renkleri değişmeye başlıyor. Mat siyah yerini önce pas rengine, sonra turuncuya, sonra... Sesler duyuyorum, demirlerin sert zemine çarptıklarında çıkardıkları sesler olmalı ama bana tuvale çarpan öfkeli fırça darbeleri gibi geliyor. Korku yok içimde. Olacakları önceden kabul etmiş, duyarsız bir ruh haliyle yere doğru yaklaşıyorum. Artık zemini seçebiliyorum. Yerde mozaikten yapılmış bir resim var. Yukarı çıkarken fark etmemiştim, şimdi oldukça iyi görüyorum. Mozaikteki resimden bir adam bana bakıyor. Demir parçacıkları üzerine düşüyor. Ama mozaikler yaralanmıyor, sadece sarı fon biraz koyulaşıyor, demirlerin değdikleri yer önce pas rengine, sonra koyulaşarak siyaha dönüşüyor. Mozaikteki adam gözlerini açmış, büyük bir ilgiyle düşüşümü izliyor. Ben de ona bakıyorum. Adama bir yerlerden aşinayım. Neredeyse tanıyacağım...

"Bir şey yok, rüya görüyorsun" diyor bir ses. Gözlerimi açtığımda Melike'yi buluyorum karşımda.

"Çok mu kötüydü?"

"Tam hatırlayamıyorum" diyorum. "Bölük pörçük sahneler..."

"Kahvaltı hazır! Hadi kalk, bir şeyler ye, kendine gelirsin" diyor.

"Saat kaç?" diyorum.

"Dokuzu geçiyor."

"Amma uyumuşuz."

"Akşam geç yattık" diyor anlamlı anlamlı gülümseyerek. Nedense bu davranışı çok aptalca geliyor bana.

"Çocuklar okula gitti mi?" diye soruyorum.

"Çoktaaan" diyor yine o neşeli tavrıyla.

Giderek daha çok batıyor bu tavrı bana, yataktan kalkıp banyoya gidiyorum. Aynadaki yüzüm yorgun görünüyor. Avuç avuç yüzüme çarptığım soğuk su da bedenimi canlandırmaya yetmiyor. Tıraş olmayı kahvaltıdan sonraya bırakarak mutfağa yöneliyorum. Masaya otururken çayımı koyuyor Melike. Karımın yüzüne bakıyorum, bu sabah sanki gençleşmiş gibi. Onun bu canlılığı beni rahatsız ediyor. Sessizce kahvaltımı yapıyorum. Bir-iki laf atıyor, karşılık vermeyince o da susuyor. Saat ona doğru ayrılıyorum evden.

Madam'ın evinin önündeki çıkmazın girişinde kırmızı bir kamyonet duruyor. Mine'nin eşyalarını bununla taşıyacaklar, diye düşünüyorum, aracımı önüne park ederken. Kapıda taşıyıcı işçilerden birine müzik setini çarpmamasını söyleyen Metin'i görüyorum. Sevim Hanım ortalıkta görünmüyor. Gelmemiş anlaşılan. Başımı kaldırıp yukarı bakınca Madam ile Maria'yı görüyorum. Madam başıyla selam veriyor, üzgün olduğunu buradan bile hissedebiliyorum. Kapıya yaklaşıyorum, Metin Bey, "Merhaba" diyerek elini uzatıyor.

Elini sıkarken, "Kolay gelsin" diyorum.

"Küçük parçalar kaldı" diyor.

"Öğrenci evi, ne kadar eşya olur ki!"

"Ben bir yukarıya bakayım" diyerek içeri giriyorum.

Madam'ın dairesinin önünden geçerken kapı aralanıyor, Madam'ın kederli yüzünü görüyorum.

"Günaydın" diyorum.

"Günaydın Sedat Bey" diyor. "Buyurun, bir kahvemizi içiniz."

"Teşekkür ederim, yukarı bakmak istiyorum."

"Bir haber yok değil mi kızcağızdan?"

"Henüz yok."

"Belki Mine gelmiş olsaydı, taşınmak istemezdi."

"Haklısınız, istemezdi" diyorum.

"Niye yaptı Metin Bey böyle?"

"Ataköy'de evi varmış, kiracısı boşaltmış. Buraya kira ödemek istemiyor."

"Ondan kira isteyen mi vardı?" diyor sitemle.

"Bilmem artık. Adam kızın babası. Ne söyleyebiliriz ki?"

"Kız kaybolduktan sonra aklına geldi babası olduğu."

İki elimi yana açarak boynumu büküyorum.

"Kamyoneti gönderdikten sonra gelin" diyor Madam. "Dertleşiriz biraz."

"Gelirim" diyorum yaşlı kadını kıramayarak. O kapıyı kapatırken, ben de şövale ile resim kartonlarını taşıyan genç adamın yanından sıyrılarak yukarı çıkıyorum.

Evin içi neredeyse boşalmış. Kapının önünde birkaç çiçek saksısı, mutfakta dört mukavva kutu, yatak odasındaki kitaplar ile salonda Mine'nin yaptığı resimler kalmış, bir de pencerenin önündeki berjer koltuk duruyor. Evin boş odalarını dolaşıyorum. Eşyaların durduğu zeminlere bakıyorum. Kâğıt parçalarını karıştırıyorum. Hiçbir şey yok. Müzik setinin durduğu yerde, altından tek bir küpe buluyorum. Bu küçük bir yengeç. Bir yıl önce yaş gününde ben hediye etmiştim Mine'ye. Sonra tekini kaybettiğini söylemişti. Çok üzgündü, "Yenisini alırım" dedim. Aldırmadı. "Onun yerini başkası tutmaz" dedi. "Eşyaların da kişiliği vardır." Pek katılmadım söylediklerine. Bıyık altından güldüğümü sezinlemiş olacak ki kızmıştı bana.

Taşıyıcılar işlerini iyi biliyorlar. Yarım saat içinde hiçbir şey kalmıyor odalarda. Ben de aşağıya iniyorum. Son birkaç parça eşya yerleştiriliyor kamyonete.

Metin Bey yanıma geliyor.

"Şu adamı soracaktım size" diyor.

"Hangi adamı?" diyorum.

"Mine'nin daha önce çıktığı adamı. Kim olduğunu bulabildinizmi?"

"Okuldan biri" diyorum.

"Ama Selin öyle söylemedi" diyor.

"Çocuğun başını belaya sokmamak için söylememiştir."

"Onu sorgulamayacak mısınız?"

"Ondan şüphelenmemiz için fazla bir neden yok" diyorum önemsemez bir tavırla. "Ama yine de araştıracağız."

O sırada gözlerim Madam'ın pencerelerine kayıyor. Madam eliyle bir şeyler söylemeye çalışıyor. Dikkatle bakıyorum. Sanırım, bekleyin, diyor. Az sonra apartman kapısında iri cüssesiyle Maria görünüyor. Elinde bir battaniye var. Bu Mine'nin elektrikli battaniyesi olmalı. Üşüyor diye Madam'a vermiştir. Maria doğrudan bana getiriyor battaniyeyi. Ben de alıp kamyonete götürüyorum. Maria da peşim sıra geliyor. Boynu hafifçe sağa yatmış. Battaniyeyi adama verişimi izliyor.

"O Mine Ablamın" diyor.

"Evet" diyorum gülümseyerek. "O Mine Abla'nın."

Battaniyeyi de yerleştirdikten sonra taşıyıcıların ikisi kamyonetin arkasına biniyor. Metin Bey de benimle vedalaştıktan sonra öteki taşıyıcıyla birlikte şoförün yanına oturuyor. Kapılar kapanınca Maria'nın durduğu yerde sabırsızlıkla sallanmaya başladığını fark ediyorum. Kamyon hareketlenirken paltomun kolundan tutarak beni çekiyor.

"Ne oldu Maria? Bir şey mi istiyorsun?" diye soruyorum.

"Mine Abla'yı unuttular" diyor.

Acıyla gülümsüyorum.

"Mine Abla gitti, Maria" diyorum.

"Mine Abla'yı unuttular" diyor yine iki eliyle paltomun

kolunu çekiştirerek. Şimdi nasıl anlatacağım bu kıza Mine'nin kaybolduğunu.

"Mine Ablan bu sabah gitti" diyorum.

"Gitmedi" diyor. "O içerde uyuyor."

Bir sen eksiktin, diyorum içimden.

"Nerede uyuyor Maria?" diyorum çaresizlikle.

İkircimsiz bir tavırla apartmanın giriş katını gösteriyor.

"Orada."

"Peki, hadi göster bana" diyorum, bu kızdan başka türlü kurtuluş yok.

"Gel" diyor elimden tutarak. Beni apartmana götürüyor. İçeri giriyoruz. Giriş katın kapısına gelince duruyoruz.

"İçerde uyuyor. Tavşanlar gibi."

Kafamın içinde sözcüğün tam anlamıyla bir şimşek çakıyor.

"Tavşanlar gibi mi?"

Aman Allahım, ne diyor bu kız?

"Anahtar sende mi?" diyorum sabırsızlıkla.

Maria ellerini açıp masum bir ifadeyle yüzüme bakıyor.

"Sen beni burada bekle" diyerek hızla yukarı çıkıyorum.

Madam'ın kapısını çalıyorum. Kapıyı açan yaşlı kadın beni içeri buyur etmeye hazırlanırken, "Giriş katın anahtarını alabilir miyim?" diyorum.

Kadıncağız neden anahtarı istediğimi anlayamamış, tuhaf bir ifadeyle yüzüme bakıyor.

"Ne olur anahtarı verin. Sonra size anlatırım" diyorum.

Kadın içeri girip anahtarı getiriyor.

"Temizlikçi kadın bir aydır uğramıyor, Maria ortalığı dağıtmıştır" diyor anahtarları uzatırken.

"Boş verin, ben yabancı sayılmam."

Anahtarı alıp aşağıya koşturuyorum. Maria uslu uslu beni bekliyor kapının önünde.

Titreyen ellerimle anahtarı kilide sokuyorum, ilk çevirişimde açılıyor kapı. İçerisi daha önce işitmiş olduğum gibi, bir meyhane görümünde. Oturma odası ile salon arasındaki duvar yıkılmış, on tane masa, sandalyeleriyle birlikte belki de hiçbir zaman gelmeyecek olan eski müşterilerini bekliyor, ilerdeki büfenin üzeri tabak, çanak, bardak dolu. Duvarlar hasır kaplanmış. Hasırların üzerinde meyhanenin şatafatlı günlerinden anılar taşıyan fotoğraflar asılı, sararmış kâğıtların üzerinde yazılar, şiirler okunuyor.

Ama Mine ortalıkta yok. Bu deli kızın oyununa geldik galiba, Madam'a da ayıp olacak, diye düşünüyorum. Mekanik bir ses dikkatimi çekiyor, geçenlerde bir geceyarısı buraya geldiğimde fark ettiğim motor sesine benzeyen o gürültüyü yeniden duyuyorum.

"Hani Mine Abla?" diyorum Maria'ya.

"İçerde uyuyor" diyor, sesin geldiği açık kapıyı göstererek. Kapıya yürüyorum. Yaklaştıkça ses artıyor, içeride iki kanatlı, kocaman bir buzdolabı karşılıyor beni.

"Babamın" diyor Maria öne geçip iki eliyle buzdolabına sarılarak.

Ürperiyorum. Buzdolabının çıkardığı gürültü kulaklarımda uğulduyor. Günlerdir kafamın içinde birbiriyle ilgisizmiş gibi uçuşan bilgiler hızla bütünleşerek korkunç bir sona ulaştırıyorlar beni. Bu lanetli sondan, bu acımasız gerçekten uzaklaşmak, başka olasılıklar üzerinde kafa yormak istiyorum. Olmuyor, aklımı ne kadar zorlarsam zorlayayım boşuna, hep aynı karabasan çıkıyor karşıma. Buzdolabının önünde öylece donup kalıyorum. Ama umudumu yitirmiyor, yeni bir sona ulaşmak için akıl yürütmekten vazgeçmiyorum.

Üsküdar'daki ev baskını geliyor gözlerimin önüne. Bahçede sisler arasında koşan iki gölge... Silah sesleri... Birini vuruyorum. Ama yere düşmüyor, koşmayı sürdürüyor. Belki de yanındaki yardım ediyor ona. Bir taksiye biniyorlar. Yaram ağır değil, diye düşünüyor vurulan. Belki vurulduğunun bile farkında değil. Sonra anlayacak. Yine de eve gitmeyi seçiyor. Yanındaki adam onu evinin yakınlarında indiriyor. Bakkal Şeref'in söyledikleri geliyor aklıma. Bir gece saat 21 sularında Mine'nin eve girdiğini söylemişti. Sözünü ettiği tarih Mine'nin kaybolduğu günlere denk düşüyor. Eve giriyor Mine ama takati tükenmiş. Merdivenlerde yığılıp kalıyor. O gece alt kattan bir şeyler almak için aşağıya inen Maria, Mine'yi yerde yatar görünce babasının avladığı tavşanlara yaptığını ona da yapıyor. Uyuması için onu alıp buzdolabına koyuyor... "Hayır" diye söyleniyorum. "Hayır, olamaz." Ama gerçeği öğrenmek için buzdolabını açacak cesareti kendimde bulamıyorum. Titreyen ellerim kapağı açmaya gitmiyor. Gözlerim Maria'ya kayıyor. Kendisine baktığımı fark eden Maria son derece doğal bir tavırla buzdolabının kapağına uzanıyor. Benim açma dememe izin vermeden, "İşte" diyor. "Mine Abla!"

Aralanan kapaktan kırmızı bir ışık vuruyor zemine, Maria'nın bedeni buzdolabının içini görmemi engelliyor. Bir karaltı seçer gibi oluyorum. Maria'yı biraz yana çeksem o karaltının ne olduğunu anlayacağım ama yapamıyorum. Bir kararsızlık, bir korkaklık gelip yerleşiyor üstüme. Maria, sanki ikircimimi anlamış da beni bir an önce bu gerçekle yüzleştirmek istermişçesine aniden kenara çekiliyor. Maria'nın iri vücudunun arkasından Mine'nin ince yüzü çıkıyor karşıma. Solgun teni buzdolabının kırmızı ışığıyla aydınlanıyor, sanki hiçbir şey olmamış gibi bana gülümsüyor. Ben de ona gülümsemeye çalışıyorum, olmuyor.

"Demek burada saklanıyordun?" diyebiliyorum yalnızca.

Bir tek sözcük bile dökülmüyor dudaklarından. Ne ima ettiğini çözmediğim bakışlarla –sitem mi ediyordu, yoksa seviyor muydu beni– tamamlıyor gülümsemesini.

"Meraktan öldük" diyorum.

Gülümsüyor. Gülümsemesi mutlu anılarımızın, kötü günlerimizin bir işareti gibi yapışıp kalmış dudaklarına.

"Çok korkuttun bizi..."

Maria yanıma yaklaşıp, "Şişşt uyuyor" diyor.

Aldırmadan Mine'yle konuşmayı sürdürüyorum. Konuşmazsam onu yeniden kaybedecekmişim gibi geliyor. Ama Mine yanıt vermiyor bana. Yalnızca gülümsüyor.

"Seni kaçırdıklarını sandık..."

Dudaklarını kıpırdatmadan, gözkapaklarını oynatmadan, buzdolabının kırmızı ışığı altına uzanmış, gülümsüyor.

"Doktorunla konuştum. Kürtaj sırasında bir şeyler oldu sandım..."

Yüzümde sabitlenen bakışları değişmiyor. Dudaklarındaki bu mor, bu donuk gülümseme, sınırları saydam bir uzaklığın varlığını sezdiriyor. Bu uzaklığı ortadan kaldırmak istiyorum. Ona dokunursam bu soğuk saydamlığın tuzla buz olacağını, Mine'nin benimle konuşacağını sanıyorum. Buzdolabından yayılan serin hava yüzüme vuruyor. Aldırmıyorum. Yarı yarıya buzdolabına girip Mine'ye, genç sevgilime sarılıyorum. Giysisi buz gibi. Umurumda bile değil. Onu kucaklayıp dışarı almak istiyorum. Sanki onu buzdolabından çıkarırsam, dudaklarındaki o donmuş gülümseme çözülecek, aramızdaki o tuhaf uzaklık sona erecek. Katılaşmış bedenine sarılıp dışarıya çekmeye çalışıyorum. Ama boşuna, olmuyor, buzdolabı Mine'yi vermiyor. Kalbinin hizasında kırmızı bir buz kitlesinin dolabın parlak tabanına doğru yayılmış olduğunu görüyorum. Çaresizlik içinde Mine'nin yüzüne dokunuyorum. Teni de gülümsemesi gibi soğuk ve uzak.

"Neden bana yardımcı olmuyorsun?" diyorum.

Gülümsüyor. Gözlerim bakışlarıyla karşılaşıyor. Donmuş gözbebeklerindeki boşlukta boşuna arıyorum sorumun yanıtını. Daha fazla bakamıyorum. Kabanının önündeki koyu lekeye kayıyor bakışlarım. Mine'nin hamile olduğu geliyor aklıma. "Hayır!" diyorum. "Hayır, bu gerçek olamaz!" Öfkeyle çarpıyorum buzdolabının kapağını. Gürültüyle kapanıyor. Kapağın parlak metal yüzeyinde bir adam görüyorum. Omuzları çökmüş, yüzü allak bulak bir adam; ağladı ağlayacak. Ona bir yerlerden aşinayım, neredeyse tanıyacağım... Biri kolumu çekiştiriyor. Dönüyorum. Maria. Aferin bekleyen bir çocuk gibi duruyor karşımda. Gözlerimi ondan kaçırmaya çalışıyorum, bırakmıyor, paltomun kolundan tutup sabırsızlıkla çekiştirerek, "Mine Abla ne zaman uyanacak?" diyor.

YAPI KREDİ YAYINLARI / YENİLERDEN SEÇMELER

YAPI KREDİ YAYINLARI / YENİLERDEN SEÇMELER